KB061972

장정일

삼국지

5

장정일 삼국지 5

저자   장정일

1판 1쇄 인쇄   2004. 11. 17.
1판 3쇄 발행   2004. 11. 24.

발행처   김영사
발행인   박은주

등록번호   제406-2003-036호
등록일자   1979. 5. 17.

경기도 파주시 교하읍 문발리 출판단지 514-2 우편번호 413-834
마케팅부 031)955-3100, 편집부 031)955-3250, 팩시밀리 031)955-3111

값은 표지에 있습니다.

ISBN 89-349-1544-7 04820
        89-349-1539-0(전10권)

독자의견 전화   02)741-1990
홈페이지   http://www.gimmyoung.com
이메일   bestbook@gimmyoung.com

좋은 독자가 좋은 책을 만듭니다.
김영사는 독자 여러분의 의견에 항상 귀 기울이고 있습니다.

장정일

삼국지

5

적벽대전 赤壁大戰

김영사

[등장인물]

장소張昭 오나라의 원로 중신으로 장굉과 함께 이장(二張)이라고 불렸다. 하지만 그의 행적을 보면 나라의 녹을 오래 먹은 원로 중신이라고 할 수 없을 정도로 무조건 화전론(和戰論)으로 기우는 것을 볼 수 있다. 제갈량이 위의 남진을 막기 위해 오나라의 도움을 청하러 갔을 때, 장소는 오나라 조정을 지배하던 화전론자들의 우두머리였다. 전쟁이 벌어져야 공을 세울 수 있는 무관들과 달리, 실력 있는 문신들은 자신이 모시던 왕이 항복을 해도 새로운 주군에 의해 다시 임용되었다. 그래서 적벽대전을 앞둔 오나라의 국론은 문신들의 화전론과 무관들의 주전론으로 양분되었다.

황개黃蓋 오의 용장. 늙은 나이로 고육계(苦肉計)를 자청해 적벽대전을 승리로 이끈다. 정사에 의하면 적벽대전에서 화공을 처음 제안한 사람도 황개다.

방통龐統 방덕의 조카. 형주의 식자들이 '복룡(제갈량)과 봉추(방통) 가운데 한 사람만 얻어도 천하를 도모할 수 있다'고 할 만큼 뛰어난 인물이었으나, 얼굴색이 검고 수염이 적은데다가 들창코였던 기괴한 외모 때문에 손권 휘하에 있으면서도 중용되지 못했다. 적벽대전 당시 연환계를 바쳐 오·촉 연합군을 승리로 이끈 다음, 제갈량의 천거로 유비의 모사가 되었으나 급하게 공을 세우려고 서두르다가 36세의 나이로 요절한다.

황충黃忠
위연魏延

두 사람 모두 원래는 유표의 장수였으나, 장사 태수 한현의 목을 베고 유비에게 투항했다. 두 사람 모두 뛰어난 용맹과 지략을 가지고 있어서 훌륭한 장수가 모자랐던 촉나라에 큰 도움이 됐다. 두 사람이 촉나라의 전력을 보강해주지 않았다면 한중 진출이나 제갈량의 북벌에 적지 않은 차질이 생겼을 것이다. 무장으로서는 뛰어났으나 황충과 위연에 대한 평가는 매우 다르다. 유비가 관우의 원수를 갚기 위해 나섰을 때 황충은 75세의 나이로 참전하여 『삼국지』 최대의 노장으로 기록되지만, 위연은 제갈량 사후 촉에 반기를 든 배반자로 기록된다.

화타華陀

후한의 명의로 조조의 고향 사람이다. 서기 141∼208년에 생존했던 화타는 비슷한 시기에 실존했던 장중경(張仲景, 150∼219)과 함께 중국 의학의 양대 시조에 속한다. 장중경은 의학의 기초를 집대성한 사람이고, 화타는 대마의 암술로 마취제를 만들어 개복수술(開腹手術)과 같은 외과 수술을 처음 시도한 사람으로 일러져 있다. 징중경의 「싱한집병론(傷寒雜病論)」이 후세에 진해진 것과 달리 화타가 썼다는 『청낭서(靑囊書)』는 안타깝게도 그 이름만 남아 있다. 나관중·모종강본 『삼국지』에 나오는 것처럼 화타가 조조의 두통을 치료한 것은 사실이나, 독화살에 맞은 관우를 치료한 적은 없다. 『삼국지』의 편찬자들은 실제 인물과 허구를 뒤섞음으로써 사실성과 흥미를 유발시켰는데, 화타의 등장이 좋은 예다.

차
례

5
적
벽
대 赤
전 壁
大
戰

삼국시대 지도

강을 건너는 사람들

유비는 자기를 따르는 10여 만의 백성과 3천여 군마를 거느리고 강릉을 향해 계속 행군하고 있었다. 갈길은 바쁜데 행군 속도는 느려지기만 했다. 장비와 조운은 후군을 맡아서 조조군의 동향을 감시했다. 유비는 행군이 늦어지자 마음이 조급해졌다. 그런데다 조조군이 번성을 점령하고 형주까지 손에 넣었다는 보고를 받은 터라 대책을 강구하지 않을 수 없었다. 제갈량이 유비에게 다가와 말했다.

"주공, 조조가 형주를 장악했다고 하니 곧 추격이 시작될 것입니다. 이대로 있을 수만은 없으니 제가 직접 강하로 가서 유기 공자께 구원을 요청하겠습니다."

"예, 죄송스럽지만 군사께서 수고를 좀 해주셔야겠습니다."

제갈량은 곧바로 강하로 향했다.

유비는 간옹·미축·미방과 함께 피난민을 이끌고 행군을 재촉했다. 이때 앞에서 갑자기 회오리바람이 불더니 순식간에 흙먼지가 하늘을 뒤덮어 주변을 어둡게 만들었다. 유비가 깜짝 놀라서 물었다.

"이게 무슨 일이오?"

음양의 이치에 밝은 간옹이 점괘를 뽑아보고 놀라 말했다.

"좋지 않은 징조입니다. 특히 오늘 밤은 몹시 불길하니 주공께서는 어서 이곳을 떠나 몸을 피하십시오."

"나를 믿고 따라나선 사람들을 버리고 어찌 나 홀로 도망하라는 말이오?"

간옹이 답답해하며 말했다.

"황숙, 이번에는 그런 도리를 따질 겨를이 없습니다. 황숙께서는 너무 인정에만 연연하십니다. 황숙께서 큰일을 당하면 그 인정이 다 무슨 소용이 있겠습니까?"

그런데 유비는 별말이 없이 딴소리를 했다.

"그건 그렇고, 저기 보이는 저곳은 어디요?"

간옹이 대답했다.

"저곳은 당양현이고 저 앞에 보이는 산은 바로 경산景山입니다."

간옹은 동쪽을 가리키며 말했다.

"저쪽이 제갈 군사께서 만약의 경우를 대비해 배를 대어놓겠다던 경산의 면양晒陽입니다. 여기서 동쪽으로 가면 장판교長坂橋가 나오고 그 장판교를 건너서 동쪽으로 계속 가면 한수 변의 나루에 닿을 수 있습니다. 그 지역이 면양이고 면양을 건너면 종상입니다."

유비가 말했다.

"그러면 오늘 밤은 저 경산이라는 곳의 산기슭에 주둔합시다."

저녁이 되자 초겨울 바람이 매섭게 불어왔다. 추수를 끝낸 넓은 들녘은 피난민으로 가득했다. 군인들은 막사를 세우고 수레를 가져온 사람들은 방 대신 수레에 아이들을 뉘었다. 장정들은 들판을 파서 마른 짚을 구하여 잠잘 곳을 마련했다. 밤이 깊어질수록 바람이 거세어졌다. 장군 막사가 심하게 흔들려 유비는 잠을 이룰 수가 없었다. 들녘 가득한 피난민들도 대부분 잠을 이루지 못하고 불을 피워 몸을 녹였다. 산기슭에서 산짐승의 울음소리가 들려왔다.

유비가 막 잠이 들려는 순간, 갑자기 서북쪽에서 하늘이 무너지는 듯한 함성이 들려왔다. 유비는 깜짝 놀라 자리에서 일어났다. 급히 본부의 정규군 2천여 명을 거느리고 적을 맞아 싸운 때는 새벽 2시 가까운 시각이었다. 물밀듯이 쳐들어오는 조조군을 당해내기에는 역부족이었으나 유비는 사력을 다해 싸웠다. 군사 수에 밀려 고전하고 있을 때 장비가 군사들을 몰고 나타나 죽을 힘을 다해 도망갈 길을 텄다. 유비는 겨우 피난민 대열을 지나 동쪽으로 달아났다. 장비는 몰려오는 적을 맞아 싸우며 유비가 피신할 수 있도록 도왔다.

싸움은 산기슭에서 시작되어 산 아래 벌판까지 이어졌다. 산 아래로 추격당하던 유비군은 문빙이 이끄는 조조군에게 벌판에서 도륙을 당했다. 피난중이던 백성들은 수레와 마차에 숨거나 볏짚 속으로 몸을 숨겼다. 벌판 여기저기에는 유비군의 시체가 나뒹굴었다. 벌판에서 잠자던 사람들은 저마다 몸을 피하고 엎드린 채 벌벌 떨었다.

긴 밤을 지새우고 들녘 끝에서부터 동이 텄다. 해가 들판을 비추니 수백 명의 시체가 모습을 드러냈다. 문빙은 조조의 지시대로 백성들에게 근심 말고 고향으로 돌아가 편안히 생업에 종사하라고 말했다. 그리고 군대를 동원하여 구덩이를 판 다음 들판에 가득한 유비군의 시체를 한 곳에 매장했다. 문빙은 직접 군사들을 거느리고 백성들에

"백성들은 서주의 일을 잊지 않았습니다." 서주에서 보여준 잔인한 모습 때문에
형주의 백성들은 조조를 믿지 못하고 피난길에 올랐다. 피난민 너머로 보이는 소가 끄는 수레의 모습은
2세기의 화상석에 근거하였다. 수레의 채 사이에, 쇠목의 뼈에 맞추기 위해 휘어진 멍에가 있고
그 뒤쪽으로 소 엉덩이에 거는 고계(尻繫)가 보인다.

게 다가가 불안에 떨지 말고 더 추워지기 전에 고향으로 돌아가라고 타일렀다.

해가 중천에 뜨자 피난민들은 차츰 안정을 찾았다. 간밤의 전투가 워낙 기습적이었던지라 벌판 전역에 퍼져 있던 수많은 피난민들은 대부분 전투를 목격하지 못했다. 경산 기슭의 유비 군영과 가까이 있던 사람들만 혼비백산했을 뿐이었다. 군영과 멀리 떨어져 있던 사람들은 잠에서 깨어나 하루아침에 변한 세상에 놀랐다. 여기저기서 조조군의 병사들이 효유하는 소리가 들렸다.

"여러분, 간악한 역적 유비는 도망가고 없습니다. 이제 고향으로 돌아갑시다. 신야·번성·양양으로 돌아가서 생업에 그대로 종사하세요. 불에 탄 집과 가옥도 고치십시오. 조승상께서 지원을 약속하셨습니다."

"우리는 천자의 군대입니다. 한때 여러분들은 유비의 꼬임에 빠져 고향을 떠나왔지만 이제 유비는 도망치고 없습니다. 이제 고향으로 돌아갑시다."

지속적인 군사들의 효유 탓인지 백성들 중에는 고향으로 돌아갈 채비를 하는 이들이 하나 둘 늘어났다. 아침을 먹은 사람들은 지금까지 걸어온 길을 되돌아 양양·번성·신야로 길을 재촉했다.

한편 짙은 어둠 속에서 유비는 계속 동으로 달렸다. 장판의 동쪽에는 장판교라는 다리가 있었다. 이 다리는 나무로 만든 간이다리로 대군이 건너기에는 힘이 들었다. 유비는 장판교를 건너 종상 쪽으로 나 있는 길을 타고 계속 말을 몰아갔다. 만약을 대비하여 제갈량과 관우가 종상 맞은편 나루에 배를 대어놓고 기다리고 있을지도 모른다고 생각했기 때문이다.

먼동이 틀 무렵 조조군의 함성이 점점 멀어져갔다. 그제야 유비는 좌우를 살펴보았다. 자기를 따라온 군사는 기병 100여 명에 간옹·장비를 포함하여 1천여 명이 되지 못했다. 유비는 간밤에 당한 일을 떠올리며 참담한 마음으로 간옹에게 탄식했다.

"내가 책임도 지지 못할 일을 저지르고 말았구려. 백성들에게 결연히 이야기하고 신야와 번성으로 돌아가게 해야 했는데, 공연히 그대로 두어서 이 고생을 시키고 상하게 만들었소."

유비가 기가 막혀 멍하니 앉아 있을 때 얼굴이 피투성이가 된 미방이 다리를 절룩거리며 다가와서 말했다.

"조운이 우리를 배반하고 조조에게로 갔습니다."

유비는 미방을 꾸짖었다.

"어찌 그런 말을 함부로 하는가! 조운은 나의 오랜 친구인데 어찌 그를 모함하느냐? 조운은 그럴 사람이 아닐세."

장비가 거들었다.

"사람의 일이란 알 수 없습니다. 지금 우리가 이 꼴이 되었으니 조조한테 가서 부귀영화를 누리려 할지 누가 압니까?"

유비가 다시 타일렀다.

"조운은 나와 환란 속에서 만난 친구다. 조운은 심지가 곧은 사람이라 그 따위 부귀영화 때문에 마음이 움직일 사람이 아니다. 아우는 그런 말 말아라."

미방이 참지 못하겠다는 듯이 나섰다.

"주공께서 떠나신 후 많은 백성들은 고향으로 돌아갈 채비를 하고 일부 사람들은 벌써 양양·번성·신야로 길을 떠나고 있었습니다. 그런데 제가 도망쳐오는 길에 보니 조운 장군은 오히려 북쪽으로 피난민들을 따라 달려가고 계셨습니다. 제 눈으로 똑똑히 봤습니다."

유비가 이들을 말렸다.

"공연히 사람을 의심하지 마라. 지난번 관우가 안량과 문추를 처치했던 일을 잊었는가? 조운이 북쪽으로 갔다고 해서 어찌 조조에게 투항하러 간 것이라고 할 수 있느냐? 분명 무슨 곡절이 있을 것이다. 조운은 결코 그럴 사람이 아니다."

유비는 장비에게 혹시 있을지도 모를 조조군의 움직임을 파악하고 패잔병들이 오기 쉽도록 일단 장판교 쪽으로 가보라고 했다. 장비는 날랜 기병 20여 명을 거느리고 장판교를 향해 말을 달렸다. 장비는 장판교 주변을 돌아보았다. 아직까지 조조군의 움직임은 없었다. 장비가 장판교 동쪽을 보니 숲이 우거져 있었다. 장비는 만약을 대비하여 제갈량이 쓰던 방법을 생각해내고 기마술에 능한 10여 명을 뽑았다. 그리고 난 뒤 말했다.

"너희들은 우선 숲속에 들어가 말꼬리에 나뭇가지를 매달아두어라. 그리고 내 명령이 떨어지면 5명씩 500보 거리를 두고 서로 엇갈리게 계속 말을 달려라. 그래야 말꼬리에 매달린 나뭇가지로 먼지를 일으켜 적병에게 아군의 군마 숫자를 속일 수 있다. 숲속에 들어가 내 명령을 기다려라."

한편 조운은 새벽 2시부터 기습적으로 몰려오는 조조의 군사를 맞아 싸웠다. 날이 밝자 그는 유비와 유비 가족들의 안위가 걱정스러워 여기저기 찾아보았으나 어디에서도 그들을 발견할 수 없었다. 조운은 가슴이 덜컹 내려앉았다.

'큰일이다. 황숙께서 감부인과 미부인, 그리고 어린 아드님 아두를 잘 보살피라고 하셨는데 모두 잃어버렸으니 무슨 낯으로 황숙을 뵙

겠는가? 내가 싸우다 죽는 한이 있더라도 반드시 두 마님과 공자님을 찾으리라.'

이렇게 다짐한 조운은 기마술에 능한 병사 3명을 뽑아 자기를 따르게 하고 나머지는 장판교 쪽으로 가서 유비군이 있으면 합류하라고 지시했다. 해는 이미 중천에 떠 있었다. 조운이 길 위에 올라보니 길에는 지금까지 왔던 길을 되돌아가는 피난민의 행렬이 끝없이 이어지고 있었다.

조운은 피난 행렬로 먼지가 자욱한 길을 거슬러 오르기 시작했다. 여기저기서 백성들의 울부짖는 소리가 들렸다. 유비군의 본영에서 집중적인 싸움이 있었던 까닭에 백성들의 피해가 그리 크지 않았으나 남편을 잃은 여인, 자식을 잃은 아낙네, 아들을 잃은 늙은이들이 오열하는 모습이 간간이 눈에 띄었다. 또한 화상을 입거나 창에 찔린 병사들도 길섶에 쓰러져 있었다.

조운은 피난 행렬을 하나하나 유심히 살피며 걸어갔다. 다행히 조조군은 보이지 않았다. 조운은 문빙이 강릉 쪽을 방어하기 위해 당양의 장판에서 남쪽으로 먼저 내려갔다는 소식을 들었다. 이제 문빙이 이끄는 선봉대는 강릉 방향으로 내려갔으니 다시 조조군이 내려오면 그때는 사태가 더 심각해질 것이 분명했다. 그러니 유비의 가족을 찾는 것이 한시가 급했다. 조운은 뒤따라오는 부하들에게 말했다.

"지금 주공의 두 마님께서는 장판에서 멀리 가시지는 못했을 것이다. 지금 이 피난민들은 모두 양양·번성·신야로 돌아가는 사람들이다. 내 생각에는 여기서 북쪽 방향으로 5리 내에 두 마님이 계실 것이다. 오늘 새벽에 우리를 공격했던 조조군의 선봉대는 강릉을 보호하기 위해 남으로 내려갔다고 한다. 그러니 조조의 본군이 늦어도 오늘 밤 안에 다시 이곳으로 몰려올 것이다. 해가 지기 전에 두 마님과 공자를 찾지 않으면 안 된다."

조운이 말을 몰아가는데 수풀 속에 사람이 하나 쓰러져 있었다. 자세히 살펴보니 간옹이었다. 조운이 반가운 마음에 말에서 내려 간옹을 흔들어 깨우니 혼절했던 간옹이 정신을 차렸다.

"혹시 두 마님을 뵙지 못했소?"

"새벽녘에 기습을 당한 두 마님께서는 어둠 속에서 수레를 버리시고 산 속에 숨어 계셨습니다. 그러다가 날이 밝자 피난민 대열을 따라 공자님을 품에 안고 피신하셨지요. 말을 타고 두 분을 쫓아가던 나는 산모퉁이에서 적의 장수가 창으로 찌르는 바람에 말에서 나뒹굴고 말았소. 그 뒤로는 어떻게 되었는지 기억할 수가 없소."

조운은 부하가 탔던 말을 간옹에게 내어주며 말했다.

"여기서 장판교는 멀지 않으니 빨리 주공께 가서 합류하도록 하세요. 만일 주공을 만나시거든 조운은 하늘이든 땅이든 끝까지 뒤져서 두 마님과 공자님을 찾을 것이며, 만일 찾지 못하면 이 몸은 사막의 까마귀 밥이 될 것이라고 전해주시오."

조운은 부하 하나에게 간옹을 호위하도록 이르고 다시 사방을 살피며 장판파를 향해 말을 달렸다. 얼마 후 길 옆에서 병사 하나가 소리쳤다.

"장군님, 저 좀 살려주십시오."

조운이 보니 팔에 화살을 맞은 한 병사가 허우적거리고 있었다.

"너는 누구냐?"

"저는 장군님 휘하의 병사입니다. 두 마님께서 타신 수레를 호위하고 있었는데 오늘 새벽 적의 기습을 받아 그만 두 마님을 잃었습니다. 마님들을 찾던 중 피난민들 사이에서 감부인 마님인 듯한 이가 있어 뒤쫓아가다 적의 화살에 맞아 이렇게 되었습니다."

조운은 같이 간 병사에게 응급조치를 취하게 하고 감부인을 어디서 보았는지 자세하게 물었다.

"감부인께서 머리를 산발하고 신발도 신지 아니한 채 피난 가는 일반 백성들 틈에 끼어 걸어가시는 것을 봤습니다."

조운은 그 병사를 위로할 틈도 없이 북쪽을 향해 말을 몰았다. 얼마를 가니 피난민 대열이 나타났다. 조운이 그들을 따라가며 있는 힘을 다해 외쳤다.

"감부인 마님, 혹 감부인 마님 안 계십니까?"

조운이 피난민들을 살피며 앞으로 나아가고 있는데 몇 걸음 앞에서 감부인이 초췌한 얼굴로 뛰어왔다. 조운을 본 감부인은 통곡을 했다. 조운도 말에서 내려 감부인 앞에 무릎을 꿇고 울며 말했다.

"제가 마님들을 제대로 모시지 못하여 이렇게 되었습니다. 미부인과 공자님은 어디에 계신지요?"

"함께 피난민들 틈에 섞여 가고 있었는데 또 다른 적군의 습격을 받아 이리저리 흩어지는 바람에 미부인과 공자가 어디로 갔는지 알 수 없게 되었습니다. 정신을 차려 다시 피난민 대열에 끼었으나 미부인과 공자는 아무리 찾아도 보이질 않았습니다."

이때 백성들의 아우성이 들려 조운이 고개를 들어보니 한 무리의 군사가 달려오고 있었다. 그 중 한 장수가 칼을 빼든 채 군사들을 거느리고 오고 있었다. 그는 조인의 부장인 순우도淳于導였다. 미축을 사로잡아 조조에게로 가는 모양이었다. 조운은 당장 창을 비껴들고 말을 몰아 순우도를 덮쳤다. 순우도는 피할 겨를도 없이 조운의 창을 맞고 말에서 굴러떨어졌다. 조운은 미축을 구하고 말을 빼앗아 감부인과 미축을 올라타게 한 다음 장판파를 향해 달렸다. 장판교에 이르자 조운은 미축에게 감부인을 모실 것을 부탁하고 미부인을 찾기 위해 말 머리를 돌렸다.

조운이 얼마쯤 말을 달렸을 때 맞은편에서 몇 명의 군사가 몰려왔다. 맨 앞에 선 장수는 손에 든 창 외에 등에 칼까지 꽂고 있었다. 조운이 나무 뒤에 몸을 숨기고 살펴보니 이들은 조조의 군사였다. 조운은 말을 달려 적장에게 창을 겨누었다. 적장은 조운을 맞아 싸웠으나 조운의 상대가 되지 못했다. 얼마 되지 않아 조운이 휘두르는 창에 찔려 말 아래로 떨어졌다. 함께 오던 부하들은 조운의 기세에 주눅이 들어 모두 도망가버렸다.

조운이 죽인 적장은 조조의 경호원 중 하나인 하후은이었다. 조조에게는 보검이 두 자루 있었는데, 하나는 의천검倚天劍이었고 또 하나는 청홍검青紅劍이었다. 조조는 의천검은 자신이 차고 청홍검은 하후은에게 주어 늘 등에 메고 다니며 자신을 호위토록 했다. 이 청홍검은 쇠도 진흙 베듯이 할 만큼 날카롭고 예리하기가 비할 데 없는 그야말로 보검이었다. 그날 하후은은 자신의 실력만 믿고 몇 명의 부하를 거느리고 노략질을 하러 다니다가 조운에게 당한 것이었다. 조운이 보니 칼등에는 청홍이라는 두 글자가 금으로 상감象嵌되어 있었다.

조운은 보검을 허리에 찬 뒤 다시 길을 갔다. 어느 곳에서 적이 쳐들어올지 모르는 상황에서 조운은 부하 하나만을 거느리고 적진 속을 헤매고 다녔다. 조운이 언덕을 내려와 개울을 건너니 조그만 마을이 나타났다. 그는 미부인이 유비의 생사도 모르면서 계속해서 형주로 향하는 피난민 대열에 섞여 있지는 않을 것이라 판단하고 마을로 들어가 샅샅이 뒤지기로 했다. 마을에는 피난민들이 거쳐간 흔적들이 어지럽게 널려 있었다. 조운은 왠지 이곳에 미부인이 몸을 숨기고 있을 것 같은 예감이 들어 큰 소리로 외치며 다녔다.

"미부인 마님, 안 계십니까? 저 조운이 왔습니다. 마님은 어디에 계십니까?"

조운은 허물어진 담장을 따라가며 초가를 살폈다. 그때 한 초가에서 아이의 울음소리가 들렸다. 조운이 번개처럼 들어가보니 과연 미부인이 샘가에 앉아 공자를 품에 안은 채 흐느끼고 있었다.

"마님!"

조운의 부름에 미부인이 얼굴을 들었다.

"제가 마님을 잘 모시지 못하여 이 고생을 하십니다. 저의 죄 죽어 마땅합니다."

조운을 본 미부인은 안도의 숨을 쉬며 미소를 지었다. 조운이 가만히 보니 미부인은 화살을 여러 대 맞아서 치명상을 입은 상태였다. 미부인은 고통을 참는 듯 작은 목소리로 겨우 말했다.

"장군을 다시 뵙게 되었군요. 이 모든 게 명이 긴 우리 공자 아두의 덕인가 합니다. 부디 바라옵건대, 장군께서 공자를 무사히 주공께 데려다주십시오. 이 아이는 황숙께서 사직을 지키기 위해 천하를 전전하다가 50이 가까워 얻은 유일한 혈육입니다."

조운이 울면서 말했다.

"마님께서 이 고통을 겪는 것은 다 저의 죄입니다. 어서 말에 오르십시오. 제가 마님을 안전하게 모시고 가겠습니다."

"저는 짐이 될 뿐입니다. 저를 말에 태우고 어찌 적진 속을 빠져나가시겠습니까? 그러니 저는 신경 쓰지 마시고 우리 아두를 꼭 보호하시어 주공께로 가십시오. 아두만 무사하다면 저는 더 이상 여한이 없을 것입니다."

이때 멀지 않은 곳에서 사람들의 함성과 말발굽 소리가 들려왔다. 조운은 마음이 급해졌다.

"마님, 적이 가까이 왔습니다. 어서 말에 오르십시오."

"저는 너무 다쳐 언제 죽을지 모릅니다. 제발 아두를 데리고 이곳을 떠나세요. 이러다간 모두 다 죽게 됩니다."

절박한 심정으로 말을 마친 미부인은 아두를 조운의 품에 넘겼다.

"아두의 운명은 오직 장군님의 손에 달렸습니다."

조운이 누차 미부인에게 말에 오르도록 재촉했으나 미부인은 끝까지 사양했다. 함성이 더욱 가까워졌다.

"적들이 바로 앞에 닥쳤는데 마님께서 제 말을 듣지 않으시면 어찌합니까?"

그러자 미부인은 겨우 일어서서 조운의 품에 안긴 아두의 머리를 한번 쓰다듬더니 몸을 돌려 옆에 있던 우물로 뛰어들었다. 조운은 순식간에 일어난 일이라 어찌할 바를 몰랐다. 겨우 정신을 차리고 우물속을 들여다보니 미부인은 이미 어둑한 물속에 잠겨 자취도 보이지 않았다. 조운은 눈물을 삼키며 시신을 적에게 빼앗길까 염려스러워 담장을 무너뜨려 그 흙과 돌로 우물을 메웠다. 그리고 자신의 갑옷 끈을 풀어 엄심경掩心鏡(심장을 보호하기 위해 갑옷 가슴에 덧붙이는 쇠붙이)을 내리고 아두를 품은 후 다시 단단히 여미고는 말 위에 올랐다.

피난민 행렬은 아직도 끝없이 북쪽으로 이어져 있었다. 조운은 피난민들과 반대 방향으로 내려갔다. 그때 맞은편에서 피난민과 함께 대여섯 명의 조조 군사가 올라오는 것이 보였다. 이들은 선봉군으로 왔다가 피난민들을 호송해 가는 병사들이었다. 다행히 피난민 행렬이 쏟아져 올라오는데다 먼지도 자욱해서 서로 잘 알아보지 못하고 지나쳤다. 엄밀한 의미에서는 알고서도 모르는 척 넘어갔다고 하는 편이 옳을 것이다.

적을 보고도 교전하지 않는 것은 전쟁터에서 흔히 볼 수 있는 풍경이기도 했다. 직업군인인 장교들이나 장수들을 제외하고는 사람이 사람을 죽이는 것이 쉬운 일은 아니어서 소수의 군사 무리들은 그 수가 비슷하면 가급적 피해가는 것이 상례였다. 굳이 싸우려 들면 쌍방이 크게 다치기 때문에 이것은 서로에게 큰 부담이었다. 그런 까닭에 전쟁을 시작할 때 장수들은 병사들이 전의를 가질 수 있도록 포소리를 내거나 꽹과리·북소리를 내기도 하고 불화살로 전의를 북돋워 적개심과 사기를 부추기는 것이다. 그래야만 전투를 잘 치를 수 있기 때문이다.

일단의 조조군을 무사히 넘겨보낸 조운은 왔던 길을 거슬러 남으로 계속 갔다. 이제 조금만 가면 장판교가 나오고, 장판교를 지나서 동으로 가면 유비가 기다리고 있을 것이라고 짐작했던 것이다. 그런데 얼마쯤 말을 달렸을 때 앞에서 또다시 군사를 이끌고 달려오는 조조군의 장수 10여 명과 맞닥뜨렸다.

'이번에는 적의 장수가 있으니 결코 그냥 지나칠 수 없겠군.'

그렇게 생각한 조운은 마음의 준비를 했다. 일반 병사들과 달리 장수들에게는 적을 보고서 그냥 지나친다는 것이 허용되지 않았다. 사실 나중에 알려지면 군법에 의해 처벌을 받았다.

마침내 장수들 중 하나가 세 가닥으로 뻗친 칼을 빼들고 조운을 막아섰다. 그는 조홍의 부장인 안명룡明으로 손에 삼첨도三尖劍를 들고 조운에게 달려들었다. 조운은 창을 마상에 꽂고 하후은에게서 노획한 보검을 빼들었다. 조운과 안명의 공방은 쉽게 끝이 났다. 안명의 칼이 조운의 보검과 부딪치자 세 가닥으로 뻗친 부분이 산산조각이 나버린 것이다. 그 틈을 놓치지 않고 조운은 안명을 단칼에 죽였다. 안명을 호위하던 군사들은 그 광경을 보고 뿔뿔이 흩어져버렸다. 조운이 다시 말을 달려 앞으로 나가는데 뒤에서 두 장수가 소리를 지르며 뒤쫓아왔다.

"조운은 도망가지 말고 게 섰거라!"

조조군의 두 장수는 마연과 장의였다. 이들은 모두 원소의 부하였으나 조조가 기주를 정벌할 때 조조에게 항복한 장수들이었다. 조운은 청홍검을 빼들고 마치 짚단을 후려치면서 논길을 가듯이 조조군을 몰아붙였다. 추격하던 마연·장의는 돌연 조운이 보검을 빼어들고 공격해 들어오자 뒤로 밀리기 시작했다. 조운이 칼을 휘두르는 대로 주변에서 달려들던 병사들의 창검과 칼들이 부서졌고 갑옷이 찢겨나갔다. 여기저기서 피가 허공으로 튀어오르고 팔 다리가 떨어져나가 길위에 흩어졌다.

마연·장의가 혼비백산하여 뒤로 물러나는 것을 보고 조운은 다시 말을 몰아 앞으로 나아갔다. 그러자 머뭇거리고 있던 조조군이 다시 뒤따라오기 시작했다. 뒤따라오는 조조군을 물리쳐가며 장판교 가까이 이르렀을 때는 이미 조운도 지치고 말도 지쳐 있었다. 조운은 전날 밤부터 하루를 꼬박 굶고 잠도 한숨 자지 못한 채 사력을 다해 적진을 헤쳐나왔던 것이다. 다행히도 장판교 위에는 장비가 창을 들고 말 위에 앉아 있었다. 조운이 반가움에 큰 소리로 장비를 불렀다.

"장장군! 나좀 구해주시오."

장비가 반갑게 소리쳤다.

"조장군, 걱정 마시고 빨리 오시오. 얼마나 고생이 많았소. 이제 추격해오는 놈들은 내가 맡겠소."

장비가 장판교를 수비하는 사이 조운은 말을 몰아 장판교를 통과하여 달렸다. 조운이 다리를 건너 20여 리쯤 말을 달리니 유비가 사람들과 함께 나무 밑에 앉아 있는 모습이 보였다. 조운이 유비에게로 달려가 땅에 엎드려 통곡했다. 유비 역시 너무 반가워 눈물을 흘리면서 조운의 손을 잡았다.

"모두가 제 불찰이었습니다. 저의 죄는 1만 번을 죽는다 해도 오히려 가벼울 것입니다. 큰 마님께서는 적에게 중상을 입으시고 혹 저와 아두 공자께 피해가 될까 봐 스스로 우물에 몸을 던져 돌아가셨습니다. 임시방편으로 담장을 허문 돌로 우물을 메워 시신을 감추었습니다. 그리고 공자님을 모시고 적의 포위망을 뚫으며 이렇게 살아 돌아왔습니다. 제가 공자님을 갑옷 속에 모시어 무사히 구할 수 있었던 것은 주공께서 하늘의 은혜를 입으신 덕택인가 합니다."

그렇게 말하며 조운이 조심스레 갑옷을 풀었다. 그 순간 조운의 표정이 굳어졌다.

"조금 전까지도 제 품안에서 우는 소리가 났는데 지금은 아무런 움직임이 없습니다."

조운은 불길한 생각이 들어 품을 헤쳐 공자를 꺼내 살펴보았다. 다행히 아두는 쌔근쌔근 자고 있었다. 조운은 크게 기뻐하며 말했다.

"다행히도 공자께서는 아무 탈이 없으십니다."

조운은 조심스럽게 아두를 두 손으로 받들어 유비에게 바쳤다. 그런데 유비는 아두를 받자 풀밭에 내동댕이치면서 말했다.

"이 못난 아이 하나 때문에 하마터면 장수 하나를 잃을 뻔했구나!"

주위에서 모두 깜짝 놀라 유비 곁으로 몰려왔다. 조운은 급히 아두를 들어 품에 안고 괜찮은지 살펴보았다. 다행히 아두는 풀밭 위로 떨어져서 크게 다치지는 않았으나 놀란 탓에 울음을 멈추지 않았다. 아두는 다시 감부인에게 보내졌다. 감부인은 아두를 가슴에 안고 한없이 서럽게 울었다. 유비는 그 동안 어렵게 얻은 아두를 애지중지해왔던 사람이다. 그런 유비가 아이를 땅바닥에 내동댕이친 것이다. 조운은 유비 앞에 엎드려 울면서 말했다.

"이 몸 주공을 위해 갈기갈기 찢긴다 해도 주공의 은혜에 보답하지 못할 것입니다."

유비는 남아 있는 군사들을 모았다. 대략 1천여 명 정도가 되었다. 유비는 전령을 보내 장판교를 대중 막고 난 후에 동쪽으로 계속 달려 한수 강변에 있는 면양 나루로 철수하라고 지시한 다음 장수들을 불러서 말했다.

"이제 동쪽으로 가면 면양 나루에 도착한다. 그곳에 가면 배가 대기하고 있을 텐데 그 배를 이용하여 강하로 철수한다. 강하에는 우리 군사가 2천여 명이 있고, 유기의 군사도 5천여 명이 있으므로 지금 우리가 합류하면, 능히 조조군을 격파해낼 수 있다. 지금부터 신속하게 강하로 철수하라. 시간을 지체하면 조조군의 추격을 받을 수 있으니 서둘러라."

유비는 군대를 이끌고 면양으로 향했다. 유비군은 다시 강하를 향해 긴 장정을 시작한 것이다. 유비가 면양의 한수 나루에 도착했을 때는 아직 배가 없었다. 병사들이 1천여 명밖에 되지 않으니 군선은

5, 6척이면 충분했다. 한참을 기다리니 강 남쪽에서 북소리를 요란히 울리며 돛을 단 10여 척의 배들이 다가오는 것이 보였다. 유비는 그 배가 혹시라도 관우·제갈량이나 유기가 몰고 오는 것이 아니면 어쩌나 싶어 조마조마한 마음으로 바라보았다. 만약 그들이 아니라면 여기서 전멸하는 수밖에 없었다. 유비가 배를 유심히 살펴보니 다들 낯익은 사람들이 타고 있었다. 유비는 하얀 도포와 은빛 투구를 쓴 사람 하나가 뱃머리에 서 있는 것을 보았다.

'저 사람은 유기가 아닌가!'

유기와 유비는 서로 얼싸안으며 반가워했다. 제갈량도 밝은 얼굴로 유비를 맞으며 말했다.

"제가 강하에 도착하여 유기 공자를 뵙고 그 동안의 사정을 말씀드리니 공자께서 가장 좋은 배를 준비하셨습니다. 문빙이 주공을 추격했다고 들었습니다. 아마 문빙이 이끄는 조조군은 강릉으로 내려간 것이 틀림없습니다. 그들이 면양으로 오지 않고 강릉으로 간 것은 우리에게는 천만다행이며 하나의 기회가 될 수 있습니다. 더욱 다행스러운 것은 하구 쪽도 일단 아군이 장악하고 있다는 점입니다. 급한 대로 조조군의 공격을 막을 수 있는 교두보를 확실히 확보한 셈입니다. 이들 지역은 장강을 잘만 이용하면 당분간 적을 방어해내기에 적절한 곳입니다."

유비가 고개를 끄덕이자 제갈량이 다시 말했다.

"일단은 강하와 하구를 방어선으로 삼아야 할 것 같습니다. 공자님과 주공께서 하구와 강하를 나누어 맡으십시오. 주공께서는 하구 성을 방어하시는 것이 좋을 듯합니다. 무엇보다도 조조군이 내려오면 가장 먼저 들이닥칠 곳은 하구입니다. 하구는 지형적으로 험난해서 적이 쉽게 공격해오기가 힘든 곳인데다 양식이 풍족한 곳입니다. 그리고 허도나 형주와도 상당한 거리가 있으므로 오래 계실 수 있습니다."

제갈량은 다시 유기를 보며 말했다.

"공자님께 외람된 말씀인지 모르겠으나 공자께서는 강하를 방어하시는 것이 좋을 듯합니다. 일단 강하에서 싸울 배와 무기를 수습한다면 조조의 군사를 능히 막을 수 있습니다. 조조의 군사는 수전에는 매우 약합니다. 그리고 형주의 수군도 모두 강하·하구에 집중적으로 배치되어 있으니 적을 맞아 싸워볼 만할 것입니다."

유비는 제갈량의 말을 좇아서 배들을 나루에 댄 뒤에 병사들을 100명씩 승선하게 하여 즉시 하구로 출발시켰다. 유비는 제갈량과 유기를 바로 병사들과 함께 출발시키고 자기는 장비가 올 때까지 기다리다가 가겠노라고 했다. 제갈량은 유기와 함께 병사들을 데리고 다시 하구·강하를 향해 출발했다. 유비는 가장 빠른 배에 승선하여 장비를 기다리고 있었다.

한편 하후돈이 군대를 이끌고 장판교 입구에 이르러 보니, 장판교 앞에 텁수룩한 턱수염에 고리눈을 부릅뜬 장수 하나가 창을 비껴들고 말 위에 버티고 서 있었다. 바로 장비였다. 뿐만 아니라 다리 동쪽 숲에서 먼지가 자욱히 일며 바람을 타고 날아왔다. 하후돈은 제갈량의 계략이 있을 것이라고 생각하고 휘하 장수들에게 말했다.

"저기 서 있는 놈은 그저 폼으로 서 있는 것이다. 지금 저 다리에는 세 놈뿐이지만 무슨 계략이 있는지는 알 수가 없다. 내 생각에는 저 숲속에 분명 흉계가 있을 것이다. 또다시 개망신 당할 수는 없는 일이 아닌가?"

장판파에서 눈부신 활약을 보여준 장비.
장비의 독특한 모습은 조선 민화를 참고했다.
『삼국지』는 조선 후기 민화에서 풍속화와 더불어 다양한
화가들이 즐겨 그리던 주요한 장르였다. 이미 조선 사람들은
『삼국지』를 더 이상 중국의 소설이 아니라 우리 전통의
일부로 수용하고 재창조했던 것이다. 당시 그려진 여러 점의
『삼국지』 이야기 병풍이 오늘날까지 전해지고 있다.

하후돈은 군대를 일단 정지시켜 400~500보를 물린 후 지원군이 올 때까지 기다리라고 명령했다. 장비는 조조의 군사를 지켜보다가 말꼬리에 나뭇가지를 묶어 달리고 있던 병사 10여 명을 불러 눈에 띄지 않게 다리 밑으로 내려가 최대한 빨리 장판교를 무너뜨리라고 명령했다. 명령을 받은 병사들은 다리 밑으로 내려가서 다리를 잇고 있는 가운데 나무를 뺀 다음 불을 질렀다. 일단 불이 붙은 다리는 좌우로 불길이 번지며 맥없이 주저앉기 시작했다.

장비는 다리가 불에 타는 것을 보고 더 이상 적의 기병이 건너지 못하리라 확신하고 군사들에게 빨리 나루 쪽으로 퇴각하라고 지시했다. 한참을 달려가니 유비가 면양 나루에서 아직도 배를 타지 않고 기다리고 있었다. 장비가 그간의 상황을 보고하자 유비가 위로의 말을 했다.

"아우, 고생이 많았네. 빨리 병사들을 배에 태우고 나와 함께 출발하세."

많은 군사들은 이미 철수했고 장비를 기다리고 있던 배에는 관우가 타고 있었다. 관우는 먼저 감부인과 아두를 태웠다. 유비가 갈 길을 재촉하자 장비가 말했다.

"형님, 제가 확실히 다리를 불태우고 왔으니 조조군은 오늘 중으로는 절대 못 건너올 겁니다. 그러니 그렇게 서두르실 필요 없어요."

유비가 이 말을 듣더니 힘없이 웃으며 답했다.

"사실은 자네가 다리를 불태웠기 때문에 더 서두르는 것일세."

"그건 또 무슨 말씀이오?"

"조조는 한 상황을 두고 열 가지를 헤아리는 비상한 머리를 가진 사람이네. 아우가 다리를 끊지 않았다면 오히려 조조는 군대를 몰고 오지 않을 것일세. 자네가 다리를 끊은 것은 무슨 뜻이겠나? 그곳에 우리 군사들이 하나도 없다는 것을 증명하는 것이 아닌가? 아마 지금쯤 조조는 임시로 다리를 만들어 추격해오는 중일 걸세. 그래서 내가 서두르는 것이네."

유비의 말을 들은 장비는 머쓱해하며 서둘러 배에 올랐다. 면양의 한수 나루가 서서히 멀어져갔다. 다시 한자리에 모인 유비 삼형제는 그 동안의 이야기를 나누었다. 관우가 갑자기 궁금한 듯 물었다.

"형님, 어째 큰형수가 보이지 않소?"

유비의 얼굴이 갑자기 어두워졌다.

"내가 새벽에 기습을 받고 후퇴할 때 조조군이 쏜 화살에 중상을 입은 것을 조운이 구하려 했으나 아두를 위해 스스로 목숨을 끊었다네. 대단한 여자지. 장판에서 북쪽으로 한 10리 되는 마을이었다고 하네. 적도들에게 시신이 훼손될까봐 부인이 몸을 던진 우물을 흙과 돌로 메우고 왔다고 하는데 여간 마음에 걸리지 않아. 날 만나 호강 한번 제대로 못하고 지금까지 쫓겨다니다 그렇게 죽었으니, 내 죄가 크네."

유비의 눈가에 이슬이 맺혔다. 관우에게는 유비의 눈물이 자신의 삶에 대한 회한과 탄식 그리고 절망으로 보였다. 그때 장비가 대뜸 큰 소리로 한마디 내뱉었다.

"그러기에 제가 뭐랬수? 예전에 허도에 있을 때 허전 사냥터에서 조조를 죽여버렸으면 오늘날 이런 일이 왜 생겼겠어요?"

유비가 장비를 보더니 충혈된 눈으로 피식 웃고는 고개를 돌려 흐르는 강물을 말없이 바라보았다.

한편 하후돈은 장요 · 허저의 지원군을 기다리고 있다가 장판교 쪽에서 불길이 솟는 것을 보았다. 급한 김에 휘하의 호위병 10여 명을 거느리고 다리 쪽으로 가보니 다리는 이미 불에 타 끊어져 있었다. 하후돈이 돌아오니 그 사이에 장요와 허저가 도착해 있었다. 하후돈이 장요에게 말했다.

"장비놈이 이미 다리를 끊고 도망친 것 같소."

"장비놈이 다리를 끊고 도망쳤다면 겁이 나도 단단히 난 게로군."

장요는 즉시 300명의 군사를 뽑아 100명씩 나누어 기병이 통과할 정도의 간이다리 세 개를 설치하여 그날 밤 안으로 전군이 다리를 건널 수 있도록 하라고 명령했다. 하후돈이 옆에서 말했다.

"이보시오, 제갈량이란 자는 온갖 잔재주를 다 부리는 사람이오. 분명히 무슨 계략이 있을지도 모르오. 좀 신중하게 대처합시다. 원래 군대란 그 대열이 무너지면 1만의 대병도 속수무책이 되지 않소? 장판교를 건너갔다가 무슨 봉변이라도 만나면 어찌할 것이오?"

장요가 껄껄껄 웃으면서 내답했다.

"장군, 걱정 마시오. 장비는 제가 겪어봐서 잘 압니다. 장비는 용맹하기는 천하 제일일지 모르지만 머리는 비어 있는 인물이오. 또 계략을 쓸 거라면 뭣하러 다리를 끊었겠소? 이번 일은 제가 책임지겠소. 걱정 마시오."

장요는 보병들에게 명하여 강물이 별로 없는 곳을 타고 강을 먼저 건너게 하고 차출된 병사들에게는 기병들이 건너갈 수 있을 정도로만 대충 다리를 엮어 만들라고 했다. 차출된 병사들은 모두 주변의 산으로 올라가 대나무와 제법 굵은 나무들을 베기 시작했다. 그리고 타다 만 다리에 다시 나무를 이어 다리 하나를 대충 만들었다.

한편 한수 나루까지 당도한 조조군은 멀어져가는 유비의 배를 보고 탄식했다. 유비가 탄 배는 강을 따라 강하로 내려갔다.

제갈량과 노숙의 만남

조조는 유비를 섬멸할 기회를 놓친 것이 생각할수록 분했다.

'유비, 내가 일찍이 이놈을 요절내지 못한 것이 원통하다. 이놈은 마치 물처럼 형체가 정해져 있지 않으니 이리저리 피해다니며 내 속을 뒤집어놓는구나. 얕아 보이다가도 깊고, 한낱 물줄기에 지나지 않아 보이다가도 폭포처럼 변하니 실로 보통내기가 아니다. 그런데다 어느새 제갈량인가 뭔가 하는 모사꾼을 자기 사람으로 만들어놓지 않았나. 제갈량, 이놈 또한 화근덩어리임에 틀림없다. 내가 일찍이 유비의 말을 듣고 여포를 죽인 것이 후회막급이로다. 이번에 이놈의 뿌리를 뽑아놓지 않으면 두고두고 내게 걸림돌이 될지도 모른다. 이제 천하의 소소한 군룡群龍들은 다 제거했다. 그런데 유독 돗자리나 짜던 이놈은 질기게도 끝까지 도망다니며 내게 대항하고 있다. 천하통일을 눈앞에 두고 있는 지금 이 보잘것없는 촌놈에게 발목을 잡히

다니!'

조조는 유비가 사라진 강안을 바라보며 혼자 심란한 마음과 싸우고 있었다. 그러다 그는 지체 없이 유비를 제거해야겠다며 참모들을 불러모아 말했다.

"유비놈은 결코 무시할 수 없는 용장을 셋이나 거느린데다 이번 전쟁에서 보니 제갈량이라는 보사꾼까지 얻었소. 겪어봐서 알겠지만 쉬운 놈이 아님에 틀림없소. 이제 이놈들이 강하의 유기에게 갔으니 앞으로 동오와 일을 꾸미는 날에는 골치가 아파질 걸세."

순유가 말했다.

각각 용의 운명을 타고났기에 서로
합칠 수 없던 유비를 생각하며 조조가 탄식한다.
두 마리의 용이 서로 얽혀 으르고 달래는 모양이,
한나라 화상석에서 가장 즐겨 다루던 주제 가운데
하나이기도 하다는 사실은 재미있는 우연의 일치다.

"지금 승상께서는 중원의 핵심을 모두 평정하셨습니다. 이제 익주가 남아 있기는 하나 익주의 유장은 승상께 대항할 인물이 못 됩니다. 유비가 발붙일 땅 한 조각 없이 떠돌면서 제 딴에는 힘을 키우고 있는 듯이 보이나, 그것은 승상의 위세에 비하면 새 발의 피일 뿐입니다. 승상께서 염려하시는 동오 역시 그렇게 두려워할 대상이 못 됩니다. 강동이라는 땅은 얼마 전까지만 해도 중국에 들지도 못할 만큼 오지에 불과했습니다. 그러니 그들에게는 제후 자리 하나만 안겨주어도 뒤탈이 없을 것입니다."

순유의 말을 듣고 있던 조조가 입을 열었다.

"변란이나 혁명은 원래 변방에서 일어나는 법이 아니오? 내가 유비를 경계하는 이유는 이놈이 절대 가만히 있지 않을 것이기 때문이오. 게다가 이제 활개를 치고 나타난 제갈량이란 어린 놈이 유비를 부추길 것이 틀림없소. 내가 통치할 땅은 넓어서 이놈들을 일일이 정벌하기 어려운데 유비놈은 끝없이 일을 저지를 것이니 그냥 두어서는 안 된다는 말이오. 내가 무리해서 유성까지 진군하여 원씨 형제를 죽이려 한 것도 다 그런 이유에서였소. 지금의 유비는 별것 아니지만 이놈이 손권을 들쑤셔 연합하게 되면 내가 어려워질 것이 뻔하오."

순유가 다시 말했다.

"승상, 꼭 전쟁을 해야 이기는 것은 아닙니다. 먼저 익주로 사람을 보내어 1만 5천 이상의 대병을 파견하라고 하십시오. 그렇게 해두면 두 가지 이익이 있습니다. 첫째는 익주가 투항할 의사가 있는지 파악할 수 있고, 둘째는 익주가 파병에 응하면 저희 병력이 더욱 강대해져 손권을 꼼짝 못하게 할 수 있습니다. 현재 형주의 병력은 1만 5천이고 허도에서 내려온 병력은 5만여 대병입니다. 여기에 익주의 1만

5천여 명의 병력이 합해지면 우리의 군세는 거의 8만의 대병이 됩니다. 이처럼 우리 군세의 우위를 확실하게 보여준 다음 강동으로 사람을 보내시어 손권에게 강하에서 사냥이나 같이 하자고 청하십시오. 손권을 만나시거든 힘을 합해 유비를 사로잡고 형주를 나눠 가진 후 우호를 맺자고 하십시오. 그러면 손권은 감히 거절하지 못할 것입니다. 그렇게 되면 유비도 별수 없게 됩니다."

순유의 말을 들은 조조는 좋은 생각이라 치하하고 곧바로 실행에 옮겼다. 그는 바로 익주로 사자를 보내 형주를 지원할 군대를 동원하라고 지시했다.

한편 시상에 진을 치고 있던 강동의 손권은 조조가 남하하여 유종의 항복을 받아내고 강릉까지 진출하고 있다는 소식을 듣고 긴장하지 않을 수 없었다. 손권은 노숙과 파양호에서 군사훈련을 시키고 있던 주유 등 젊은 참모들과 장소, 우번虞翻 등 노장의 대신들을 불렀다.

손권의 측근들 중 노숙·주유 등은 한창 청춘의 혈기와 총명함이 빛나는 소장파였는데 이들은 북방으로부터 남하한 이주민 출신들이었다. 이에 반해 장소·우번 등은 일찍이 강남 땅에 정착한 토착 호족 출신들로 노숙이나 주유에 비해 동오의 세력을 확장시키는 데 소극적이었다. 출신과 세대가 달라서인지 이들은 조조를 향한 주전파主戰派와 주화파主和派로 나뉘는 양상을 보였다. 특히 노숙은 조조가 천하를 석권하기 전에 강동이 하나의 국가로서 확실하게 터전을 잡기 위해서는 우선 유비와 손을 잡고 조조를 물리쳐야 한다는 생각을 확고하게 가지고 있었다.

손권은 대소 신료들을 불러모은 자리에서 이들을 둘러보며 말했다.

"여러분도 아시다시피 지금 조조는 수십만에 이르는 대군을 이끌고 양양까지 진격해 있습니다. 군사 수로 볼 때 우리와는 비교도 안 될 만큼 대군입니다. 어떻게 대처해야 할지 의견들을 말씀해보세요."

노숙이 먼저 말했다.

"우리는 지금까지 강동의 기반을 닦느라 천하를 내다볼 겨를이 없었습니다. 그러나 이제 이 강동은 인재들로 넘쳐나고 백성들은 주공의 은혜로 안정되어 있어 강동의 힘이 충만합니다. 이럴 때 가만히 앉아만 있을 것이 아니라 밖으로 힘을 뻗쳐 패업의 터전을 닦는 것이 현명한 일일 것입니다. 형주는 우리 강동과 가까이 있는데다 백성도 많고 물자도 풍부한 곳입니다. 그러니 먼저 형주를 취해야 합니다. 유표가 죽고 유비가 패하여 철수한 지 얼마 되지 않았으니 지금이 기회입니다. 제가 유표의 문상을 핑계로 강하로 가서 유비와 유표의 옛 장수들을 만나겠습니다. 그리고 힘을 합해 조조를 치자고 하면 유비는 기쁜 마음으로 따를 것입니다. 조조를 내쫓고 우리 강동의 터전을 확고히 해야 합니다. 조조를 결코 인정해서는 안 됩니다."

그러자 장소가 말했다.

"그러다가 잘못하면 공연히 긁어 부스럼을 만드는 일이 될 수 있습니다. 유비는 조조가 눈엣가시처럼 여기는 인물인데 그와 연합했다가 조조의 분노를 산다면 우리만 어려워질 수 있습니다."

옆에 있던 우번이 거들었다.

"형주와 저희 강동은 주공의 선친께서 돌아가신 이후 철천지 원수로 지내왔습니다. 그런데 그들에게 문상객을 보낸다는 것은 앞뒤가 맞지 않습니다."

노숙이 말했다.

"개인에게는 친구와 원수가 있지만, 나라 일에는 원수와 동지가 따로 없는 법입니다. 국가의 이익은 만백성의 삶과 연관되는 것이고 장래가 걸린 일입니다. 구원舊怨에 얽매여 제자리만 맴돈다면 어떻게 정치를 할 수 있겠습니까?"

주유가 말했다.

"노숙 공의 말씀이 맞습니다. 지금까지 우리가 축적해놓은 힘도 결코 미약한 것이 아닙니다. 미리부터 조조를 두려워할 필요는 없습니다. 그들에게 우리 강동이 함부로 넘볼 상대가 아님을 이번 기회에 보여주어야 합니다."

의견이 둘로 나뉘어 팽팽히 맞섰다. 손권 역시 젊은 혈기와 패기가 넘치는 나이라 조조에게 맞서는 쪽으로 마음이 기울었다.

"나 역시 조조의 휘하로 들어가고 싶은 마음은 없습니다. 우리 선친과 형님께서 목숨을 버려가며 강동의 기업을 닦으신 것은 강동의 번창함을 위한 것이었지 조조를 위한 것이 아니었습니다. 노숙 공께서는 말씀하신 대로 문상을 핑계 삼아 유비에게 가서 그곳의 분위기를 살펴보고 오도록 하세요."

노숙은 손권의 명을 받아 바로 강하로 떠날 채비를 했다. 그때 강하에 있던 유비 역시 유기, 제갈량 등과 함께 조조의 침공에 대비해 대책을 상의하고 있었다. 제갈량이 앞으로 조조와 어떤 방식으로 대전을 벌여야 할 것인지에 대해 전체적인 윤곽을 설명했다.

"지금 당장 강하·하구의 7천여 병력으로는 조조의 10만 대군을 막아낼 수 없습니다. 그러나 시간을 두고 전략을 짠다면 조조의 대군도 능히 당해낼 수 있습니다. 그러기 위해서 첫번째로 해야 할 일이 강동의 손권과 연합하는 것입니다."

유비가 걱정스럽게 물었다.

"손권이 무엇이 아쉬워서 우리와 연합하려 하겠습니까?"

"상대가 아쉬워하도록 만들어야지요."

제갈량의 자신에 찬 목소리에도 불구하고 유비는 여전히 걱정스런 얼굴로 말했다.

"아마 지금쯤 강동도 그들 나름대로 조조를 겨냥한 대책을 강구하느라 바쁠 것입니다. 조조가 허도와 형주의 병력 7만 대군을 거느리고 강릉까지 내려와 범처럼 버티고 있는데 강동 사람들이 조조에게 쫓기는 신세와 다름없는 우리와 연합할 생각을 하겠습니까?"

제갈량이 빙긋이 웃으며 설명했다.

"강동은 지금 두 부류로 나뉘어 있습니다. 강동은 본래 오지나 다름없던 곳으로 일찍이 이곳에 정착했던 손권의 부친 손견과 그의 형인 손책이 북방의 이주민들과 합심하여 개척하고 세력을 키운 땅입니다. 그러다 보니 타 지역에서 이주해온 신진 세력들과 토착 세력들 간에 의견이 분분합니다. 손권은 애써 확장한 강동을 구태여 싸움터로 만들고 싶어하지는 않을 것입니다. 그러나 그 아버지나 형의 성격으로 보건대 그 역시 결코 조조에게 쉽게 투항할 사람도 아닙니다. 손권의 마음이 둘인 것처럼 강동 전체가 주전파와 주화파로 대립되어 있으니 우리는 그 틈을 이용해 손권을 충동질하여 조조와 서로 대치하도록 만들어야 합니다. 우리는 당장 힘이 없으니 그들 틈에서 어부지리를 취하자는 것입니다."

"군사의 혜안은 참으로 탁월하십니다. 그러나 우리는 지금까지 강동과 전혀 교류가 없었을 뿐 아니라 오히려 경계하며 대치해왔습니다. 이런 상황에서 갑자기 우리가 가겠습니까, 그들이 오겠습니까?"

유비의 걱정에 유기도 한마디했다.

"맞습니다. 강동의 손씨 집안과 우리는 원수지간입니다. 연합이 쉽지 않을 것입니다."

이때 강동의 노숙이 손권을 대신하여 유표의 문상차 배를 타고 오고 있다는 전갈이 왔다. 제갈량이 웃으며 말했다.

"일이 쉽게 풀릴 것 같습니다. 유기 공자님, 예전에 손책이 죽었을 때 형주에서도 사람을 보내 문상을 했던가요?"

"보내지 않았습니다. 아까도 말씀드렸지만 강동은 우리 형주를 두고 자기의 아비를 죽인 원수로 생각하고 있는데 어찌 문상객을 보낼 수 있었겠습니까?"

"그러니 지금 노숙은 문상을 핑계로 우리와 조조의 상황을 정탐하러 오는 것입니다."

제갈량이 유비를 보며 당부의 말을 했다.

"노숙이 도착하면 분명히 조조의 동정에 대해 물을 것입니다. 그러면 주공께서는 잘 모른다고만 하십시오. 그래도 계속 물으면 저에게 물어보라고만 하십시오."

미리 할말을 정해둔 유비와 제갈량은 사람을 시켜 역관에서 기다리고 있던 노숙을 정청으로 모셔오도록 했다. 노숙은 강하성 정청에 들자마자 유기에게 예를 갖추어 문상을 하고 예물을 바쳤다. 유기는 유비를 청해 노숙과 만나게 했다. 유비와 노숙의 인사가 끝나자 유기는 이들을 후당으로 안내해 술자리를 마련했다. 노숙이 유비를 보며 말했다.

"유황숙의 높으신 명성은 이미 들은 지 오래입니다. 그 동안 한번도 뵐 기회가 없어 궁금했는데 이렇게 직접 뵈니 역시 듣던 대로 영웅의 기상이십니다. 제가 시상에서 들으니 황숙께서는 조조와 큰 전쟁을 치르시고 강하로 물러나셨다고 하더군요. 그 동안 황숙께서는 거의 10여 년간 조조와 자웅을 겨루셨다지요? 그러니 조조의 허와 실을 가장 잘 알고 계실 줄 압니다. 조조의 군사는 얼마나 되며 지금 어디까지 와 있는지요?"

유비가 말했다.

"우리 군사는 수가 적어 조조의 상대가 되지 못하고 신야에서 강하로 일단 철수했을 뿐입니다. 그러다 보니 조조의 사정을 알아볼 기회를 갖지 못했습니다."

"제가 알기로 황숙께서는 제갈량의 계책을 빌려 두 번이나 화공으로 조조군의 간담을 서늘하게 했다는데 조조의 허실을 알지 못하시다니요?"

노숙이 대답을 재촉하듯 유비를 보자 그는 슬그머니 제갈량에게 답을 넘겼다.

"공명에게 물어보시면 알 수도 있을 것입니다."

"공명은 어디에 계십니까? 이 자리에서 한번 만나뵐 수 있을는지요?"

유비는 제갈량을 불러들여 노숙과 인사를 시켰다. 노숙이 웃음 띤 얼굴로 그를 보며 말했다.

"선생의 재주에 대해서는 일찍이 제 친구인 제갈근 공으로부터 들었습니다. 그 동안 말로만 듣다가 이렇게 뵙게 되니 영광입니다. 그 동안 하후돈과 조인의 군대를 쥐 잡듯이 소탕했다는 말을 들었습니다. 참으로 대단하십니다. 선생께 세상 돌아가는 이야기나 들어볼 수 있다면 큰 다행이겠습니다."

"조조의 간계쯤은 손바닥 안의 일처럼 알고 있습니다만, 아직 힘이 모자라 이렇게 피해다니고 있을 뿐입니다."

노숙은 놀랍다는 듯이 고개를 끄덕이며 또 물었다.

"황숙께서는 이번에 거의 군사적 피해를 입지 않고 강하로 오셨다고 들었는데요."

"그렇습니다. 지금 강하와 하구에는 아직도 1만 명이 넘는 군사들이 있습니다."

"그 정도나 됩니까? 제가 듣기로는 2천이 넘지 않을 것이라 들었습니다만."

"그것은 사람들이 모르고 하는 소리입니다. 신야에서 철수할 때는 이미 관우 장군이 주력군 5천 정도를 강하로 이동시킨 후였습니다."

노숙은 제갈량의 말에 의외라는 듯 표정이 굳어졌다. 유비도 제갈량이 지금 무슨 말을 하려는 것인지 속셈을 알 수 없었다. 그러나 제갈량이 자신에게 맡기라고 장담한 터라 유비는 아무 말도 하지 않고 듣기만 했다. 제갈량이 그렇게 군사 수를 부풀린 것은 노숙이 먼저 속을 드러내도록 하기 위함이었다. 제갈량은 노숙을 보며 다시 말했다.

"제가 우리의 힘이 약하다고 말한 것은 우리 독자적으로는 조조군을 이길 수가 없다는 의미이지 우리 군이 약하다는 뜻은 아니지요. 만약 누군가 조금만 도와주면 조조군을 격파하는 것은 시간문제입니다."

노숙은 얼굴이 환해지면서 말했다.

"저희 주공이신 손권 장군은 범처럼 버티고 앉아 여섯 군을 거느리고 계십니다. 강동의 군사들도 모두 정병이고 양곡 또한 풍부합니다. 뿐만 아니라 우리 주공께서는 현사들을 우대하셔서 서주와 청주, 오월의 현사와 영웅이 강동에 다 몰려와 있습니다. 그러니 황숙께서 민을 만한 분을 강동으로 보내어 함께 조조를 막도록 하는 것이 유황숙을 위하는 길일 것입니다."

제갈량이 손을 저으며 말했다.

"우리 주공께서는 손장군과 친분이 없습니다. 더구나 강동에 보낼 만한 심복들이 없는 형편입니다."

노숙이 다시 설득했다.

"공명 선생의 형님이신 자유子瑜(제갈근의 자)께서는 지금 강동의 중신이십니다. 백씨께서는 날마다 선생을 보고 싶어하십니다. 저와 같이 시상으로 가셔서 우리 주공을 뵙고 조조군을 저지할 대책을 함께 논의해보는 것이 좋지 않겠습니까?"

노숙이 한층 적극적으로 나오자 유비는 제갈량의 의도를 알아챘는지 한 술 더 떠서 말렸다.

"공명 선생은 군사이자 저의 스승입니다. 잠시라도 제 곁을 떠나게 할 수 없습니다. 그러니 어찌 공명 선생이 시상으로 가시겠습니까?"

노숙이 재차 함께 갈 것을 부탁하자 제갈량은 마지못해서 강동행을 결정하는 것처럼 말했다.

"주공, 강동이나 우리나 조조를 물리치는 공동의 과제를 안고 있는 듯하니 제가 잠시 다녀오도록 하겠습니다."

이윽고 유비는 제갈량에게 다녀올 것을 허락했다. 마침내 제갈량과 노숙은 유비와 유기에게 작별을 고하고 시상을 향해 떠났다. 제갈량과 노숙을 실은 배는 때마침 불어오는 북서풍을 타고 바람에 미끄러지듯 장강을 따라 멀어져갔다. 겨울이 오고 있었다. 제법 매서운 바람이 뱃전에 부딪치고 배가 가르는 파도 위로 물새들이 날아왔다 멀어져갔다. 남쪽으로는 끝없는 평원이 펼쳐져 있고 북쪽으로는 멀리 산이 지나가고 있었다.

'저 산을 넘으면 회남 땅이로구나.'

제갈량이 물끄러미 산을 바라보고 있는데 노숙이 말을 걸어왔다.

"공명 선생, 선생께서는 우리 주공을 만나시면 조조의 군사와 장수가 많다는 말씀은 하지 마십시오."

제갈량이 주변의 산과 들 그리고 긴 강을 바라보면서 말했다.

"자경子敬(노숙의 자) 선생의 부탁이 아니더라도 대답할 말을 여러 가지로 생각하고 있습니다. 선생은 강동과 우리가 연합하여 조조군을 물리치자는 것이고 그것에 대해서 손권 장군은 이러지도 저러지도 못하고 망설이고 있는 것 아닙니까? 구신들이야 조조에게 항복하는 것을 바라겠지요. 손권 장군이 항복을 하고 제후가 된다고 해서 그들의 생활이 달라질 것은 없을 테니까요. 그러나 전쟁을 생각해보십시오. 지금까지 권력의 단맛을 누리고 산 관료들이 얼마나 골머리를 앓겠습니까? 강동이 앞으로 어떤 처지에 놓일지는 손권 장군의 결정에 달렸겠지요."

노숙이 말했다.

"저는 저의 주공이 조조에게 항복하고 조조가 천하를 통일하는 것을 바라지 않습니다. 조조도 나름대로 재주를 가진 인물이지만 그 사람이 왕조를 창업한다는 것은 어불성설입니다."

"왜 조조는 그런 인물이 못 된다는 말씀입니까?"

"덕보다 힘이 앞선 자가 천하를 얻는 것은 다시 난세로 가는 길을 열어줄 뿐입니다. 『서경』에 이르기를 '하늘은 친한 사람은 없고, 오로지 덕이 있는 사람을 돕는다'라고 했습니다. 그런데 조조 같은 자가 천자가 되면 그것은 이 시대를 사는 우리에게 불행이 닥치는 것입니다. 조조는 서주의 양민들을 무수히 죽였습니다. 게다가 그는 천자를 모시고 있는 것이 아니라 인질로 삼고 있는 것이나 다름없습니다. 조조가 힘을 가지고 있기 때문에 그것이 가능할지 모르나 힘이 있다고 하여 모두 조조처럼 날뛴다면 세상이 도대체 어떻게 되겠습니까? 그래서 저는 조조에게 결코 투항해서는 안 된다고 봅니다."

제갈량이 말했다.

"저의 생각도 마찬가지입니다."

이윽고 배가 시상의 부두에 닿았다. 노숙은 제갈량을 안내하여 역관에서 쉬게 하고 손권에게 갔다. 손권은 문무 신료들을 모아 당상에서 회의를 하고 있다가 노숙이 돌아온 것을 보고 반갑게 맞으며 물었다.

"강하로 가보니 어땠습니까?"

"대강 알 것은 알고 왔습니다. 천천히 말씀드리지요."

그러자 손권은 조조가 보낸 격문이라며 노숙에게 종이 한 장을 건네주면서 말했다.

"노숙 선생이 강하에 있는 동안에 조조가 사신 편에 이 같은 격문을 보내왔어요. 일단 사신을 돌려보내고 장수와 참모들을 모아 대책을 협의하고 있으나 결정은 내리지 못했습니다."

노숙이 격문을 펼쳐보았다.

황건적과 동탁의 난 이후 천하는 어지러워졌습니다. 선친께서는 저 조조와 함께 그 도적들의 토벌을 함께 하셨습니다. 저는 난세를 맞아 천자를 허도로 모시고 와서 둔전제를 실시하는 한편, 서정西征과 북벌을 단행하여 대역무도한 죄인들을 멸하고 이제 천하통일을 눈앞에 두고 있소이다. 제가 위로는 천자를 받들고 아래로는 억조창생을 위하여 의로운 병사들을 일으킨 이후 관도대전의 승리와 동호의 정벌을 마치고 눈을 들어 남정의 깃발을 드높이려 하니 형주의 유종은 스스로 항복해오고 형주와 양양 백성들도 모두 귀순해왔소. 현재 천자의 군대는 군사가 50만이요, 장수는 1천여 명이 되어 가히 천하를 아우를 수 있는 힘을 가졌다고 할 만할 것이오. 이 기회를 들어 대한 승상 조조는 장군과 더불어 강하에서 사냥이나 하면서 같이 유비를 잡아 형주 땅을 둘로 나누어 다스린 후에 동맹을 맺고자 하는 바이오. 강동의 손장군께서는 주저하지 말고 빠른 시일 내에 회답을 보내주시기 바라오.

조조의 격문을 읽은 노숙이 손권에게 물었다.

"주공의 생각은 어떠하십니까?"

"글쎄, 어떻게 해야 할지 아직 마음을 정하지 못했습니다."

옆에서 듣고 있던 장소가 조심스레 간했다.

"천하의 일에는 대세라는 것이 있습니다. 조조는 이미 중원을 통일한 사람입니다. 그는 승상으로 천자를 모시고 있습니다. 조조가 이제 50만 대군을 거느리고 황제의 이름으로 얼마 남지 않은 남쪽 정복의 길에 나섰으니 그에게 대항해서 싸운다는 것은 순리를 거스르는 일입니다. 그 동안 주공께서 조조와 맞설 수 있었던 것은 장강이라는 지리적 이점 때문이었습니다. 그러나 이제 조조는 형주를 장악해 강릉까지 내려와 장강에 이르렀습니다. 따라서 조조 역시 장강을 이용해 우리를 침범할 수 있게 되었습니다. 그러니 지금 아군은 몹시 불리한 형국에 처해 있습니다. 어리석지만 제 생각에는 조조에게 항복하여 천하의 대세를 따르는 것이 강동을 안전하게 보전하는 길이 아

손권은 자기를 뒤따라온 노숙의 마음을 짐작하고 있었다.
내실로 향하는 손권의 발치에 보이는 것은 청자(靑瓷)로,
동오의 고분에서 출토된 유물에 근거하였다.
청자는 중국 남부에서 발달하여 당·송 대에는 중국
각지에서 널리 제작되었으며 우리나라에도 전해져
고려시대에 그 절정에 달했다.

손권

노숙

닌가 합니다."

같이 참석해 있던 참모들이 입을 모았다.

"장소의 말이 옳습니다. 천리를 거스른다면 낭패를 볼 것입니다."

손권은 중신들이 대부분 나라를 내주자는 쪽으로 중론을 모으자 침통한 표정이 되어 자리에서 일어났다. 당상에서 내려와 내실로 향하는 손권을 노숙이 뒤따랐다. 손권은 자기를 뒤따라온 노숙이 어떤 생각을 갖고 있는지 짐작하고 그의 손을 잡으며 말했다.

"선생의 생각은 어떠하십니까?"

노숙이 조용하지만 단호한 어조로 말했다.

"주공께서는 강동에서 기업을 일으키시느라 젊은 날에 세상을 떠나신 부친과 형님의 뜻을 잊지 않으셨겠지요? 주공께서는 절대로 조조에게 항복하시면 안 됩니다."

"조조는 이미 50만 대군을 거느린 사람이오. 그들이 말하는 대로 천하의 대세가 아니겠소?"

"저 같은 사람도 조조에게 항복하면 최소한 군 태수 자리 하나는 얻을 수 있습니다. 그런데 조조에게 투항하고 난 후 주공께서는 어떻게 하실 요량이십니까? 주공께서는 어디로 가실 것입니까? 조조는 아마 이름뿐인 제후자리를 주공에게 줄 것입니다. 그나마 조금이라도 자기의 뜻에 반하면 갖은 방법으로 핍박할 것이 분명합니다. 유비를 보아도 알 수 있지 않습니까? 오늘날 유비가 어찌 되었습니까? 예전에 조조에 의해 정후의 벼슬에 봉해졌으나 천자편에 섰다가 오늘날 조조에게 온갖 고난과 어려움을 당하고 있습니다. 주공께서도 예외가 아닐 것입니다. 그렇다고 조조의 손아귀에서 꼭두각시 노릇을 할 수는 없는 일입니다. 그것이 선친과 형님이 목숨을 바쳐가며 추구

했던 것이었겠습니까? 참모들이 항복하라는 것은 모두 자기 일신의 안녕만을 위하여 그러는 것입니다. 주공께서는 더욱 신념을 굳건히 하시고 원래의 소신대로 밀고 나가십시오."

손권이 노숙의 손을 잡으며 탄식어린 말을 했다.

"모든 참모들이 나를 크게 실망시켰습니다. 오직 선생만이 내 뜻과 같으니, 이는 하늘이 선생을 내게 보내신 것입니다. 그런데 문제는 엄청난 조조의 대군에 어떻게 대응할 것인가 하는 것입니다"

"제가 이번에 강하에 가서 제갈근의 동생 제갈량을 데려왔습니다. 제갈량은 조조의 크고 작은 군대를 여러 번 격파했을 뿐만 아니라 천하의 귀재로 알려진 사람입니다. 그는 분명히 조조를 물리칠 계책을 가지고 있을 것입니다. 주공께서 제갈량을 불러 물으신다면 조조군의 실제적인 능력을 판단하실 수 있을 것입니다."

"오, 저도 들은 적이 있습니다. 그 제갈량이 여기에 와 있다는 말씀이세요?"

"예, 지금 역관에서 쉬고 있습니다."

"오늘 제갈량을 만나기에는 좀 늦은 것 같습니다. 이미 날도 저물었으니 내일 문·무관들을 조회당으로 모이게 하여 이 문제를 공식적으로 논의해보는 것도 좋을 듯합니다. 제갈량이 우리 강동의 영웅과 준걸들을 만나게 하여 숙의해보는 것이 좋겠습니다."

노숙은 손권의 말을 듣고 물러나와 제갈량이 묵고 있는 역관으로 찾아갔다. 다음날 있을 일들을 얘기해주며 노숙은 다시 제갈량에게 다짐하듯이 말했다.

"내일 저희 주공을 뵙거든 조조 군사의 규모가 대단하다고는 말하지 마십시오."

제갈량이 빙긋 웃으며 대답했다.

"제가 다 알아서 말할 테니 너무 염려하지 않으셔도 됩니다. 결코
실수하지 않을 것입니다."

강동을 설득하는 제갈량

다음날 이른 아침, 노숙은 제갈량을 데리고 역관을 떠나 장군부로 들어갔다. 장군부의 넓은 회의장에는 장소·고옹顧擁·설종薛綜·육적陸績·엄준嚴畯·정덕추程德樞 등 강동의 내로라하는 문관들이 모두 예복을 갖춰입고 단정히 앉아 있었다. 회의장 양쪽으로는 어전회의 기록관 두 명이 앉아 있었다. 노숙은 제갈량을 그들과 일일이 인사시키고 객석으로 인도하여 함께 앉았다.

얼마 후 손권이 들어오자 모든 참석자들이 일어나 예를 갖추어 절했다. 제갈량이 손권에게 예를 올리자 그도 제갈량을 반갑게 맞이했다. 손권은 참석자들을 보면서 말했다.

"백관들을 아침 일찍 모이게 한 것은, 오늘 강동의 중대사에 대해 논의하기 위해서입니다. 나라의 운명이 이 회의에 달려 있다고 생각하고 모두들 허심탄회하게 의견을 나누어주시오. 특히 이번에는 형주에서 공명 선생도 오셨으니 강동의 장래에 도움이 될 이야기를 많이 해주시리라 믿습니다."

손권의 말이 끝나자 노숙이 일어나 현재의 정황을 설명했다.

"지금 강동은 큰 시련을 앞두고 있습니다. 천자를 속이며 천하의 주인인 양 행세하고 있는 조조가 급기야는 군대를 몰아 남침을 시작했습니다. 이러한 사태를 두고 지금 조야朝野에서는 의견이 분분합니다. 여러분들도 잘 아시는 바와 같이 유현덕은 15여 년 동안 조조를 맞아 싸워오신 분입니다. 여기에 유현덕의 군사이신 공명 선생이 와 계십니다. 여러분의 현명한 판단에 좋은 참고가 될 것으로 확신하며, 조적曹賊을 맞아서 많은 분들이 주장하는 대로 그에게 투항해야 하는지, 아니면 그를 격퇴해야 하는지 오늘 충분히 검토해보도록 합시다."

장소는 이 회합이 노숙이 제갈량을 동원해 조조와의 결전을 유도하고자 만든 자리라고 판단하고 자신의 의사를 확고하게 관철시키려 마음을 다잡았다. 만약 여기서 밀리면 조조와의 대결전을 피할 수 없을 것이고, 그러면 향후의 정국은 다시 혼란에 빠져들 것이라 생각했다. 그는 조조에게 투항해 강동을 보전하기 위해서는 이 자리에서 애송이 제갈량부터 제압하는 것이 급선무라 여기고 맨 먼저 일어나 제갈량에게 물음을 던졌다.

"저는 강동의 보잘것없는 사람으로 일찍이 공명 선생께서 융중에서 농사를 지으면서도 스스로를 관중과 악의에 비유했다는 소문을 들어왔는데 그것이 사실입니까?"

"예, 제가 평소에 그렇게 생각하며 세월을 보낸 바 있습니다."

"공명 선생, 내가 듣기로 유현덕께서 세 번씩이나 선생의 초당을 찾은 후 선생을 모시고 가서 고기가 물을 만난 듯 큰 힘을 얻었다고 들었소. 그런데 어찌 된 영문인지 그 작은 신야 땅 하나를 건사하지 못하고 조조에게 넘겨주었으니 관중과 악의가 울고 갈 일이 아니겠소?"

여기저기서 웃음이 터져나왔다. 장소는 더욱 기세를 올려서 말했다.

"관중은 환공을 도와 천하를 바로잡았고, 악의는 미약한 연나라를 일으켜 70여 성을 평정하고 거느렸소. 실로 이 두 사람은 능히 세상을 다스릴 재주를 지녔다고 할 수 있소. 선생께서는 초당에 묻혀 자연을 벗삼아 지내다가 이제 유비를 좇아 나섰으니 마땅히 의를 위하여 옳은 일을 해야 하며 역도들의 난을 토벌해야 할 텐데 유비는 오히려 더욱 힘을 쓰지 못하고 있는 듯하오. 선생이 신야 땅에 온 후로 군사들은 조조군이 나타나면 갑옷과 무기를 버리고 바람에 날리듯 쥐새끼처럼 흩어져 달아났어요. 또한 위로는 유표의 은혜를 입었으면서도 그 은혜를 갚지 못하고, 아래로는 외로운 유기를 돕지도 못한 채 신야·번성으로 도망쳤을 뿐만 아니라 당양에서 패한 후 다시 강하·하구로 도망치지 않았소? 이제 유비는 어디 한 군데 의지할 곳이 없소. 결국 유비는 선생을 만나기 전보다도 더 못하게 된 것이 아니오?"

제갈량이 장소를 보니, 이미 50이 넘은 나이에 귀 밑으로 흰머리가 빼곡했다. 장소는 팽성彭城 사람으로 한나라 말기에 난리를 피해 강동으로 왔다. 그는 손권의 문관들 가운데 최고의 지식인이었다. 강동을 조조와 싸우게 하기 위해서는 손권 휘하의 제일 가는 참모라는 장소를 꺾지 않으면 안 되었다. 제갈량이 말했다.

"선생의 말씀은 두 가지가 잘못되었습니다. 하나는 유황숙께서 일방적으로 유표의 도움을 받은 듯이 말씀하시는데 그것은 사실이 아닙니다. 잘 아시겠지만 신야 땅은 조조군과 대치하던 최전선이었습니다. 7여 년 동안 수많은 전투를 승리로 이끌어왔습니다. 우리는 유표의 필요에 따라 신야에 머문 적은 있지만 의탁한 적은 없습니다. 다른 하나는 제가 온 이후로 상황이 더 나빠졌다고 하셨는데, 그것은 세상의 일을 아이들 눈으로 보고 있기에 하시는 말씀입니다. 하늘에서 구름이 내려와 적을 막는 식의 전쟁은 신화에서나 가능한 얘기입니다. 군사 전략가 한 사람이 할 수 있는 역할이 있고 할 수 없는 역할이 있습니다. 조조가 북벌을 마치고 허도로 돌아온 것이 지난 겨울이었습니다. 조조는 올해부터 본격적인 남정을 시작했는데 채모와 유종이 저희들도 모르게 조조에게 비밀리에 투항해버렸습니다. 그러나 유종은 지금 허도에 볼모로 끌려갔다고 들었습니다. 아시다시피 형주성은 신야의 배후에 있는 곳입니다. 형주성 없는 조조군과의 결전은 사실 불가능한 일입니다. 그래도 우리는 철수한 일은 있어도 군사들이 갑옷과 투구를 벗어던지고 줄행랑을 놓은 일은 없습니다. 참으로 통탄스럽게도 유종이 조조에게 항복한 일은 유황숙께서는 까맣게 모르고 계셨습니다. 제가 드리는 말씀인데 여러분도 간악한 조조에게 항복하시려면 저희들에게 미리 알려나 주십시오. 당양에서 패한 것도 유황숙께서 자기를 믿고 따르는 수십만 백성들을 버릴 수 없어, 겨우 하루 10리 길을 행군하다가 생긴 일이올시다. 이 또한 요순 임금의 모습이 아니고 무엇입니까?"

"공명 선생, 그렇게 대단한 분이 어떻게 형주를 손에 넣지 못했소? 진작에 형주를 손에 넣었으면 그 곤란을 당하지 않았을 텐데요?"

"선생께서는 실리적으로만 보시기 때문에 그렇게 말씀하실 수 있을지 모르지만 유황숙께서는 의리를 목숨처럼 중히 여기는 분입니다. 만약 유황숙께서 선생 같은 생각만 가졌으면 벌써 천하통일을 하셨을 것입니다. 유황숙께서 지난 7년간 유표와 함께 했을 때, 채모가 유황숙을 죽이려 한 일이 여러 번 있었지만 유황숙께서는 이를 순임금 같은 덕으로 용서하셨소. 만약 우리가 형주를 점령하려 마음먹었다면 그것은 반나절의 일도 아닙니다. 그러나 유황숙께서는 동족의 기업을 빼앗지 않으려 하셨기 때문에 형주를 차지하지 않은 것뿐이오. 특히 유황숙께서는 남의 어지러운 상황을 틈타 동족의 땅을 빼앗을 수는 없다고 한사코 반대하셨습니다. 이것은 참으로 대인의 길이라 할 수 있습니다. 그런데 천하의 대의를 망각하고 오직 일신의 평안만 구하는 참모들과 철없는 유종이 꾐에 넘어가 스스로 조조에게 투항을 하니 우리가 손을 쓸 기회가 전혀 없었던 것이오. 결국 그 잘난 유종도 허도의 볼모가 되고 말았지요. 강동에서도 같은 일이 일어날까 두렵습니다."

앉아서 듣고 있던 손권의 얼굴이 붉으락푸르락해지더니 고뇌에 찬 모습으로 바뀌었다. 장소는 다시 제갈량에게 말했다.

"내 판단에 몇 가지 잘못이 있었다는 것은 인정하겠소. 그러나 현실적으로 유비는 하구에 은둔하면서 조조의 눈치나 보고 있는 게 아니오? 지금의 병력으로 무얼 하겠다는 것이오?"

제갈량이 말했다.

"물론 옳으신 말씀입니다. 지금 우리는 조조의 침공과 가까운 혈족의 배반으로 중환자가 된 것이 사실입니다. 그런데 그 중환자가 어디로 돌아다니는 것을 보신 일이 있습니까? 만약 그런 사람이 있다면 그는 제정신이 아니겠지요. 중환자는 빨리 환후患候를 다스리는 것이 무엇보다 중요합니다. 유황숙께서는 지금 중한 병자로 먼저 미음과 죽을 드시고 부드러운 약을 복용해 오장육부를 튼튼히 할 때입니다. 그러고 난 후에 점차 육식으로 몸을 보신하고 강한 약으로 병을 다스려 병의 뿌리를 뽑아야 생명을 지킬 수 있습니다. 그런 연후에 다시 일어나 기군망상하는 조조를 평정하실 것입니다."

장소가 말했다.

"중환자라고 하면서 어떻게 조조를 상대한단 말이오? 조조가 기다려줄까요? 유비는 지난날 여남에서 조인에게 대패하고 유표에게 의지하고 있을 때 휘하에 군사라고는 1천여 명도 안 됐다고 들었어요. 장수라고 해보았자 촌부에 불과한 관우와 개백장인 장비, 말 장수였던 조운뿐이었습니다. 이들의 우두머리인 유비는 마치 병세가 극에 달하여 이제 곧 숨이 넘어갈 사람입니다. 말이 좌장군 의성정후이지 유비는 겨우 신야 땅 하나 다스렸습니다. 신야는 작은 고을로, 인구도 적고 양곡도 없는 곳입니다. 게다가 유비가 다스리는 동안에도 군사들은 무기조차 제대로 갖추지 못했고 성곽도 튼튼하지 못하며, 훈련도 부족하고 군량미도 넉넉하지 못했다고 합니다. 이런 분이 앞으로 어찌 조조와 자웅을 다시 겨룬다는 말씀이오? 사정이 이러한데 공명 선생이 하실 일이 뭐가 있겠소?"

제갈량이 다시 반박했다.

"글쎄요, 그런 군대로 7년간 조조군의 크고 작은 침입을 어떻게 막았는지 저도 신기할 따름입니다. 그것은 오히려 유황숙의 공을 높이 치하하는 말로 들립니다. 그리고 저는 유황숙을 도와, 장소 선생이 말씀하시는 그 한심한 군대를 이끌고 박망 · 신야에서 불로 하후돈과 조인의 간담을 서늘하게 했습니다. 이것은 그 당시의 상황을 생각한다면 관중과 악의의 용병에 필적하고도 남을 만한 일입니다. 옛날 한

나라 고조께서 항우에게 항상 패하다가 한신의 책략을 받아들여 해하垓下의 한판 싸움으로 이기고 천하를 통일하셨습니다. 따라서 유황숙께서 무얼 하시겠냐고 묻는 것은 붕새가 1만 리를 날 때 작은 새들이 붕새의 뜻을 모르고 입질하는 데 지나지 않습니다. 그리고 한신이 한고조를 모시고 있었지만 항상 싸움에 이긴 것은 아닙니다. 모든 국가의 안전을 도모하는 일은 참모가 알아서 할 일입니다. 책을 많이 읽고 그 입담으로 일신의 부귀영화와 명성이나 얻으려고 무릎을 맞대고 앉아 임기응변만 도모하는 것이 참모들이 해야 할 일이 아니지 않습니까? 이것은 청사에 길이길이 웃음거리가 될 뿐입니다."

장소가 응답을 하지 않자 잠시 침묵이 흘렀다. 이때 손권이 자리를 비우고 나갔다. 자신이 없는 자리에서 부담 없이 충분한 토의를 나누게 하려는 의도에서였다. 이어 무장한 차림의 황개가 들어왔다. 그는 영릉零陵 출신으로 처음 손견을 따라 군사를 일으켰다가 손씨의 숙장宿將이 된 사람이다. 황개가 자리를 잡고 앉자 우번이 큰 소리로 제갈량에게 말했다.

"세상의 일이란 반드시 명분만으로 되는 게 아니오. 지금 중원 땅을 크게 차지하고 있는 조조는 천자를 모시고 있으며 그 휘하에는 군사 40여 만에 장수가 500여 명이나 있소. 설상가상으로 그들이 달리는 호랑이와 같고 나는 용과 같은 기세로 형주를 한입에 삼켜버렸어요. 도대체 무슨 배짱으로 시대에 뒤떨어진 명분으로 천하를 다시 어지럽히려 하시오?"

제갈량이 대답했다.

"조조의 군사는 원소의 개미 떼 같은 군사와 유표의 오합지졸을 모아 40만에 이르렀을 뿐입니다. 전쟁은 병력의 수만 믿고 하는 것은 아니지요. 제가 보기에 별로 두려워할 것이 없습니다."

우번이 냉소하듯이 다시 응수했다.

"참으로 당신은 사기꾼이오. 당양에서 대패하여 군사의 태반을 잃었고 하구에서 밀려 더 이상 갈 곳이 없어 강동에 도움이나 청하러 온 주제에 조조를 두려워할 것이 없다고 큰소리치니 그것이 말이 되겠소? 그래서 당신이 원하는 게 뭐요? 강동과 조조를 싸움질시켜 그 어부지리를 취하겠다는 게 아니오?"

제갈량이 말했다.

"저는 강동의 여러분에게 유황숙을 위해 싸우라는 말을 한 적이 없습니다. 강동이 조조를 맞아 싸우든 투항을 하든 우리는 조조와 싸울 것입니다. 유황숙의 진영에는 개인의 영달보다 천하의 의리를 소중히 생각하는 사람이 대부분입니다. 예를 하나 들어보지요. 과거에 번어기樊於期가 스스로 목을 베어 형가荊軻에게 주었고 형가는 진시황을 죽이려고 갔다가 결국 죽이지 못하고 해체解體 당했다고 합니다. 이것은 수족을 따로 절단하는 가장 처참한 형벌이었지요. 그러나 형가의 행위가 시대에 뒤떨어지고 대세를 모르는 것이었다고 할 수 있겠습니까? 그후로 어찌 되었습니까? 선비들은 갱 속에 갇혀 죽고 책이란 책은 모두 불태워졌습니다. 형가가 진왕을 죽이러 갈 때, 사람들이 왜 모두 상복을 입고 형가를 역수易水까지 가서 전송했겠습니까? 왜 흙을 쌓고 제단을 만들어 공물을 올렸으며, 왜 송별연에서 친구인 고점리高漸離가 축筑을 연주했겠습니까? 유황숙께서 아무리 어질고 의로운 분이라 해도 지금의 군사로 포악한 50만 대군을 당할 수는 없는 일이 아닙니까? 지금 하구에 물러가 있는 것은 단지 때를 기다리는 것일 뿐, 언제든지 형가와 같은 충정으로 천하를 생각하고 계십니다. 그런데 지금 강동을 한번 들여다봅시다. 강동은 최소한 2만의 군대를 동원할 수 있습니다. 군사들은 잘 훈련되어 날래고 군량미도 풍족한 데다 장강은 요새 중의 요새입니다. 이런 이점을 다 가지고 있으면서도 진시황과 같은 도당들에게 주인의 무릎을 꿇려 항복할 것을 논하고 있으니 이는 두고두고 천하의 웃음거리가 될 일이 아니고 무엇이겠습니까? 지금도 유황숙께서는 '바람 소소히 불어 역수의 물이 차구나[風蕭蕭兮易水寒], 장사 한번 가면 다시 오지 못하리[壯士一去不復還]'라고 노래했던 형가의 충정을 가지고 계십니다. 다만 바라는 것은 강동에서 고점리처럼 축이라도 연주해달라는 것뿐입니다."

우번은 제갈량의 말 가운데 '주인의 무릎을 꿇려 항복시킨다'는 말에 간담이 서늘해져 할말을 잃었다. 다시 침묵이 흐르는 가운데 장내 분위기는 마치 조조와의 전쟁이 옳은 일이고 천하의 대세인 듯이 흘러가고 있었다. 이때 다시 보즐步騭이 일어나서 제갈량을 보며 말했다.

"당신의 말은 그럴듯합니다. 그러나 결국 당신은 달변가인 소진蘇秦이나 장의張儀를 본떠서 강동의 군대를 모으러 온 것이 아니오? 어떤 미사여구를 동원해보았자 결국 군대를 빌리려는 수작인 것을 다 알고 있소. 공자가 말씀하시기를 교언영색을 하는 자치고 어진 사람은 없다고 하셨소."

제갈량이 다시 말했다.

"선생은 소진과 장의를 입담만 좋았던 정치꾼으로 알고 계십니까? 제가 보기에는 입담 좋은 정치꾼은 오히려 강동에 많습니다. 소진과 장의는 당대의 영웅호걸입니다. 소진은 진秦나라에 대항해 싸우려던 6국 동맹을 성사시켜 그 6국의 재상을 지낸 사람이고, 장의는 소진과 더불어 귀곡鬼谷에게서 종횡술縱橫術을 배워 진나라 혜문왕惠文王의 신임을 받고 6국에 유세遊說하여 두 나라의 재상을 지내며 나라와 백성들을 돌본 사람입니다. 소진과 장의를 두고 강한 자에게는 꼼짝도 못하면서 불쌍한 백성들에게는 칼이나 휘두르는 무리와 비교하지 마십시오. 여러분은 조조의 편지 한 장에 벌벌 떨며 항복하자고 말하는 주제에 어찌 감히 소진과 장의 같은 인물을 비웃을 수 있습니까?"

보즐은 그만 입을 다물었다. 그러자 설종이 말했다.

"당신은 조조를 어떤 인물이라고 보시오?"

제갈량은 단호하게 이야기했다.

"조조는 한나라의 역적이오. 그걸 몰라서 물으십니까?"

설종이 반박했다.

"당신 생각은 틀렸소. 세상은 항상 변화하는 것이오. 어찌 조조를 역적으로만 볼 수 있겠소? 한나라는 지금까지 명맥은 유지하고 있으나 운수가 다했소. 그것은 전국시대 말기 추연鄒衍의 대구주설大九州說과 오행종시설五行終始說 즉, 음양오행설에 대비해보더라도 이미 정해진 이치란 말이오. 지금 조조는 이미 중원을 통일하고 남아 있는 땅이라고는 강동의 여섯 개 군에 불과한 실정이오. 천하 대부분의 사람들이 조조에게 귀의했소. 그런데 유비와 당신은 하늘의 운수도 알지 못하면서 건달 깡패인 형가처럼 무작정 조조와 다투려 하고 있소. 이것이 계란으로 바위를 치는 게 아니고 무엇이오?"

가장 우려하던 질문이었다. 제갈량은 차분하게 들으며 답변을 구상했다. 설종의 말에는 자기도 늘 고민해왔던 생각이 담겨 있었다. 또한 이 견해는 강동뿐 아니라 이 시대 대부분의 지식인이 가지고 있는 생각이었다. 제갈량은 설종의 첫마디에서 이미 질문의 내용을 간파하고 속으로 생각했다.

'이 물음에 대해서는 분명한 근거를 가지고 답해야 한다. 나 또한 저런 생각을 해오지 않았던가? 설종에게 어찌 부모도 없고 주군도 모시지 않는 사람처럼 말하느냐고 따진다면 너무 자극적일까? 장소는 내가 유치하게 손권을 자극하여 자기의 잇속이나 챙기려는 사람으로 볼 것이다. 그것은 장기적으로 볼 때 오히려 해가 될 수도 있다. 아니면 사람으로 태어나 충효는 입신의 근본인데, 한나라의 신하로서 역적 무리가 있으면 당연히 힘을 합해 토벌해야 하는 것이 마땅하지 않느냐고 설득해볼까? 지금 조조는 한 황실의 녹을 받아먹으면서도 황실을 보전할 생각은 하지 않고 오히려 역적질할 꿈만 꾸고 있다고 해도 저들은 속으로 웃을 것이다. 아니다. 이런 구태의연한 소리로 저들을 설득하지는 못한다. 그렇다면 차라리 정공법을 쓰자.'

제갈량이 답을 구상하고 있는 사이에 설종의 말이 끝나버렸다. 제갈량이 입을 열었다.

"설종께서 말씀하시는 음양오행설이란 결국 모든 것은 자연의 순리에 따른다는 것이죠. 옳습니다. 그것에 의하면 군주들도 계절에 따라 해야 할 일과 하지 말아야 할 일이 있지요. 예를 들면 봄이 한가운데 있으면 백성들에게 은혜를 베풀고 군대를 일으켜서는 안 된다는 것 등이지요. 그런데 조조가 이것을 지키는 것을 보았습니까? 음양오행설을 맹신하는 것은 더욱 위험합니다. 원래 음양오행설이 유가의 정통이론이 아니었던 것은 잘 아실 것입니다. 결국 그 같은 논리가 어떤 식으로 발전했습니까? 선비라는 자들이 왕조의 변혁과 교체에 대해서도 쉽게 생각하더니 전한前漢의 애제哀帝는 제위를 대사마였던 동현董賢에게 넘기려 했습니다. 겉으로 보기에 이것은 옳은 것 같습니다. 즉, '어진 사람에게 나라를 양보하여 전한다〔讓國傳賢〕'는 생각이 그럴듯하기 때문입니다. 그러나 이 같은 풍조 속에서 역적 왕망이 신新 왕조를 개창하기에 이르렀습니다. 왕망을 도와준 사람들은 바로 설종 선생 같은 분들입니다. 그런데 그 후유증이 얼마나 심각했는지는 여러분이 더 잘 알고 계실 것입니다. 그렇다고 정말 조조라는 사람이 천자가 될 만한 어진 사람입니까?"

설종은 할말이 없었다. 다시 육적이 말했다.

"선생은 유비 장군이 무슨 대단한 불세출의 영웅이라도 되는 것처럼 말씀하시는데 그 점을 좀 짚고 넘어갔으면 합니다. 선생의 말대로 유비를 영웅이라고 봐주더라도 그를 어떻게 중원을 통일한 조조와 비교하겠습니까?"

"유황숙은 중산정왕의 후예이시고 조조는 환관의 후예인데 무슨 말을 그렇게 하십니까!"

"그렇게 단순 비교를 하시다니 놀랍습니다. 조조가 환관의 후예라고는 하나 상국까지 지낸 조참의 후손으로 지금은 황제를 끼고 여러 제후들을 거느리고 있습니다. 그러나 유비 장군이 중산정왕의 후예라는 확실한 증거라도 있습니까? 그리고 황실의 후예면 뭐합니까? 황실의 피가 한 방울이라도 튀었다고 해서 그것이 무슨 의미가 있습니까? 유비 장군은 오지 중에서도 변방, 그것도 오랑캐들이 사는 동네에서 자리를 짜고 짚신을 팔던 인물이었습니다. 어찌 조조와 맞서 싸운단 말입니까?"

제갈량은 조금도 불쾌해하거나 흥분하지 않고 그저 빙그레 웃으면서 응수했다.

"다른 분들은 모두 미래의 일을 얘기하시는데 공은 어떻게 과거지사를 말하십니다. 조조가 비록 상국의 후예라고는 하나 한나라 신하이면서 전권을 휘두르며 마치 한나라의 황제를 아랫사람 다루듯이 하고 있습니다. 이것은 오히려 그의 조상을 욕보이는 것일 뿐만 아니라 대역무도한 짓입니다. 그러나 우리 유황숙께서는 황실의 후예로 지금의 황제께서 세보를 보시고 작위를 내리셨으니 더 이상 무슨 증거가 필요하겠습니까? 그래서 천하의 사람들이 유황숙이라고 하는 것이 아니겠습니까? 그리고 유황숙께서는 과거에 비천한 사람이었다고 하시는데, 옛날 한고조께서는 보잘것없는 마을의 정장亭長이었다가 입신하여 모든 사람들의 공경을 받아 천자에 오르신 분입니다. 그런데도 자리를 짜고 짚신을 팔았다는 사실이 어찌 욕된 일이라는 말입니까? 진시황은 왕가에서 태어났으면서도 잔인하게 선비를 죽이고 학문을 탄압했습니다. 그것은 어떻게 설명할 수 있습니까? 행여 밖에 나가서 그런 말씀일랑은 하지 마십시오. 남들의 웃음거리가 될까 두렵습니다."

육적도 할말이 없어서 잠잠히 있었다. 그러자 엄준이 말을 꺼냈다.

"내가 듣기에 그대의 말은 억지에 불과한 것 같소. 즉, 정론이 아니라는 말이오. 지금까지 그대는 음양가의 사상에서부터 사마천의 『사기』에 이르기까지 온갖 경전을 다 들춰내고 있는데 도대체 무슨 논리를 끄집어내려는 것이오? 그대는 어떤 경전을 읽었는지 말해보시오."

제갈량이 말했다.

"학문이란 유연해야 하는 것입니다. 배고픈 거지가 밥을 좀 달라고 하면 먼저 밥부터 주면 되는 것이지, 이 거지가 왜 배가 고픈지 어떻게 고픈지 의서醫書를 모두 살펴본 후에 '아, 이 거지가 이러한 연유

와룡

세 치 혀로 동오의 문신관료들을 꼼짝 못하게 만드는 제갈량.

이 대목은 예부터 '군유설전(群儒舌戰)' 이라 하여 명장면의 하나로 사랑받았다. 화평을 주장하는 동오의
문신들은 진현관을 착용했고 항전을 설파하는 제갈량은 자신이 디자인한 것으로 알려진 건을 썼다.

제갈량 옆에 보이는 웅크린 용의 형상은 한나라 옥(玉) 공예품에 근거하였다.

로 배가 고프구나' 하고 다 따지고 나서 밥을 주는 것이 옳습니까? 그러고 보니 엄선생은 아마 그렇게 밥을 줄 것 같군요. 그러나 그땐 이미 거지는 굶어 죽고 없을 것입니다. 이런 선비가 바로 사람 잡는 선비입니다. 학문이 지적 놀음이나 하고 현학의 허세를 부리자고 있는 것입니까? 시대의 사명과 과제를 명확히 알아내고 풀어 나가기 위해 지식도 필요하고 학문도 필요한 것입니다. 사람 잡는 선비들은 공연히 어려운 말로 이론 같지도 않은 것에다 목숨을 걸고 싸우는 데에 열을 올리지만 세월이 지나면 그들은 왜 싸웠는지도 모르는 경우가 허다합니다. 이런 사람들은 남의 글줄이나 외며 그것을 인용하기를 좋아합니다. 그러다 보니 먼지가 자욱한 100년도 넘은 광을 찾아들어가 하루종일 겨우 깨어진 요강단지 하나를 찾아놓고서는 마치 옥황상제의 보물이라도 얻은 양 떠드는 것이 아니겠소? 이렇게 썩은 선비가 어찌 큰일을 이룰 수 있겠습니까? 옛날 신야 땅에서 밭을 갈다가 상商

나라 재상으로 탕왕湯王을 보좌하여 하夏나라 폭군이었던 걸왕桀王을 토벌하고 선정을 베푼 이윤伊尹, 위수에서 고기를 낚던 강태공이나, 한고조를 즉위시킨 최고의 공신 장량과 진평陳平, 후한의 광무제를 즉위시키고 천하를 평정한 논공 제일의 공신 등우鄧禹와 경엄耿弇 등이 모두 천하를 바로잡은 인물들이지만 이분들이 어떤 경전을 평생토록 들고 팠다는 얘기는 아직 들은 적이 없습니다. 그런 것은 한가로운 공이나 많이 즐기십시오. 제가 그 같은 생각에 빠져 공연히 어전 기록관들의 먹을 낭비해서야 되겠습니까?"

엄준은 더 할말을 잃은 채 얼굴만 상기되었다. 어전회의는 기록으로 남는 것인데 제갈량의 힐난을 듣자 그는 당황하지 않을 수 없었던 것이다. 그때 한 사람이 큰 소리로 물었다. 여남 사람 정덕추였다.

"내가 들으니 당신의 말은 궤변이오. 어찌 학문을 하는 사람이 뿌리도 없이 그렇게 말을 하오. 학문이라는 것은 그 자체로도 의미가 있는 법이오. 모름지기 선비는 '옛것을 궁구하여 새것을 안다〔溫故而知新〕'고 했소. 그런데 당신은 그 자체를 부정하고 있단 말이오. 모름지기 학문이라는 것은 현실과 조금 동떨어진다 하더라도 요철과 같은 정치성精緻性을 생명으로 하오. 그런데 공은 경학經學이 가진 정교하고 치밀한 기본 속성을 현학의 허세라고 몰아붙이고 있소. 내 생각에 공은 공연히 큰소리만 쳤지 받아들일 만한 게 없소. 내가 아무리 봐도 당신은 유가도 아니요, 법가도 아니요, 그렇다고 지사도 아닌 것 같소. 온갖 잡다한 학문을 머리에 쓸어 담고 사는 말 재주꾼에 불과하오."

제갈량이 말을 받았다.

"학문의 정교하고 치밀함이라, 그거 좋은 말입니다. 제가 그것을 부인한 적은 없습니다. 다만 공부를 하는 자들은 시대의 과제와 아픔을 함께 해야 한다는 점을 강조한 것뿐입니다. 선비에게는 두 종류가 있습니다. 그 하나는 소유小儒이고 다른 하나는 대유大儒입니다. 대유는 군자와 같은 선비로, 천하의 장래를 먼저 걱정하고 바른 것을 지키고 사악한 것을 미워하여, 살아서는 모든 사람에게 그 덕을 누리게 하고 죽어서는 그 명예로운 이름을 남기는 사람을 말합니다. 그러나 소유는 선비를 가장한 소인배로, 오직 개인의 영달과 자기 이익에만 충실한 자들입니다. 이들은 평생 동안 소신도 없이 남의 글귀나 파먹는 사람들로 젊어서는 부賦나 읊으며 허세를 부리고, 늙어서는 도덕군자인 양 공맹의 글줄이나 외면서 어디를 가든지 상석에 앉으려고 합니다. 이들은 남들에게는 글과 말로는 모를 게 없다고 떠들지만 실제로는 자기의 생각이나 글을 하나도 지니지 못한 사람들이지요. 전한前漢 때 양웅楊雄은 비록 문장으로는 세상에 이름을 떨쳤으나 시대의 아픔이나 과제를 무시하고 역적 왕망에게 몸을 굽혀 섬기다가 마침내 서각書閣에서 몸을 던져 죽었으니 꼴은 그래도 선비라 하지만 실제로는 소인배의 말로입니다. 이런 자들의 글이 하루에 1만 장이 된다 한들 무엇을 취할 게 있겠습니까?"

정덕추도 더 이상 대응하지 못했다. 그 자리에 참석했던 사람들은 하나같이 제갈량의 청산유수 같은 언변에 할말을 잃었다. 오랜 침묵이 흐르는 중에 무장 황개가 입을 열었다. 황개는 강동의 군량을 책임지고 있었다.

"여러 참모들과 공명 선생의 말씀을 잘 들었습니다. 제가 나이도 많지만 일개 무장에 불과한 주제에 천하의 대사를 숙의하는 자리에 끼어들기가 외람된 것 같아 듣고만 있었습니다. 그런데 가만 듣고 있자니 한마디하지 않을 수 없군요. 공명 선생은 당대의 기재요. 괜한 입씨름으로 모두들 선생을 피곤하게 하고 있으니 이것이 어찌 손님에 대한 도리라 하겠습니까? 더구나 조조의 대군이 바로 눈앞에 와 있는데 물리칠 대책은 강구하지 않고 시간만 보내고 있어서야 되겠소?"

마침내 노숙이 일어서며 말했다.

"이번 논의는 일단 이것으로 마무리짓겠습니다. 한 가지만 덧붙이자면 조조군이 비록 대군이라고는 하지만 수군은 우리 강동과 비교할 바가 못됩니다. 그러니 그쪽 군사 수에 굳이 위축될 필요가 없을 것입니다. 어전회의 기록을 모두 수합하여 주공께 드리고 주공께서 최종 판단을 내리시도록 하겠습니다."

사람들이 하나 둘씩 자리를 뜨기 시작했다. 노숙이 제갈량 가까이 다가오더니 함께 중문中門으로 들어가 만날 사람이 있다고 했다.

"제갈근 공을 만나러 갑시다. 그 양반은 아마 공명 선생에게 부담을 줄까봐 어전회의에 참석하지 않은 것 같습니다."

제갈량은 제갈근을 만났다. 제갈근은 그 동안 떨어져 있던 동생을 보자 한껏 반가운 기색을 띠며 물었다.

"동생은 강동에 왔으면서 왜 곧바로 나를 찾아오지 않았는가?"

제갈량이 웃으면서 말했다.

"저는 유황숙의 일로 강동에 오게 되었습니다. 그 일이 워낙 시급하고 위중한지라 일을 처리하고 찾아뵈려고 했지요. 섭섭하게 생각지 마십시오."

"그래, 그렇지. 그럼 오후吳侯(손권)를 뵌 후에 내게 오도록 해라."

"물론입니다, 형님."

제갈근은 제갈량의 손을 잡고 흔들더니 돌아갔다. 노숙과 제갈량은 다시 손권을 만나러 갔다. 노숙이 다시 한번 당부했다.

"어제 말씀드린 대로 조조의 군세를 있는 그대로 말씀드리지는 마십시오."

제갈량은 머리를 끄덕였다. 노숙은 황개와 함께 제갈량을 인도하여 손권의 당상으로 갔다. 손권은 뜰 아래까지 내려와 제갈량을 맞이하고는 노숙·황개에게도 자리를 권했다. 노숙은 따라온 시종들에게 회의 기록문을 모두 탁자에 놓으라고 말하고 제갈량의 옆에 앉았다. 바로 가까이서 손권을 보니 푸른 눈에 붉은 수염이 돋보이는 매우 이국적인 인상이었다. 나이는 제갈량보다 한 살 아래인 스물일곱이었지만 벌써 강동 땅을 7년 이상 다스렸기 때문인지 주군으로서의 풍채가 느껴졌다. 강동 사람들은 손권에 대해 풍모는 아버지 손견이나 형 손책처럼 사내다우나 두 사람과 달리 매우 신중하고 자기의 뜻을 겉으로 잘 표출하지 않는 성격이라고 평했다. 제갈량은 속으로 생각했다.

'아무리 그래도 물려받은 피는 어쩔 수 없나 보군. 이 사람의 관상을 보니 사리 분별력보다는 풍부한 감정을 소유한 사람이야. 그런데도 중모(손권의 자)가 신중하게 보이는 것은 감정적인 사람들이 흔히 그렇듯 다른 사람들과의 관계를 중시하며 조화로움을 편하게 여기기 때문일 것이다. 이런 사람들을 설복시키려면 논리정연하게 설득하기보다 이야기를 나누다 기회를 잡아 자존심을 건드리거나 아주 개인적으로 접근하여 감정에 호소하는 것이 효과가 있겠군.'

자리에 앉은 사람들이 차를 마시고 나자 손권이 말문을 열었다.

"노공으로부터 공명 선생의 뛰어난 재주는 익히 들어왔소. 이렇게 만나뵙게 되어 여간 다행이 아니오. 부디 좋은 가르침을 부탁하오."

"배운 것도 없고 재주도 없는 제가 혹 장군을 욕되게 하지나 않을까 걱정입니다.".

"공명 선생은 신야에 머물면서 유현덕을 도와 조조군과 수차례 전쟁을 해온 것으로 알고 있습니다. 먼저 조조의 군세에 대해 알고 싶습니다."

"조조군의 군세는 물론 대단합니다. 유황숙의 군대는 조조군의 10분의 1도 되지 못하지요. 그러나 저희 군대는 지금껏 조조군을 모두 다 막아내지 않았습니까? 별로 걱정하실 정도는 아닙니다."

"그래도 최근에는 조조군의 대대적인 침공으로 하구·강하까지 물러나 있지 않습니까? 그런데도 그렇게 쉽게 볼 수 있겠습니까?"

"물론 유황숙의 군대만으로는 역부족인 것이 분명합니다. 저희 군대는 병력이 적고 장수도 부족하며, 신야는 협소한데다 군량미마저 풍족하지 못하여 조조를 지속적으로 상대하기는 어렵다고 할 수 있습니다. 그러니 하구로 이동한 것이지요."

"구체적으로 조조의 군사는 얼마나 됩니까?"

"조조군은 기마병·보병·수군 모두 합하여 40만 명은 충분히 될 것입니다."

옆에서 듣고 있던 노숙이 당황한 표정을 지으며 제갈량을 쳐다보았다. 그 말을 들은 손권의 얼굴이 침통해졌다. 그러나 제갈량은 전혀 개의치 않았다. 손권이 다시 물었다.

"그것이 혹 사실과 다르게 부풀려진 소문은 아닙니까?"

"뜬소문은 아닙니다. 그러나 조조에게 40만 대군이 있다고 해도 그 병력 모두를 장강으로 동원할 수는 없습니다. 조조가 장강으로 끌고 올 수 있는 병력은 최대로 잡아도 10만을 넘지 못할 것입니다.

조조가 원소를 꺾고 얻은 군사가 20만이라고 해도 그 대부분의 군대는 기주·병주·유주·청주에 묶어둘 수밖에 없습니다. 그리고 조조는 동호를 건드렸기 때문에 이쪽의 병력을 빼냈다가는 아마 동호족으로부터 큰 경을 칠 것입니다. 뿐만 아니라 장안과 낙양을 방어하는 데도 3만~4만의 병력이 필요합니다. 이것도 빼내지는 못할 것입니다. 기존의 연주·예주·서주 등에도 7만~8만의 병사가 있지만 그들은 위수 지역을 벗어나기 힘들 것입니다. 그러니 지금 형주에 주둔하고 있는 병력으로 장강을 침입할 것이 분명합니다."

"형주에는 얼마의 병력이 주둔 중이오?"

"형주에는 유표의 병력이 대체로 1만 5천 정도이고, 허도에서 데리고 온 병력이 5만 가량 되며, 익주로부터 1만 5천여 병력을 지원받는다고 합니다. 결국 최소 8만에서 최대 10만 정도의 병력이 동원될 수 있을 것입니다."

손권의 얼굴이 밝지 못했다. 다시 제갈량에게 물었다.

"유현덕은 얼마나 병력을 동원할 수 있소?"

"저희들도 1만~1만 5천의 병력은 동원할 수 있습니다."

손권이 노숙에게 물었다.

"강동에서 동원할 수 있는 군대는 얼마나 됩니까?"

노숙이 대답했다.

"강동에서 동원할 수 있는 군대는 정병 2만 5천~3만 정도라고 보시면 됩니다."

"그러면 유황숙의 군대와 합쳐도 4만 명이 되지 못하니 조조군을 이기기가 힘들지 않겠소?"

제갈량이 말했다.

"장강이 있는데 왜 그런 말씀을 하십니까? 장강은 3만 대병의 역할을 거뜬히 해낼 것입니다. 제가 듣기로 강동의 수군은 천하 제일이라고 하는데 무엇이 걱정입니까?"

"군사적 열세를 지리적 우위로 극복하자는 말씀이오?"

"물론입니다. 그리고 조조군이 반드시 군사적으로 우위에 있다고 볼 수도 없습니다. 지금 장강으로 남하하는 조조의 군대는 엄밀한 의미에서 연합군 체제입니다. 즉, 조조·유표·유장의 연합군이라는 말입니다. 그런 군대가 획일적인 군령에 따라 움직이는 아군만 하겠습니까? 유표의 군사 1만 5천이 있다고 해서 그들이 절대적으로 조조에게 충성한다는 보장이 있습니까? 익주에서 오는 군대도 마찬가지이지요. 익주의 유장은 매우 연약하고 무능한 사람으로 조조군의 침입에 전전긍긍하다가 마지못해 군대를 동원하는 것뿐입니다. 전략적으로 전쟁을 설계한다면 충분히 이길 수 있습니다."

손권은 제갈량의 설명에 빠져들어 쉴새없이 이것저것을 물었다. 그러나 노숙은 제갈량이 전혀 예상 밖의 대답을 해대자 안절부절못했다.

"조조의 부하 중에 부릴 만한 장수는 얼마나 됩니까?"

"조조 휘하의 장수는 500여 명이 된다고 합니다. 전쟁에서는 실질적으로 중요한 것이 장교들인데 장교 수만 거의 8천여 명에 이를 것으로 생각됩니다. 그러나 그 수에 대해서 당혹해하실 필요는 없습니다. 모든 전쟁이 그렇듯이 실제로 싸움에 동원될 장수와 장교, 군사 수가 중요합니다."

손권이 다시 제갈량에게 물었다.

"조조는 형주와 초주를 얻고도 또 욕심을 낼까요?

"조조는 지금 강 하류에 진을 치고 전선을 정비하고 있습니다. 강동을 염두에 둔 것이 아니면 무엇이겠습니까?"

손권이 잠시 침묵하다가 입을 열었다.

"만일 조조가 우리 강동과 연합할 뜻이 있다면 내가 어떻게 하는 것이 좋겠소? 공의 생각을 한번 말해보시오."

손권의 이같은 요구에 제갈량은 그가 쉬운 상대가 아님을 다시 한번 느꼈다.

"드리고 싶은 말씀은 있으나 장군께서 따라주실지 망설여집니다.

"결정에 도움이 될 만한 말은 뭐든지 해주시오. 새겨듣겠소."

제갈량이 한층 진지한 자세로 설명을 시작했다.

"천하가 이렇게 어지러워지니 마치 사슴을 쫓아다니는 사냥꾼들처럼 천하의 제후들이 일어났습니다. 돌아가신 손책 장군께서는 강동에서 군사를 일으키셨고, 유황숙께서는 한수 남쪽을 취하여 조조와 다투고 있습니다. 지금 조조는 그 동안 많은 제후들을 무찔러 사실상 중원을 통일한 상태입니다. 최근에는 형주까지 격파하여 조조의 위세가 천하에 진동하고 있기 때문에 유황숙께서도 조조에게 밀려 잠시 몸을 피한 상태입니다. 장군께서 휘하에 거느리고 계시는 군사의 능력을 충분히 헤아리셔서 강동의 군세로 조조와 천하를 놓고 다퉈볼 생각이 있으시다면 빨리 조조와의 관계를 끊으시고 결전에 임하십시오. 그러나 만약 장군께서 조조의 상대가 못 된다는 판단이 서시면 강동 모사들의 중론에 따라 군대를 해산하고 조조에게 무릎을 꿇으시면 될 일입니다."

손권이 머뭇거리고 있자 제갈량이 다시 말했다.

"어떻게 결정을 내리시든지 결국 그것은 장군께서 하실 일입니다.

그러나 그 결정은 빠를수록 좋습니다. 지금까지 장군께서 해오신 것처럼 겉으로는 복종을 하되 마음으로부터는 대항할 의향이시라면 이제 더 이상 조조에게 그것이 통하지 않으리라는 것을 말씀드리고 싶습니다. 과거에 조조가 강동의 인질을 허도로 보내라고 했을 때 그것을 거절하신 적이 있지요. 그 당시와 지금의 사정은 판이합니다. 그때 조조는 북방 정벌로 골머리를 앓고 있었기 때문에 강동에 전념할 수가 없었습니다. 그래서 그때 조조는 온갖 벼슬로 돌아가신 손책 장군을 회유했지만 이제 조조는 답답할 것이 없습니다. 지난날 조조는 돌아가신 손책 장군의 공을 치하하고 위로하면서 자기 동생의 딸을 손책의 작은 동생인 손광에게 시집보내고, 또 아들 조장曹彰을 위해 손분의 딸을 며느리로 삼았지요. 그리고 손권 장군을 무재로 추천하기도 했습니다. 그런데 원소를 격파하고 난 뒤 어찌했습니까? 조조는 황제의 명을 빙자하여 공자님(손권의 아들)을 허도로 보내라고까지 했습니다. 조조는 마음 먹은 일에 대해서는 결코 어영부영 넘어가는 사람이 아닙니다. 그러니 장군께서도 한 가지를 확실하게 선택하셔야 할 것입니다. 시간만 끌고 있다가는 조조에게 크게 당하게 된다는 사실을 명심하셔야 합니다."

"유황숙이 절대 투항하지 않으리라고 믿을 수 있겠소?"

"옛날 제齊나라 장수 전횡田橫은 한고조 유방과 항우가 천하를 두고 다툴 때 스스로 제나라 왕을 칭했던 사람이지요. 전횡은 한고조의 부하였던 한신에게 대패하자 해도海島로 피신했다가 유방이 사람을 시켜 투항을 권했으나 한나라의 신하 되기를 거절하고 자결했습니다. 전횡은 제나라 장수의 몸으로도 의를 지켜 그 스스로를 욕되게 하지 않았습니다. 하물며 저희 유황숙께서는 황실의 후예이며 지금까지 이르는 곳마다 세상 선비들과 백성들의 추앙을 한몸에 받고 계시는 분입니다. 황숙께서 그럴 수 있었던 것은 그분께서 오직 대도만을 걸으셨기 때문입니다. 그런 분이 상황이 조금 힘들어졌다고 조조 따위의 인사에게 몸을 굽혀 그 밑으로 들어가시겠습니까?"

이 말을 듣자 손권의 안색이 하얗게 질려버렸다. 제갈량은 유비의 예를 들어 손권을 비웃고 있는 것이나 다름없었기 때문이다. 성미가 급한 손권은 당장 노기 띤 얼굴로 자리를 박차고 일어나 후당으로 가버렸다. 옆에 있던 노숙과 황개는 크게 당황했다. 노숙이 제갈량을 탓했다.

"주공 앞에서 어찌 그런 모욕적인 말씀을 하셨습니까? 아무 말씀도 없이 저렇게 나가신 것은 그나마 우리 주공께서 많이 참으셨기 때문입니다. 관용을 베풀었기에 망정이지 그러지 않았더라면 선생은 무사하지 못했을 것입니다."

그러자 제갈량이 껄껄껄 웃으며 말했다.

"자경 선생께서도 진정 제 마음을 모르신단 말입니까? 내게는 조조를 쳐부술 계략이 따로 있는데 그것은 묻지 않으시고 항복할 건지 말 건지에 대해서만 물으시니 답답하여 그만 말이 다른 곳으로 흐른 것 같습니다."

노숙이 걱정 어린 표정을 거두며 말했다.

"조조를 깰 만한 확실한 계책이 있으시면 제게 말씀해주십시오. 귀담아듣고 제가 다시 주공을 뵈러 가겠소."

"조조군이 비록 10만이 아니라 100만이 되더라도 제 눈에는 개미 떼에 불과합니다. 제가 한번만 손을 쓰면 겨울바람에 촛불 신세가 될 것입니다."

노숙은 제갈량의 말에 자신감을 갖고 손권을 찾아가 결전의 의사를 다지도록 해야겠다고 생각했다. 노숙은 급히 후당으로 달려가 손권을 만났다. 손권은 아직 화가 풀리지 않았는지 굳어진 얼굴로 아침에 있었던 회의 기록문을 꼼꼼히 읽고 있는 중이었다. 손권이 노숙이 들어오는 것을 보자 말했다.

"제갈량이 우리를 아주 우습게 보고 있더군."

노숙이 손권에게 조심스럽게 말했다.

"저 역시 화가 나 제갈량을 꾸짖었더니 그는 조조를 격파할 계책을 갖고 있는데도 주공께서 사람을 몰라보신다며 웃어넘겼습니다. 지금이라도 그를 달래어 그가 무슨 생각을 갖고 있는지를 알아보시는 것이 상책입니다. 적을 알고 나를 알아야 백 번 싸워도 불리하지 않은 법인데 지금 우리는 조조에 대해서도 유비에 대해서도 잘 모르지 않습니까? 제갈량이 무얼 믿고 큰소리를 치는지 한번 들어나 보도록 하시지요."

그제야 굳어 있던 손권의 표정이 풀리더니 한층 부드러워진 목소리로 말했다.

"내가 좀 성급했던가 봅니다. 제갈량을 만나 다시 이야기를 나눠봐야겠어요. 대사를 그르쳐서는 안 되지요."

노숙은 손권의 마음을 돌려 다시 제갈량이 있는 곳으로 왔다. 제갈량은 황개와 이야기를 나누고 있다가 손권이 오는 것을 보자 정중한 태도로 말했다.

"말이 과한지 모르고 함부로 하여 송구스럽기 그지없습니다."

손권도 제갈량의 사과를 반갑게 받아들였다.

"공명 선생이 이미 조조군을 격파할 계책까지 가지고 계신 것을 몰랐습니다. 제가 너무 성급하여 선생의 심중을 헤아리지 못했습니다. 조조를 물리칠 방도에 대해 좀더 깊은 이야기를 나누도록 합시다."

손권은 제갈량·노숙·황개를 후당으로 데리고 가서 주안상을 차렸다. 술이 몇 순배 돌자 손권이 하고 싶었던 말을 먼저 꺼냈다.

"조조가 평생 원수처럼 생각하던 사람은 여포·유표·원소·원술·유황숙 등이었습니다. 물론 저의 아버님도 포함되겠지요. 그런데 선친은 말할 것도 없고 이들 모두가 세상을 떠나고 이제는 유황숙만 남았습니다. 제가 돌아가신 아버님과 형님의 뒤를 이어 강동을 지켜왔는데 아버님의 유업을 저버리고 어찌 강동을 조조에게 바쳐 투항하겠습니까? 저는 조조와 싸우기로 이미 마음을 굳혔습니다. 문제는 조조의 군사를 어떻게 꺾는가 하는 것입니다. 선생께서 갖고 계신 계책을 듣고 싶습니다."

"유황숙께서 패한 지 얼마 안 되었다고들 하지만 그때는 사실 패전한 것이 아니었습니다. 철수도 작전입니다. 피해 없이 철수하는 것은 매우 중요합니다. 유황숙께서는 아직도 정병 1만여 명을 거느리고 계시며 강하에 있는 유기 또한 군사 5천여 명은 족히 거느리고 있습니다. 여기에 강동에서 2만 5천~3만 명을 동원해주신다면 군세는 5만여 명이 되어 수전과 협공으로 충분히 조조군을 격퇴될 수 있다고 봅니다."

손권이 다시 세밀하게 물었다.

"조조군이 8만~10만이라면 우리 군세의 두 배인데, 그래도 우리가 이길 수 있겠습니까?"

"오후께서는 조조의 군사 수가 계속 부담스러우신 모양인데, 그러면 어떻게 우리가 조조를 이길 수 있는지 그 계책을 말씀드리겠습니다. 첫째는 병력입니다. 조조군이 수적으로 많다고는 하지만 질을 놓고 따져볼 때 부실한 점이 많습니다. 그들은 정벌을 통해 끌어모은 군사이므로 명령계통이 원활하지 못합니다. 거기다 대부분이 북군들이어서 조조가 그들을 데리고 남쪽을 정벌하겠다고 나선 것은 상황 판단을 잘못한 것이지요. 함부로 나섰다는 말입니다. 그런 반면 우리는 육지전과 수전을 함께 구사할 수 있습니다. 육지전은 유황숙께서 맡으시고 수전은 강동에서 맡으시면 됩니다. 물론 상황에 따라 수륙전을 동시에 전개할 수도 있습니다.

둘째, 조조군은 먼 거리를 이동해 와서 전쟁을 치러야 하므로 매우 피곤한 상태입니다. 그러니 우리는 결전하기로 결론을 내림과 동시에 신속하게 군대를 옮겨 지리적으로 유리한 요충지를 빨리 점령해야 합니다. 시상에서 쉽게 하는 것보다는 파구巴丘나 적벽赤壁 정도에 군대를 주둔시키며 준비하는 것이 좋을 것입니다. '강한 화살촉이 비단을 뚫지 못한다'는 말도 있지 않습니까? 만약 하구 · 강하에서 전투를 치른다면 아군의 퇴로가 막힐 위험이 있습니다. 즉, 지금 유황숙의 군대는 강하 · 하구에 있는데 강하에서 전투가 벌어질 경우 퇴로가 마땅치 않습니다. 만에 하나 패전했을 경우 시상이 위험해질 수도 있습니다.

셋째, 수전에서 반드시 승리할 계책을 찾아야 합니다. 특히 여기에 계신 황개 장군이나 감녕 · 주유 장군은 천하 제일의 수군 장수들입

장소는 화평을 주장하는 관료들을 불러모아 "주공께서 제갈량의 꾀에 빠지셨다"고 걱정한다.
나무 아래 소를 몰아 한가로이 밭을 갈고, 품이 넓은 옷을 입은 차림으로 거문고를 타며 학을 부르는 '평화'로운 광경이 병풍에 보인다. 문신들은 이러한 평화를 지키기 위한 방법으로 항전보다는 항복이 더 그럴듯하다고 생각했다.

니다. 특히 황개 장군께서는 자신의 고향이기도 한 호북湖北 땅을 손바닥같이 아시는 분입니다. 변화무쌍한 장강의 물길과 기후를 훤히 아실 뿐만 아니라 강하에서 강릉에 이르는 그 어떤 곳에서 전쟁을 하더라도 대승하실 분입니다. 그러나 조조의 군대는 수전 경험이 전무한 사람들입니다. 그리고 황조가 죽었기 때문에 그들은 의지할 사람이 없습니다. 수전은 배 하나를 침몰시키면 수백 명을 한꺼번에 몰살시키는 효과가 있습니다. 조조군은 병력이 과다하여 불가피하게 큰 배를 사용하거나 작은 배라도 많은 병력이 타게 됩니다. 아군은 상대적으로 기동력이 있는 반면, 병력이 많은 조조군은 움직임이 둔할 것이니 이것을 잘 이용해야 합니다."

노숙이 말을 받아 부연 설명했다.

"공명 선생의 말이 맞습니다. 조조 군사의 주축은 북방 사람들로 수전에 익숙지 못합니다. 형주의 백성들과 선비들이 조조에게 간 것은, 기세에 눌려서입니다. 그들의 본심은 다를 수도 있습니다. 지금 주공께서 유현덕과 힘을 합하여 싸우신다면 능히 조조의 군사를 대파하고 강동을 보전하실 수 있습니다. 만일 조조가 장강에서 대패하여 다시 북으로 물러간다면 형주와 강동의 세력이 강해져 당분간 조조는 남침할 수 없을 것입니다. 그 틈에 유황숙과 강동은 세 개의 솥발처럼 맞서서 서로 도우며 조조를 고립시킬 수 있습니다. 주공, 조속히 결단하시어 때를 놓치지 마십시오. 모든 전쟁에서 때를 놓치는 것은 가장 큰 과오입니다."

손권은 만족한 듯 기뻐하며 말했다.

"선생은 역시 보통 사람이 아닙니다. 선생의 말을 들으니 지금까지 답답했던 내 마음이 훤히 트이는 듯합니다. 제 뜻은 이미 정해졌습니다. 이제 다른 생각은 하지 않을 것이니 의심치 마세요. 오늘 중으로 참모들과 협의하여 유현덕과 함께 조조를 치겠습니다."

손권은 제갈량에게 이렇게 말한 뒤, 노숙에게 자신의 뜻을 문무백 관에게 알리도록 명했다. 그리고 제갈량을 역관에서 편히 쉬도록 배려했다. 손권이 제갈량을 독대한 자리에서 조조와의 결전으로 마음을 굳혔다는 소식이 이내 시상 전역에 퍼졌다.

손권이 군사를 일으키려 한다는 말을 전해들은 장소는 고옹 등 여러 사람을 불러모아 말했다.

"주공께서 제갈량의 꾀에 넘어가신 것이오."

그는 급히 손권을 찾아갔다. 강동의 원로인 장소는 손권에게 항상 어려운 사람이었다.

"주공께서 군사를 일으켜 조조와 싸울 것이라 하셨다고 들었습니다. 주공께서는 원소를 다시 한번 생각해보십시오. 원소는 조조의 몇 배가 되는 군사를 가지고도 조조를 이기지 못했습니다. 관도대전 당시 조조는 군사도 보잘것없고 장수도 별로 없었지만 결과는 조조의 승리였습니다. 그런데 지금의 조조는 40만 대군을 거느린 대한 승상으로 남쪽을 정벌하러 나섰는데 어찌 그를 가볍게 여기십니까? 어린 제갈량이 그럴듯하게 늘어놓은 말만 믿고 군사를 일으켜 움직이는 것은 섶을 지고 불로 뛰어드는 일이 될 수도 있습니다. 신중히 헤아려주십시오."

이 말을 들은 손권은 고개를 숙인 채 대답이 없었다. 그러자 옆에서 고옹이 거들었다.

"유비는 조조에게 박살이 나고는 강동 군사들의 힘을 빌려 조조군에 대항하려고 합니다. 사실 어전회의 때 제갈량의 말에 반박을 하지 못한 것은 그의 말이 다 옳아서가 아닙니다. 원래 명분이라는 것은 말로는 이기기 힘들지만 비현실적이게 마련입니다. 주공은 더 이상 이용당하지 마시고 저희들의 말을 귀담아들으십시오."

손권은 아무 말 없이 결단을 내리지 못했다. 장소 일행이 나오자 노숙이 들어가 손권에게 간했다.

"결심이 흔들리시면 안 됩니다. 사람이 나이가 들면 나약해지기 쉬운 법입니다. 그래서 큰일은 대개 피해가려 하고 자기의 잇속을 차리게 마련입니다. 장소는 이미 나이가 많은 사람입니다. 장소나 고옹의 말은 모두 자기 처자식의 안전만을 생각한 것에 불과하니 듣지 마십시오."

그래도 손권이 결단을 내리지 못하고 있자 노숙이 다시 설득하여 다그쳤다.

"주공, 일이란 너무 깊이 생각하면 오히려 그르칠 수도 있는 법입니다. 동맹을 맺으려는 상대를 두고 이리저리 앞뒤를 재다보면 상대가 그것을 알아차리게 되고 그러면 나중에 반드시 그 대가를 치르게 됩니다. 우리의 입장이 명백하고 상대의 도움이 불가피한데도 상대를 의심하는 것은 일을 그르치는 원인이 됩니다."

"선생은 잠깐 나가 계십시오. 제가 다시 한번 생각해보겠습니다."

할 수 없이 노숙은 물러나왔다. 손권은 다시 참모와 장수들의 회의를 소집했으나 무관들은 싸울 것을 주장하고 문관들은 투항하자는 의견이 지배적이었다. 손권은 마음을 정하지 못하고 고심하며 시간을 보내고 있었다. 이때 어머니이자 이모이기도 한 태부인(손견의 둘째 부인으로 첫째 부인의 동생이다)이 찾아와 손권에게 말했다.

"애야, 나도 그간의 사정을 들어서 조금은 알고 있다. 언니(오태부인을 말함)가 돌아가시면서 우리 내부의 어려운 일이 생기면 장소 선생에게 묻고 다른 나라와의 문제가 발생하면 주유 선생에게 물어라' 하지 않았더냐? 빨리 공근公瑾(주유의 자)을 모시고 와서 그와 상의하도록 하거라."

손권은 그제야 주유를 잊고 있었음을 깨닫고 어머니의 권유대로 주유를 불러들이기 위해 바로 파양호로 사람을 보냈다. 이때 주유는 파양에서 군사를 훈련시키며 조조의 침범에 대비하고 있었다. 북방의 조조가 호랑이처럼 입을 벌리고 남방을 노려보고 있는 상황이었으나 주유는 경국지색이라 불릴 만큼 미모가 뛰어난 아내 소교와 함께 파양호에서 행복한 날들을 보내고 있었다.

주유가 소교를 아내로 맞아들인 것은 그의 나이 25세 때였다. 당시 주유는 손책과 함께 형주를 차지하기 위해 안휘, 환현 등을 공격했는데 이때 난을 피해 몸을 숨기고 살던 교국로喬國老라는 사람의 두 딸이 주변의 누구도 따를 수 없을 만큼 절세 미인에다 재주까지 겸비하고 있다는 말을 들었다. 두 사람은 그 여인들을 찾아 언니인 대교는 손책이, 동생인 소교는 주유가 아내로 맞아들였다. 이들의 미모가 얼마나 뛰어났던지 북방의 조조도 이들의 미색을 탐낸다는 소문이 나돌 정도였다.

눈부신 자태의 아내 소교와 용맹스런 무장이면서도 음악에 조예가 깊은 고상한 풍모의 남편 주유는 서로 깊이 사랑하고 용기를 주며 행복한 가정을 꾸려가고 있었다. 손책과 더불어 늘 전장을 누비던 주유는 그나마 이곳에서 오랜만에 한가로운 나날을 만끽하던 중이었다.

그러나 날이 갈수록 조조의 움직임은 강동을 위태롭게 했고 주유는 조만간 전쟁이 있으리라는 것을 짐작하고 수군 훈련에 만전을 기하고 있었다. 하루는 종일토록 이어진 강훈련을 마치고 집으로 돌아와 소교와 더불어 거문고를 타며 몸과 마음을 쉬고 있는데 손권이 보낸 사자가 도착했다는 보고를 받았다. 사자로부터 손권의 부름을 받은 주유는 지체 없이 파양을 떠나 시상으로 향했다.

제
갈
량
을
죽
여
야
한
다

노숙은 주유가 오고 있다는 소식을 듣고 힘이 솟았다. 주유는 이전부터 조조에 대해서는 주전론자였기 때문에 그가 돌아오면 손권이 개전 쪽으로 단안을 내릴 수 있을 것이라 생각했다. 이들은 만나자마자 누가 먼저랄 것도 없이 조조 문제를 꺼냈다. 노숙은 조조와 결전을 해야 할지 투항을 해야 할지 대신들 사이에 의견이 분분하다는 것과 제갈량의 이야기도 빠뜨리지 않고 전했다. 그러자 주유는 결의에 찬 목소리로 짧게 답했다.

"조조에게 투항한다는 것은 말도 안 되는 소리오."

노숙은 주유의 확고한 태도에 안심했다.

주유가 도착했다는 소식을 듣고 밤이 늦은데도 장소·고옹·장굉·보즐 네 사람이 그를 찾아왔다. 주유는 이들이 무슨 소리를 할지 이미 알고 있었으나 내색하지 않고 그저 반가운 듯 이들을 맞이했다.

모두 자리에 둘러앉자 장소가 입을 열었다.

"주도독은 지금 강동의 형편이 어떤지 아시는가?"

"조조가 이곳 가까이 와 있다는 것은 알고 있으나 자세한 내막은 잘 알지 못합니다."

"조조는 지금 10만 대군을 거느리고 한수 상류 지대에 진을 치고 있네. 그런데 얼마 전에 우리 주공께 강하에서 함께 사냥이나 하자는 편지를 보내왔네. 내가 보기에 조조가 우리를 칠 생각은 없는 듯하네. 그러니 괜히 우리 쪽에서 전쟁을 부추길 필요는 없지 않겠나? 우리는 만일 조조가 딴 뜻이 있다 하더라도 일단은 항복하여 잠시 동안이나마 강동의 화를 면하자는 쪽으로 생각을 굳혔네. 그런데 노숙이 강하에 있는 유비의 모사 제갈량을 데리고 와서 조조와의 일전을 충동질하고 있어. 그들은 우리 힘을 빌려 조조에게 패한 설욕을 하려는 듯한데, 우리가 거기에 휘말릴 이유가 없지 않은가?"

주유가 주변을 둘러보며 물었다.

"여기 계신 다른 분들의 의견도 같습니까?"

고옹이 대답했다.

"주도독, 저희의 의견도 모두 장소 선생과 같습니다."

"공들의 뜻을 잘 알겠습니다. 이제 그만 돌아가시지요. 내일 아침 일찍 주공을 뵙고 상의해서 결정하도록 하겠습니다."

이들이 돌아가고 얼마 되지 않아 정보·황개·한당 등도 주유를 방문했다. 이들에 대한 주유의 우애는 남달랐다. 손권이 집권하기 이전부터 강동을 위해 싸운 전쟁 동지들이었던 것이다. 주유가 이들을 반갑게 맞이하고 자리를 권하자 함께 둘러앉았다. 정보가 먼저 입을 열었다.

"주도독, 자칫하다간 얼마 안 있어 강동이 남의 손에 넘어가게 되었습니다."

주유는 놀라는 표정을 지으며 정보를 바라보았다. 정보가 다시 말을 이었다.

"우리는 손견 장군이 거병하실 때부터 생사고락을 함께 하며 창업의 기틀을 세웠고 그 동안 크고 작은 숱한 싸움을 이겨내고 이제 6군의 성을 거느리게 되었습니다. 그런데 이제 와서 모사놈들이 하나같이 조조군에게 항복하자고 하니 참으로 부끄럽고 안타까운 일이 아닐 수 없습니다. 우리는 전쟁터에서 죽는 한이 있더라도 비굴하게 살고 싶진 않습니다. 부디 주공께 권하여 군사를 일으키도록 해주십시오. 죽기를 각오하고 조조와 싸우겠습니다."

주유는 고개를 끄덕이며 말했다.

"다른 분들도 다들 그리 생각하십니까?"

주유의 물음에 황개가 결연하게 대답했다.

"내 목이 달아나는 한이 있어도 우리 강동을 조조놈에게 넘겨줄 수는 없네."

"여러분께서 그렇게 말씀하시는데 제가 어찌 거역할 수 있겠습니까? 장군들께서는 너무 염려 마시고 그만 돌아가 쉬십시오. 제가 내일 주공을 뵙겠습니다."

주유는 원로 장수들의 전쟁에 대한 의지가 확고함을 보고 더욱 힘을 얻는 기분이었다. 이들이 돌아가자 주유는 잠시 몸을 쉬며 반전파들과 결전 지지자들 간의 의견을 적절히 조율할 방안을 강구했다. 그것을 통해 자신이 의도하는 대로 조조와의 항전쪽으로 여론을 수렴할 생각이었다. 그런데 다시 제갈근·여범 등 문관들이 주유를 찾아왔다. 이들은 주유와 예의를 차려 인사를 나눈 후 자리에 앉았다. 제 갈근이 말했다.

"제 아우 제갈량이, 저희 강동과 연합하여 조조를 물리치고자 하는 유황숙의 뜻을 전하러 왔는데 문무백관들이 의견의 일치를 보지 못하고 있습니다. 도독은 아무쪼록 빨리 결단을 내리시어 주공을 뵙도록 하십시오."

"여기 오신 분들의 의견은 어떠하십니까?"

"투항한다면 별 문제는 없을 것이나 전쟁을 한다면 강동이 온전치 못할 것입니다."

주유가 웃음 띤 얼굴로 말했다.

"저도 생각이 있으니 내일 공석에서 결정을 내리도록 합시다."

이들이 돌아가자 곧이어 여몽과 감녕 등도 주유를 찾아왔다. 이처럼 조조와 싸우자는 주전론자들과 항복하자는 주화론자들이 밤새 교대로 오갔다. 주유는 이들을 보내고 혼자 웃음을 지었다.

밤이 한창 깊을 무렵 노숙이 제갈량을 데리고 주유의 숙소를 찾았다. 도량이 넓으면서도 겸손함을 잃지 않았던 주유는 제갈량을 보자 반갑게 인사를 건넸다. 노숙이 그간의 사정을 이야기하고 나자 주유가 제갈량을 향해 말했다.

"나는 우리 주공의 형님이신 손책 장군의 유업을 받은 사람인데 어떻게 조조에게 항복하는 것을 보고만 있겠습니까? 내 목에 칼이 들어온다고 해도 그런 일은 있을 수 없는 일입니다. 시상에 와서 여러 사람들의 의견을 들었는데 이 일은 토론이나 논쟁으로 해결할 수 있는 일이 아닙니다. 나는 파양호를 떠날 때부터 북으로 조조를 쳐부술 생각을 하면서 말을 달렸습니다. 전술적인 문제만 남았을 뿐입니다.

그러니 공명 선생께서 좋은 생각이 있으면 언제든지 기탄없이 말해주세요."

제갈량이 속으로 안도하며 말했다.

"저도 최선을 다하겠습니다."

노숙이 말했다.

"이젠 됐습니다. 우리 군대가 비록 조조군의 3분의 1밖에 되지 않으나 주도독의 용맹과 제갈공의 지략으로 이 전쟁은 반드시 우리에게 승전보를 남길 것입니다."

다음날 이른 아침, 손권이 당에 오르고 왼쪽으로는 장소·고옹 등 30여 명의 문관이, 오른쪽으로는 정보·황개 등 30여 명의 무관이 의관을 단정하게 갖추고 칼을 옆에 찬 차림으로 도열해 있었다. 조금 있으니 주유가 들어와 인사를 올리자 손권이 최대의 예를 갖추어 주유의 노고를 치하했다. 주유가 손권을 보며 말했다.

"주공, 조조가 강릉까지 내려와 장강을 끼고 주공께 격문을 보냈다고 들었습니다. 어찌 된 일입니까?"

손권이 조조의 격문을 보여주자 주유는 이를 훑어본 다음 심각하게 말했다.

"문서에는 다 저마다의 숨은 뜻이 있습니다. 조조가 격문을 보내 주공과 함께 사냥하자는 수작은 사실은 항복을 하라는 얘기입니다. 이것은 우리의 항복을 받고 유비는 잡아 죽이려는 속셈입니다. 주공께서는 여러 문무백관들과 협의해보셨는지요?"

"매일 그 문제로 협의를 했습니다만 항복하자는 의견과 싸우자는 의견이 극단적으로 대립하여 아직까지 결정을 내리지 못했습니다. 주도독의 뜻은 어떤지 말씀해주십시오."

주유가 다시 손권에게 물었다.

"도대체 누가 감히 주공께 투항을 권한단 말씀이십니까?"

"원로 중신이신 장소를 비롯한 문관들입니다."

주유는 장소에게 물었다.

"장소 공의 말씀을 한번 들어봐도 되겠습니까?"

주유의 표정이 너무 냉철한 데 놀라면서 장소가 대답했다.

"조조는 중원을 통일하고 천자의 이름으로 천하를 평정해가더니 이제는 강동으로 쳐내려오고 있습니다. 조조는 이미 강릉을 점령해 장강을 손에 넣었습니다. 그 동안 강동은 천혜의 방어선인 장강 덕에 조조군의 남침을 막을 수 있었지만 이제 조조와 장강을 공유하게 되었습니다. 지금 조조는 장강에 수백 척 이상의 군선을 띄워놓고 있는데 이를 강동의 힘으로 어떻게 막을 수 있겠습니까? 특히 조조가 수륙 양면으로 쳐들어온다면 이것은 중과부적입니다. 그러니 일단 항복해 있다가 나중에 기회를 봐서 다시 강동을 장악하는 것이 좋을 듯합니다."

주유가 준엄하게 말했다.

"그 동안 저는 원로 중신이신 장소 선생의 말씀을 존중하고 공경해왔습니다. 그러나 이번만은 받아들일 수가 없습니다. 저는 돌아가신 손책 장군과는 의제일 뿐만 아니라 고명顧命을 받은 신하이기도 합니다. 우리가 강동에 뿌리를 내린 것이 이미 3대에 이르고 있습니다. 그런데 이제 와서 왜 이 땅을 조조에게 넘겨줍니까? 조조가 그만한 자격이 있는 인물입니까? 그리고 뒷날 기회를 보자고 하시는데 조조를 잘못보고 하시는 말입니다. 조조에게 패한 기주나 병주에서 다시 조조에게 대항하여 일어난 일을 본 적이 있습니까?"

의외로 주유가 강하게 나오자 손권이 침착함을 유지하며 주유에게 물었다.

"그래, 주도독께서는 어떤 생각을 갖고 계십니까?"

주유는 손권을 돌아보며 말했다.

"조조는 한나라의 승상이라고 자처하지만 실은 한나라의 역적임을 천하가 다 알고 있습니다. 서주 백성을 죽이고 황손을 잉태한 동귀비를 무참히 살해한 자입니다. 이런 자가 어떻게 천자가 되도록 내버려 두려 하십니까? 주공께서는 귀신도 놀랄 만한 빼어난 무용을 지니셨을 뿐만 아니라 부친(손견)과 백씨(손책)의 위업을 물려받아 강동에 웅거해 계십니다. 우리가 비록 군사가 적다고는 하나 유황숙과 힘을 합치면 조조군을 능히 이길 수 있습니다. 주공께서는 마땅히 몸을 일으켜 국가를 위하여 역도들을 제거하셔야 합니다. 역도들에게 항복하는 것은 있을 수 없는 일입니다. 일부 중신께서 너무 쉽게 투항을 거론하시나 저는 세 가지 점에서 아군의 승리를 장담합니다."

손권이 반갑게 물었다.

"그것이 무엇입니까?"

"첫째, 조조군은 예상보다 많지 않아 아군 병력의 2~3배 정도도 되지 못할 것입니다. 지금 조조가 군사를 이끌고 남하하고는 있지만 아직 북쪽에는 마등과 한수가 버티고 있습니다. 이들은 낙양을 통해 언제든지 허도를 공격할 수 있습니다. 그러니 조조는 맘 편히 아군을 공격하기가 어렵습니다. 이것을 염두에 두시면 됩니다. 둘째, 조조군은 수전에 익숙지 못하면서도 말을 버리고 수군이 되어 우리와 싸우려 합니다. 그러나 아무나 수군이 될 수 있는 것은 아닙니다. 배에서 할 전투와 땅에서 할 전투는 엄연히 다른 법입니다. 조조군의 진영에는 황조가 죽은 후 수군을 지휘할 사람이 없습니다. 그러니 우리는 반드시 수전에서 이길 수 있다는 말입니다. 우리는 황개 장군처럼 수전에 능한 분이 많이 계십니다. 마지막으로 천운을 노리는 것입니다. 배는 원래 많은 사람이 타게 되면 매우 불결해져 전염병이 돌기 쉽습니다. 특히 강릉 지역은 흡혈충병이라는 전염병이 만연하는 지역입니다. 아군과 같은 남방인들은 이 병에 강하지만 외지인들은 매년 이 병으로 많이 죽습니다. 북에서 온 조조군이 지친 상태에서 오랫동안 배를 타면 분명히 견디기 힘들 것입니다. 특히 현재 조조군은 강릉에 주둔하면서 장강을 타고 동남쪽으로 이동할 것인데 강릉에서 불가피하게 훈련을 하지 않으면 안 됩니다. 결국 이들은 흡혈충병에 완전히 노출되어 고전을 면치 못할 것입니다."

모두들 주유의 말을 듣자 놀라면서 말했다.

"아하, 흡혈충병이라. 그럴 수도 있겠군."

손권이 희색이 만면하여 말했다.

"우리는 전염병을 생각하지 못했군요. 그 병으로 죽어가는 사람들이 장강 유역에는 매년 수백 명이지요. 특히 불결한 배에서 수만 명이 함께 생활한다면 그 병이 퍼지는 것은 불을 보듯 뻔한 일입니다."

주유가 웃으며 말했다.

"사실은 제가 보낸 첩자들의 정보에 의하면 벌써 그 병이 조조군의 진영에 퍼지고 있다고 합니다. 조조가 지금 북방을 평정했다고 날뛰지만 너무 기고만장해 있습니다. 모르는 곳에는 쉽게 가지 않는 법인데 조조가 이렇게 불리한 여건에서 군사를 일으켰으니 반드시 대패할 것입니다. 우리가 조조를 사로잡을 수 있는 기회를 얻은 셈입니다. 두고 보십시오."

손권의 얼굴이 밝아지면서 무슨 생각을 했는지 의자에서 벌떡 일어서며 분연하게 말했다.

"늙은 역적놈 조조가 천자가 될 생각으로 한나라를 농단한 지 이미 오래되었소. 조조놈은 두 원씨와 여포 그리고 나를 두려워했소. 이제 그들은 모두 조조 손에 죽고 남은 사람은 오직 나 혼자뿐이오. 이제 조조와 나, 둘 중에 누가 죽느냐만 남았소. 정말 주도독은 하늘이 우리 강동에 내리신 분이오."

주유가 대답했다.

"신은 주공을 위해 혈전을 이미 각오하고 있습니다. 제가 비록 1만 번 죽는다 하더라도 이 결전을 사양하지 않겠습니다. 지금이라도 단호하게 결정을 내리시어 분열된 국론을 통일하도록 하십시오."

손권은 허리에 차고 있던 칼을 뽑아 앞에 있는 책상 모서리를 찍었다. 그 힘에 책상의 모서리가 부서졌다.

이어 손권이 단호하게 말했다.

"이제 더 이상 재론하지 않겠다. 만일 누구든지 다시 조조에게 항복하자는 말을 꺼내는 자는 이 책상을 자르듯이 목을 치겠다."

손권은 이렇게 말한 후, 자신의 칼을 주유에게 하사하고 주유를 대도독에 봉했다. 그리고 주전파인 정보를 부도독에, 노숙에게는 찬군교위贊軍校尉의 벼슬을 내리면서 만일 군령을 따르지 않는 자는 누구를 막론하고 그 칼로 목을 베라고 명령했다. 손권에게서 칼을 받아든 주유는 여러 사람을 향해 말했다.

"나는 오늘 주공의 명을 받아 군대를 이끌고 조조군을 격파할 것이다. 여기 있는 모든 장수들과 참모들은 내일 강 언덕에 모여 군령을 받아라. 만일 이를 지키지 않는 자는 군법에 따라 목을 벨 것이다."

"조조의 군대는 흡혈충병에 노출되어 고전을 면치 못할 것입니다!" 주유는 조조와의 싸움에서 승산이 있음을 설명하고, 손권은 칼을 뽑아 책상을 내리치려 한다. 적벽대전에서 조조가 패배한 것은 화공 탓이라고 알려져 있다. 화공이 있었던 것은 역사적 사실이지만, 패배의 원인은 오히려 병에 의한 비전투적 손실이 훨씬 컸기 때문으로 보인다.

주유는 모든 군에 동원령을 하달한 후 손권에게 작별인사를 하고 장군부를 물러나왔다. 모여 있던 문무백관들은 아무 말도 하지 못하고 모두 뿔뿔이 흩어졌다. 전쟁에 대한 논쟁을 잠재운 주유는 앞으로의 일을 협의하기 위해 노숙과 함께 제갈량의 숙소로 가기로 했다.

주유와 노숙이 손권·유비 연합군의 결성과 조조군과의 개전을 논의하기 위해 제갈량의 숙소에 들렀을 때, 제갈량의 숙소에서 때 아닌 거문고 소리가 나직이 흘러나왔다. 노숙이 제갈량을 따라온 종자를 불러 영문을 물었다.

"웬 때 아닌 거문고 소리냐?"

"예, 저의 군사께서는 오늘 아침 일찍부터 거문고를 타셨습니다. 아마 두 분을 기다리고 계신가 봅니다."

"우리를 기다리고 있다니?"

이번에는 주유가 물었다.

"군사께서는 조회가 끝나면 주유 장군과 노숙 선생께서 오실 테니 다과를 준비하라고 이르신 지 오래입니다."

주유는 제갈량이 부리는 종자의 말을 듣고 의아했다. 자신과 노숙이 제갈량을 찾을지는 어떻게 알았으며, 다과를 준비해놓고 거문고를 타는 까닭은 또 무엇인가? 주유는 한편으로 호기심이 일면서도 다른 한편으로는 등줄기를 따라 섬뜩한 오한이 훑어내렸다.

'공명은 미리부터 우리 주공의 성정을 꿰뚫어보고 일부러 격장법 隔帳法을 썼던 거야. 그리고 그가 이토록 애쓰는 것은 강동을 위해서가 아니라, 오로지 그의 주군인 유비를 위해서지. 당연하지 않은가?'

거문고 소리를 들으며 소름 끼치는 전율을 느끼기 전까지 주유는 제갈량에 대해 그다지 깊은 인상이 없었다. 굳이 초면의 인상을 말하자면 매우 합리적인 전략가 정도였다. 하지만 그런 미약한 인상조차도 주유의 뇌리에 오래 남아 있지 않았다. 유비의 군사라고 해야 주유에게는 병정놀이를 하는 아이들만큼도 못해 보였기 때문이다. 강동의 건국을 크게 거들었던 그의 눈으로 보면 유비는 동가식서가숙하며 천하를 유랑하는 과대망상증 환자로밖에 보이지 않았다. 그러니 유비의 군사라고 해서 그에게 그리 대단하게 보일 리 없었던 것이다.

　주유에게 사람을 보는 혜안이 있고 또 평범한 사람의 눈에 쉽게 뜨일 만큼 제갈량이 특별한 재주를 가지고 있었다 해도, 주유에게는 어제 오늘 이틀 동안 사람의 재주를 감별할 만한 여유가 없었다. 일신의 안위만을 걱정하는 노신들과 기회주의적인 문인관료들이 여론몰이로 조성해놓은 강동의 화친론을 주전론으로 바꾸기 위해 여력을 쏟았기 때문이다. 그런데 강동의 주화 여론과 거기에 흔들리는 손권의 결심을 다잡아놓고, 한숨 돌리게 된 순간 들려온 거문고 음률이라니! 이처럼 위기즉발의 상황에서 거문고를 탈 수 있는 제갈량이란 작자는 도대체 얼마만한 배포를 가졌단 말인가? 종자가 제갈량에게 알렸는지 거문고 소리가 끊기고 의관을 깔끔하게 갖춰입은 제갈량이 문간까지 마중을 나왔다.

　"어서 오십시오. 제가 두 분을 위해 간단한 다과상을 마련했습니다."

　"나라가 풍전등화에 놓인 때에 다과는 다 무엇이며, 어쩌자고 거문고 소리까지 울렸습니까?"

　제갈량의 혜안을 모르는 바 아닌 노숙이 슬며시 딴청을 부렸다. 그러자 제갈량이 마치 방금 전에 있었던 공의에 참석이나 한 듯 막힘없이 대답했다.

"오나라에 두 분과 같은 충신이 없었다면 강동 땅은 오늘부로 조조의 손아귀에 넘어갔을 것입니다. 다행히 두 분이 그런 사태를 막았으니 어찌 아니 기쁜 일이겠습니까? 두 분의 기개와 충성은 청사에 길이 남을 것입니다. 이제 개전을 하게 되면 눈코 뜰 새 없이 바쁠 테니 오늘은 잠시 세상일을 잊고 음악이나 즐겨보심이 어떻겠습니까?"

제갈량의 축하를 받고 희색이 만면해진 노숙의 속은 알 수 없었으나, 주유는 속으로 다시 한번 앓는 소리를 냈다.

'이 자는 자신이 참석하지도 않았던 공의의 결정을 어찌 알고 이렇듯 자신만만할 수 있는가? 그리고 음악이라니? 이 자는 강동의 모든 문무백관을 손바닥 보듯이 훤히 꿰고 있구나. 훗날 후환이 될 것이 분명하니 살려두어서는 안 되겠다.'

주유는 어릴 때부터 음악에 정통했다. 술이 아무리 과했을지라도 악사들이 연주한 음악에 틀린 부분이 있으면 반드시 그것을 짚어냈다. 그래서 강동 사람들은 '곡에 잘못된 점이 있으면, 주랑周郎(주유의 별호)이 돌아본다'고까지 말할 정도였다. 그만큼 음악을 좋아했던 그였으니 음악을 즐겨보자는 제갈량의 권고를 뿌리치지 못했다. 그러면서도 왠지 강동의 온갖 소소한 비밀이 제갈량의 수중에 있는 것 같아 기분이 좋지 않았다.

노숙과 제갈량은 차와 과일을 들며 십년지기나 된 듯이 스스럼없이 담소를 나누었다. 그리고 주유도 그 순간만은 제갈량을 제거하기로 한 앞서의 결심을 모른 체하고, 제갈량과 번갈아가며 거문고를 자기 무릎 위에 올려놓았다. 하지만 아무리 잊어버리려 해도 주유의 속은 부아로 들끓었고 그의 머릿속은 차가운 논리의 각축장이 됐다.

'재주는 곰이 부린다더니, 이제 강동은 곰이 되어 그 족보도 수상

한 유비를 위해 조조와 싸워야 한단 말인가?'

그러나 다른 한편으로 유비를 위해 싸우는 것이 아니라 강동을 보전하기 위해서는 그와 연합해야 한다는 걸 모르는 바도 아니었다. 주유의 골칫거리는 이 전쟁에서 조조를 물리친 다음이 문제였다. 중원과 황제를 끼고 있는 조조의 위세를 보면 조조가 이번 전쟁에서 지더라도 크게 세력이 줄지는 않을 게 분명했다. 그리고 승리한 강동은 장강 이남의 기반을 더욱 굳건히 하면서 긴 안목으로 보면, 언젠가 중원을 공략할 수 있는 역량을 쌓게 될 것이었다. 그렇다면 강동의 힘으로 승전군이 될지도 모르는 유비는 기사회생을 하는 것은 물론이고, 장차 오나라에 걸림돌이 될 것이 틀림없었다. 그런데 주유는 아무리 생각해도 유비가 어떤 식으로 장애물이 될지 알 수 없었다. 속이 답답해진 주유는 안전 보장책의 하나로 제갈량을 반드시 죽여 없애리라 결심했다.

제갈량이 벌인 그날의 작은 연회는 때가 때인지라 오래지 않아 끝났다. 대도독의 중책을 받은 주유는 다음날 아침 군사를 부리려면 미리 생각해둘 것이 많았다. 노숙과 주유는 연회를 마련해준 제갈량에게 고마움을 표시하며, 총총히 제갈량의 숙소를 나왔다. 주유는 대도독 관사를 향해 걸으며 노숙에게 말했다.

"자경, 자경은 제갈량을 어떻게 보시오?"

주유가 묻는 까닭을 알 수 없었던 노숙은 자신의 평소 생각을 있는 그대로 말했다.

"한 나라를 일으켜 세울 만한 인사일 뿐 아니라, 천하를 도모할 만한 재사입니다. 모르긴 해도 유비는 제갈량 덕에 자기 이름을 후세에 전할 것입니다."

그러자 주유가 목소리를 낮추어 노숙의 동의를 구했다.

"맞아요. 내 생각도 그와 똑같소. 그래서 아깝지만 그를 그냥 놔둘수 없어요. 살려두면 반드시 강동의 두통거리가 될 게 뻔하니까요."

그 말을 들은 노숙은 펄쩍 놀랐다.

"아니 공근, 그게 웬 말입니까? 지금 조조를 쳐부수기도 전에 그런 재능있는 선비를 잡아죽이는 것은 우리의 복을 차버리는 것이나 마찬가지입니다. 어찌 그런 생각을 하셨습니까?"

"말하지 않았습니까. 그가 유비를 돕는 한 반드시 우리 강동에 화가 될 것이기 때문이지요."

그러자 노숙이 대답했다.

"그렇다면 제갈근을 공명에게 보내봅시다. 제갈근은 공명의 친형이니 형의 입으로 설득하면 우리와 함께 일할 수 있지 않겠소?"

형이 권한다고 해서 쉽게 넘어올 인물처럼 보이지 않았으나, 주유는 일단 노숙의 말대로 하기로 했다. 다음날 아침 일찍 주유는 군문으로 나가 막장으로 들어갔다. 그곳에는 벌써 주유를 경호하기 위해 병사들이 창을 들고 줄지어 서 있었다. 문관과 무관들도 모두 나와 그를 기다리고 있었다. 모두들 하나같이 익숙한 얼굴인데, 한 사람만 낯이 설었다. 바로 정보의 아들이었다. 정보는 주유보다 나이가 많은데도 이번 전쟁에서 지위가 낮게 책정되자 불쾌한 기분이 들어 몸이 아프다는 핑계를 대고 아들을 대신 보냈던 것이다. 주유는 단 위에 올라서서 장수들을 내려다보며 절도있게 말했다.

"군법에는 사적인 상황이 개입될 수 없소. 그러니 여러분은 지금부터 이전에 자신이 누렸던 신분을 모두 잊고 오늘의 직분을 직시하여 전쟁에 임하기 바라오. 여러분도 아시다시피 조조는 지금 동탁보다

더한 직권을 누리며 황제를 자신의 꼭두각시로 만들어 천하를 우롱하고 있소. 이제 그는 난폭한 군사들을 몰아 우리 국경선 가까이까지 와서 진을 치고 있소. 이에 나는 주공으로부터 그를 치라는 막중한 임무를 부여받고 이 자리에 섰소. 나는 이 나라를 보전하기 위해, 또한 천하를 기만하는 조조를 없애기 위해 목숨 바쳐 싸울 것이니 여러분도 한마음으로 전진하시오. 군법에 따라 공이 있는 자는 그 공을 인정받을 것이며 죄를 범하는 자는 책임을 물을 것이니 이를 명심하여 한 치의 착오도 없도록 하시오."

이어 주유는 군사의 배치에 대해 설명했다.

"한당과 황개 두 장수는 선봉장에 임명하니 두 분은 본부의 전선을 이끌고 바로 출발하여 삼강 입구에 진을 치고 명을 기다리시오. 그리고 장흠과 주태 장군은 2군를 맡고, 능통과 반장은 3군을 거느리시오. 또한 태사자와 여몽은 4군을, 육손과 동습은 5군을 지휘토록 하시오. 여범과 주치는 감찰의 임무를 맡길 테니 군이 흐트러짐 없이 움직일 수 있도록 안팎을 잘 감시토록 하시오."

주유의 말이 떨어지자 이들은 모두 '강동 만세'를 외치며 진격 준비에 나섰다. 주유가 이끄는 강동의 장수들은 각자 자기가 맡은 부대로 돌아가 출전 태세를 갖추고 하나 둘 배에 올랐다. 한편 아들 정자程咨에게서 주유의 절도 있는 지휘력을 전해들은 정보는 늦을세라 주유를 찾아가 자신의 처신이 소인을 넘어서지 못했음을 스스로 탓했다. 그러자 주유는 연장자에 대한 예우를 잃지 않는 겸손함으로 그를 감싸주었다.

출전 준비를 모두 끝낸 주유는, 다음날 심사숙고하는 마음으로 제갈근을 청했다. 제갈근이 막장 안으로 들어서자 지도를 살피고 있던 주유가 얼른 일어나 그를 맞았다. 둘은 찻잔을 앞에 놓고 애써 마음의 여유를 부리며 마주앉았다. 주유가 먼저 말을 꺼냈다.

"공의 아우이신 공명은 능히 한 나라의 왕을 보좌할 만한 인물임에 틀림없는데 어찌해서 보잘것없는 유비에게 매여 있습니까? 지금 공명이 이곳에 와 있으니 이때를 놓치지 마시고 공이 공명을 설득해보세요. 그가 우리 강동의 사람이 되어 주공을 섬기게 되면 우리는 총명한 신하를 얻는 것이고, 공명 개인으로는 한층 격이 높아지는 것이니 모두에게 좋은 일입니다. 더구나 두 분은 형제간인데 무엇 때문에 떨어져 살아야 한단 말입니까? 공께서 일이 잘되도록 애써보셨으면 합니다."

주유의 말을 유심히 듣고 있던 제갈근이 대답했다.

"제가 이곳에 와서 지금까지 이렇다 하게 해놓은 일이 없는데 도독께서 그렇게 말씀하시니 제가 어찌 가만있겠습니까? 최선을 다해 제 아우 량이 저와 함께 이곳에 남도록 설득하겠습니다."

제갈근은 주유의 장막을 빠져나오며 제갈량에 대해 생각해봤다. 벌써 떨어져 산 지 한참이 되었고 비록 자신이 형이라고는 하나, 융중에서 꽤 오래 칩거하며 지내다 결국 유비를 택한 동생의 내면을 일일이 알 수 없는 노릇이었다. 더구나 이곳에 처음 왔을 때도 사적인 일보다 공사가 중요하다며 자신과의 만남을 뒤로 미뤘던 동생이 아닌가. 제갈근은 아우를 설득하는 일이 쉽지는 않으리라는 것을 느끼고 있었다. 그러나 시간을 지체할 상황도 아니어서 그는 말을 몰아 바로 동생이 묵고 있는 역관으로 갔다.

형이 왔다는 말을 들은 제갈량은 하던 일을 멈추고 역관 밖으로 나와 그를 맞았다. 겉으로는 시종 여유를 잃지 않았던 제갈량은 사실 항복이냐 전쟁이냐를 둘러싼 일촉즉발의 위기를 개전론으로 돌려놓아야만 했기에 강동에 온 지 수 일이 지나도록 혈육의 정을 나눌 기회조차 갖지 못했다. 사사로운 자리에서 둘만이 마주하자 그 동안 접어두었던 형제애가 갑자기 넘쳐나온 듯, 한참을 붙들고 울었다. 제갈량은 형을 자신의 숙소로 안내했다. 둘은 그간의 소소한 이야기들을 주고받으며 감정을 누그러뜨렸다. 제갈근이 깊은 숨을 몰아쉬며 동생의 방을 한번 휘둘러보더니 제갈량에게로 얼굴을 돌려 말을 꺼냈다.

"동생은 백이伯夷와 숙제叔齊의 이야기를 기억하지?"

이 물음에 제갈량은 형이 자신에게 무슨 말을 하려는 것인지 금방 알아챘다.

"물론 기억하지요, 형님."

"그들은 수양산에 들어가 굶어죽기는 했으나 형제가 끝까지 함께한 성현들이었네. 그런데 우리는 한 부모 밑에 나서 한 어머니의 젖을 먹고 자랐으나 지금은 각기 다른 주인을 섬기며 떨어져 있으니 그들에게 부끄러운 일이네."

제갈량이 대답했다.

"형님의 말씀이 옳으십니다. 정으로 치자면 마땅히 저는 형님을 따라야 할 것입니다. 그러나 저는 지금 혼란에 빠진 천하를 염두에 두고 의를 지키고자 합니다. 저와 형님은 모두 한나라 사람이 아닙니까? 제가 모시고 있는 유황숙은 한 왕조의 후손입니다. 그러니 형님께서도 저와 함께 이곳을 떠나 유황숙을 섬긴다면 한나라의 신하로 의도 저버리지 않고 형제간의 정도 살리는 일이 아니겠습니까?"

동생의 말에 제갈근은 할말을 잃고 생각에 잠겼다.

'아우를 설득하기란 불가능한 일이야. 하긴 유비가 천하의 위인으

로 보이지 않았다면 애초에 융중에서 나오지도 않았을 테지.'

제갈근은 더 이상 동생을 설득할 생각을 접고 오랫동안 쌓였던 회
포를 풀고는 역관을 나왔다. 주유를 찾아간 제갈근은 아우의 뜻을
자세하게 전했다. 그러자 주유는 표정의 변화가 없이 제갈근에게 물
었다.

"그럼, 공의 뜻은 어떠한지요?"

"저는 이미 손장군의 은혜를 입은 몸입니다. 손장군을 떠날 수는
없지요."

"예, 잘 알겠습니다. 내가 달리 공명을 설득하겠습니다."

친형인 자신도 못한 일을 주유가 어떻게 하겠다는 것인지 알 수 없
었지만 제갈량을 설득하겠다는 말에 제갈근은 일말의 기대감을 감출
수 없었다. 제갈근이 돌아간 뒤 주유는 다시 생각했다.

'제갈량을 그대로 놔두면 분명 뒷날 강동의 우환거리가 될 것이다.
아깝지만 일찍 처단하는 것이 주공을 위하는 길이다.'

다음날 주유는 장군들의 점호를 마친 후 사람을 보내 제갈량도 함
께 갈 것을 청했다. 제갈량은 갑작스러운 부름을 받고 무슨 이유가
있을 것이라 생각하고 마음의 준비를 잊지 않았다. 주유는 손권을 찾
아가 출전을 알리고 작별인사를 나누었다. 손권이 말했다.

"주도독께서 수고 많으시겠습니다. 저도 곧 뒤따르겠습니다."

주유는 정보·노숙 등과 함께 배를 타기 위해 나루로 향했다. 그곳
에는 이미 제갈량이 와 있었다. 주유 일행은 모두 같은 배에 오르고
제갈량은 다른 배를 탔다. 돛을 올리자 배는 가볍게 불어오는 바람을
맞아 강을 타고 흘러갔다. 삼강을 지나 50리쯤 갔을 때 도독이 탄 배
로부터 모두 정지하라는 명령이 전달되었다. 주유는 강 연안의 중앙

에 위치한 배에 본부를 차리고 다른 군대는 연안의 서쪽 산에 진을 치도록 했다. 주유는 군사가 배치된 모습을 전체적으로 살펴본 후 본부 막사에 들었다. 그는 사람을 시켜 제갈량을 청했다. 제갈량은 군막에 도착하여 주유에게 예를 갖추어 인사를 하고 자리에 앉았다. 주유가 탁자에 손을 얹으며 말했다.

"예전에 조조가 원소에 비해 턱없이 적은 군사로 그를 이길 수 있었던 것은 허유의 말을 듣고 오소의 보급로를 불태웠기 때문이라고 생각합니다. 지금 우리의 사정이 지난날 조조와 다를 것이 없습니다. 그들의 군사는 40만 이상인데 우리는 5만~6만에 지나지 않습니다. 그러니 그들과 맞서 싸우기 전에 조조의 보급로를 끊는 것이 상책일 것입니다. 첩자를 통해 알아보니 조조는 군량미를 취철산에 쌓아두고 있다고 합니다. 우리보다는 제갈공께서 그곳 지리에 밝으리라 생각됩니다. 제가 군사 1천을 드릴 테니 공께서 측근을 동원하여 취철산의 보급로를 끊어주세요. 모두를 위하는 길이 아니겠습니까?"

제갈량은 주유가 출전하며 굳이 자신을 동행시킨 이유가 바로 여기에 있었구나 생각하며 그의 술책을 간파했다. 그렇다고 해서 좀스럽게 거절할 필요까지 없겠다 여기고 대충 그 말을 따르겠다는 시늉을 했다. 제갈량이 자신의 진을 향해 떠나는 것을 본 노숙은 주유에게로 가 제갈량에게 조조의 보급로를 끊게 한 이유를 물었다.

"제갈량은 강동을 위해 그냥 둘 수 있는 인물이 아니오. 그러나 어찌 내 손으로 죽일 수 있겠소? 그래서 조조의 손을 빌려 후환을 없애려는 것이오."

노숙은 주유가 필요 이상으로 제갈량을 의식하여 성급하게 일을 몰아간다고 생각하며 제갈량에게 갔다. 제갈량은 주유의 권고대로 취철

산으로 떠나려는 듯 군마를 살피며 짐을 꾸리고 있었다. 제갈량의 속을 알 수 없었던 노숙은 답답함을 참지 못하고 제갈량에게 물었다.

"선생께서는 이 일이 승산이 있다고 생각하십니까?"

제갈량은 빙긋 웃더니 노숙을 바라보며 말했다.

"나는 수전·보전·마전은 물론 차전에도 능통한 사람이니 이런 일쯤이야 뭐 그리 어렵겠소? 그러나 공근에게 전하시오. 지금은 대사를 앞두고 서로를 받아들여 합심할 때이지 목전의 상대에게 급급하여 해치려 한다면 일은 강 건너 간 것이라고 말이오."

노숙은 곧바로 말을 달려 주유에게로 가 제갈량의 말을 그대로 전했다. 몇 번 대하지도 않은, 나이 어린 외지인이 자신의 속내를 꿰뚫어보고 있다고 생각하니 주유는 앞으로의 일이 더욱 염려스러웠다.

"그를 없애지 않으면 동오는 훗날 반드시 낭패를 당할 것이오."

노숙이 주유를 달래는 듯한 얼굴로 말했다.

"지금은 조조를 무찌르는 것이 급선무입니다. 공명의 일은 그후에 처리하는 것이 순리일 것입니다."

노숙의 말에 주유가 고개를 끄덕였다. 한편 유비는 동오로 간 제갈량에게서 소식이 없자 궁금함을 못 견디고 하구로 나가 주변을 살피기로 마음먹었다. 그는 유기에게 강하를 지키도록 하고 장수들과 군사를 거느리고 강을 따라 말을 몰았다. 남으로 계속 내려가자 멀리 강남의 하안 쪽에 숲을 이룬 듯 무수한 깃발들이 울긋불긋 바람에 나부끼는 모습이 눈에 들어왔다. 깃발 아래로는 울타리처럼 줄지어 선 창검이 햇빛에 반사되어 빛을 뿜어내고 있었다. 동오의 군사였다.

유비는 황급히 번구에 진을 치도록 했다. 진지를 설치하는 동안 유비가 혼자서 강남 쪽을 바라보며 걷더니 곧 장수들을 불러모았다.

"공명이 동오로 간 지 수 일이 지났는데 아직도 소식이 없으니 어찌 된 일인지 궁금하오. 누가 가서 상황을 살펴주었으면 하오."

미축이 다녀올 뜻을 보이자 유비는 여러 가지 예물을 준비해주며, 군사를 이동시킬 예정이라는 핑계를 대고 동오의 일을 알아보라 지시했다. 미축은 바로 배에 올라 강 하류를 따라 내려갔다. 하류에 닿자 주유의 진지가 보였다. 주유의 군사들이 미축이 왔다는 보고를 하자 주유가 직접 나와 미축을 맞았다. 주유는 사람들에게 술상을 차리라 이르고 미축은 유비가 마련해준 예물들을 그에게 전했다. 주유는 미축과 술잔을 기울이며 생각했다.

'지금 제갈량을 죽일 수 없다면 유비를 유인하여 없애자. 주인을 잃은 공명이 어디로 가겠는가?'

주유의 속마음을 알지 못하는 미축이 제갈량의 소식을 물었다.

"공명 선생은 지금 어디에 계신지요? 이곳에 온 지 오래 되어 모시러 왔습니다."

"공명은 저와 함께 안전하게 있습니다. 조조를 격파하기 위해서는 당분간 여기에 있어야 할 것입니다. 조조는 워낙 대군을 이끌고 있으니 공명처럼 명석한 분이 여러 가지 계책을 일러줘야 합니다. 저 역시 군을 책임지고 있으니, 유예주를 만나 좋은 의견을 나누고 싶어도 몸을 움직이기가 어렵습니다. 수고스러우시겠지만 유예주께서 친히 이곳에 와주신다면 참으로 고맙겠습니다."

미축은 주유의 뜻을 유비에게 전하겠다는 말을 남기고 떠났다. 주유의 의도를 눈치챈 노숙이 그를 말렸으나 주유는 강동의 앞날을 위한 일이라며 유비를 암살할 계책을 일러주고 그대로 실행할 것을 다짐해 보였다.

"연회장에서 도부수가 미리 대기하고 있다가 내가 손에 든 술잔을 던지는 것을 신호로 유비를 죽일 것이오."

주유를 만나고 돌아온 미축이 유비에게 말했다.

"주유가 조조의 침공에 대해 상의할 일이 있으니 직접 동오로 와주시면 고맙겠다고 합니다."

유비는 주유의 부름에 응하고 제갈량도 만나고 싶은 마음에 곧바로 동오로 떠날 채비를 했다. 그런 모습을 지켜보고 있던 관우가 유비를 말렸다.

"미축 공이 전한 말만 믿고 그곳에 가시는 것은 위험한 일입니다. 공명 선생을 직접 보고 온 것도 아닌 상황이니 더더욱 그렇습니다. 그들이 어떤 일을 꾸미고 있는지 모르는 일 아닙니까?"

유비가 관우를 돌아보며 말했다.

"주유가 조조군을 격파하는 문제를 두고 나를 만나려 하는데 내가 가지 않는다면 그들과 동맹을 맺을 의향이 없는 것으로 비치지 않겠나. 서로 견제하고 의심만 하다간 목표한 바를 이룰 수 없을 것이네."

"형님의 뜻이 정 그러시다면 저도 함께 가겠습니다."

둘의 대화를 듣고 있던 장비가 자기도 따르겠다고 나서자 유비는 관우만 같이 가고 장비는 남아서 조운과 함께 진을 지키도록 했다.

유비는 호위병 20여 명과 관우를 데리고 배에 올랐다. 강동이 가까워지자 그 동안 이곳의 발전을 말해주듯 크고 작은 배들이 화려하게 늘어선 모습이 눈에 들어왔다. 유비는 그 모습을 보며 부러움과 자괴감을 동시에 느꼈다. 그러면서 속으로 언젠가 자신도 이 나라와 어깨를 나란히 하리라는 결의를 새삼 다졌다.

유비가 도착했다는 말에 주유는 반가운 듯 서둘러 그를 맞으러 나갔다. 유비를 호위하고 있는 일행이 보잘것없어 보이자 주유는 마음 속으로 안심하며 웃음 띤 얼굴로 유비에게로 다가갔다. 둘은 예의를 갖추어 상견례를 마친 뒤 주유의 안내로 군막으로 들어섰다. 주유는

동오에서는 유비 일행을 해치려 장막 뒤에 도부수들을 숨겨놓았지만 유비는 알 리가 없다. 걱정스런 제갈량은 유비 뒤를 바짝 따르는 관우를 보고 그제야 안심한다. 결국 동오는 관우의 기개에 눌려 뜻을 이루지 못한다. 유비를 수행하는 무사들이 지닌 무기는 오른쪽에서부터 장도(長刀)·극(戟)·창(槍)·도(刀)이다.

유비에게 상석에 앉을 것을 권했으나 유비는 사양하고 주빈석에 앉 았다. 그들 앞에는 정성스럽게 준비된 남쪽 지방의 음식들이 차려져 있었다. 주유는 기분 좋게 첫잔을 유비에게 권했다.

이때 강가를 거닐며 전략을 구상하고 있던 제갈량의 귀에 유비가 왔다는 소식이 전해졌다. 주유와 함께 연회석에 있다는 말을 듣고 제 갈량은 큰일이다 싶어 곧바로 주유의 진지로 갔다. 제갈량은 어쩔 수 없이 몰래 중군장으로 숨어들었다. 유비는 태연하게 주유와 담소를 나누며 술잔을 기울이고 있었으나 주유의 표정은 자연스럽지가 않았 다. 뭔가를 노리는 듯한 느낌이 제갈량의 뇌리를 강하게 스쳐지나갔 다. 눈썰미있게 관찰해보니 장막 뒤로 무장한 도부수들이 몸을 가리 고 서 있었다. 제갈량은 숨이 막히는 듯했다. 그는 아무것도 모르고 연회를 즐기고 있는 유비를 안타깝게 바라보다 뒤쪽으로 눈을 돌렸 다. 그제야 제갈량은 안도의 한숨을 내쉬었다.

'운장이 있구나. 그러면 걱정하지 않아도 되겠다.'

제갈량은 눈치채지 않게 중군장을 다시 빠져나와 강가로 갔다. 몇 잔 술을 마시며 술잔을 던질 기회를 노리고 있던 주유는 유비를 철통 같이 지키고 선 관우를 의식하기 시작했다. 주유가 유비에게 얼굴을 가까이 대고 물었다.

"그런데 뒤에 서 있는 저 장수는 누구신지요?"

"예, 제 동생 관우입니다. 아, 미처 소개시켜드리지 못했군요."

유비가 관우를 향해 뒤를 돌아보며 손짓을 하자 관우는 주유를 향 해 목례를 했다. 주유는 속으로 몹시 놀랐으나 반가운 듯 물었다.

"그렇다면 예전에 원소의 오른팔이었던 안량과 문추의 목을 벤 사 람이 아닙니까?"

유비가 웃으며 고개를 끄덕이자 주유는 애써 태연한 척하며 관우에게 술을 권했다. 주유는 관우의 기개에 눌려 기회를 노려볼 엄두도 내지 못했다. 이때 노숙이 연회장으로 들어왔다. 유비는 노숙을 보자 기다렸다는 듯 제갈량의 거처를 물었다. 그러자 주유가 노숙의 대답을 가로막았다.

"공명 선생은 조조와의 일전을 앞두고 전략 구상에 온 힘을 쏟고 있으니 조조와의 전쟁 후에 만나시는 것이 좋을 듯합니다."

그제야 뭔가 이상한 분위기를 눈치챈 유비가 갈 길을 재촉하고 나섰다.

"주도독의 환대를 받고 보니 가야 할 시간을 잊은 것 같습니다. 반드시 조조를 쳐 없애고 공을 기리러 다시 오겠습니다."

주유는 더 이상 시간 벌기가 힘든 것을 알고 맥이 빠졌지만 아쉬운 듯 진지 밖까지 나와 유비와 관우를 배웅했다. 유비는 자신의 배로 향하며 제갈량의 안부가 더 궁금해졌다. 연회석을 빠져나와 생각해보니 주유의 지나친 환대도 어색했고 지척에 있는 제갈량을 끝내 볼 수 없었던 점도 마음에 걸렸다. 무거워진 발걸음으로 배에 오르려는데 배 안에서 제갈량이 모습을 드러냈다. 유비는 너무 기뻐 제갈량에게 다가가 그의 두 손을 모아 잡았다.

"주공께서는 오늘 몹시 위험하셨습니다. 알고 계셨는지요?"

"나중에야 뭔가 석연치 않은 것을 느꼈습니다."

"관장군이 호위하지 않았다면 주공은 주유에게 해를 입으셨을 것입니다."

"내가 그렇다면 공명도 안전한 곳에 있지 않다는 말씀 아닙니까? 그러니 지금 저와 함께 번구로 돌아가십시다."

제갈량이 대답했다.

"저는 지금 호랑이 굴 앞에 서 있으나 마음은 편안합니다. 부리는 사람에 따라 호랑이가 고양이가 될 수도 있습니다. 그러니 주공께서는 염려 마시고 돌아가시는 대로 군선과 군마들을 정비하십시오. 그리고 오는 11월 20일에 조자룡에게 강 남쪽 연안에 배를 타고 대기하라 이르십시오. 반드시 제가 한 말을 지키셔야 합니다."

유비가 이유를 묻자 제갈량이 답했다.

"지금은 자초지종을 다 말씀드리기 어렵습니다. 다만 동남풍이 일면 저는 바로 주공께로 돌아갈 것이라는 약속만 드리겠습니다."

이렇게 말한 제갈량은, 혼자 떠남을 망설이는 유비를 재촉하여 배에 오르게 하고 곧 뒤돌아서 가버렸다. 강의 상류를 향해 거슬러 올라가며 유비는 유유히 흐르는 장강을 말없이 바라보았다. 이날따라 강은 너무나 새롭게 와닿았다.

'동남풍이라. 곧 한겨울인데 동남풍이라니……'

주유에게 속은 조조

　유비를 죽이려던 계획이 실패로 끝난 것을 계기로 주유는 유비가 거느린 부하들을 다시 보게 됐다. 그들은 오합지졸이 아니었다. 더구나 제갈량이 참모로 있는 이상 유비군은 조조 다음으로 경계해야 할 대상이었다. 주유의 골칫거리가 하나 더 늘어난 셈이었다. 유비를 전송하고 군 막사에서 혼자 쉬고 있는데 노숙이 들어왔다.

　"도독께서는 모든 준비를 하시고서도 왜 유비를 그냥 살려 보냈습니까?"

　"내가 그들을 너무 쉽게 본 것 같소. 소문으로만 듣던 관우라는 자가 유비를 철저하게 경호하는 바람에 함부로 손댈 수가 없었소. 그나저나 그들은 우리 강동의 근심거리가 될 것임에 분명하오. 유비군이 더 커지기 전에 조조와 제갈량을 한꺼번에 침몰시키는 방법을 찾아야겠소."

주유의 말을 들은 노숙은 지휘관이 감정으로 전투를 하게 되면 패한다는 손자의 말이 떠올랐다. 그러면서 평소 도량이 넓기로 유명한 주유가 지나치게 제갈량을 의식해 그에 대해 나쁜 감정을 키워가고 있는 것은 아닌가 하는 우려가 앞섰다. 이때 조조측 사신이 왔다는 보고가 들어왔다. 주유가 그를 맞아들이자 사신은 조조가 보낸 편지라며 주유에게 봉투를 건넸다. 주유가 받아서 겉봉을 살펴보니 이렇게 씌어 있었다.

한나라 대승상이 주도독에게 보내는 글이니 유념하여 보라.

주유는 겉봉만 보고, 편지를 뜯어볼 생각도 하지 않은 채 그 자리에서 봉투째 편지를 찢어 땅바닥에 내팽개치며 소리쳤다.

"저놈의 목을 당장 쳐라!"

옆에 있던 노숙이 흥분한 주유를 말렸다.

"지금 양국이 대치하고 있는 상황에서 함부로 사신의 목을 베어서는 안 됩니다."

"도적놈이 보낸 종자일 뿐입니다. 그러니 죽여서 우리가 어떤 존재인지를 보여줘야 해요."

주유는 말을 마치자 바로 사신의 목을 베게 하여 그 머리를 조조에게 돌려보냈다. 이어 출전 명령을 내렸다.

"감녕은 선봉을 맡고, 한당은 좌익을, 장흠은 우익을 맡도록 하라. 나는 다른 장수와 군사를 거느리고 뒤를 따르겠다. 내일 날이 밝으면 바로 출병할 것이니 미리 준비하라. 진군할 때는 북소리에 맞추어 일제히 함성을 지르며 앞으로 나가도록 하라."

한편 조조는 주유가 편지를 찢고 사신을 죽였다는 말을 듣고 기가 막혔다.

"하룻강아지 범 무서운 줄을 모른다더니, 주유란 놈이 감히!"

화가 머리끝까지 난 조조는 본때를 보여주겠다는 마음으로 당장 출전 명령을 내렸다. 그리고 형주에서 투항해온 채모와 장윤을 선봉에 세우고 자신은 후군을 맡아 전선에 올랐다.

삼강 어귀에 이르자 멀리 동오의 군선들이 강을 장악하고 몰려오는 모습이 보였다. 양편의 배는 서로 맞부딪칠 만큼 점점 가까워지더니 일정한 거리를 두고 멈춰서서 출렁였다. 감녕이 먼저 공격 명령을 내리며 활의 시위를 당겼다. 감녕이 쏜 화살이 채모의 동생 채훈의 가슴팍을 뚫고 지나갔다. 채훈은 그 자리에서 즉사해버렸다. 죽어 나뒹구는 주검을 돌아보기도 전에 조조의 전선 위로 화살이 비오듯 쏟아졌다. 화살을 피해 배 위에서 병사들이 이리저리 움직이자 배는 더욱 요동을 쳤다.

조조의 군사들은 대부분 청주·서주의 북방인들이었으므로 수전에는 익숙지 못했다. 배가 흔들리자 모두들 중심을 잃고 쓰러지기 바빴다. 자신을 얻은 장흠과 한당이 좌우에서 동시에 화살을 쏘아대며 조조군을 몰아붙였다. 여기에 더해 뒤에서 군사를 거느리고 온 주유가 합세하자, 수적으로 우세하던 조조군이 차츰 열세를 면치 못하게 됐다. 강은 어느새 피바다가 되었고 화살을 맞고 죽은 시체들이 강물 일렁이는 대로 끝도 없이 뱃전에 와 부딪쳤다. 주유는 크게 승리한 것을 알았지만 대군인 조조군과 너무 오랫동안 싸우게 되면 불리해질 수 있다고 판단하고 배를 거두어 진지로 돌아왔다. 대패를 하고 돌아온 조조는 분을 삭이지 못하고 채모와 장윤을 불러 문책했다.

"우리 군사가 월등히 많았음에도 이렇게 패한 것은 너희들이 딴마음을 품어서이다. 그렇지 않느냐!"

채모가 간신히 변명을 했다.

"훈련이 부족했습니다. 우리 군은 대부분 서주와 청주 사람들입니다. 그러니 배에 익숙지 못해 제대로 싸워보지도 못하고 패하고 말았습니다. 지금부터라도 형주 출신의 군사들과 서주·청주 군사들을 모두 합해 수전에 대비한 훈련을 강도 높게 해나가면 반드시 적을 이길 수 있을 것입니다."

"수군 도독인 장군이 이제 와 그런 소리를 하는가! 여태껏 그걸 모르고 전쟁에 임했다니 말이 되지 않는다."

호되게 꾸중을 듣고 물러나온 채모와 장윤은 그날부터 수군 훈련에 여념이 없었다. 큰 배들로 강 연안을 빙 둘러싸게 만든 후 24개의 수문을 만들고 그 안쪽에는 작은 배들이 오가게 했다. 조조의 군사들은 이 배 위를 오가며 밤낮 없이 배에 적응하며 싸우는 훈련을 받았다. 밤이 되면 수면 위에 떠 있는 모든 배에 불을 밝혀 장강 일대는 붉은 불의 나라 같은 장관을 연출했다.

주유의 진영에서는 승전을 축하하는 분위기가 며칠째 계속됐다. 주유는 대승을 거둔 3군에게 후하게 상을 내리고, 손권에게도 승전 소식을 전했다. 전쟁을 치른 며칠 후 주유는 몸소 적의 동정을 살피러 높은 곳에 올라 먼 곳을 둘러보았다. 강은 언제 피비린내 나는 전투가 있었느냐는 듯 잔잔히 흐르고 있었다. 해질녘이 되자 서쪽 하늘을 향해 불빛이 치솟더니, 시간이 갈수록 그 수가 늘어나 그곳의 강물은 마치 온통 붉은 기운을 토해내고 있는 듯했다. 주유가 놀라는 표정을 지으며 그곳을 유심히 살피자 옆에 있던 장수 하나가 말했다.

"저것은 분명 조조군의 불빛입니다."

주유는 올 것이 왔다고 생각하며 무거운 발걸음으로 언덕을 내려왔다. 다음날 주유는 직접 조조의 훈련장을 살펴볼 생각으로 배에 올랐다. 화려하게 꾸며진 배에 잘 훈련된 몇몇의 경호병들을 태우고 무기를 실었다. 그리고 몇 가지 악기도 갖추어 실었다. 주유가 탄 배는 일부러 먼 곳을 돌아 적진 가까이까지 다가갔다. 그곳에서 주유는 배를 멈추게 하고 음악을 연주하도록 했다. 높고 낮은 음이 허공으로 퍼져 나가는 울림을 들으며 주유는 적의 훈련장을 살폈다.

"놀랍구나. 완벽한 수군 포진법이 아닌가? 저곳에서 훈련을 맡은 장군은 누구라고 하더냐?"

곁에 있던 장수 하나가 앞서며 말했다.

"채모와 장윤이라는 자로 알고 있습니다. 그 둘은 형주 사람으로 수전에 능통하다고 들었습니다."

그 말을 듣고 주유는 한동안 생각에 잠겨 있더니 심각한 표정으로 입을 열었다.

"그들은 강동에 오래 있었으며 수전에는 통달한 자들이다. 먼저 그 둘을 없애야 조조가 힘을 잃는다."

주유가 이렇게 말하는 사이에 적진으로부터 심상찮은 배의 움직임이 보이더니 몇 척의 배가 주유를 향해 속력을 내어 미끄러져왔다. 주유는 급하게 닻을 올리고 바람처럼 물살을 타고 도망쳤다. 조조의 배들은 주유를 따라 수십 리를 쫓아갔지만 헛수고였다. 이 사실을 전해들은 조조의 기분이 좋을 리 없었다. 그는 곧 장수들을 불러모아 대책을 물었다.

"며칠 전에는 얼마 되지도 않는 적에게 수모를 겪었는데 이제 저놈들이 우리 진지 가까이까지 숨어들어 염탐을 하고 갔다. 이대로 보고만 있을 것인가!"

누구도 입을 떼지 못하고 무거운 침묵만이 흘렀다. 이윽고 한 장수가 어렵게 말문을 열었다.

"제가 동오에 한번 다녀오겠습니다. 주유와 저는 어릴 적에 동문수학하여 친분이 돈독한 사이였습니다. 쉬운 일은 아니겠으나 제가 그를 만나 전쟁을 중단하고 항복하도록 설득해보겠습니다."

이 말을 한 사람은 장간蔣幹이라는 자로 구강九江 사람이었다. 그는 이번 남쪽 정벌을 앞두고 발탁되었으나 지금까지 그다지 두각을 드러낸 인물은 아니었다.

"내가 보낸 사신을 죽이고 편지까지 찢은 놈이 쉽게 항복을 하겠는가?"

"아무리 강해 보이는 자라 해도 약한 구석이 있게 마련입니다. 저와 그는 죽마고우이니 저는 누구보다 주유를 잘 안다고 장담할 수 있습니다. 승상께서는 한번 믿어보시고 저를 동오로 보내주십시오."

조조는 다소 미심쩍었지만 장간이 자신하고 나서자 의심 반, 기대 반의 심정으로 그를 보내기로 했다. 자신이 활약하던 북부 지역과 달리 남쪽 지역은 왠지 생소한 것이 많아 조조는 이곳에 온 이후 자신의 판단력에 확신을 가지지 못할 때가 가끔 있었다.

"그곳에 가는 데 필요한 것이 무엇이냐?"

"저는 주유의 오랜 친구로 가는 것이니 아무것도 필요 없습니다. 시종 하나를 딸려주시면 족하겠습니다."

조조는 특별히 술상을 차려 장간을 치하하고 일의 성공을 빌었다. 장간은 간편한 차림새로 작은 배를 타고 주유의 진영으로 향했다. 동오군의 진지에 도착하자 연안을 지키고 있던 군사들이 장간의 배를 에워쌌다.

"너희 도독께 가서 옛 친구 장간이 왔다고 일러라."

막사에서 여러 참모들과 군사회의를 하고 있던 주유는 장간이 찾아왔다는 말을 듣고 반갑게 웃으며 말했다.

"오랜 친구가 나를 보러 왔구나."

주유는 다시 참모들을 가까이 오게 하여 뭔가를 일러주었다. 그들은 모두 알아들었다는 듯 고개를 끄덕이더니 하나 둘 막사 밖으로 빠져나갔다.

주유도 의관을 고쳐입고 친구를 맞이하기 위해 진문 밖으로 나갔다. 장간이 주유를 보자 얼굴에 웃음을 가득 담고 가까이 다가왔다. 둘은 반갑게 인사를 나누었다.

"자익子翼(장간의 자) 참으로 오랜만이군. 그간 잘 지내셨는가?"

"듣던 대로 공근도 안녕하시구먼."

이들은 손을 맞잡고 정을 나눈 후 어깨를 나란히 하여 걸었다.

주유가 먼저 말했다.

"자네가 오늘 이렇게 먼 곳까지 찾아온 것은 조조의 세객으로 온 것이 아닌가?"

"아니 그게 무슨 말인가? 나는 친구의 옛정이 그리워 여기에 온 것뿐이네."

주유는 고개를 떨구며 말했다.

"나는 이미 자네가 여기 온 뜻을 알고 있네. 내가 진나라 사광師曠(음으로 길흉화복을 알아냈던 춘추시대 진나라의 전설적인 악사)에는 미치지 못하나 거문고 음의 울림 정도는 알아들을 수 있네."

구태여 주유가 자신의 방문을 사광에 빗대어 얘기하자 장간은 상대에게 너무 일찍 자기의 의도를 들킨 것 같아 가슴이 뜨끔했다.

"자네가 꼭 그렇게만 여긴다면 나는 당장 돌아가겠네."

주유가 장간의 팔을 붙들었다.

"자네나 나나 말하지 않아도 다 알고 있는 일이니 그러지 말고 여기서 하루 묵으며 옛날 이야기나 나누어보세. 그리 급하게 돌아갈 일이 무엇인가?"

장간은 주유의 팔에 이끌려 그의 장막으로 향했다. 막사 앞으로 붉은 수술이 달린 은빛 투구를 쓴 장교들이 도열해 있었다. 장막 안으로 들어선 주유는 측근들을 불러 장간에게 소개했다. 이어 잔칫상이 차려졌다. 장간은 주유의 융숭한 대접을 받으면서도 마음이 편치 않았다. 악사들이 악기를 연주하는 동안 주유와 장간은 몇 잔의 술을 주고받았다. 조조와의 대전을 앞둔 이후 술을 입에 대지 않았던 주유는 몇 잔 술로 얼큰하게 취하는 느낌이었다. 주유는 거문고를 가져오게 하더니 무릎 위에다 올려놓고 공자의 행단杏壇을 연주하기 시작했다. 장간은 그 음을 들으며 주유와 함께 공부하던 어린 시절이 떠올랐다. 연주를 마친 주유가 장간을 향해 말했다.

"우리 주군과 나는 밖으로는 군신의 의리를 지키고 안으로는 골육의 은의를 맺었네. 그러니 명령에 반드시 따르고 겉과 속으로 한 치의 속임이 있을 수 없으며 한 운명으로 복과 화를 함께 하기로 했네. 그러니 누가 와서 권한다 해도 이 마음을 움직일 수 없네."

장간은 얼굴이 붉어졌다. 결국 투항을 권하는 말은 한마디도 꺼내지 못하고 주유가 부어주는 술만 들이켤 뿐이었다. 기분이 좋아진 주유가 진지 이곳저곳에 갖가지 색의 등불을 밝히게 하고 장수와 병사들을 불러모아 연회 분위기를 돋웠다. 악기 소리에 맞춰 화려하게 차려입은 병사들이 나와 칼춤을 추며 노래를 부르기 시작했다.

대장부가 할 일은 공명을 세우는 것이오.
공명을 얻는 것은 일생의 위안이네.
평생의 소원은 장수라 불리는 것
장수라 불리는 이 기쁨이여!

술을 마시고 얼굴이 대추처럼 익은 주유는 손바닥으로 무릎까지 쳐가며 장단을 맞추었다. 노래와 박수소리에 맞춰 오색 등이 바람에 흔들리고 어느덧 강변의 밤이 깊었다. 주유는 술에 만취한 듯 거문고를 끌어안고 상에 기대어 실눈을 뜨고 있었다. 장간이 너무 늦었다며 가겠다고 나서자 주유가 장간의 소매를 붙들었다.

"자네와 내가 또 언제 만나 이런 자리를 갖겠나? 밤도 늦었으니 오늘은 나와 함께 자고 가세."

주유는 비틀거리는 몸으로 장간을 이끌고 침실로 갔다. 들어가자마자 침상에 쓰러져 잠들어버린 주유와는 달리 장간은 일을 그르친 것 때문에 잠을 이룰 수가 없었다. 깊은 숨소리를 토해내는 주유 곁에서, 장간은 아직도 꺼지지 않고 타고 있는 등잔불을 바라보고 있었다. 그의 시선은 불빛이 비추는 곳으로 무심코 옮겨다니다 문득 주유의 책상 위에 놓인 문서 더미에 가서 멈추었다.

장간은 몸을 일으켜 책상으로 갔다. 그리고 궁금했지만 태연한 척, 쌓여 있는 서류를 들춰보았다. 순간 장간은 깜짝 놀라 손을 멈추지 않을 수 없었다. 그곳에 채모·장윤이 주유에게 보낸 편지가 섞여 있었던 것이다. 장간은 편지를 들어올려 읽어보았다.

저희가 조조에게 투항한 것은 그 아래서 녹을 먹고자 한 것이 아니었음을 도독께서도 잘 알고 계실 것입니다. 도독께서 확인하신 것처럼 저희는 조조군을 속여 공연한 훈련으로 시간을 벌고 있습니다. 빠른 시일 안에 기회를 잡아 조조의 목을 베어 바치겠으니 기다려주십시오.

'조승상이 의심했던 대로 채모와 장윤이 주유의 첩자였구나.'
장간은 이렇게 생각하며 소리 없이 그 편지를 품에 감추고 침상에 들었다. 날이 밝기를 기다리며 장간은 밤을 새우다시피 했다. 어느새 새벽 4시를 알리는 북소리가 들려왔다. 잠시 후 누군가 침실 밖에서 주유를 부르는 소리가 들렸다.
주유는 잠에서 깬 듯 일어나 앉으며 주변을 살피더니 사람을 불러 물었다.
"내가 어제 누구와 잠이 들었는가?"
"친구분인 장간과 함께 주무셨습니다. 생각나지 않으신지요?"
"내가 어제 술이 과했나 보군. 전혀 생각나질 않으니……. 그건 그렇고 혹 내가 말실수하지는 않았는가?"
"저희가 보기에 그런 일은 없었습니다. 그런데 지금 밖에 강북 사람이 와 있습니다."
"조용히 하거라. 알았으니 나가 있어라."
주유는 누워 있는 장간을 내려다보며 나직이 불러보았다.
"자익……."
장간은 자고 있는 듯 아무 대답이 없었다. 주유는 조심스럽게 밖으

편지를 숨기는 장간.
주유 · 장간 · 조조는 서로 속고 속이는 지략 대결을 펼친다.
씨실과 날실처럼 배신과 책략이 얽혀 있을뿐더러, 위 · 촉 · 오의 준걸들이
적벽이라는 좁은 공간에 모두 모인다는 점에서, 이 이야기는 오래전부터
인기를 끌었다. 중국 사람들은 이 대목만 따로 끊어 '군영회(群英會)' 라는
연극의 레퍼토리로 삼기도 하였다.

장간

로 나갔다. 장간은 방금 주유의 측근이 말한 '강북 사람'을 되뇌이며 잠자리에 그대로 누워 있었다. 잠시 후 주유가 다시 막사의 침실로 들어와 장간을 불렀다. 장간은 역시 대답하지 않고 자는 척했다. 주유는 숙취에서 깨어나지 못한 듯 다시 침상에 누웠다. 장간이 보니 주유는 금세 잠이 든 것 같았다.

날이 어렴풋이 밝자 장간은 옷을 갖춰입고 막사를 빠져나왔다. 주유는 누워서 장간의 조심스러운 발자국 소리를 듣고 있었다. 장간이 진문 밖을 나오자 보초병이 그를 저지했다.

"주도독은 아직 자고 있소. 내가 이곳에 너무 오래 있으면 도독의 일에 방해가 될 것 같아 인사도 없이 떠나오. 주도독께 대접 잘 받고 간다고 나 대신 좀 전해주시오."

병사는 목례를 하며 장간을 보내주었다. 장간은 그 길로 급하게 조조에게로 갔다. 장간이 돌아왔다는 말에 조조가 바로 그를 불러 갔던 일을 물었다.

"주유는 그릇이 큰 인물이라 몇 마디 말로서는 설득하기가 힘들었습니다."

조조는 계속 일이 풀리지 않자 벌컥 화가 났다.

"아무 성과도 없이 돌아와 그리 태연하게 보고를 하고 있는 게요!"

"갔던 일은 이루지 못했으나 달리 드릴 말씀이 있습니다."

장간이 그렇게 말하고 주위를 둘러보자 조조가 모두들 나가 있으라고 명령했다. 주위 사람들이 나가자 장간은 품속에 숨겨온 편지를 꺼내 조조에게 건네주며 강남에서 있었던 일을 들려주었다. 편지를 읽은 조조가 성을 참지 못하고 당장 채모·장윤을 잡아오라고 지시했다. 훈련장에서 갑자기 불려온 채모와 장윤은 무슨 일인가 의아해

하며 조조의 명에 대기했다. 이들을 보자 조조는 거칠게 명령을 내렸다.

"훈련은 그만하면 되었을 테니 두 장수는 배와 군사를 정비하여 다시 강동을 공격하라!"

느닷없는 출전 명령에 채모가 대답했다.

"아직은 훈련이 부족한 상태입니다. 움직일 수 없습니다."

채모의 말에 조조가 벼락같이 소리를 질렀다.

"그래, 네놈들이 써 보낸 대로 시간을 벌어 나를 죽일 기회를 잡자는 것이냐!"

채모 · 장윤은 영문을 몰라 대답할 말을 찾지 못하고 머뭇거렸다. 조조는 당장 이들의 목을 베라고 소리쳤다. 채모 · 장윤은 말 한마디 못하고 그 자리에서 죽임을 당했다.

몇 번 주유에게 당한 조조는 성급한 마음에 쫓겨 평상심을 잃고 말았다. 계책에는 계책으로 맞서던 조조였으나 채모 · 장윤의 일에 이르러서는 앞뒤 계산을 해보고 움직이는 여유를 완전히 잃었던 것이다. 수전 전문가나 다름없던 채모 · 장윤이 참수되었다는 소식이 전해지자 주유는 한숨 돌리며 기뻐했다.

"반드시 없애야 할 두 사람을 제거했으니 이제 겁날 것이 없다."

노숙이 주유에게 어떻게 된 일이냐고 묻자 주유가 웃으며 대답했다.

"장간이 이곳을 찾아왔다는 말을 듣고 순간적으로 꾸며본 일이오. 그 친구는 나를 설득하러 이곳에 왔는데 성과 없이 가면 문책을 당할 것이 아니오? 채모와 장윤의 거짓편지라도 가지고 갔으니 다행한 일이오. 거기다 나는 그 편지로 골칫거리이던 두 사람을 제거했으니 누이 좋고 매부 좋은 격이 되었소. 그나저나 조조는 편지 한 장으로 수

군 총책임자를 둘이나 죽였으니 제정신이 아닌 것 같소. 이만하면 이
번 전쟁은 승산이 있는 것이 아니겠소?"

노숙이 대답했다.

"전황을 판단하는 도독의 눈이 이같이 밝으니 어찌 조조를 격파하
지 못하겠습니까?"

노숙은 이 사실을 제갈량이 알고 있는지 궁금했다. 그는 인사를 나
눈 지 한참 되었다는 핑계를 대고 제갈량을 찾았다. 제갈량은 노숙을
보더니 말했다.

"주도독께 축하인사를 드리러 가야 할 텐데 군무가 바빠 이러고 있
습니다."

노숙이 모르는 척 물었다.

"축하라니요?"

"주도독께서 수백 리에 떨어져 있는 적의 수군장을 화살 하나 쓰지
않고 둘이나 죽였으니 말입니다."

노숙은 가슴이 뜨끔했다.

"선생은 여기에 계시면서 어떻게 그 사실을 아셨습니까?"

"주도독이 장간을 이용해 조조로 하여금 채모와 장윤을 죽이도록
만들었더군요. 조조가 실수한 것이지요. 이제 그 둘을 죽여 강동의
골칫거리를 없앴으니 축하를 드릴 일 아니겠습니까? 들리는 바로는
조조가 모개와 우금을 수군장으로 삼았다 합니다. 그 둘은 색깔이 다
른 사람들입니다. 두고 보십시오. 조조는 장차 자신의 수군들을 무더
기로 장강에 장사지낼 것입니다."

제갈량의 말을 듣고 있노라니 노숙은 주유가 걱정하던 바를 실감
할 수 있었다.

'공명의 총명함은 따라잡을 수가 없구나! 저 사람은 보지 않고서도 일이 돌아가는 것을 꿰뚫고 있으니 도대체 어찌 된 일인가?'

노숙은 제갈량에 대해 개인적인 관심이 더해졌다.

"공명 선생은 어떻게 관여하지도 않고 보지도 않은 일의 내막을 그리도 밝게 알고 계시는 것입니까?"

제갈량이 빙그레 웃으며 말했다.

"자연현상이나 인간사를 면밀히 들여다보면 일정하게 반복되는 그들만의 법칙이 있습니다. 그 법칙에 통달하면 예측이 가능해지지요."

제갈량의 대답에 노숙이 고개를 끄덕이더니 다시 물었다.

"자연의 법칙, 인간사의 법칙……. 어떻게 하면 그것을 깨달을 수 있단 말입니까?"

"하하하, 자경 선생 지금은 전시이니 이쯤 해둡시다."

제갈량의 말을 듣고 노숙도 겸연쩍게 웃으며 자리를 털고 일어났다. 그는 제갈량의 막사를 빠져나오며 혼자 중얼거렸다.

"와룡, 와룡하더니 빈말이 아니었구나."

노숙은 주유에게 가서 제갈량이 한 말을 모두 전했다. 주유의 탄식소리가 더 커졌다.

"강동의 재앙거리가 될 사람이오. 기필코 그를 없애야 하오."

"그렇더라도 조조를 격파한 후에 결정하십시오."

주유는 무슨 생각을 하는지 아무 말이 없었다. 다음날 주유는 긴히 상의할 일이 있다며 제갈량을 청했다. 자신의 군막으로 찾아온 제갈량에게 예를 갖추고 최대한 부드러운 표정을 지으며 주유가 입을 열었다.

"공께서는 수상전에서는 어떤 병기가 가장 요긴하다고 생각하십니까?"

"그야 물론 멀리 날아가는 화살일 테지요."

"그렇습니다. 그런데 문제는 적이 워낙 대군이다 보니 현재 우리가 보유하고 있는 화살이 절대적으로 부족하다는 것입니다. 이 문제를 어떻게 해결하는 것이 좋을지 한 말씀 듣고 싶습니다."

"화살이 어느 정도나 부족합니까?"

"최종적으로 점검해본 결과 적어도 10만 개는 확 보해야 합니다. 우리는 동맹을 맺고 싸우는 입장 이니 공명 선생 쪽에서 그것을 지원해주셨으면 하는데요."

주유의 말을 들으며 제갈량은 생각했다.

'주유가 의도적으로 나를 곤경에 빠 뜨리려 하고 있구나. 정신을 똑바로 차리고 대응해야겠다.'

"화살 10만 개는 어마어마한 숫자인 데 그것을 언제까지 마련하면 되겠습 니까?"

"서로 진을 치고 대치하고 있으니 조조가 언제 싸움을 걸어올지 모 릅니다. 최대한 빨리 준비를 하는 것이 좋겠지요. 아무래도 열흘을 넘겨서는 안 될 것입니다."

주유는 제갈량의 입에서 어떤 말이 나올지 신경을 곤두세웠다. 뜻 밖에도 그의 대답은 기상천외한 것이었다.

"화살 10만 개를 만드는 데 열흘이나 걸리겠습니까? 사흘이면 충 분합니다."

"화살 10만 개면 어마어마한 숫자인데?" 제갈량이 화살을 조달하기로 약속하자 오히려
놀라는 것은 주유와 노숙이었다. 그림은 유물과 기록에 근거해 재구성한 화살촉의 '정상적인'
제조 공정이다. 그림 오른쪽 위부터 시계반대방향으로, 도가니에 철이나 청동을 녹여
기둥 뒤 거푸집에 부어 나뭇가지 모양으로 한 번에 여러 개의 화살촉을 주조한다.

주유는 속으로 놀라움을 금치 못했다.

"군무를 논하는 자리에서 말장난은 절대 있을 수 없습니다."

"말장난이라니요? 만일 제가 사흘 안에 이 임무를 해내지 못하면 중벌로 다스려도 좋습니다. 원하신다면 군령장을 써서 다짐해 보이지요."

주유는 잘됐다 싶어 군법무관을 불러 군령 다짐의 각서를 받도록 했다. 그리고 앞으로 3일 동안 노고가 크겠다고 치하하며 술상을 내어 제갈량에게 대접했다. 제갈량이 돌아간 후 노숙이 주유에게 물었다.

"공명이 무슨 생각으로 가능치도 않은 일을 태연하게 수락한 것일까요?"

"원숭이도 나무에서 떨어지는 일이 있다고 하지 않소. 오만함이 지나친 것이지 무엇이겠소? 용빼는 재주가 있다 해도, 화살을 만드는 물자를 모두 없애버린다면 약속 시간을 지키는 것은 불가능하오. 나머지는 내가 알아서 할 테니 공은 공명의 움직임을 살펴 내게 전해주시오."

노숙은 알겠다고 대답한 후 제갈량에게로 갔다. 그의 막사에 들어서니 뭔가를 골똘히 생각하며 책상에 앉아 있던 제갈량이 일어나 노숙을 맞으며 말했다.

"나에 관한 것들을 곧이곧대로 주유에게 말하는 것을 보니 공의 충성심이 대단한 것 같소. 전에도 말씀드렸지만 우리는 공동의 적을 두고 힘을 합쳐도 이겨낼까 말까인데 상대를 해치기에 혈안이 되어 있다면 어떻게 적과 싸워 이길 수 있겠소?"

"공명 선생의 말이 맞습니다. 지금은 합심하여 적을 물리치는 것만이 중요합니다. 제가 최대한 공을 도와드리겠습니다. 혹 제가 도울 일이 있다면 말씀해보세요. 주도독에게 엄청난 약속을 하셨으니 아무래도 혼자 힘으로는 불가능하리라 여겨집니다. 그렇지 않습니까?"

제갈량이 목소리를 가라앉히고 말했다.

"공이 조금만 수고를 해주시면 불가능한 일이 아닙니다."

노숙은 몹시 궁금한 듯 물었다.

"말씀해보세요. 제가 할 수고라는 것이 무엇인지, 도울 수 있는 일이라면 최선을 다하겠습니다."

"노숙 공은 내일 저녁까지 배 20척을 준비하시고 각각의 배에 수군 30명씩 타도록 해주세요. 그리고 배에 푸른 천으로 막을 치고 양쪽에 짚단을 1천 단씩 쌓아주십시오. 그렇게만 해주시면 저는 반드시 3일 안에 화살 10만 개를 마련해드리겠소. 그리고 이번 일만큼은 꼭 비밀리에 진행시켜주시오. 만일 주유의 귀에 들어가면 내가 힘들어지게 되오."

노숙은 꼭 그렇게 하겠다고 대답했다. 그러나 돌아서 나오면서도 제갈량이 무슨 일을 하려는 것인지 도무지 감이 잡히지 않았다. 주유에게 돌아온 노숙은 제갈량이 별다른 준비 없이 있더라고만 전했다.

한편 노숙은 주유의 눈을 피해 자신의 권한으로 배 20척을 준비하고 짚단과 각 배에 탈 병사들도 확보했다. 가까스로 자신의 할 일을 마친 노숙이 제갈량에게 이 사실을 알렸으나 그는 알았다고만 할 뿐 전혀 움직일 생각을 하지 않았다. 드디어 3일째 되는 날 제갈량은 동이 트기 전에 비밀리에 노숙을 청했다. 그는 이미 배에 타고 있었다.

"무슨 일로 이 시간에 저를 부르셨습니까?"

"이제 주유와 약속한 날이 되었습니다. 공과 함께 화살을 모아 갖다바치려고 청했습니다."

"그 많은 화살이 대관절 어디에 있다고 그런 말씀을 하십니까?"

제갈량이 슬며시 웃으며 말했다.

"곧 공의 눈앞에 보여드릴 테니 조금만 기다려주십시오."

칠흑같이 어두운 밤, 장강은 밤새도록 안개를 토해내고 있었다. 제갈량과 노숙이 탄 배와 또 다른 20척의 배가 긴 동아줄로 연결되어 함께 안개를 뚫고 움직이기 시작했다. 배는 강북으로 향했다. 노숙은 더더욱 알 수 없는 미궁 속으로 빠지는 느낌이었다.

'공명은 지금 무슨 일을 벌이고 있는 것인가. 설마 이 상태로 조조를 공격하자고 하는 것은 아니겠지.'

차츰 어둠이 가시고 새벽 공기가 강으로 퍼져 안개 입자가 손에 잡힐 듯 시야에 들어왔다. 어느새 조조의 진 가까이에 이르자 제갈량이 갑자기 명령을 내렸다.

"뱃머리는 서쪽으로, 선미는 동쪽으로 향하게 하여 일렬로 늘어서라. 그리고 일제히 북을 울리고 함성을 지르라!"

제갈량의 명에 노숙이 대경실색하여 물었다.

"조조군이 일제히 공격해오면 어찌시려고 이러십니까?"

"이렇게 안개가 지독한데 조조가 움직일 리 없지요. 곧 재미있는 일이 벌어질 테니 공은 북소리를 들으며 구경이나 하시다 돌아가시면 됩니다."

노숙의 마음은 갈수록 오리무중이었다. 이때 조조의 군영에서는 동오의 군사가 기습해온 것으로 알고 모개와 우금이 크게 당황하여 조조에게 보고했다. 의심이 많은 조조는 바로 출병을 명령하지 않고 이렇게 명령을 내렸다.

"한 치 앞도 안 보이는 안개 속에 적들이 매복하고 있을지 모르니 함부로 움직이지 말라. 대신 궁노수를 대거 동원하여 적의 배를 향해 무차별적으로 활을 쏘아라!"

우금과 모개는 궁수를 총동원해 공명의 배를 향해 어지럽게 화살을 날려댔다. 조조는 육지로도 사람을 보내 장요와 서황으로 하여금 동오의 군선을 향해 집중적으로 화살을 날리라고 명했다. 이들은 곧 수천 명의 군사를 출동시켜 일제히 화살을 쏘아댔다. 짚단으로 덮인 막사 안에서 노숙과 술잔을 기울이던 제갈량은 다시 명령했다.

"이제 뱃머리는 동쪽으로, 선미는 서쪽으로 향하게 하라."

북소리와 함성소리가 높아질수록 강 위로 화살이 난무했다. 마침내 모습을 드러낸 해가 안개를 걷어가기 시작했다. 제갈량은 배를 돌려 후퇴할 것을 명령했다. 강동으로 돌아가는 20척 배의 짚단더미는 모두 화살더미로 변해 있었다. 배에 탄 군사들은 북소리와 함성을 거두고 제갈량의 명에 따라 일제히 소리쳤다.

"화살을 주어 고맙습니다. 조승상!"

사실을 알게 된 조조가 군선을 동원하여 동오의 배를 뒤쫓았으나 제갈량이 이끄는 배는 급류를 타고 이미 수십 리나 내려온 뒤였다. 한편 제갈량의 신출귀몰한 용병술을 목격한 노숙은 입을 다물지 못했다. 그런 노숙을 보고 제갈량이 여유롭게 웃으며 말했다.

"각 배마다 5천~6천 개의 화살은 실려 있을 테니 이제 내 임무는 완수한 것이겠지요."

노숙은 흐뭇한 표정으로 물었다.

"선생의 재주는 과연 당할 사람이 없습니다. 그런데 오늘 특별히 안개가 짙으리라는 것을 어떻게 아셨습니까?"

"장수가 되어서 천문에 통달치 못하고 지리를 알지 못하며 기문을 모르고 음양에 어두우며 진도를 보지 못하고 병세에 밝지 못하다면, 이는 용렬한 장수일 뿐입니다. 나는 사흘 전에 오늘의 안개를 예측하고 있었소. 그래서 주유에게 사흘을 기한으로 잡았던 것이오. 참 장수는 군대를 배치하기 전에 이긴다는 말이 있지 않소? 주유가 화살 만드는 장인과 물자를 숨겨 나를 곤경에 몰아넣으려 했을 것이나 내 명은 하늘에 달려 있는 것인데 그가 어찌 나를 죽일 수 있겠소?"

노숙의 얼굴엔 제갈량을 향한 경외의 그림자가 스쳐 지났다. 화살을 가득 실은 배가 강 어귀에 다다랐다. 그곳에는 벌써 주유가 화살을 운반하기 위해 500여 병사를 대기시켜놓고 기다리고 있었다. 제갈량의 배에 탔던 병사들이 화살을 모두 수습하여 한자리에 쌓으니 실로 10만 개가 훨씬 넘었다. 병사들은 다시 화살을 단으로 묶어 주유에게 갖다바쳤다. 병사들이 움직이는 동안 노숙은 주유를 만나 화살을 얻게 된 과정을 빠짐없이 얘기했다. 주유는 다시 한번 놀라지 않을 수 없었다.

"귀신이 탄복할 궤계로구먼!"

이어 제갈량이 주유의 진지로 왔다. 자신의 수를 상대에게 완전히 간파당한 주유는 그를 대하기가 영 어색한지 장막 밖으로 걸어나와 지나치다 싶을 정도로 제갈량을 치하했다.

"공의 뛰어난 재주에 하늘이 탄복할 것입니다."

"기껏해야 남을 속이는 계책일 뿐입니다. 대단할 것도 못 됩니다."

제갈량은 대수롭지 않다는 듯 응수했다. 주유는 제갈량을 자신의 군막 안으로 안내해 잘 차려진 술상 앞에 앉도록 권했다.

"곧 조조가 남침을 개시할 것입니다. 그 대군을 상대하려면 계략 없이는 불가능하다는 것을 공도 알고 계시겠지요? 그런데 어떤 전략을 써야 저들을 일거에 격파할 수 있을지 저의 소견이 일천하여 감이 잡히지 않습니다. 공의 비책을 듣고 싶습니다."

"저라고 무슨 별난 재주가 있겠습니까?"

"지난번 조조의 수군 훈련장을 살펴보니 여간 질서가 있는 게 아니었습니다. 강도 높은 훈련으로 날이 갈수록 수전 실력이 높아질 것이니 하루 빨리 대책을 세워야 합니다. 그래서 제가 고심 끝에 한 가지 생각해둔 바가 있는데, 과연 성과를 낼 수 있을지 모르겠습니다. 공께서 들어보시고 결정을 내려주십시오."

"주도독의 의견을 듣기 전에 저도 생각해둔 바가 있으니 각자 손바닥에 자기의 뜻을 적어 펴보이도록 합시다. 만일 생각이 일치한다면 그 방법이 가장 적합한 것 아니겠습니까?"

주유가 좋은 생각이라며 맞장구를 치더니 붓과 벼루를 가져오게 한 다음 자기 손바닥에 글을 쓰고 제갈량에게 넘겼다. 제갈량 역시 손바닥에 글을 썼다. 두 사람은 붓을 제자리에 내려놓고 서로 마주보더니 동시에 손바닥을 펴보였다.

"화火!"

두 사람의 손에는 모두 그렇게 씌어 있었다. 주유는 만면에 웃음을 띤 채 기쁨을 감추지 못하며 말했다.

"우리 두 사람의 뜻이 서로 똑같으니 의심할 바가 없겠습니다. 이 일은 우리 둘만 알고 있어야 할 것입니다."

"물론입니다. 함께 가야 할 길인데, 딴마음을 품어서야 되겠습니까? 조조가 며칠 사이에 우리에게 두 번씩이나 당했으니 설마 또 무슨 일이 있겠나 싶은 마음에 오히려 당분간은 방비에 소홀할 것 같습니다. 이때가 적기이니 도독께서는 하루빨리 실행하십시오."

주유가 잘 알겠다고 대답하고 둘은 자리에서 일어났다. 다른 사람들은 아무도 이 일을 몰랐다. 한편 조조는 얕잡아보던 강동군에게 두 번이나 당하고 보니 잔뜩 화가 치밀어 있었다. 그런 조조를 보고 순유가 한 가지 안을 내놓았다.

　"강동은 수적으로는 별것 아니나 주유와 제갈량 두 사람이 머리를 맞대고 계교를 짜내고 있으니 당장 결판을 내기는 힘듭니다. 사람을 보내 그곳 사정을 낱낱이 알아낸 후에 거기에 맞게 작전을 짜서 공격하는 것이 좋겠습니다."

　"거짓으로 투항시켜 보내자는 말이지? 그럴 만한 사람이 누가 있겠나?"

　"군령으로 죽은 채모의 일가족 중에 뽑아 보내도록 하시지요. 그의 동생 채중과 채화가 우리 군의 부장으로 있습니다. 승상께서 그들의 장래를 후하게 보장해주시고 동오로 보내 거짓으로 항복하게 하십시오. 그러면 동오에서는 확실하게 속을 것입니다."

　순유의 말이 그럴듯하여 조조는 채중과 채화를 불렀다.

　"너희에게 중대한 임무를 맡기려 한다. 두 사람은 군사 몇 명을 데리고 동오로 가라. 그곳에서 은밀한 움직임까지 낱낱이 포착해 이곳으로 알려라. 만일 너희들이 그 일을 잘 성사시키면 후한 상과 벼슬을 내리겠다. 엉뚱한 생각은 하지 않을 것으로 믿는다."

　둘은 용기를 내어 말했다.

　"저희는 형주 사람이고 가족들이 모두 그곳에 남아 있는데 어찌 딴 생각을 하겠습니까? 저희가 반드시 주유와 제갈량의 목을 승상께 갖다바치겠습니다."

　다음날 채중·채화는 군사 100여 명을 배 두 대에 나누어 태우고 동오를 향해 떠났다. 군사작전에 골몰하고 있던 주유는 강북에서 채모의 동생이라고 자칭하는 이들이 투항해왔다는 보고를 받았다. 주유가 그들을 데려오라고 명령했다.

"너희는 어찌하여 이곳에 왔는가?"

"저희는 억울하게 죽은 채모 장군의 동생입니다. 역적 조조는 자기 뜻에 조금이라도 맞지 않으면 가리지 않고 사람을 죽이고 있습니다. 저희는 반드시 원수를 갚고 싶습니다."

주유는 감녕을 불러 이들과 함께 온 군사들을 잘 살핀 후 문제가 없으면 바로 군에 배치하라고 일렀다. 둘은 주유의 장막을 빠져나오며 일이 제대로 풀릴 것 같은 생각에 기뻐했다. 두 사람이 군막을 나가자, 주유는 다시 감녕을 불러 지시를 내렸다.

"장군이 보기엔 어떻소? 저들의 투항이 진심인 것 같소? 저놈들은 가족을 일체 데려오지 않았소. 그러니 투항한다는 말은 거짓임에 틀림없소. 나는 저들을 역이용하여 조조 측의 움직임을 낱낱이 알아낼 것이오. 장군은 저 둘을 대접하는 척하되 늘 감시하도록 하시오. 우리가 출전하는 날, 저놈들의 머리를 승전을 비는 제물로 바칩시다. 반드시 기억하시오."

감녕은 한 치의 오차도 없이 명을 지키겠노라고 대답하고 물러갔다. 강북에서 채중·채화가 투항했다는 말을 듣고 노숙이 주유를 찾아와 말했다.

"그들의 투항은 거짓입니다. 속으시면 안 됩니다."

주유는 모르는 척하며 노숙을 질책했다.

"얼마 전에 그들의 형이 조조에게 원인도 모르고 죽임을 당했소. 그러니 저들이 원수를 갚겠다고 나선 것은 당연한 것이오. 달리 뭘 의심한단 말이오? 너무 의심이 많은 것도 일을 이루는 데 방해가 되는 법이오."

주유의 반응이 너무 강해 노숙은 더 이상 아무 말도 하지 않고 나와 제갈량에게 갔다. 노숙은 안타까운 표정으로 주유를 만난 일을 얘기했다. 제갈량이 노숙의 말을 듣더니 한동안 웃기만 했다. 노숙이 애가 탄 나머지 답답하다는 듯 물었다.

"아니, 공명 선생은 왜 웃기만 하시는 것입니까?"

"주유는 용맹한 장군이기도 하거니와 계책도 뛰어난 사람이오. 노숙 공이 주유의 속셈을 알아차리지 못하니 잠시 웃음이 나왔어요. 양쪽 군 사이에는 큰 강이 가로놓여 있어 염탐꾼을 보내기가 어렵소. 조조가 이쪽 사정을 알아내기는 해야겠는데 첩자를 보낼 수 없으니 채중과 채화를 거짓 투항시켜 이곳 속사정을 살피려 한 것이오. 그것을 주유가 이미 다 알고 오히려 그들을 이용해 저쪽 사정을 알아내려 하는 것이오. 전투 중에는 상대를 기만하여 교란시키는 것도 하나의 전술이 된다고 했소. 주유가 지금 그 계략을 쓰고 있는 것이오."

제갈량의 말을 듣고 나니 자신이 부끄럽게 느껴져 노숙은 고개를 숙였다. 한편 주유는 화공을 두고 나름대로 방법을 연구하느라 여념이 없었다. 그 역시 조조 쪽 사정을 알아내는 것이 급선무였으므로 채중·채화를 어떻게 이용할지 여러 방안을 모색하고 있었다. 밤 늦도록 불을 밝히고 있던 주유는 잠시 쉬기 위해 장막 밖으로 나와 걸었다. 어느덧 주유의 발걸음은 강가를 향하고 있었다. 깊은 밤에 듣는 물소리는 더욱 장엄하게 와닿았다. 11월의 찬 바람은 금세 주유의 귓불을 에었다. 주유가 돌아서 가려는데 어두운 저쪽에서 누군가 걸어오는 것이 보였다. 황개였다.

"아니, 도독님 아니십니까? 어인 일로 날씨도 차가운데 이곳까지 나오셨습니까?"

"워낙 대군을 만나 싸우려니 머릿속이 조용하지를 않네. 잠시 머리나 식힐 겸 나왔네."

둘은 함께 걸으며 얘기를 나눴다.

"지금처럼 적의 수가 절대적으로 많을 때는 화공법이 최상의 방법인 듯한데 도독님께서는 어떻게 보시는지요?"

주유는 움찔했으나 태연한 척 물었다.

"누가 일러준 계책인가?"

"누구에게서 들은 것이 아니고 저 혼자 생각입니다."

주유가 고개를 끄덕이며 말했다.

"장군의 생각이 옳아요. 그래서 나도 채중과 채화의 거짓 투항을 받아들여 그들에게 엉뚱한 정보를 흘리고 있소. 그런데 우리 쪽에서도 누군가를 보내 그곳 사정을 알아내야 하는데 적당하게 떠오르는 사람이 없어요."

"지금처럼 중대사를 앞두고 갈 사람이 없다니요? 제가 가겠습니다."

"거짓 투항은 목숨을 내놓고 하는 일이오. 그 고통을 어찌 감당하겠다는 것이오?"

"저는 우리 주공의 깊은 은혜를 입은 몸입니다. 자기를 알아주는 주인을 위해 목숨을 내놓는 것은 오히려 영광된 일입니다. 저를 가게 해주십시오. 실수 없이 하여 반드시 공을 세우겠습니다."

황개의 결연한 의지에 감복한 주유가 깊게 절을 하며 말했다.

"강동의 안녕을 위해 장군께서 몸을 찢는 고통을 자처하시니 참으로 감사하고 다행한 일이오."

"영광으로 생각하겠습니다."

둘은 막사 가까이 이르자 인사를 나누고 헤어졌다.

다음날 아침, 주유는 북을 울려 모든 장수들을 자신의 장막 아래로 모이게 했다. 제갈량도 왔다.

모두들 주유를 향해 서 있는 가운데 그가 영을 내렸다.

"지금 조조의 40만 대군을 단시간에 격파하는 것은 불가능하오. 그러니 장수들은 지금부터 3개월간 필요한 군량미와 말먹이를 준비하여 적과 싸우는 데 차질이 없도록 하시오."

주유의 말이 끝나기가 무섭게 황개가 앞으로 나왔다.

"이번 전쟁은 3개월 만에 적을 쫓아낼 수 있는 상황이 결코 아닙니다. 30개월의 식량을 준비하여 싸운다 하더라도 이길 확률은 희박합니다. 차라리 이달 중으로 적을 깨부수면 몰라도 그렇게 길게 잡아서는 조조만 유리해질 뿐입니다. 출전부터 전면 재검토를 하여야 합니다. 백에 하나도 승산이 없는 전쟁을 치르기보다는 일찍 항복하는 것이 강동의 손실을 줄이는 길일 것입니다."

황개의 말을 듣고 있던 주유가 갑자기 얼굴이 붉어져 벼락같이 소리쳤다.

"주공의 명을 받들어 조조를 치려는 판에 항복의 말을 꺼내다니, 네놈은 정녕 누구 편이란 말이냐! 내 당장 네 목을 쳐 군령을 바로잡을 테다. 당장 저놈을 끌어내라!"

병사들에게 두 팔을 잡힌 채 끌려나오던 황개가 악을 쓰며 소리쳤다.

"나는 손씨 3대와 더불어 오늘의 강동을 이루기 위해 온갖 고초를 다 겪은 몸이다. 네놈은 어디에서 와서 서툰 전쟁놀이로 강동을 망치려 하느냐!"

주유는 짐짓 화난 체하며 당장 황개의 목을 치라고 소리쳤다. 이때 감녕이 급히 앞으로 나와 만류했다.

"황개는 우리 동오의 시작부터 함께 한 신하입니다. 너그럽게 봐주십시오."

주유는 더욱 화가 나 감녕에게 소리쳤다.

"네놈도 마찬가지다. 어디서 허황한 소리로 군법을 어지럽히려 하느냐!"

주유가 감녕부터 쫓아내라고 소리치자 여러 병사들이 달려들어 그를 끌고 나갔다. 그러자 장수들이 나와 간했다.

"황개의 죄는 크나 지금은 한 사람의 장수라도 잘 다독거려 적과 싸우는 것이 최선이라 생각됩니다. 그러니 도독께서는 특별히 그에게 관용을 베푸시어 적과 싸우도록 해주십시오."

주유는 화가 풀리지 않은 듯 들은 척도 않다가 여기저기서 여러 장수들이 용서를 빌자 노기가 좀 가라앉는지 입을 열었다.

"여러 장수들의 낯을 봐서 살려는 주겠다. 대신 저놈에게 곤장 50대를 치도록 하라!"

장수들이 다시 말렸다. 그러자 주유가 벌컥 성을 내며 일어나더니 탁자를 치며 빨리 시행하라고 외쳤다. 하는 수 없이 장수들이 나와 황개의 옷을 벗기고 땅에 엎드리게 하더니 곤장을 치기 시작했다. 수십 대의 곤장이 지나간 황개의 등은 피범벅이 되고 살점이 너덜거리며 떨어져나갔다. 정신을 잃은 듯 축 늘어진 황개를 보자 장수들이 다시 용서를 빌었다. 주유는 아직도 화가 풀리지 않았는지 황개에게 독기 어린 말을 퍼부었다.

"네놈이 감히 나를 업신여기고 군을 우습게 알다니, 나머지는 달리 기록해두었다가 다음에 다시 한번 이런 일이 생기면 그때 두 배로 다스려주겠다."

주유는 휭허케 자기의 막사로 들어가버렸다. 장수들이 황개를 일으켜세우자 그가 엎드렸던 자리에는 선혈이 낭자했다. 그는 업혀서 본채로 나갔다. 침상에 누운 황개는 겨우 의식을 차린 듯 파르르 입술을 떨고 있었다. 그를 위문하러 온 사람들은 망가진 그의 모습을 보고 측은하여 눈물을 감추지 못했다. 황개에게 문병을 갔던 노숙이 제갈량을 찾아갔다.

"우리는 직속 부하인지라 오늘 주도독이 황개를 꾸짖는 자리에서 고개를 들고 바른 말을 고하기가 어려웠습니다. 그러나 공명 선생은 손님의 위치이니 한말씀 하시기가 그리 어렵지는 않았을 텐데 아무 상관도 없는 사람처럼 앉아만 계시더군요."

제갈량이 슬며시 웃으며 말했다.

"공이 괜스레 나를 떠보려 하시는구려."

황개

적을 속이기 위해서는 먼저 아군을 속여야 했다.
그림 위쪽에 보이는 수군거리는 귀족의 모습은,
실제 그 시기에 그려진 동오의 칠기 그림에 근거한 것이다.
정사에는 매를 맞은 자세한 이야기는 나오지 않지만, 화공의 계책을 생각해낸 황개가
그 성공을 위해 조조에게 거짓 투항하는 대목을 비교적 상세히 기록하고 있다.

"저는 선생을 모시러 갔을 때부터 지금까지 한 번도 속인 일이 없는데 어째서 그런 말을 하십니까?"

"주유가 황개에게 그렇게 지독하게 한 이유를 노숙 공께서는 다 알고 계실 텐데요. 그러면서도 저더러 그 자리에서 한마디도 없었다고 하시다니요?"

노숙은 '아차' 싶었다. 그리고 주유와 황개 사이의 보이지 않는 밀어가 가슴을 치고 들어오는 듯했다. 제갈량이 다시 말을 이었다.

"그런 고육책이 아니고는 조조를 속일 방법이 없지요. 좀 있으면 주유는 황개가 조조에게 투항한 것으로 가장하여 채중·채화로 하여금 그것을 알아채도록 할 것이오. 그러면 그 거짓 정보가 조조의 귀로 흘러들 것 아니겠소? 주유를 만나더라도 내가 이 일의 내막을 모두 눈치채고 있다고는 말하지 마세요. 다만 도독의 처사를 안타깝게 여기더라고만 해주세요."

제갈량과 헤어지고 나온 노숙은 주유에게로 갔다. 주유는 막사 안에서 노숙이 오기를 기다리고 있었다. 그가 들어오는 모습을 보고 주유는 짐짓 피곤한 기색을 보였다. 노숙이 의자에 앉으며 말했다.

"오늘 황개를 너무 심하게 다룬 것 아니십니까?"

"왜, 사람들이 뭐라고 하던가요?"

"불안해하는 것 같았습니다."

"공명도 뭐라 하던가요?"

"그도 도독이 박정하다고 나무라는 눈치였습니다."

"공명이 겉으로는 그래도 속으로는 다 헤아리고 있었을 것이오."

"헤아리다니요, 무엇을 말씀입니까?"

"속임수라는 것을 말이오. 화공법을 쓰기 위한 전초전이 반드시 필요했는데 황개가 자처하고 나섰소. 황개를 거짓 투항시켜 조조의 허를 찌르고 화공으로 몰아붙일 생각이오. 그러면 반드시 승리할 것이오."

노숙은 제갈량의 혜안에 다시 한번 놀랄 뿐이었다. 한편 황개는 매맞은 자리가 부어올라 바로 누워 있기가 몹시 고통스러웠다. 할 수 없이 그는 엎드리거나 모로 누운 채 문병객들을 맞았다. 문병 온 사람들 중에는 참모의 한 사람인 감택도 있었다. 그런데 그 사람이 주위 사람들을 물리고 나직한 소리로 황개에게 물었다.

"장군께서 언제 도독과 마음 상한 일이라도 있었습니까?"

"특별히 없습니다."

"그런데도 장군께 그리 심하게 하신 걸 보면 분명 딴 계책이 있는 것 아닙니까?"

황개가 계책이라는 말에 깜짝 놀라 물었다.

"계책이라니요?"

"주도독을 보고 떠오른 생각입니다. 그런데 황장군의 모습을 보니 더더욱 확신이 갑니다."

"바로 보셨습니다. 저는 손씨 3대에 걸쳐 은혜를 입은 몸입니다. 그 은혜를 갚기 위해 저 스스로 나서서 조조에게 거짓 투항하기로 했습니다. 이런 고통쯤은 처음부터 각오한 것이니 문제될 것도 없습니다. 그나저나 주변을 아무리 둘러봐도 심복이 될 만한 자를 얻을 수가 없습니다. 장군이 주도독의 의도를 알아챈 것은 장군의 강동에 대한 충성심이 남다르기 때문일 것입니다. 부디 저와 함께 일해주시지 않겠습니까?"

"장군께서 함께 일해달라는 것은 거짓 투항서를 조조에게 갖다바

치라는 말씀이 아닌가요?"

감택이 한 발 앞질러 나가자 황개는 놀라우면서도 한편 기대가 되었다. 감택이 잠시 생각하는 듯하더니 입을 열었다.

"제가 그 일을 하지요."

황개와 감택은 손을 맞잡았다.

감택의 거짓투항과 방통의 연환계

감택은 자가 덕윤德潤으로 회계현會稽懸 산음山陰 출신이었다. 가난한 집에서 태어나 마음껏 공부를 할 수는 없었으나 글읽기를 좋아하고 총명해서 남의 책이라도 한 번 본 것은 잊어버리는 일이 없었다. 효렴으로 추천되어 손권의 참모로 있었으며 학문이 깊어 여러 분야의 저술서를 남기기도 했다. 거기다 말주변이 좋고 용맹스러워 평소 황개가 각별히 친하게 지내던 이였다. 황개는 감택 정도면 충분히 자기 일을 성공시키리라는 믿음이 있었기 때문에 그가 거짓 투항서를 가지고 가겠다고 나서자 더 없이 반가웠다.

"이 일은 목숨이 달린 일이오. 조금의 후회도 없겠소?"

"사람이 태어나 공과 업적을 남기지 못한다면 초목, 짐승과 다를 게 무엇이겠소? 나라와 주인을 위해 몸을 바칠 수 있다면 영광스러운 일이지요. 장군도 마찬가지 아닙니까?"

황개는 고마운 마음에 다시 한번 감택의 손을 잡고 흔들었다. 감택이 말했다.

"일은 탄력이 붙었을 때 밀어붙여야 하오. 우리가 의견의 일치를 보았으니 바로 진행하도록 합시다."

"편지를 써두겠소. 장군은 그 동안 떠날 채비를 하십시오."

감택은 황개의 막사를 나와 작은 배와 어부들이 입는 옷을 준비했다. 밤늦게 황개에게 편지를 받은 감택은 어둠을 헤집고 배에 올랐다. 밝게 뜬 달과 그날 따라 유난히 많이 쏟아져나온 별들이 감택이 가는 길을 밝혀주었다. 감택의 배는 새벽 2시가 조금 넘어 조조의 진지에 닿았다. 강변에서 보초를 서고 있던 군사가 감택을 붙잡았다. 강변에서 수상한 자를 잡아 지키고 있다는 보고를 듣고 조조가 그 자와 보초병을 데려오라고 명했다. 조조가 물었다.

"그놈은 첩자가 아니냐?"

"차림새는 그저 어부처럼 보였는데 동오의 참모 감택이라며 승상께 은밀히 전할 말이 있다고 했습니다."

"그 자를 내 장막 안으로 들여보내라."

감택은 군사들에 이끌려 조조의 장막으로 갔다. 그곳에는 등잔불이 환하게 사방을 밝히고 있었다. 조조는 높은 의자에 앉아 위엄을 갖추고 내려다보며 물었다.

"너는 동오의 참모라 들었다. 그런데 여기는 왜 왔느냐?"

"지금껏 제가 듣기로 조승상은 인재 대하기를 목 마른 자가 물을 고마워하듯 한다고 하던데 소문과는 다른 모양이지요?"

감택은 그렇게 말하고는 혼자 중얼거렸다.

"우리 황개가 알아도 크게 잘못 알았구나."

"네놈을 보자 하니 건방지기 짝이 없구나. 우리는 동오와 원수 사이로 서로 대치하고 있다. 그런 판에 네가 이곳으로 왔으니 내가 묻는 건 당연한 일이다. 네가 무엇 때문에 왔는지 그것이나 대라!"

"황개는 강동의 손씨를 3대에 걸쳐 섬긴 신하입니다. 그런데 장수들이 지켜보는 가운데 주유의 뜻에 반하는 말을 했다는 이유로 죽도록 맞고 분함을 참지 못하고 있습니다. 그런 그가 승상께 투항하려 하는지 저에게 밀서를 꼭 좀 전달해달라고 했습니다. 황개와 저는 친형제 이상으로 가까워 저에게 은밀히 이 일을 당부한 것입니다."

조조가 긴장을 늦추고 조금 부드러워진 음성으로 물었다.

"그 편지라는 건 어디 있소?"

조조는 편지를 받아 등불에 비춰 자세히 읽어보았다.

저 황개는 일찍이 손씨의 은혜를 입은 사람으로 두 마음을 가질 수 없습니다. 그러나 지금의 형국으로서는 저희 강동 6군의 군사가 중원의 40만 대군을 결코 당해낼 수 없는 상황입니다. 이는 강동의 장수라면 열에 아홉은 동의하는 바입니다. 그런데 경험이 없는 주유는 아둔하여 자기 능력만 믿고 무모한 전쟁을 벌이려 하고 있습니다. 뿐만 아니라 자기 의사에 조금이라도 반대하는 자가 있으면 앞뒤를 가리지 않고 군법으로 다스린다며 여론을 겁박하고 있습니다. 저는 손씨 가문의 안녕과 강동의 평화를 위해 진언을 하다 주유로부터 말할 수 없는 수모를 당했습니다. 제가 들은 바로는 승상께서는 사람을 성심을 다해 대하고, 받아들인 사람은 그 과거를 묻지 않는다고 했습니다. 이제 저는 심복들을 데리고 조승상께 투항하여 공을 세움으로써 주유에게 당한 치욕을 씻고자 합니다. 많은 군량미와 마초도 함께 바치겠습니다. 앙망컨대 믿어 의심치 마십시오.

조조는 몇 번이나 편지를 되읽어보더니 갑자기 편지를 구겨 책상 위에 내팽개치며 호통을 쳤다.

　"네가 누구라고 나를 속이려 드느냐! 너는 황개와 작당을 하고 거짓 항서를 전하러 여기까지 온 것이 아니냐? 피라미 같은 놈들이 감히 나를 놀리려 들다니! 당장 이놈을 끌고 가 목을 베어라."

　그 모습을 지켜보던 장수들이 감택을 끌고 나가려 옷자락을 움켜쥐었다. 감택은 개의치 않는 듯 고개를 뒤로 젖히고 껄껄걸 웃었다. 조조가 감택을 돌려세우라고 명하더니 다시 소리쳤다.

　"네 속을 다 알고 있는데 방자하게 웃는 이유가 무엇이냐?"

　"상관 마라. 너 때문에 웃는 것이 아니고 황개가 사람을 잘못 봐서 허탈해 웃는 것이다."

　"무슨 소리냐?"

　"죽이려고 했으면 죽이면 되는 것이지 무슨 말이 그렇게 많으냐?"

　"나는 어릴 때부터 병서를 읽어 계책에 능한 사람이다. 네놈들이 상대를 몰라보고 수작을 부리는 모양인데 내가 그리 호락호락할 것 같으냐?"

　감택이 피식 코웃음을 치며 반문했다.

　"그래, 병서를 보니 어떤 간계가 있더냐?"

　"알고나 죽고 싶은 모양인데, 내가 가르쳐주지. 네놈들은 투항을 한다면서 어째 투항 날짜도 밝히지 않았느냐? 이유를 대봐라."

　조조가 말을 마치자 감택이 가소롭다는 표정을 지으며 말했다.

　"그것도 모르면서 병서를 읽었다고 떠들어대다니 부끄러운 줄 알아라. 너는 동오의 상대가 되지 못한다. 그런 식견으로는 주유의 밥이 될 뿐이니 일찌감치 네 군사를 이끌고 돌아가는 것이 상책이겠다.

그나저나 사내대장부로 태어나 저런 무식한 놈한테 죽임을 당하게 되었으니 그것이 억울하구나."

"네 이놈, 누가 무식하다는 것이냐!"

"네놈처럼 계략에도 어둡고 상황 판단이 서지 않는 놈이 무식한 놈이 아니고 무엇이냐?"

조조는 뭔가 아쉬운 듯 다소 누그러진 목소리로 말했다.

"네가 그리 잘났으면 내가 알아듣도록 설명을 해봐라. 납득이 가면 내가 다시 생각해보겠다."

감택도 한층 차분해져서 말했다.

"반역을 하고 역적질을 할 때는 때를 정해 약속할 수 없다는 말도 못 들어보셨소? 만일 시간을 정해두었다가 위급하게 처리해야 할 뜻밖의 상황이 터지면 상대의 지원도 못 얻고 비밀만 탄로나게 되오. 그런 일은 그때그때 상황에 맞게 처리해야 할 텐데 어떻게 미리 약속을 정해놓고 그 틀에 맞추겠소? 그런 이치도 모른 채 사람을 함부로 죽이려 하니 무식하다는 소리를 듣는 것이 아니오."

조조는 성난 표정을 지우고 자리에서 일어나 사과했다.

"내가 잘못 판단했소."

감택도 자세를 공손히 가다듬고 말했다.

"황개와 제가 투항하는 마음은 버려진 아이가 부모를 찾는 심정이니 무슨 협잡이 있을 수 있겠습니까?"

조조는 고개를 끄덕였다.

"앞으로 두 사람이 이 조조를 위해 공훈을 세운다면 그것은 천하통일을 위한 것이니 그 공은 자손만대에 길이 남을 것이오."

"우리의 투항은 하늘이 정해준 이치를 따르고자 함이지 개인의 영달을 위한 것은 아닙니다."

기분이 좋아진 조조는 술상을 내어 감택을 대접했다. 몇몇 장수들과 조조 그리고 감택이 둘러앉아 이런저런 이야기를 나누며 술잔을 기울이고 있는데 조조의 심복 중 하나가 장막 안으로 들어와 귓속말을 했다. 조조는 그 말을 유심히 들으며 몇 번 고개를 끄덕였다.

"그 글은 어디 있느냐?"

들어온 사람은 품에서 편지로 보이는 봉투를 꺼내 조조에게 건넸다. 편지를 읽은 조조의 얼굴이 한층 밝아졌다. 감택은 그 모습을 지켜보며 생각했다.

'저 편지는 분명 채중 · 채화가 황개의 일을 적어 보낸 것일 게다. 일이 잘 되어가는구먼. 조조는 우리의 거짓 투항을 확실히 믿어버리겠지!'

조조가 편지를 접고 술 한 잔을 더 마시더니 잔을 놓으며 말했다.

"감택 공이 다시 한번 수고를 해주셔야겠습니다. 공은 다시 강동으로 돌아가 황개와 함께 날짜를 정하십시오. 그리고 우리에게 그것을 전해주면 그 날짜에 맞추어 군사와 배를 몰고 나가 맞이하겠습니다."

감택이 짐짓 사양하는 척하며 말했다.

"저는 이미 강동을 떠난 몸입니다. 승상께서 다른 사람을 뽑아 비밀리에 보내시기 바랍니다."

"다른 사람을 보냈다가 일이 탄로날까 두렵소."

감택은 잠시 생각하더니 응낙했다.

"승상의 말씀을 듣고 보니 그럴 것도 같군요. 그런데 이왕 갈 바에는 빨리 가는 것이 좋겠습니다. 시간을 질질 끌어서 좋을 게 하나도 없을 테니까요."

조조는 만족해하며 떠나는 감택에게 값진 보물들을 건넸으나 감택은 끝까지 사양했다. 다시 강동으로 돌아온 감택은 황개에게 강북에서 있었던 일을 모두 이야기했다. 황개는 몇 번이나 그에게 수고했다며 치사를 아끼지 않았다.

"공의 대처 능력은 참으로 뛰어납니다. 공이 없었다면 나는 괜한 고생만 했을 것이오."

"칭찬이 과하십니다. 이제 나는 감녕의 진지로 가서 채중·채화의 거동을 살펴보겠소."

감택은 바로 감녕의 진지로 갔다. 한나절 동안 군사훈련장에 있었던 감녕은 잠시 쉬기 위해 막사로 돌아와 있었다. 그는 감택이 막사 안으로 들어서자 반가운 얼굴로 맞아들였다. 둘이 마주앉자 감택이 며칠 전 일에 대해 위로의 말을 했다.

"황장군이 곤욕을 치르고 있을 때 장군만이 유일하게 나와 그 일을 말리셨으니 장군의 의리는 모두가 본받아 마땅할 것입니다."

"별 말씀을 다 하십니다."

이렇게 말하고 감녕은 웃기만 했다. 이때 채중·채화가 막사 안으로 들어왔다. 감택이 감녕에게 눈짓을 보내자 감녕이 뭔가를 알아챈 듯 조금 전까지의 분위기를 바꾸며 말했다.

"주유가 뭔가 오판하고 있습니다. 젊은 혈기에 자기 능력만 믿고 이렇게 무모하게 전쟁을 벌이려 하니 누가 마음을 다해 따르겠습니까? 천지를 분간 못하는 애송이에게 그렇게 욕을 당하다니 지금도 생각만 하면 치가 떨립니다."

감녕은 분이 풀리지 않은 표정을 하고 손으로 탁자를 연거푸 쳤다. 감택이 가까이 다가가 뭔가 귓속말을 하자 감녕은 한숨을 푹 내쉬었다. 채중·채화는 그 두 사람의 모습을 지켜보며 감택과 감녕이 주유에게 등을 돌리려 하는 것이 아닌가 하여 넌지시 물었다.

"두 분이 무슨 일로 그리 고민하고 계시는지 여쭤봐도 되겠습니까?"

"누구에게 말한다고 해결될 문제가 아니네."

"혹 두 분은 주유를 배반하고 조조에게 투항하려는 것이 아닙니까?"

채화가 쳐놓은 그물에 걸려드는 물고기처럼 아는 척을 하고 나섰다. 감택이 몹시 당황한 얼굴로 칼을 빼어들었다.

"일이 탄로나게 되었으니 너희들을 죽이지 않을 수 없다."

채중·채화는 놀라 뒤로 물러서며 말했다.

"잠시 제 말씀을 들어보십시오. 저희가 들어와 두 분의 속사정을 알게 된 것은 두 분께 참으로 다행한 일입니다. 그러니 칼을 거두십시오."

감택이 영문을 모르겠다는 얼굴로 물었다.

"무슨 말도 되지 않는 소리를 하려는 것이냐! 쓸데없이 시간을 끌어 죽음을 면하려는 것이냐?"

"두 분을 믿고 사실을 말씀드리지요. 저희 두 사람은 조승상의 명을 받들어 거짓 투항했습니다. 두 분께서 진심으로 투항할 의사가 있으시다면 저희들이 돕겠습니다."

"너희 말을 어떻게 믿으란 말이냐?"

"지난 밤 누군가 강북의 조승상을 만나고 온 사실을 접하고 드리는 말씀입니다."

그제야 감택이 칼을 내려놓으며 말했다.

"조승상을 만나고 온 사람은 바로 날세. 나는 이미 황장군의 항서를 조승상께 전하고 와서 함께 투항할 것을 권고하고 있던 중이라네."

"저희도 장군과 황개 장군께서 주유에게 당하신 일들을 조승상께 모두 알렸습니다."

감택이 말했다.

"뜻밖에 일이 쉽게 풀리는구면. 하늘의 뜻이 조승상에게로 향해 있으니 어찌 누군가 나서서 우리를 돕지 않겠는가."

감녕도 거들었다.

"이제 제대로 된 주인을 만났으니 저도 함께 투항하겠습니다."

뜻을 맞춘 네 사람은 함께 술을 마시며 앞으로의 일을 논의했다. 다음날 채화는 감녕도 함께 할 것이라는 밀서를 써서 조조에게 보냈다. 감택도, 황개가 일을 실행에 옮기려 했으나 배편을 얻지 못했다는 것과 최대한 날짜를 당겨 투항하러 갈 때는 뱃머리에 푸른색 기를 꽂고 갈 것이라는 내용의 편지를 써서 몰래 인편으로 보냈다.

한편 조조는 감택을 돌려보내고 생각하니 다시 미심쩍은 생각이 들었다. 그들의 투항을 받아들일 것인가, 말 것인가 결정을 내리지 못하고 있던 중에 채화와 감택의 편지를 받고 나니 그 망설임은 더 커졌다. 감녕이라는 자까지 내통을 하여 함께 투항하겠다니 뭔가 계략이 숨어 있는 것만 같은 느낌을 지울 수가 없었다. 조조는 이 문제를 협의하고자 참모들을 불러들였다.

"동오의 황개라는 자는 주유에게 심한 수모를 당했다며 감택을 통해 투항 의사를 보내왔고, 감녕이라는 자 또한 함께 면책을 당했다며 내응을 원하고 있소. 그런데 나는 이 모든 사실을 그들이 말하는 대로 믿을 수가 없소. 누군가 주유의 진중으로 가 진위를 알아냈으면 하오. 그 일을 할 만한 사람이 없겠소?"

장간이 말했다.

"지난번에 제가 동오로 갔으나 일을 성공시키지 못하고 돌아와 마음이 편치 않았습니다. 이번에는 제 목숨을 걸고 반드시 사실 여부를 알아내어 승상께 고해드리겠습니다."

조조는 기뻐하며 바로 출발하도록 지시했다. 장간은 작은 배에 몸을 싣고 또 한번 강동으로 향했다. 주유는 장간이 온다는 말을 전해 듣고 '옳거니' 하며 속으로 생각했다.

'승전의 실마리는 이 친구에게 달려 있다.'

주유는 노숙을 불렀다. 그는 언젠가 노숙이 자기에게 소개한 방사원(방통의 자)이라는 자를 염두에 두고 있었다. 방통은 양양 출신으로 일찍이 사마휘가 '와룡과 봉추(방통) 중 한 사람만 얻어도 왕업을 이루리라'고 말할 만큼 재주가 뛰어난 인물로 난을 피해 강동에 머물러 있었다. 노숙이 주유에게 그를 천거했으나 그때까지 두 사람이 만난 적은 없었다. 이제 주유는 노숙을 중간에 세워 방통이 강동을 위해 일하도록 할 작정이었다. 주유는 노숙에게 방통을 만나 할 일들을 일러주었다. 평소 방통과 교분이 남달랐던 노숙이 그를 찾아가 물었다.

"선생이라면 조조를 격파시킬 수 있는 방법을 아실 것 같은데, 한 말씀 듣고 싶습니다."

"조조군은 대군이므로 화공법 외에는 방법이 없습니다. 그러나 넓디 넓은 강 위에 흩어져 있는 배에 한꺼번에 불을 지른다는 것은 거의 불가능합니다. 배들이 서로 연결되어 한곳에 모이도록 만들면 모를까……."

노숙이 몹시 흥미롭다는 표정으로 물었다.

"모두 한곳에 모인다고요? 어떻게 하면 그것이 가능하겠습니까?"

"답은 나와 있는데 그 답을 찾아내는 방법이 문제입니다."

방통은 더 이상의 말은 하지 않았다. 노숙이 주유에게 방통이 한 말을 그대로 일렀다. 주유는 유심히 듣고 아주 좋은 생각이라 여기면서도 노숙에게는 다른 말을 했다.

"방통의 계책을 전적으로 믿을 수는 없소."

"조조는 계략이 뛰어난 인물이니 우리도 그 이상의 방법을 모색해야지요."

이때 장간이 왔다는 보고가 들어왔다. 주유는 몹시 반가운 척 자리에서 일어나며 장간을 모시라 이르고 노숙에게는 방통이 말한 바를 잘 연구해보라고 지시했다. 장간은 자기가 왔다는 말에도 불구하고 마중을 나온 사람이 아무도 없다는 것에 기분이 상했으나 별 수 없이 주유의 군막으로 향했다. 장간이 막사 안으로 들어서자 주유는 딱딱한 얼굴이 되어 그를 맞이했다.

"자네는 또 무슨 일로 나를 속이러 왔나?"

장간이 과장된 웃음을 지으며 말했다.

"대뜸 그런 말을 하니 먼 길을 온 내가 머쓱해지네. 우리는 친형제나 다름없는 옛 친구이기에 속에 있는 이야기나 나누어보려고 이렇게 왔는데 속이다니, 그게 무슨 말인가?"

"자네는 조조가 바라는 대로 나를 항복시키려 하지만 하늘이 두 쪽나도 그럴 일은 없네. 지난번에는 자네와의 어릴 적 정을 떠올리며 함께 마시고 함께 잤는데, 자네는 내 기밀을 빼내어 조조에게 갖다바쳤네. 자네가 내 친구만 아니라면 당장 이 자리에서 칼을 빼어 두 동강내어버렸을 것이네. 자네를 진중에 두는 것은 위험을 자초하는 일일 테니 며칠간 애를 좀 먹어야겠네. 내가 조조를 격파하고 나면 그때 다시 보세."

향라

주유는 장수 몇 명을 불러 지시했다.

"내 친구 장간을 서산에 있는 암자에 모셔 편히 쉬시도록 하라. 그리고 내가 조조를 무찌르기 전까지는 이분이 암자를 떠나지 못하게 하라."

장간이 뭐라 말하려 했으나 주유는 아랑곳하지 않고 장막 뒤로 가버렸다. 주유의 지시를 받은 장수들은 장간을 서산의 암자로 데려가 군사 두 명에게 숨어서 감시하도록 했다. 주유에게 한마디 말도 못하고 암자에 감금당한 장간은 마음이 불편해 먹지도 자지도 못한 채 밤을 보내고 있었다.

산속의 밤이 깊어 나뭇가지 위로 휘영청 달이 떠오르고 별들이 쏟아질 듯 밤하늘을 수놓았다. 잠을 이룰 수 없었던 장간은 혼자 암자 뒤뜰에 나와 이리저리 걷고 있는데 어디선가 낭랑하게 글 읽는 소리가 들려왔다. 장간은 궁금한 마음에 암자 밖으로 이어진 좁은 길을 따라 가보았다. 얼마 가지 않아 불을 밝힌 두어 칸짜리 초가가 보였다.

장간이 불빛이 새어나오는 방 가까이 가서 엿보니 유난히 작은 체구의 사람 하나가 등잔 앞에서 손오孫吳(손무와 오기)의 병서를 읽고 있었다. 장간은 희한한 사람이라 생각하고 만나기를 청했다. 책을 읽고 있던 사람이 나와 방문을 열어주었다. 그는 작은 키에 생김새도 볼품이 없었으나 함부로 대할 수 없는 위엄이 느껴지는 사람이었다.

장간이 자기도 모르게 한껏 예를 갖추어 물었다.

"누구신지 여쭤봐도 되겠습니까?"

"방통이라는 사람이오."

순간 장간은 몹시 놀라며 물었다.

"아니, 봉추 선생이란 말씀입니까?"

"그렇소."

순간 장간은 이런 곳에서 그 유명한 봉추를 만나다니 이보다 더 큰 행운은 없다는 생각이 들었다.

"선생님의 고명은 이미 오래전부터 들어왔습니다. 그런데 어찌하여 이런 깊고 누추한 곳에 계시는지요?"

봉추가 등잔불을 내려다보며 말했다.

"아무리 이름이 높다 해도 자기를 알아주는 주인을 만나지 못하면

"이런 곳에서 그 유명한 봉추 선생을 만나다니!" 그러나 장간은 이 모두가 연출된 장면이라는 것을 알지 못했다. 먼 옛날에는 달빛 덕에 실외가 실내보다 밤에 더 밝았을 것이다. 옛 문자의 형태에 따르면, 밝을 명(明) 자의 왼쪽은 해[日]보다는 창문의 모양이라고 한다. 그런 까닭에, '명(明)' 자는 흔히 알려진 것처럼 해와 달을 합한 글자가 아니라, '밤에 창문으로 달빛이 들어와 밝다'는 것을 의미한다는 연구도 있다.

그 이름이 덧없는 것입니다. 지금 주유는 자기 힘만 믿고 안하무인이니 저 같은 사람이야 세상을 등지고 싶을 수밖에요. 그런데 공은 누구신지요?"

"저는 장간이라 합니다."

장간은 주유가 싫어 세상을 등지고 있다는 봉추의 말에 귀가 솔깃했다.

"저는 조조를 모시고 있는 사람입니다. 조승상께서는 선생님과 같은 인재를 아껴, 과거의 행적을 묻지 않고 그 재주를 보고 사람을 등용하시어 능력을 최대한 발휘하도록 배려하는 분입니다. 혹 조승상께 가보실 의향이 있다면 제가 도와드리겠습니다."

방통은 몹시 반가운 듯 눈을 밝게 뜨며 말했다.

"나는 벌써부터 강동을 떠나고 싶었소. 지금 대세는 조조편이오. 될 수만 있다면 그에게로 가서 천하를 위해 미천하나마 내 능력을 쓰고 싶소. 이왕 그대를 만났으니 더 머뭇거릴 필요 없이 지금 당장 떠나도록 합시다. 우리가 만난 사실을 주유가 알기 전에 말이오."

둘은 합심하여 어둠을 헤치고 산을 빠져나와 강변에 이르렀다. 장간은 숨겨둔 배를 찾아 방통과 함께 올라타고 강북을 향해 있는 힘을 다해 노를 저었다. 조조의 진에 와닿은 장간은 방통을 데리고 조조에게로 갔다.

장간이 봉추 선생을 모시고 왔다는 말을 들은 조조는 군막 밖에까지 나와 방통을 맞이했다. 그는 방통에게 깍듯하게 예의를 갖추어 인사하고 자신의 군막으로 안내하여 상석에 앉도록 권했다.

"오래전부터 선생의 존함을 듣고 존경해왔는데 이렇게 가까이에서 모시게 되어 영광입니다. 아무쪼록 모자라는 조조를 위해 고견을 아끼지 마시기 바랍니다."

방통이 말했다.

"제가 이제까지 듣기로 승상께서는 누구보다 절도 있게 군을 부린다고 들었습니다. 제가 직접 한번 보고 싶은데 괜찮겠는지요?"

조조는 당장 응낙하고 말을 준비하라 일렀다. 둘은 나란히 말을 타고 높은 곳으로 오른 후 사방을 둘러보았다. 방통이 고개를 끄덕이더니 입을 열었다.

"참으로 절묘한 포진법입니다. 조승상의 진지는 산을 뒤로하고 숲과 어우러져 있으며 퇴로는 협곡을 이용하고 있습니다. 비록 손무와 오기(『오자』의 저자)가 다시 살아나 진을 친다 해도 이를 따르지 못할 것입니다."

"과찬이십니다. 반드시 모자라는 점이 있을 테니 가르쳐주십시오."

조조가 한껏 공손하게 말했다. 이들은 강 연안의 진지를 둘러본 후 다시 수군이 진을 치고 있는 강으로 갔다. 그곳에는 남쪽으로 24개의 수문이 있었고 수문과 수문 사이에는 전함들이 한 치의 틈도 없이 마치 성벽처럼 둘러싸고 있었다. 또한 가운데에는 작은 배들이 드나들 수 있도록 해 잘 정돈된 항구를 연상시켰다.

방통이 흐뭇한 웃음을 머금고 말했다.

"승상의 용병술은 참으로 감탄할 만합니다. 주유는 이제 망할 날만을 기다리는 신세가 되었습니다."

방통의 말에 조조는 기쁨을 감추지 못했다. 그는 방통과 함께 막사 안으로 들어와 술상을 마주하고 병법을 주고받았다. 듣던 대로 방통의 뛰어난 식견과 흐르는 물처럼 막힘 없는 달변에 조조는 깊은 감동을 받았다. 조조는 몹시 기분이 좋아져 방통에게 거듭 술을 권했다.

방통이 제법 취한 척하며 물었다.

"진중에 급한 상황에 대비할 만한 의원은 있는지요?"

조조가 꼭 그래야 하는지 묻자 방통이 대답했다.

"수군은 늘 물에서 생활하는 까닭에 병이 발생하기 쉬우니 반드시 의원이 있어야 합니다."

그렇지 않아도 심한 배멀미에 구토병으로 병력 손실이 많았던 터라 조조는 방통의 말에 귀가 솔깃해졌다. 조조는 방통에게 군에 필요한 조언을 듣기 위해 더욱 겸손함을 띠고 말했다.

"선생께서는 일일이 확인해보지 않아도 있어야 할 것과 없어도 될 것을 모두 알고 계시는 듯합니다. 저희에게 부족한 것이 있다면 말씀해주십시오."

방통이 잠시 생각하는 듯하더니 입을 열었다.

"승상께서는 수군을 훈련시키고 움직이게 하는 방법은 뛰어나지만 완벽한 효과를 얻는 방법은 모르고 계신 듯하여 안타깝습니다."

조조는 방통이 무슨 묘책이라도 갖고 있는 것 같아 그에게 몸을 기울이며 물었다.

"자세히 설명해주십시오."

방통이 깍지 낀 두 손을 술상 위에다 올려놓으며 말했다.

"제게 한 가지 생각이 있는데, 그렇게만 할 수 있다면 수군들의 병도 막을 수 있고 이번 전쟁에서도 이길 수 있습니다."

"말씀해주세요. 그대로 따르겠습니다."

방통이 설명했다.

"장강은 마치 바다같이 큰 강입니다. 이처럼 큰 강은 조수가 밀려

풍랑이 심하게 마련인데 승상의 군사들은 대부분 북쪽 출신이니 물에 익숙지 못해서 배가 물살에 흔들릴 때마다 멀미를 하는 경우가 많을 것입니다. 게다가 물에서 오는 병에 약하므로 각종 질병에 시달릴 것입니다. 그때마다 모든 배에 치료진을 배치할 수도 없는 일이니 급한 상황이 생겨도 일일이 대처할 수 없어 병력 손실을 가져오게 됩니다. 아무리 진을 잘 치고 군사를 잘 배치한다 해도 실전에서는 순식간에 그 힘을 잃을 수도 있다는 뜻이지요."

"선생께서는 그것을 극복하는 방법을 이미 알고 계신 듯하니 어서 말씀해주시지요."

"병력 면에서 승상의 군이 압도적으로 우세하니 산발적으로 싸울 것이 아니라 거대한 힘으로 일거에 상대를 제압해야 합니다. 주유는 이곳 지형에 달통해 있고 물을 이용하는 방법도 누구보다 잘 알고 있으니 적은 군사로 이곳저곳에서 기습적으로 공격해 온다면 마치 작은 구멍 하나가 큰 둑을 무너뜨리듯이 주유가 승상의 군을 무너뜨릴 위험이 있습니다. 그러니 더 이상 시간을 끌지 말고 공격하되 먼저 해야 할 것이 있습니다. 승상의 군이 최대한 힘을 발휘하기 위한 방법으로 크고 작은 배들을 앞뒤가 맞도록 배치한 다음 30~50척 단위로 배꼬리 부분을 단단한 쇠고리로 서로 연결시키십시오. 그런 다음 배와 배 사이에 평평한 나무판을 깔면 사람은 물론 말들도 쉽게 오갈 수 있으며 배의 요동도 훨씬 줄어듭니다. 더욱이 군사들의 배멀미를 줄일 수 있고 배들간의 물자 공급도 쉬워져 빠른 시간 안에 적을 섬멸할 수 있습니다."

조조는 자리에서 일어나 방통에게 절을 하며 말했다.

"이제 용이 여의주를 얻었으니 어찌 날아오르지 않을 수 있겠습니까? 선생의 가르침이 없었다면 이 조조 동오를 격파할 방법을 찾지 못했을 것입니다."

"그저 저의 짧은 생각일지 모르니 승상께서 잘 판단하셔서 진행토록 하십시오."

조조는 더 이상 생각할 것도 없이 바로 명령을 내렸다. 솜씨있는 군사들이 차출되어 밤낮으로 쇠고리를 만들고 배를 연결시켰다. 전체적인 구도가 방통이 말한 대로 짜여졌다. 이를 점검한 조조와 장수들은 승리라도 한 듯 의기양양해졌다.

방통이 다시 조조에게 말했다.

"승상께서도 저쪽의 움직임을 어느 정도 파악하고 계시겠지만, 지금 동오에서는 나이 어린 주유가 총독으로 임명되어 전횡을 일삼고 있는 탓에 이에 반발하는 원로 장수들이 한둘이 아닙니다. 제가 그들을 설득해서 승상께 투항토록 하겠습니다. 그렇게 되면 주유는 사면초가에 처하게 될 테니 그 하나쯤 사로잡는 것이야 무엇이 어렵겠습니까? 또한 주유가 무너지면 유비는 아무 쓸모도 없어질 것이니 강남은 승상 앞에 무릎을 꿇을 것입니다."

조조는 한껏 고무된 음성으로 말했다.

"그렇게만 된다면 선생은 삼공에 봉해져 자손만대 부귀영화를 누릴 것입니다."

방통은 예사롭게 말했다.

"제가 이렇게 승상을 찾은 것은 제 일신의 부귀영화를 누리기 위함이 아니라 어지러운 천하를 하루빨리 평정하여 백성들이 편히 살 수 있도록 하기 위함입니다. 승상께서는 이 강을 장악하여 건너시더라도 추호도 백성들에게 피해를 주는 일이 없도록 하십시오."

"저는 하늘의 뜻에 따라 군사를 일으킨 사람인데 죄없는 백성을 어찌 함부로 죽이겠습니까?"

방통은 조조에게 백성을 함부로 죽이지 않겠다는 방문을 써주기를 원했다. 조조는 부하를 불러 방문을 쓰게 한 후 자신의 도장을 찍은 다음 방통에게 주었다. 방통은 작별인사를 하기 전에 한마디했다.

"이제 결정을 하셨으니 제가 떠나면 바로 진군하십시오. 이곳 사정을 주유가 눈치채면 모든 것이 수포로 돌아갈 수 있습니다."

조조는 잘 알았다고 대답했다.

방통은 조조와 헤어져 배를 타기 위해 강변으로 갔다. 그가 배에 오르려 하는데 뒤에서 누군가 그를 불러세웠다. 방통이 뒤를 돌아보니 사람 하나가 대나무 갓을 쓰고 긴 도포 자락을 바람에 날리며 서 있었다. 그는 인사도 없이 방통을 향해 말을 걸었다.

"무서운 사람들이군. 조승상을 격파하기 위한 그대들의 계책이 대담하기 짝이 없어. 그러나 조조를 속일 수 있을지 몰라도 나는 속이지 못할 것이다!"

방통은 간담이 서늘해졌다.

"강남에 사람이 있듯 강북에도 사람이 있다는 사실을 잊어서는 안 될 것이오."

순간 방통은 모든 것이 탄로난 듯싶어 마치 비석처럼 몸이 굳어졌다. 그러다 정신을 차려 앞에 선 사람을 자세히 살펴보니 그는 옛 친구인 서서였다. 그제야 방통은 멈춘 피가 다시 흐르는 것처럼 생기를 되찾은 얼굴로 말했다.

"아니, 자네가 느닷없이 여긴 웬일인가? 어쨌거나 이렇게 만나니 반갑기 짝이 없네."

서서도 웃으며 방통을 보고 말했다.

"내가 피치 못해 조승상 밑에 들어온 지 꽤 되었다는 것은 자네도 알고 있겠지? 자네가 여기까지 왔는데 가까이서 얼굴도 한번 못보고 보내서야 되겠나 싶어 이렇게 나와봤네."

방통이 고개를 끄덕이며 말했다.

"세상이 전란 중에 있다보니 예전의 친구가 오늘은 적이 되었구먼. 그러나 우리 둘 사이에 흐르는 정이야 누가 돌려놓을 수 있겠나? 그건 그렇고 자네가 알고 있듯이 내 계책을 낱낱이 조조에게 밝혀버린다면 강남의 81주 백성들이 곤궁에 처하게 되니 모른 척해주게!"

서서도 빙그레 웃으며 대답했다.

"그러면 이쪽의 40만 생명은 어쩔 텐가?"

방통은 할말이 없었다. 잠시 생각하는 듯하더니 그가 다시 엄숙한 얼굴로 입을 열었다.

"자네는 정말 내가 한 일을 모두 폭로할 텐가?"

서서가 삿갓을 벗으며 말했다.

"나는 예전에 유황숙에게서 받은 은혜를 한시도 잊은 적이 없네. 조조는 내 모친을 죽게 만든 사람이네. 비록 내 몸은 조조에게 있으나 마음은 그렇지 않네. 자네와 한가지로 계책에 대한 비밀을 지키려 하니 아무 염려 말게. 다만 조조가 패하고 나면 이 지역 출신에 대한 응징의 조치가 있을 테니 내가 살아남을 수 있겠나? 내가 일찌감치 조조를 벗어날 수 있는 방법만 가르쳐준다면 나는 아무것도 모른 체하고 이곳을 떠나 멀리 가겠네."

방통은 내심 안심하며 물었다.

"자네처럼 식견이 뛰어나고 재주 있는 사람이 난을 피하지 못하다니, 무슨 말인가?"

"자네의 조언을 듣고 싶네."

방통이 서서에게 바짝 다가가 뭔가를 얘기하자 서서의 얼굴이 밝아졌다. 방통은 서서와 헤어져 배를 타고 무사히 강동으로 돌아왔다.

한편 서서는 그날 밤, 아무도 모르게 가까운 사람 몇몇을 불러 진중에 유언비어를 퍼뜨리게 했다. 다음날 진중의 군사들이 이곳저곳에서 걱정스러운 듯 수군댔다. 조조의 염탐꾼 귀에도 그 내용이 들어가 조조에게 바로 보고되었다.

"서쪽 양주에 있는 한수와 마등이 군사를 일으켜 허도로 쳐들어가고 있다는 말이 군중에 떠돌고 있습니다."

조조는 몹시 당황한 나머지 사실 여부를 캐기도 전에 명을 내렸다.

"내가 이곳으로 올 때 가장 염려되는 것이 마등과 한수였다. 기어이 그놈들이 일을 저지르고 마는구나. 군중에 떠도는 말의 진위는 알 수 없으나 일단 그들을 저지해야 한다. 그들을 막기 위해 나설 사람은 없는가?"

그러자 서서가 기다렸다는 듯 앞으로 나오며 말했다.

"저는 지금까지 승상의 녹을 먹으면서도 이렇다 하게 세운 공이 없어 마음에 걸렸습니다. 저에게 3천 군마를 주시면 밤을 가리지 않고 달려가 산관 길목을 지키겠습니다."

조조는 만족스런 표정으로 말했다.

"원직이 가준다면 나는 더 없이 든든하겠소. 산관에는 달리 주둔하고 있는 군사가 있으니 그들도 원직의 군에 포함시키도록 하시오. 당장 3천 군마를 내줄 테니 장패를 선봉에 세워 바로 출발토록 하시오."

서서는 조조에게 하직인사를 하고 장패와
함께 산관으로 떠났다. 서서를 보내고 나니 조
조는 안심이 되었다. 그는 다시 강남을 겨냥해 군
영을 시찰하고 말에 올라 강 둔치로 가서 물 위의
군진을 내려다보았다. 조조는 자기 군세의 강대함을
보고 마음이 뿌듯해졌다. 그는 강 아래로 내려와 잘 꾸
며진 한 척의 배에 올랐다. 그 배 한가운데에는 수帥자가
씌어진 화려한 대장기가 펄럭이고 있었다. 양쪽 가장자
리에는 수채水寨(목책으로 만든 보호벽)가 둘러쳐져 있었으
며 1천여 벌의 화살과 쇠뇌가 비밀리에 장착되어 있었다.

조조가 대장기 옆으로 가서 섰다. 동짓달(서기 207년) 보름이
어서 하늘도 맑고 바람도 잔잔했다. 조조는 자신이 곧 천하를
통일할 것이라는 감회에 젖어 흥분된 마음을 억누를 수가 없었
다. 어느새 고요한 수면 위로 둥그런 보름달이 일렁였다. 조조는
배 위에서 잔치를 벌이겠노라고 말하고 악사들을 부르고 술상을 차
리게 했다. 달빛이 비치는 강은 마치 흰 비단을 길게 깔아놓은 듯 부
드럽게 빛났다. 배 언저리에 밝은 불이 켜지고 화려하게 예복을 차려
입은 문무백관들이 배 위로 모여들었다. 조조가 상석에 자리를 잡고
앉자 창과 칼을 든 호위병들이 조조 뒤로 와 줄지어 섰다.

조조가 자리에 앉아 먼 곳을 둘러보니 동쪽에서 남병산이 달빛을
받아 웅대한 모습을 자랑하고, 멀리서 어렴풋이 시상의 경계가 눈에
들어왔다. 서쪽으로는 강 하구가, 남으로는 번산이, 북으로는 오림의
경치가 조조의 흥겨움에 화답하고 있는 듯했다. 조조는 한껏 흥취에
젖어 기쁨을 가눌 수가 없었다.

강대한 군세를 보고 조조의 마음은 뿌듯했다. 그러나 당사자인 병사들의
마음은 어땠을까? 판소리 「적벽가」에는, 군벌들의 다툼에 마지못해
끌려온 서민들이 해학적으로 자신의 설움을 노래하는 '군사 설움'
대목이 있다. 이것은 일찍이 이미 조선시대에 『삼국지』의 영웅사관을
비판한 것으로, 동양 다른 국가에는 없는 우리만의 독자적인 해석이다.

"나는 어지러운 천하를 구하기 위해 의로써 군사를 일으킨 이래, 사악한 무리들을 물리치고 온 천하를 밝히며 다스리리라 맹세했지만 아직 강남을 취하지 못했소. 이제 내가 40만 대군을 거느리고 현명한 대신들의 지지를 받고 있으니 이제 곧 강남을 얻지 못할 까닭이 뭐가 있겠소? 강남이 이 조조 품에 들게 되면 천하가 복을 누릴 것이니, 그때는 여러분들과 함께 태평성대를 즐길 것이오."

조조의 말에 문무대신들이 일제히 일어나 절을 하며 말했다.

"승상의 은덕이 하해와 같습니다."

조조는 잔을 들어 건승을 빌고 술을 들이켰다. 좌우의 문무백관들도 함께 술을 마셨다. 조조는 기쁨에 젖어 어느새 크게 취했다. 그가 술잔을 들고 강동을 향해 소리쳤다.

"주유와 노숙은 천리를 모르고 날뛰는 놈들이다. 자기 부하들이 몰래 나를 찾아와 섬기려 하니 하늘이 나를 돕는 것이 아니고 무엇이겠느냐?"

그러자 옆에 있던 순유가 순간적으로 놀라며 조조에게 낮은 목소리로 말했다.

"그것은 기밀입니다. 밖으로 새어나갈까 염려됩니다."

조조가 호탕하게 웃었다.

"공은 마음이 너무 약한 것이 아니오? 여기 있는 사람들은 모두 내 충신들인데 두려울 것이 뭐가 있겠소?"

조조는 자신감에 차서 다시 한번 소리쳤다.

"개미 같은 유비와 제갈량아, 너희들이 감히 태산을 움직이려 하니 어리석지 않느냐!"

조조가 취흥에 겨워 악사들에게 한 곡 연주하라고 이르는 순간, 난데없이 까마귀 한 마리가 울며 남쪽 하늘로 날아갔다. 술에 취해 있었지만 조조는 갑자기 불길한 예감이 들었다.

"밤에 웬 까마귀가 울며 지나가는가?"

혹 조조의 기분을 상하게 할까봐 주변에서 달콤한 말로 달랬다.

"달이 너무 밝아 까마귀들이 새벽이 온 줄 잘못 알고 날아오르나 봅니다."

조조는 대수롭지 않다는 듯 껄껄 웃었다. 그는 일어나 뱃머리 쪽으로 가더니 긴 창을 옆에 끼고 노래를 부르기 시작했다.

술을 마주하니 저절로 노래가 나오네.

인생은 과연 무엇인가.

풀잎에 맺힌 아침 이슬처럼 짧은 날에

지난날의 고됨이 묻혀 있구나.

그날들을 생각하니 탄식 속에

슬픔이 번진다.

무엇으로 이 슬픔을 달랠까.

오직 두강주뿐이로다.

그대의 푸른 옷소매를 보니

내 마음도 젊어지고

사슴이 소리내어 울며

들판의 풀들을 뜯네.

내게 반가운 손님이 찾아와

비파와 생황을 울려 맞이하노라.

밝은 것이 달과 같아도

어느 때에 밝혀지려나?

마음 속에서 이는 근심

끊을 길이 없어라.

천 리 넘어 그대를 찾아가

이 얘기 저 얘기 함께 나누리.

마음 깊은 곳 옛 은혜를 생각하니

달은 밝게 빛나고 별은 사라져

까마귀 울며 남으로 날아가네.

나뭇가지를 세 번이나 맴돌아도

앉을 자리 없어라.

산은 높음을 사양치 않고

물은 깊음을 마다하지 않네.

주공의 은혜를 알고

천하 인심이 그에게로 다 모였네.

조조의 노래가 끝나자 모인 사람들은 환호를 지르며 박수로 화답했다. 다만 그 중 한 사람만이 조조가 부른 노래에서 불길한 대목을 느끼고 있었다. 그는 양주 자사 유복劉馥이라는 사람으로 일찍이 합비에서 입신하여 주를 세워 다스렸다. 그는 난리 중에 돌아다니는 백성들을 모아 학교를 세우고 둔전을 마련해서 사람들을 가르치며 조조를 도와 여러 공훈을 세운 자였다. 유복은 조조가 주유와의 일전을 앞두고 지은 노래 가사에 하필 그런 구절이 들어 있을까 근심스러워하며 가사를 되뇌었다.

"까마귀 울며 남으로 날아가네. 나뭇가지를 세 번이나 맴돌아도 앉을 자리가 없어라……."

불길한 예감에 젖은 유복과 달리 조조와 장수들은 함께 마시고 떠들며 밤이 이슥하도록 선상 잔치를 즐겼다. 다음날 수군 도독 우금과 모개가 조조를 찾아와 고했다.

"크고 작은 선박들을 알맞게 배치하여 쇠고리로 연결하는 작업을 모두 끝냈습니다. 승상께서는 지금이라도 당장 진군 명령을 내려주십시오."

조조는 이들과 함께 수군 진지로 가서 중앙에 있는 큰 배에 올랐다. 그는 수군을 맡을 장수들을 모두 한자리에 모이도록 하고 각각에게 임무를 맡겼다.

"수군과 육군은 각각 다섯 부대로 나누어 오색기를 꽂아 구분하도록 한다. 장합은 전군을 맡아 붉은 깃발을 세우도록 하라. 여건은 후군을 맡아 검은 깃발을 세우고, 문빙은 푸른 깃발을 달고 좌군을, 여통은 흰 깃발을 달고 우군을 거느리도록 하라."

육군의 전군은 붉은 깃발을 달고 서황이 지휘하게 됐다. 후군은 검은 깃발을 세우고 이전이, 좌군은 푸른 깃발을 달고 악진이, 우군은 흰 깃발을 세우고 하후연이 이끌게 되었다. 수군과 육군을 오가는 연락책은 하후돈과 조홍이, 감시 감독에는 허저와 장요가 투입됐다. 조조는 그 밖의 장수들에게 각자 자기 부대에서 긴밀하게 움직일 것을 지시했다.

드디어 조조는 진군을 명령했다. 큰 북이 세 번 울리고 각 부대는 진을 떠나 남으로 배를 몰았다. 늘상 그렇듯이 이날도 세찬 서북풍이 불어와 풍랑을 일으키며 뱃전을 때리고 지나갔다. 그러나 고리로 연결되어 있는 배들은 이전과는 달리 별 요동 없이 파도를 헤쳐나갔다.

작은 배 50여 척은 고리로 묶은 거대한 배 가장자리를 오가며 질서 있게 경호 임무를 다하고 있었다. 연결 부분에 나무판을 깔아 평지처럼 오갈 수 있게 된 조조군의 배 위에서 병사들은 진군 중에도 질서 있게 군사훈련을 했다. 조조는 이런 모습을 지켜보며 흡족한 기분으로 바람을 맞고 서 있었다.

배의 움직임을 시험한 조조는 얼마 후 모든 배는 돛을 거두고 원위치로 돌아가라는 명령을 내렸다. 그는 단에서 내려와 여러 참모들을 자기 자리로 모이게 했다. 그들을 불러놓고 조조가 말했다.

"하늘이 내게 봉추를 보내지 않았다면 어떻게 이런 묘책을 얻을 수 있었겠는가? 쇠고리로 연결해놓으니 강물 위에 있으면서도 마치 육지에 서 있는 기분이다. 그렇지 않은가?"

그러자 정욱이 말했다.

"배들을 연결해놓으니 마치 평지에 발을 디디고 있는 듯하여 병사들의 움직임이 훨씬 민첩해졌지만 만일 적이 화공법을 쓴다면 우리는 큰 피해를 면하기 어려울 것입니다. 이에 대한 대책이 반드시 있어야 할 것입니다."

조조는 정욱이 뭘 모르고 하는 소리라는 듯 껄껄 웃으며 말했다.

"그같은 우려도 의당 나올 법하지만 장군이 미처 생각지 못한 부분이 있소."

순유가 정욱을 두둔했다.

"정욱 공의 말이 옳지 않습니까? 승상께서는 왜 웃으시는지요?"

조조가 잘 알아들으라는 듯 또박또박 설명을 했다.

"화공은 바람이 있어야 가능한 병법이다. 지금이 어느 계절인가? 서풍이나 북풍은 불어도 남풍이나 동풍은 불지 않는 계절이다. 우리는 서북쪽에 진을 치고 있고 적은 남쪽에 자리를 잡고 있다. 그러니 화공을 쓰게 되면 불길은 적의 진지로 향할 것인데 무엇이 걱정인가? 지금이 10월만 되었어도 나는 이렇게 나서지 않을 것이다."

참모들은 조조의 설명을 듣고 그의 세심함에 다시 한번 감복했다. 조조가 다시 말했다.

"물 위에서 고전을 면치 못하는 우리 군사가 이런 방법을 쓰지 않는다면 어찌 이토록 깊고 험한 강을 건널 수 있겠느냐?"

이때 참모들 중 하나가 말했다.

"우리가 이처럼 위용을 갖추었으니 배를 잘 부리는 사람을 뽑아 강동으로 보내 일찌감치 적의 기를 꺾어놓는 것이 어떻겠습니까?"

조조가 고개를 끄덕이며 대답했다.

"강동의 기를 꺾어놓을 만큼 배를 잘 부리는 사람이 있는가?"

이때 참모들 뒤에 서 있던 군사들 중 두 사람이 앞으로 나오며 말했다.

"저희는 연燕나라 출신이지만 배를 잘 몰 수 있습니다. 저희에게 작은 배 20척만 내주시면 동오로 가서 우리의 배 부리는 솜씨를 보여주고 저들의 콧대를 꺾어놓겠습니다."

이 말을 한 사람은 이전에 원소 휘하에 있던 장군 초촉과 장남이었다.

"아무리 그래도 북쪽에서 나고 자란 그대들이 어떻게 강가에서 몸을 키운 저들을 당할 것인가? 괜한 의협심으로 귀한 목숨을 버려서는 안 된다."

조조가 말렸으나 이들은 끝까지 고집을 부렸다.

"만일 저희가 실패하여 우리 군에게 욕을 보인다면 군법으로 다스려주십시오."

"큰 배를 모두 묶어놓아 20명 정도가 탈 수 있는 작은 배는 20여 척뿐이다. 그걸 가지고 적과 싸울 수 있겠느냐?"

초촉이 자신만만하게 대답했다.

"작은 배 20척이면 충분합니다. 저와 장남이 각각 10여 척씩 이끌고 동오로 내려가 적장들의 목을 베어 오겠습니다."

조조는 그들의 뜻에 성심껏 지원하리라 마음먹었다.

"그대들의 뜻이 정 그렇다면 내가 배 20여 척을 내줄 것이니 창과 활을 잘 쓰는 군사 500여 명을 뽑아 단단히 무장하고 함께 가도록 하라. 내일 날이 밝는 대로 큰 배를 띄워 멀리서나마 그대들을 돕겠다. 또한 문빙에게 30여 척의 배를 준비시켜 돌아오는 그대들을 호위토록 하겠다.

초촉과 장남은 조조의 배려에 흐뭇해하며 자기 자리로 물러났다. 다음날 아침, 초촉과 장남은 모든 진군 준비를 끝내고 배에 올랐다. 우레 같은 북소리가 강바람을 타고 퍼져나가자 초촉과 장남이 탄 배가 수면 위로 미끄러져 나갔다. 이들의 진군으로 장강의 한 귀퉁이는 붉고 푸른 깃발로 수놓였다.

강남의 주유 진지에서는 강북에서 들려오는 북소리와 꽹과리소리가 가까워지자 이상하게 여기고 곧 주유에게 알렸다. 주유는 군사들을 거느리고 높은 곳에 올라 강북 쪽을 바라봤다. 그가 자세히 보니 장강의 북쪽에서 적의 배들이 줄지어 몰려오고 있었다. 주유는 아래로 내려와 장수들을 모아놓고 물었다.

"누가 적들을 맞아 싸우겠는가?"

이에 한당과 주태가 나와 적과 맞서 싸우겠다고 말했다. 주유는 이들의 출전을 흔쾌히 허락하고 각 진지에 명을 내려 함부로 군사를 움직이는 일이 없도록 하라고 지시했다. 영을 받은 한당과 주태는 은빛 갑옷을 입고 긴 창을 들고 선두에 선 채 각각 초계정 5척씩을 거느리고 적을 맞으러 나갔다.

초촉과 장남은 상대방의 숫자가 적은 것에 방심해 자신들이 거느리고 온 군선을 강남의 군선에 바짝 붙이도록 했다. 하지만 그것이야말로 한당의 군사들이 바라는 바였다. 두 배는 점차 가까워져 서로 넘나들 수 있는 거리가 되자 초촉이 긴 창을 들고 한당의 배로 뛰어들어 창을 휘둘렀다. 하지만 초촉은 자신했던 것과 달리 한당의 적수가 되지 못했다. 그는 얼마 싸우지 않아 한당의 창에 찔려 강으로 떨어졌다. 이것을 본 장남이 다시 한당을 덮치려 하자 주태가 장남을 가로막았다. 주태가 조조군의 병사를 쓰러뜨리며 장남을 향해 종횡무진으로 칼을 휘두르자 장남 역시 그의 적수가 되지 못하고 당황하다 등에 칼을 맞고 쓰러졌다.

선봉장을 잃은 조조군의 배는 이리저리 흩어져 도망가기에 바빴다. 한당과 주태는 이들을 뒤쫓아가다 문빙이 거느리고 온 배와 대치하게 되었다. 양쪽 군사는 활을 쏘고 창을 던지며 격렬하게 맞서 싸웠다.

한당과 주태를 전장으로 내보낸 주유는 여러 장수들을 거느리고 높은 산언덕에 올라가 이들이 싸우는 모습을 지켜보았다. 국지전이 벌어지고 있는 저 너머에 질서있게 늘어선 조조군의 배가 어렴풋이 눈에 들어왔다. 그것은 마치 몸을 도사리고 먹이감의 움직임을 살피는 표범 같았다. 주유는 마음 한구석이 무거워졌다. 그는 다시 시선을 가까운 곳으로 옮겨 한당과 주태가 문빙을 맞아 싸우는 것을 지켜봤다.

초촉과 장남을 죽이고 승리감에 고무된 한당과 주태는 있는 힘을 다해 조조군과 싸웠다. 문빙은 도저히 그들을 당할 수 없었는지 도망가기 시작했다. 한당과 주태는 급하게 배를 몰아 그들을 추격했다. 주유는 자기편 장수가 적의 방어기지 깊숙이까지 들어가면 큰일이다 싶어 얼른 백기를 흔들어 보이며 징을 쳤다. 한당과 주태는 더 이상의 추격을 멈추고 돌아왔다.

주유는 산마루에서 주위 장수들을 불러놓고 얘기했다.

"강북은 생각했던 것 이상으로 규모가 큰 군이다. 전함을 저토록 많이 보유하고 있고 참모들도 많으니 저들을 격파하려면 보통 일이 아니다. 좋은 생각이 있으면 말해보라."

장수들이 대답할 말을 찾지 못하고 있는데, 멀리 조조의 방어기지 중간에 버티고 선 큰 배의 대장기가 바람에 부러져 물 위로 떨어지는 것이 보였다. 주유의 눈이 갑자기 밝은 빛을 뿜었다.

"조조에게 불길한 전조다!"

이때 갑자기 세찬 바람이 산정으로 몰아치더니 주유 옆에 세워둔 깃대를 치고 지나갔다. 그 바람에 깃대가 쓰러지면서 주유의 뺨을 내리쳤다. 그러자 주유는 크게 비명을 지르더니 피를 토하고 쓰러졌다. 장수들이 놀라 주유를 일으켰으나 그는 정신을 차리지 못했다.

동남풍을 일으킨 제갈량

피를 토하고 인사불성이 된 주유는 급하게 군막 안으로 옮겨졌다. 그때까지도 주유가 정신을 차리지 못하자 여러 장수들은 돌아가며 걱정을 쏟아놓았다.

"조조의 40만 대군이 언제 쳐들어올지 모르는데 도독께서 갑자기 몸져누우시니 이 일을 어떡하면 좋단 말이오?"

참모들이 급하게 손권에게 이 사실을 알리고 의원을 불렀다. 노숙의 마음도 심란하기 그지없었다. 그는 무슨 방법이라도 있을까 해서 제갈량을 찾아갔다. 노숙이 주유의 신변을 얘기하자 제갈량이 물었다.

"공의 생각은 어떠하오?"

"조조에게는 절호의 기회가 온 것이며 강동에는 화가 찾아온 것이지요."

제갈량이 미소를 머금고 말했다.

"주유의 병은 내가 고칠 수 있소."

노숙은 너무나 반가웠다.

"선생께서 그렇게만 해주신다면 강동에 이보다 더 큰 다행이 없겠습니다."

노숙은 제갈량과 함께 주유에게로 갔다. 노숙이 먼저 주유가 누워 있는 침실로 들어갔다.

"도독, 좀 어떠십니까?"

주유가 겨우 대답했다.

"배가 찢어지는 듯 아프고 정신이 맑지 못하오."

"약은 드시고 계십니까?"

"구역질이 나서 아무것도 못 먹고 있소."

"그렇지 않아도 도독의 용태가 걱정스러워 공명을 찾아가 상의를 했더니 도독의 병을 고칠 수 있다고 하더군요. 지금 밖에서 기다리고 있으니 한번 만나보시지요."

주유가 좋다고 하자 노숙은 제갈량을 안으로 안내했다. 시자들이 주유를 부축해 일으켰다. 제갈량이 그에게로 가까이 다가앉으며 물었다.

"뵌 지 며칠 되지 않은 사이에 이렇게 몸이 상하셨으니 어찌 된 일입니까?"

주유가 한숨을 섞어 말했다.

"사람의 운이 조석에 달려 있다더니 그 말이 실감나는군요."

제갈량이 부드러운 음성으로 말했다.

"인간의 풍운은 하늘에 매여 있으니 사람이 어찌 자신의 일을 점칠 수 있겠습니까?"

제갈량의 말을 듣고 있던 주유가 갑자기 가슴을 쥐어짜며 신음소리를 냈다. 제갈량이 물었다.

"도독께서는 지금 가슴이 갑갑해 견디기 힘드시죠?"

주유가 고개를 끄덕이자 제갈량이 다시 말했다.

"그렇다면 반드시 서늘한 약을 쓰셔야 합니다."

"벌써 그런 약을 먹었으나 아무 효과도 없습니다."

"그럼 어떻게 해서든 기운을 차리도록 하십시오. 기운을 차리고 천천히 호흡을 하다보면 갑갑증이 점차 가실 것입니다."

주유는 자신이 그렇게 고통스러워하는 까닭을 제갈량이 이미 알고 있는 것 같아 그의 심중을 떠보기 위해 물었다.

"무엇을 먹고 기운을 차립니까?"

제갈량이 웃으며 대답했다.

"도독께서 기운을 차릴 수 있도록 제가 처방을 내리겠습니다."

주유는 그렇게 하라고 말하고 제갈량의 청에 따라 주위를 모두 물렸다. 제갈량은 붓과 벼루를 자기 앞으로 당겨놓더니 종이를 펴고 뭔가를 적었다. 잠시 후 제갈량은 그 종이를 주유에게 건네며 말했다.

"도독이 앓고 있는 병의 원인은 이것입니다."

주유는 제갈량이 준 글을 받아 읽었다.

조조를 무찌르기 위해 화공법을 쓰고자 하는데,
하늘도 무심하게 큰 바람이 불어주지 않는구나.

핵심을 찔린 주유는 놀라움을 감추지 못했다.

'공명은 참으로 귀신 같은 인물이구나. 내 마음을 훤히 들여다보고

있으니 사실대로 털어놓을 수밖에 없겠다.'

주유는 웃음 띤 얼굴로 말했다.

"공은 누구도 따를 수 없는 명의요. 병의 원인을 알았으니 병을 고칠 수 있는 처방약도 주실 수 있는지요? 사태가 시급하니 지체 말고 가르쳐주십시오."

제갈량이 설명하기 시작했다.

"화공을 위해 바람이 필요하다면 그것은 동남풍이어야만 한다는 것을 도독께서도 알고 계시겠지요? 하지만 이 겨울에 동남풍이 불 까닭이 없지 않습니까? 그러나 저는 바람을 일으키고 비를 내리게 할 수 있습니다. 도독께서 절실히 원하신다면 남병산에 일곱 개의 단을 쌓도록 하십시오. 제가 그 단에 올라가 주문을 외어 동남풍을 일으키겠습니다. 3일 낮과 3일 밤이면 되겠습니까?"

"3일이 아니라 하룻밤 동안만이라도 큰바람이 불어준다면 일을 성공시킬 수 있습니다. 일이 급하니 당장이라도 가능하겠습니까?"

"11월 20일에 바람을 일으켜 22일에 멎도록 하면 어떻겠습니까?"

주유는 제갈량의 말을 듣고 병이 씻은 듯이 나아 자리를 털고 일어났다. 주유와 헤어진 제갈량은 혼자 남병산에 올라 지세를 살폈다. 단을 쌓을 만한 자리를 물색한 후 주변을 둘러보며 생각에 잠겼다.

3일 낮과 3일 밤의 동남풍. 이것은 천문·지리·기후에 유난히 밝았던 그가 찾아낸 유일무이의 가공할 만한 위력을 가진 무기가 될 수 있었다. 제갈량에게 전쟁이란 철저한 전략 싸움이었다. 전략은 상황에 따라 임기응변으로 구사되는 경우도 많았다. 그러나 적어도 대전을 앞둔 이번만큼은 제갈량이 초야에 묻혀 지내는 동안 쌓아올린 실력을 최대한 발휘해야 했다. 조조군처럼 대군을 상대할 때는 무기를 들고 나서서 싸우는 전면전은 거의 불가능하고 지형이나 기후 등을 이용해야만 승산이 있었다. 그렇게 하려면 무엇보다 전장의 자연현상을 꿰뚫고 있어야 한다. 이 점에서 제갈량은 누구도 따를 수 없는 능력을 소유한 사람이었다.

동오에 온 이후 주유와 노숙을 비롯해 주변 사람들을 바짝 긴장하게 만든 제갈량의 미래 예측 능력은 융중에 묻혀 살며 각종 경전을 섭렵하고 사시사철 하늘의 변화와 일기변화를 관찰하며 자연의 섭리 속에 담긴 반복과 순환의 원리를 깨달음으로써 얻어진 것이었다. 그 자연의 원리라는 것은 인간사에서도 변함없이 적용되었다. 그러나 주변에서는 제갈량이 신출귀몰한 재주를 부린다고 놀랄 뿐 그것이 초야에서 지내며 십수 년간 각고의 노력으로 축적해온 지혜의 결정이라는 것을 알아채는 사람은 없었다.

제갈량은 일찍부터 한겨울에도 장강에 일시적으로 동남풍이 분다는 사실을 간파하고 있었다. 대군을 이끌고 남쪽을 침략한 조조를 격파할 수 있다는 자신감을 가진 것도 이 기상 이변에 대한 기대가 있었기 때문이었다. 그는 동오에 온 이후 겨울에 부는 장강의 동남풍 주기를 찾아내기 위해 하루도 빠짐없이 강변을 거닐며 도도히 흐르는 장강의 풍향 변화를 세심하게 관찰해왔다. 그러던 어느 날 제갈량은 귓가를 스치는 바람이 뭔가 다름을 확인하게 되었다. 그날도 어김없이 강변을 걷고 있는데 바람의 느낌이 확연히 달랐다. 제갈량이 주의를 기울여 바람의 방향을 살펴보니, 서북쪽이 아니라 남쪽에서 불어오는 바람이었다. 순간 제갈량은 하늘을 우러러 절을 올렸다.

'세상의 변화가 조조를 향해 있는 것은 아닌가 하고 의구심을 가진 적도 있는데 역시 하늘은 역도를 돕지 않는구나.'

그때부터 제갈량은 겨울 장강에 부는 동남풍의 주기를 찾아내고 피부로 직접 느끼기 위해 밤낮으로 강변에서 시간을 보냈다. 그 결과 그는 여남은 날을 주기로 2, 3일 정도 동남풍이 분다는 사실을 알아냈다. 제갈량은 이 놀라운 사실을 스스로 극비에 부쳐두었다.

이제 주유와 의기투합하여 조조와의 결전을 화공으로 정했으니 제갈량은 사람들에게 동남풍의 위력을 보여야 할 때가 왔음을 직감했다. 동남풍은 이미 있어온 자연현상이었지만 제갈량은 그 사실을 철저히 묻어둔 채 자신의 주술로 바람을 일으키는 초자연 현상처럼 사람들에게 보이려 했다. 자신을 누구도 쉽게 범할 수 없는 초월자로 여기게 하여 아무것도 가진 것 없는 자신의 주군 유비에게 힘을 실어주려는 의도였다.

제갈량은 남병산으로 군사들을 불러 단을 쌓는 방법을 설명했다. 군사들은 그가 시키는 대로 흙을 옮겨 단을 쌓았는데 완성 후에 보니 단의 둘레는 24장이나 되었으며, 높이는 9척이나 되었다. 제갈량은 다시 깃대를 꽂는 방식을 설명했다. 1층에는 28개의 수기宿旗(고대 천문학에서는 하늘을 사궁, 사신으로 나누고 사궁을 다시 7개의 성수로 나누었는데 이것이 28수이다)를 꽂도록 했으며 2층 둘레에는 64개의 누런색 기를 64괘에 따라 동·서·남·북·동남·동북·서남·서북 8방으로 각각 8개씩 둘러 꽂았다. 꼭대기 층에는 네 방향에 한 사람씩 서게 했는데, 이들은 검은 도포를 입고 머리에 관을 쓰고 격식을 갖추었다. 단 아래에는 24명의 군사들이 각각 깃발과 일산, 긴 창과 황색 기와 흰 도끼, 붉은 기와 검은 기 등을 들고 사면을 빙 둘러서 있었다.

드디어 11월 20일이 되었다. 제갈량은 정갈하게 목욕을 하고 맨발에 도포를 갖춰입은 후 머리를 풀고 단 앞에 섰다. 제갈량이 일부러 연출한 이 광경은 보는 사람들에게 경외감을 자아내기에 충분했다. 준비를 마친 그는 함께 온 노숙에게 부탁했다.

"선생은 이제 진중으로 가서 주유를 도와주시오. 그리고 내가 하는 일이 예상한 대로 딱 맞아떨어지지 않더라도 이상하게 생각하지 말아주시오."

노숙이 떠나자 제갈량은 단을 지키고 선 군사들에게 엄숙하게 명을 내렸다.

"여러분은 지금부터 정해진 시간 외에 절대 자기 자리를 이탈해서는 안 되오. 또한 자리에 서서 옆 사람과 잡담을 나누거나 주의를 흐뜨려서는 안 되며, 기이한 현상이 일어나더라도 산만하게 움직이지 말고 지금처럼 부동의 자세로 자기 자리를 잘 지켜야 하오. 이를 어기는 자는 군령에 따라 목을 베겠소."

모든 군사들이 목례로 답했다. 제갈량은 절도 있는 걸음걸이로 단 위에 올라서더니 사방을 둘러보았다. 이어 몸을 굽혀 향로에 향을 사르고 그릇에 정화수를 붓더니 하늘을 우러러 축문을 외었다. 한참 동안 축문을 암송한 제갈량은 단에서 내려와 장막에서 잠시 쉬면서 군사들도 교대로 쉬고 밥을 먹게 했다. 제갈량은 하루종일 세 번이나 단을 오르내리며 축문을 외었으나 동남풍은 일지 않았다.

그 동안 주유는 노숙과 정보 등 참모들을 모두 불러 동남풍이 일면 바로 출전할 수 있도록 만반의 준비를 갖추게 하고 손권에게도 사람을 보내 지원군을 이끌고 와줄 것을 부탁했다. 황개는 인화 물질을 가득 실은 화선 20척을 준비했다. 뱃머리에는 큰 못을 촘촘히 박고 배 안에는 마른 갈대와 짚을 쌓아 생선 기름을 부었으며, 그 위에 유황·염초 등의 인화 물질을 올려놓고 기름을 먹인 푸른색 천을 덮었

장강의 변화를 관찰하며 동남풍의 주기를 찾고 있는 제갈량. 옛사람들은 용이 비바람을 부린다고 믿었다.
용의 생김은 제갈량의 발치에 보이는 악어와도 무척 닮아 있다. 양자강(장강) 악어는 매번 뇌우가 치기 전에
나타난다고 하니, 악어가 먼저 나타나고 뇌우가 따라오는 것을 본 옛사람들에 의해 비바람을 부리는
용(악어)의 신화가 생겨났으리라 추론하는 학설도 있다.

다. 또한 뱃머리에는 청룡기를 꽂고 배꼬리에는 작은 쾌속선들을 매달아두었다. 이렇게 만반의 채비를 갖춘 황개는 주유의 출전 명령만 기다리고 있었다.

이와는 달리 감택과 감녕은 채화·채중을 데리고 강의 방어기지에 있는 군막에서 매일 술을 마시며 이들이 다른 곳으로 돌아다니지 못하도록 발목을 붙들었다. 주유가 군선을 이끌고 강북으로 쳐들어간다는 비밀이 이들 귀에 들어가지 않게 하기 위해서였다.

한편 주유가 참모들과 함께 장막에서 대책을 협의하고 있는데 전령이 와서 보고했다.

"주공께서 직접 전함을 거느리고 85리 밖에 정박해 계십니다."

이 말을 듣고 주유는 노숙을 시켜 전체 장병들에게 군령을 내리도록 했다.

"모든 장병들은 각자 맡은 선박·병기·돛·노 등을 차질 없이 준비해두었다가 명령과 동시에 지체없이 출동하라. 만일 시각을 놓치는 자가 있으면 즉각 군법으로 다스리겠다!"

병사들은 언제 떨어질지 모르는 진격 명령을 기다리며 돌격 태세를 갖췄다. 주유의 진영에는 팽팽한 긴장감이 감돌았다. 어느새 해가 뉘엿뉘엿 지고 있었지만 동남풍은 감감무소식이었다. 마음이 급해진 주유가 화를 삭이지 못하고 푸념을 해댔다.

"아무래도 공명이 우리를 속인 것 같소. 이렇게 꽁꽁 언 날씨에 동남풍이라니……."

"이제껏 지켜보았지만 공명은 결코 허튼소리를 할 사람이 아닙니다. 조금만 더 기다려보십시오."

모두들 촉각을 곤두세워 동남풍을 기다리고 있는데 갑자기 깃발이 펄럭이며 깃대가 흔들리기 시작했다. 주유가 벌떡 일어나 밖으로 나가 살폈다. 서북쪽에서 불어오는 바람이었다. 주유는 실망하여 다시 군막으로 발을 옮기려 하는데 바람이 방향을 바꾸어 동남풍으로 돌변했다.

'드디어 때가 왔다.'

주유는 동남풍이 불자마자 즉각 대기하고 있던 군사들에게 군령을 내렸다. 먼저 감녕에게는 채중과 투항해온 군사들을 거느리고 남쪽 언덕으로 달려가라고 명령하며 일렀다.

"조조의 지상군이 진을 치고 있는 오림을 점령하여 양곡 창고에 불을 질러 신호로 삼도록 하라. 그리고 채화는 남겨두라. 내가 달리 부릴 일이 있다."

다음에는 태사자를 불러 명을 내렸다.

"장군은 3천 군사를 이끌고 속히 황주에 도착하여 합비에서 쫓아오는 조조의 군사를 막고, 불을 질러 신호를 보내라. 그리고 붉은 깃발이 보이거든 오후께서 접응하는 군사임을 알고 놀라지 마라."

주유는 감녕과 태사자를 출진시키고 나서 세 번째로는 여몽을 불렀다.

"그대는 군사 3천을 거느리고 오림으로 가서 감녕을 도와 조조의 진을 불사르도록 하라."

여몽이 떠나자 능통에게도 군사 3천을 주어 이릉으로 가는 길을 차단하고 있다가 오림에서 불길이 치솟으면 달려가 도와주라 하고, 동습에게도 군사 3천을 거느리고 한양을 취한 다음 한천으로 달려가 조조의 진을 습격한 뒤 흰 깃발이 보이면 접응하라고 명령했다. 또한 반장에게도 군사 3천을 거느리고 한양으로 달려가 흰 깃발을 흔들면서 동습을 도우라 명령했다.

이같이 여섯 부대로 나뉜 군사들은 각각 배를 저어 제 위치로 향했다. 주유는 이들이 떠나는 모습을 확인하고 이어 주공격을 담당할 수군을 배치했다. 한편 황개에게는 화선을 정돈하라 이르고 군사를 시켜 오늘 밤에 항복하러 가겠다는 서신을 조조에게 전하도록 했다. 그리고 특별히 황개를 지원하기 위해 수군 4개 부대를 준비시켰다. 그중 1대는 한당, 2대는 주태, 3대는 정흠, 4대는 진무가 맡았다. 그리고 이들에게 각기 전선 300척을 거느리고 나아가되 앞에는 20척의 화선을 일렬로 늘어서게 하여 조조의 수채를 공격하도록 명했다.

대도독인 주유 자신은 부도독 정조와 함께 사령선에 올라 싸움을 독려하고 서성과 정봉에게는 좌우에서 배로 호위하도록 했다. 주유는 노숙에게도 감택과 함께 참모들을 거느리고 본부기지를 지키게 했다. 실로 조리정연하고 주도면밀한 용병술이었다.

이때 손권으로부터 육손을 선봉으로 삼아 기주와 황주로 진군토록 하고 자신이 친히 접응하겠다는 내용의 전령이 왔다. 이를 본 주유는 해거름녘에 군사를 보내 서산에 신호용으로 불을 뿜는 포를 설치하고 남병산에는 기를 올리도록 했다. 주유에 의해 수군과 육군이 조화를 이루며 앞뒤에서 호응하도록 모든 준비가 갖춰지는 동안 어둠이 강을 에워싸고 있었다.

한편 유비도 전쟁 준비에 박차를 가하며 제갈량이 돌아오기만을 기다리고 있었다. 이때 먼 곳에서 한 무리의 배가 도착하는 것이 보였다. 공자 유기가 타고 온 배였다. 유비는 이들을 맞아들여 상석에 앉히고 말했다.

"공명이 오늘 동남풍이 불면 조운을 보내라 하여 보냈는데 아직 소식이 없어 걱정이 크네."

유비가 말을 마치기 전에 군사 하나가 번구 쪽을 가리키며 소리쳤다.

"돛단배가 오고 있습니다. 군사님께서 타고 계신 것이 틀림없습니다."

유비는 너무나 반가워 제갈량에게로 달려갔다. 제갈량이 허리를 굽혀 절하며 말했다.

"기회가 없어 소식을 미처 전하지 못했습니다. 지난번에 부탁드렸던 군마와 배는 준비되었는지요?"

"물론입니다. 이미 오래전에 준비해두었습니다. 군사께서 부리시기만 하면 됩니다."

이들은 군막 안으로 자리를 옮겨 함께 작전회의를 가졌다. 제갈량이 조운에게 명했다.

"자룡은 지금부터 군마 3천을 이끌고 오림으로 가시오. 그리고 숲과 갈대가 특히 많이 우거진 소로에 군사를 매복시키시오. 오늘 새벽쯤에 반드시 조조의 군사가 그곳을 지나 도망칠 것이니 그들이 절반 이상 지나갔다 싶거든 불을 놓으시오. 군사의 반 이상을 죽일 수 있을 것이오."

그러자 조운이 물었다.

"오림에는 샛길이 둘이 있습니다. 하나는 남부로 가는 길이고 하나는 형주로 가는 길입니다. 이 중 어느 길을 막아야 합니까?"

"조조가 궁지에 몰리게 되면 남부에는 머물기 힘들 것이므로 분명 형주를 지나 군사들을 이끌고 허도로 갈 것이오. 그러니 형주 쪽 길을 막아야겠지요."

제갈량은 다시 장비를 불렀다.

　"익덕은 군사 3천을 거느리고 강을 건너 이릉으로 가는 길을 차단하고 호로곡 입구에 매복하고 있으시오. 조조는 후퇴하면서 남이릉으로는 가지 못하고 북이릉으로 갈 것이오. 내일 그들이 북이릉으로 가다가 비가 개면 호로곡 입구에서 밥을 지어 먹느라고 불을 피울 것이니 연기가 솟아오르면 산기슭에 불을 지르고 그들을 공격하시오. 큰 공을 세우게 될 것이오."

　다음에는 미축 · 미방 · 유봉 세 사람을 불러 지시했다.

　"장군들은 각기 배를 타고 강을 순시하다가 패해서 달아나는 조조군을 사로잡고 군수물자를 모두 뺏도록 하시오."

　명을 받은 장군들은 모두 최선을 다해 임무를 수행하겠다고 답하고 물러갔다. 이들이 나간 후 제갈량은 유기를 향해 자리에서 일어나 예를 갖추고 말했다.

　"무창武昌은 중요한 군사적 요지입니다. 공자께서 거느리고 오신 군사들을 직접 이끄시어 연안 입구에 진을 치고 계십시오. 조조가 패하여 달아나게 되면 그곳으로 도망치는 무리들이 많을 테니 이들을 보는 대로 사로잡으십시오. 또한 절대 성을 떠나는 일이 없도록 유념해주십시오."

　"제갈 군사가 일러준 대로 일을 마칠 테니 걱정 마시오."

　이렇게 말하고 유기도 떠났다. 제갈량이 유비를 향해 말했다.

　"주공께서는 번구에 군사들을 그대로 두시고 높은 곳에 올라가 오늘 밤 주유가 조조와 어떻게 싸우는지 구경하십시오."

　유비가 고개를 끄덕였다. 그런데 그때까지 아무 임무도 맡지 못한 관우가 더 이상 못 참겠다는 듯 제갈량에게 퉁명스럽게 말했다.

"나는 이제껏 형님을 따라 싸우면서 단 한번도 남에게 뒤처지는 일을 해본 적이 없었소. 그런데 오늘 같은 큰 싸움에서 나를 제외시키는 이유가 뭔지 알고 싶소."

제갈량이 빙그레 웃으며 대답했다.

"나도 장군의 실력을 잘 알고 있으니 너무 기분 나쁘게 생각지 마시오. 운장께는 가장 중요한 요충지인 애구隘口를 지키게 하고 싶지만 한 가지 마음에 걸리는 일이 있어 망설이고 있소."

"마음에 걸리는 일이 무엇이오? 자세히 말씀해보시오."

"전에 관장군은 조조에게 은혜를 입은 일이 있소. 오늘 조조가 패하면 분명 화용도華容道로 도망칠 것인데, 장군이 거기에 가시게 되면 조조에게 진 빚을 생각하여 틀림없이 그를 놓아줄 것 같아 보낼 일을 망설였던 것이오."

제갈량의 말을 듣고 마음이 누그러진 관우가 그를 설득했다.

"그것은 지나친 생각이십니다. 조조가 한때 나를 후하게 대한 것은 사실이나 이미 나는 안량과 문추의 목을 베어 포위망에서 그를 구해준 것으로 은혜를 갚았습니다. 그러니 더 이상 그에게 빚을 졌다는 생각은 말아주십시오. 이번에 그를 만나면 오직 적으로 대할 것입니다."

"만일 장군이 이번에 조조를 놓아주면 어떻게 할까요?"

"그야 물론 군법에 따라 처벌을 받아야지요."

"그렇다면 각서를 남깁시다."

관우는 요청에 따라 각서를 써서 제갈량에게 주며 말했다.

"만일 군사가 말한 대로 조조가 그곳을 지나지 않으면 어떡하겠습니까?"

"나 역시 각서를 쓰겠소."

제갈량도 각서를 써서 관우에게 주었다. 그리고 다시 관우에게 영을 내렸다.

"관장군께서 화용으로 통하는 샛길에 도착하면 높은 곳에 올라가 나무와 풀을 쌓아 불을 질러 조조를 유인하시오."

"연기를 보면 복병이 있을 것이라 생각하고 오히려 피해 갈 텐데요?"

제갈량이 웃으며 말했다.

"병법에 있는 '약자에게는 약하게, 강자에게는 강하게 하라'는 말을 들어보지 못하셨소? 원숭이도 나무에서 떨어질 때가 있듯이 이번에는 조조도 다급한 마음에 속을 것입니다. 그는 연기가 나는 것을 보면 우리가 허세를 부리는 것으로 여기고 반드시 그 길로 올 것이니 장군은 기다리기만 하면 됩니다."

관우는 고개를 끄덕이며 제갈량의 명을 받들어 관평·주창 등의 장수와 군사 500명을 거느리고 화용으로 향했다. 이를 지켜보고 있던 유비가 우려를 감추지 못하고 제갈량에게 말했다.

"운장은 의기가 깊은 사람이라 각서를 받아두었더라도 안심할 수 없습니다. 조조가 화용을 지나게 되면 분명히 놓아줄 것입니다."

"만일 조조의 운이 남아 있어 화용을 지나게 되면 관장군에게 보은의 기회를 준 것이 되니 아름다운 일이 아니겠습니까?"

유비는 그 같은 공명의 마음 씀씀이가 고마울 뿐이었다.

"선생의 깊은 뜻을 어느 누가 다 헤아리겠습니까?"

유비는 제갈량과 함께 주유의 움직임을 살피기 위해 번구로 향하면서 손건과 간옹에게 성을 잘 지키고 있으라 명령했다.

한편 조조는 장막 안에서 황개가 투항해오기만을 기다리고 있었다. 그런데 웬일인지 이날따라 동남쪽으로부터 세찬 바람이 불어왔다. 참모 정욱이 조조에게 간했다.

"참으로 이상한 일입니다. 오늘 갑자기 동남풍이 심하게 불어대니 제방을 특별히 신경 써서 지켜야겠습니다."

조조는 별것 아니라는 투로 말했다.

"날씨도 가끔씩 변덕을 부리는 것을 모르느냐? 일시적인 현상일 테니 그리 신경 쓸 것 없다."

이때 군사 하나가 달려와, 강동에서 온 것으로 보이는 배에 황개라는 자가 타고 있는데 밀서를 바치려 한다고 보고했다. 조조는 기다렸다는 듯 빨리 편지를 가져오라 이르고 받자마자 읽어보았다.

주유의 감시가 심하여 쉽게 움직일 수가 없습니다. 이번에 파양호에서 군량미가 도착하여 제가 순찰을 맡게 되었습니다. 이 기회에 강동 명장의 목을 베어 조승상에게 바치고 투항하려 합니다. 오늘 밤 11시경에 청룡기를 앞세우고 나타나는 배가 저의 군량 운반선입니다.

조조는 크게 기뻐하며 편지를 서랍 속에 넣고 몇 명의 장수와 함께 큰 배에 올라 황개의 배가 나타나기만을 기다렸다.

한편 강동의 주유는 날이 어두워지자 채화를 끌고 오라고 명령했다. 군사들이 그를 데리고 오자 주유는 그 자리에서 결박하도록 했다. 영문을 모르는 채화가 당황하여 물었다.

"왜 이러시오? 내게 무슨 죄가 있소?"

주유는 얼굴을 붉히며 채화를 다그쳤다.

"너는 거짓 투항을 해오지 않았느냐? 이번 싸움의 승리를 기원하며 제사를 지내려 하는데 제물이 없으니 너를 제물로 써야겠다."

채화는 분해서 소리쳤다.

"너희 쪽 감택과 감녕도 이미 너를 배반했다."

주유는 표정 하나 바꾸지 않고 말했다.

"그걸 내가 모르는 줄 아느냐? 내가 시켜서 한 것인데."

채화는 더 이상 할말을 잃었다. 주유는 여러 군사들을 시켜 채화를 강변으로 끌어내어 술을 올린 다음 승전을 기원하는 글을 적은 종이를 불태워 공중으로 날렸다. 이어 한칼에 채화의 목을 베어 피를 뿌려 제사지냈다. 그리고 그는 군사들에게 출동 명령을 내렸다.

황개는 화선에 '선봉장 황개' 라고 씌어 있는 깃발을 꽂고 뱃머리에 혼자 서 있었다. 갑옷으로 단단히 무장한 그는 손도끼를 들고 적벽을 향해 배를 몰았다. 동풍이 세차게 일어 배를 떠미는 듯했다. 조조는 자신의 진지에서 드넓게 펼쳐진 장강의 물결을 바라보며 황개를 기다리고 있었다. 달빛을 받고 일렁이는 강물은 마치 금색 뱀이 춤을 추고 있는 것 같았다. 이때 누군가 강의 먼 쪽을 가리키며 고함을 질렀다.

"돛단배가 오고 있습니다!"

그 말을 듣고 조조가 몸을 일으켜 강의 먼 곳을 살펴보았다. 과연 배 한 척이 빠른 속도로 조조의 군영을 향해 오고 있었다. 점차 가까워지는 배를 보니 '선봉장 황개' 라고 씌어 있는 청룡기가 뱃머리에서 펄럭이고 있었다.

조조는 그 모습을 지켜보며 말했다.

"하늘이 나를 돕는구나."

그러는 사이 배는 점점 가까이 다가왔다. 한참 동안 배를 지켜보던 정욱이 고개를 갸우뚱거리며 조조에게 말했다.

"저 배의 움직임이 수상한 데가 있습니다. 방어선 이상 가까이 오지 못하게 하십시오."

"무엇이 이상하다는 것이냐?"

"군량미를 실은 배라면 무거워서 저렇게 빨리 달려오지 못할 것입니다. 흔들림을 보더라도 이상하게 가볍지 않습니까? 오늘 밤은 이상하게도 동남풍마저 불어대니 각별히 경계를 해야 할 것입니다."

정욱의 말을 듣고 조조는 번뜩 정신이 드는 듯 장수들을 향해 물었다.

"누가 나서서 저 배를 막겠느냐?"

문빙이 앞으로 나왔다.

"여러 장수들 중에 그래도 제가 물에 익숙하니 제가 가보겠습니다."

말을 마친 문빙이 즉각 작은 배로 뛰어내려 좌우로 손을 흔들자 10여 척의 순시선이 문빙을 따랐다. 황개의 배에 다가간 문빙이 소리쳤다.

"승상의 명이시다. 더 이상 전진을 멈추고 돛을 내려라!"

모든 군사들이 다시 한번 일제히 외쳤다.

"속히 돛을 내려라!"

군사들의 외침이 끝나기도 전에 활시위 소리가 강을 가로지르더니 문빙이 왼팔에 화살을 맞고 바닥에 나뒹굴었다. 전투 태세를 갖추지 않았던 문빙의 군사들은 모두 뿔뿔이 흩어져 요새 쪽으로 달아났다. 그 사이에 황개의 배는 조조의 방어선 바로 앞까지 와 있었다. 마침내 황개가 칼을 휘두르자 뒤따르던 배에서 번개처럼 일제히 불길이 솟아오르며 그 화염이 조조의 요새를 덮쳤다. 바람을 만난 불길은 거대하게 원을 그리며 조조군의 군선들을 집어삼켰다. 강남의 배에서 쉴새 없이 화포를 쏘아대는 바람에 불꽃과 연기가 하늘을 뒤덮었다. 조조의 요새를 둘러싼 강은 순식간에 거대한 불바다가 됐다.

이때 20척의 화선이 조조의 수군 영채 안으로 돌격해 들어와 부딪치자 영채 안에 있던 배들은 한꺼번에 화마로 변해버렸다. 크고 작은 배의 이물과 고물이 모두 연결되어 있어 하나의 거대한 전함과 같았으므로 그곳을 지키는 군사들은 달아날 틈이 없었다. 조조는 기가 막혀 정신을 잃을 지경이었다.

황개가 지휘하는 작은 배들이 이곳저곳에 불을 지르며 조조에게로 가까이 다가왔다. 다급해진 조조가 어찌할 바를 모르고 주춤거리고 있는데 장요가 급하게 작은 배를 몰고 와 순식간에 조조를 옮겨 태우고, 군사 10여 명과 함께 조조를 호위하며 강 어귀로 달아났다. 황개는 기를 쓰고 조조를 찾다가 붉은 도포를 입은 조조가 육지로 달아나는 것을 보고 전속력으로 배를 몰아 조조 뒤를 쫓았다. 그의 손에는 도끼가 그대로 들려 있었다.

"조조놈아 어디로 도망가느냐! 황개가 여기 있다."

조조는 있는 힘을 다해 뭍으로 도망을 갔다. 순간 조조를 호위하던 장요가 황개를 향해 화살을 날렸다. 바람과 불길이 맹위를 떨치는 혼란 속에서 황개는 자신을 향해 날아오는 화살을 발견하지 못했다. 장요가 쏜 화살이 황개의 어깨를 명중시키자 황개는 그만 물 속으로 빠져 버렸다. 불길이 완전히 수면 위를 뒤덮어버려 황개의 흔적은 어디에서도 찾을 수가 없었다.

장요가 가까스로 조조를 구해 말을 타고 달아났다. 최고사령관을 잃은 조조의 군영은 쉼 없이 몰아치는 화공으로 질서와 통제를 완전히 잃고 아수라장이 돼버렸다. 방향을 잃고 이리저리 헤매다 불에 타고 창에 찔리고 화살에 맞아 수장되는 조조군의 수는 이루 헤아릴 수가 없었다. 그러는 가운데 한당이 연기를 헤치고 불길을 피하며 선두에서 오의 선단을 이끌고 공격해 왔다.

"북을 힘차게 울려라! 조조군을 모조리 수장시켜라!"

한당이 오군을 독려하는데 한 병사가 큰 소리로 외쳤다.

"배 뒤에서 누군가 장군의 이름을 부릅니다."

한당은 배 뒤로 가 수면 위를 눈여겨 살폈다.

"한장군, 나 좀 살려주오!"

넘실거리는 물 속에서 살려달라고 애원하는 자는 바로 황개였다. 한당은 아연실색하여 병사들에게 속히 황개를 구하라 일렀다. 구사일생으로 살아난 황개의 어깨에는 화살이 살 속 깊숙이 박혀 있었다. 한당은 재빨리 황개의 젖은 옷을 벗기고 화살촉이 박혀 있는 부분을 도려낸 다음 기를 찢어 상처를 묶어주었다. 황개는 정신없이 떨고 있었다. 한당은 자기 옷을 벗어 황개에게 입혀주고 군사를 불러 요새로 옮겨 치료를 받도록 하라고 명령했다. 혹한의 날씨에 황개처럼 물에 익숙한 사람이 아니었다면 결코 살아날 수 없었을 것이다.

시간이 지나면서 조조의 수군 영채는 완전히 불바다가 되어 그 웅장하던 모습은 형체도 없이 사라지고 있었다. 한당과 장흠은 서쪽으로 쳐들어가고, 주태와 진무 두 장수는 동쪽으로 쳐들어갔으며, 중앙에서는 주유가 정보 · 서성 · 정봉 등의 장수를 직접 거느리고 공략해 들어갔다. 이들이 쳐들어가는 곳마다 불길은 무서운 기세로 타오르고 조조의 군사들도 엄청나게 죽고 다쳤다. 이는 말 그대로 적이 완전히 죽어 없어질 때까지 끝나지 않는 오전鏖戰이었다.

위와 오, 자웅을 겨루더니

적벽에 있던 배들 다 어디로 갔는가?

거센 불길이 구름을 가리고 바다를 뒤덮으니

오늘은 장강의 고기들이 사람을 먹겠네.

진지에 남아 있던 조조의 부하들은 피할 길을 찾지 못하고 모조리 떼죽음을 당했다. 강동의 수군들이 조조의 수군 진영을 불바다로 만드는 동안, 감녕은 채중을 앞세워 조조의 육군 진영으로 파고들어가 채중의 목을 베고 불길을 높이 올렸다. 그러자 멀리서 조조군의 진을 살펴보고 있던 여몽이 이에 호응하여 수십 군데에 불을 질렀다. 이와 동시에 반장과 동습도 준비한 대로 불을 지르고 군사들에게 일제히 함성을 지르게 했다. 조조의 육상 진지 역시 불가마가 되어 재만 남게 되었다.

조조는 장요와 함께 패잔병 100여 기를 거느리고 불 숲을 빠져 도망가려 했으나 사방이 불길이라 어디에도 몸을 숨길 데가 없었다. 이때 모개가 문빙을 구해, 군사 수십 명을 이끌고 조조에게로 왔다. 이들이 퇴로를 찾기 위해 안간힘을 쓰고 있는데 장요가 소리쳤다.

"저쪽 오림은 넓으니 일단 그곳으로 피신합시다."

조조는 장요의 말을 좇아 오림으로 향하는 지름길로 급히 발길을 옮겼다. 그러나 얼마 가지 못해 이들의 등 뒤에서 한 무리의 군사들이 빗발치듯 달려오며 소리쳤다.

"역적 조조야, 게 섰거라!"

조조군이 당황해서 돌아보니 여몽의 깃발이 불길 속에서 휘날리고 있었다. 조조는 군사의 호위를 받으며 전속력으로 도망을 쳤고 장요는 남아서 여몽을 맞아 싸웠다. 조조의 급한 걸음은 얼마 가지 않아 또다시 멈춰서야만 했다. 그가 달려온 길 앞의 산비탈에서 일단의 군사가 함성을 지르며 쏟아져나왔던 것이다.

"이놈 조조야, 동오의 장수 능통이 여기 있다!"

조조는 그야말로 절망스러웠다. 이때 또 다른 군사가 옆길에서 쳐들어오는 소리가 들렸다. 조조는 순간 말고삐를 놓칠 뻔했다. 이게 웬일인가? 귀에 익은 목소리가 조조의 귓전을 때렸다. 조조는 너무 반가워 뒤를 돌아보았다.

"승상, 놀라지 마십시오. 서황입니다."

서황은 능통이 이끌고 온 군사들과 치열하게 맞서 싸우다 조조를 호위하여 북으로 달아났다. 이들이 도망치다 앞을 보니 산등성이에 또 한 떼의 군사가 진을 치고 있었다. 서황이 앞으로 나가 살펴보니 이들은 예전에 원소 아래 있던 마연과 장의가 이끄는 군사였다. 이들 두 장수는 3천의 북군을 이끌고 와 진을 치고 있었는데 수군과 육군이 온통 불바다가 되는 것을 보고 두려운 나머지 군사를 움직이지도 못하고 바라만 보다가 조조를 만난 것이었다.

조조는 마연과 장의에게 1천 군사와 함께 도망칠 길을 열도록 명령하고 나머지 군사는 자기를 경호하도록 했다. 이렇게 하고 나니 조조는 어느 정도 마음이 놓였다. 마연과 장의는 군사를 이끌고 가며 조조가 지나갈 수 있도록 앞길을 열어주었다. 그러나 이들이 채 10리도 가기 전에 여기저기에서 함성이 들리더니 일련의 군사들이 나타났다. 그 중 한 장수가 앞으로 나오며 소리쳤다.

"나는 동오의 감녕이다. 조조를 내놓아라!"

마연이 감녕에 맞서 싸웠으나, 얼마 안 가 마연은 감녕이 휘두르는 칼에 찔려 말 아래로 굴러떨어졌다. 이를 본 장의가 창을 높이 들고 감녕에게로 달려갔다. 장의 역시 감녕의 상대가 되지 못했다. 그는 창을 몇 번 휘둘러보지도 못하고 감녕의 손에 죽었다. 앞길을 열어주던 군사 하나가 조조에게로 달려가 이 사실을 알렸다.

조조는 초조함을 달랠 수 없었다. 그러면서도 한편으론 합비에서 원병이 진을 치고 있다가 자신을 구하러 오리라 기대했다. 그런데 뜻밖에도 합비의 길목엔 손권이 진을 치고 있었다. 손권은 강에서 불길이 거세게 일어나는 것을 보고 아군이 이겼다고 판단하여 육손에게 불을 지르게 했다. 태사자가 불길이 치솟는 것을 보고 달려와 육손과 함께 조조의 퇴로를 막기 위해 기다리고 있었던 것이다.

조조는 할 수 없이 이릉으로 달아났다. 뒤에서는 손권의 군사가 계속 쫓아왔다. 조조는 중간에 만난 장합에게 이들을 따돌리라 명령하고 정신없이 말을 달려 어둠을 헤치고 나갔다. 새벽녘이 되어서야 숨을 돌린 조조가 주변을 살펴보니 불길은 먼 곳에서 아른거리고 있었다. 그제야 그는 마음을 놓고 주위 사람에게 물었다.

"여기가 어디냐?

옆에 있던 한 장수가 말했다.

"여기는 오림의 서쪽이고, 의도의 북쪽입니다."

조조가 정신을 가다듬고 바라보니 나무들이 거대한 병풍처럼 둘러처져 깊게 우거져 있고 깎아지른 벼랑과 계곡이 위협적으로 보일 만큼 험준한 곳이었다. 조조는 이제 위험은 면했다 생각하고, 밤새 달려온 피로를 달래기 위해 말에서 내렸다. 그러더니 갑자기 큰 소리로 웃었다. 처참하게 패하고 돌아서는 마당에 웬 웃음인가 하여 주위에서 물었다.

"승상께서는 무슨 일로 그리 웃으십니까?"

"특별한 일이 있어서가 아니라 주유와 제갈량이 나는 재주를 가졌다 하더라도 역시 한계가 있다는 생각에 웃는 것이다. 내가 만일 그들이었다면 저 산밑에 군사를 매복해두었을 것이다. 그렇지 않느냐?"

조조가 말을 마치기가 무섭게 어디선가 천지를 진동시키는 포소리가 울리더니 여기저기서 혼란스럽게 북소리가 울리고 불길이 숲을 휘감으며 치솟았다. 깜짝 놀란 조조가 급하게 말에 오르는 바람에 발을 헛디뎌 말에서 떨어질 뻔했다. 조조가 말고삐를 고쳐잡는 순간, 한 떼의 군사가 몰아쳐나오며 소리쳤다.

"나 조자룡은 제갈 군사의 명으로 오래전부터 너를 기다리고 있었다."

조조가 서황과 장합에게 조운을 치라고 명령했으나, 조운은 갑자기 연기 속으로 사라졌다. 이 틈을 타서 조조는 다시 도망을 쳤다. 조운은 조조의 뒤를 쫓지 않고 그들의 창과 깃발만 빼앗았다. 어느덧 아침이 밝아 주변이 훤해졌지만 아직 검은 구름이 하늘을 뒤덮고 동남풍마저 계속 불고 있었다. 조조가 무거운 발걸음을 옮기는데 갑자기 겨울비가 여름 소나기처럼 쏟아지기 시작했다. 조조와 군사들의 갑옷은 차가운 비에 흠뻑 젖어 서글픔을 더하고 있었다. 그들은 그칠 줄 모르고 내리는 비로 속옷까지 젖었지만 마땅하게 쉴 곳이 없었던 터라 피로와 굶주림을 참으며 계속 행군할 수밖에 없었다.

앞만 보고 한참을 걷다보니 산비탈 아래 촌락이 나타났다. 조조는 군사들에게 마을로 내려가 곡식을 얻어다 밥을 짓도록 했다. 조조가 군사들과 함께 아침밥을 먹고 있는데 등 뒤쪽에서 또다시 한 무리의 군사들이 몰려왔다. 당황한 조조가 고개를 들어 살펴보니 이전과 허저가 여러 참모들과 함께 달려오고 있었다. 조조는 더할 수 없이 반가운 마음에 숟가락을 던지고 그들에게로 달려갔다. 이들은 서로의 안부를 묻고 함께 식사를 마친 뒤 가던 길을 재촉했다. 조조가 물었다.

"저 앞은 갈림길이 아니냐, 대체 어디로 가는 길이냐?"

"한쪽은 남이릉으로 가는 길이고 다른 한쪽은 북이릉으로 가는 산길입니다."

"그럼 강릉으로 가려면 어느 길로 가야 하느냐?"

군사 하나가 길을 잘 안다는 듯 앞으로 나서며 대답했다.

"남이릉 길로 접어들어 호로구胡虜口 앞으로 가는 길이 제일 가깝습니다."

조조는 군사들을 앞세워 남이릉으로 말을 몰았다. 호로구 앞에 도착했을 때는 사람과 말이 모두 지쳐 더 이상 진군이 어려울 정도였다. 이들은 대부분 길거리에 주저앉다시피 했다. 조조도 피로가 몰려와 쉴 곳을 찾았다.

잠시 앉아서 쉬던 군사들이 가지고 온 솥을 불에 올려 밥을 짓고 말고기를 구워 먹으며 젖은 옷을 벗어 말리기도 했다. 나무 밑에 자리를 깔고 쉬고 있던 조조가 무슨 생각이 들었는지 갑자기 껄껄껄 웃었다. 장수들이 물었다.

"아까 새벽녘에도 승상께서 주유와 제갈량을 비웃다 조운이 나타나는 바람에 아군이 큰 피해를 입었는데, 지금 왜 또 웃으십니까?"

"주유와 제갈량이 정말로 똑똑한 사람들이라면 이런 곳에 군사를 매복해두었을 것이다. 이럴 때 기습하면 군사의 절반은 죽였을 게 아니냐? 그런데 이렇게 조용하니 내가 웃음을 참을 수 있겠느냐?"

조조가 한껏 여유를 부리고 있는데 앞뒤에서 천둥 같은 함성이 일

잠시 쉬던 조조의 패잔병들이 젖은 옷을 벗어 말리고 있다. 갑골문에 보이는 '졸(卒)' 자는
질긴 가죽조각을 이어 만든 갑옷의 모습이라 한다. 옛날에는 이런 갑옷을 고급 장교가 입었을 것이니
'卒' 은 처음에는 높은 장교를 나타냈지만, 이후 가죽조각 갑옷이 널리 보급되고 다시 그것이 철제갑옷으로
대체되면서 지위가 낮은 일반 사병을 뜻하게 됐다.

어 땅바닥을 진동시켰다. 조조는 깜짝 놀라 갑옷도 챙겨 입지 못한 채 말 위에 올랐다. 벗은 옷을 말리며 쉬고 있던 많은 군사들은 말에 오를 새도 없이 허둥거리다 생포됐다.

함성을 지르며 나타난 군사들이 숲에 불을 질러 사방으로 화염이 번져갔다. 연기 속에서 조조가 갈 길을 찾지 못하고 허둥지둥하고 있는데 한 장수가 불길을 헤치고 나타났다. 바로 장비였다. 말에 올라 창을 높이 쳐들고 나타난 장비가 목청을 높여 외쳤다.

"이 역적 조조놈아, 어디로 달아나려 하느냐?"

장비의 기세가 워낙 강하여 섣불리 나서는 사람이 없었다. 허저가 안 되겠다 싶었는지 말을 달려 앞으로 나와 장비와 맞섰다. 이를 본 장요와 서황도 달려나와 장비를 협공했다. 이렇게 하여 양쪽 군사들의 치고 찌르는 싸움이 계속됐다.

그 사이에 조조는 그곳을 빠져나와 말에 올라 도망치기 시작했다. 그가 달아나는 것을 본 조조 휘하의 장수들도 제각기 흩어져 도망쳤다. 장비가 조조를 쫓자 조조는 있는 힘을 다해 달아났다. 얼마쯤 가다 뒤돌아보니 장비는 어디로 갔는지 보이지 않고 자기를 뒤따라오던 장수들만 보였다. 그들 중에는 큰 부상을 입은 자들이 많았다. 장비가 추격하지 않는 것을 확인한 조조는 조금 천천히 말을 몰았다. 이때 앞서가던 군사 하나가 물었다.

"앞에 갈림길이 있습니다. 승상께서는 어느 길로 가시려는지요?"

"이곳을 빨리 벗어날 수 있는 길을 찾아라."

이곳 지리에 밝은 군사 하나가 대답했다.

"큰 길은 평탄하나 50여 리가 더 멀고, 좁은 길로 가면 화용도를 거쳐가야 하는데 길이 험해서 행군하기 힘듭니다."

조조는 판단이 서지 않는지 사람을 산 위로 보내 지형을 살펴보고 오라고 지시했다. 산 위로 갔던 사람이 돌아와 말했다.

"좁은 길 쪽을 살펴보니 산비탈 군데군데에서 연기가 피어오르고 있었습니다. 그리고 대로 쪽으로는 조용해 보였습니다."

조조는 좁은 길을 이용하자고 말했다. 옆에 있던 장수들이 하나같이 물었다.

"연기가 난다는 것은 그곳에 군사가 숨어 있다는 것 아닙니까? 그런데 왜 하필 그 길을 이용하자고 하십니까?"

"병서에 전해오는 말을 들어보지도 못했느냐? '허하게 보이는 것이 오히려 내실이 있고, 내실이 있어 보이는 것이 속은 비었다'고 했다. 제갈량은 능숙하게 속임수를 쓰는 사람이 아니더냐? 그러니 산비탈의 연기도 다 그놈이 우리를 속이기 위해 만들어놓은 것이다. 우리를 큰 길로 가게 한 다음 숨겨둔 복병으로 기습 공격을 하려는 수작이다. 그러니 더 이상 아무 소리 하지 말고 나를 따르라."

장수들은 조조의 말에 감탄하며 말했다.

"승상의 판단력은 감히 저희들이 따라갈 수 없는 경지입니다."

이렇게 하여 조조의 패잔병은 화용도로 이어진 좁은 길로 말을 몰았다. 쫓기면서 힘을 소진한 군사들은 한끼 밥조차 제대로 먹지 못한 탓에 갈수록 배고픔과 노독에 시달렸다. 이들은 대부분 전쟁 중에 화상과 부상을 입어 지팡이를 짚거나 절룩거리며 걸었다. 누더기가 되다시피 한 옷은 젖기까지 해서 혹한 속을 걸어야 하는 이들의 고통은 이루 말할 수 없었다. 말에 탄 장수들도 말안장과 갑옷 등을 버리고 오는 바람에 춥고 불편하기는 마찬가지였다.

이때 앞서가던 군사들이 말을 멈추고 섰다. 조조가 퉁명스럽게 무슨 일이냐고 물었다.

"바로 앞 비탈에 어제 내린 비로 물 웅덩이가 파여 지나갈 수가 없습니다."

조조는 벼락같이 화를 냈다.

"군대란 막힌 길은 트며 가고 물을 만나면 다리를 놓으며 건너가야 하거늘, 어찌 물 웅덩이가 있다고 가던 길을 멈추느냐!"

조조는 직접 나서서 나이든 군사와 부상병은 뒤로 보내고, 힘이 있는 군사에게는 흙과 짚을 날라다 구덩이를 메우도록 일일이 시켰다. 조조가 움직이는 모습을 본 군사들은 급히 말에서 내려 주변의 나무와 마른 풀들을 베어와 흙탕물 구덩이를 메워나갔다. 조조는 혹시 적이 뒤쫓아올까봐 염려되어 장요·허저·서황 등에게 군사 100명을 거느리고 뒤쪽으로 가서 뒤처져 오는 자들을 독려하라고 명령했다.

나무와 짚 등으로 메운 웅덩이를 겨우 지나니 산 넘어 산이라고 길이 끊어진 험한 벼랑이 나왔다. 조조는 또다시 굵은 나무를 쓰러뜨려 잔도棧道(임시 방편으로 만든 나무다리)를 만들게 했다. 조조의 독촉으로 군사들이 나무다리를 건너는 동안 미끄러지거나 발을 헛디뎌 아래로 떨어져 죽는 이가 부지기수였다. 그 모습을 보고 겁에 질려 우는 군사들을 향해 조조가 호통을 쳤다.

"이 멍청한 놈들아, 네놈들 목숨은 너희 자신에게 달려 있다. 울 생각하지 말고 똑바로 잘 건너는 방법이나 찾아라! 또다시 울음소리를 내는 자가 있으면 당장 목을 베겠다."

군사들은 세 부대로 나뉘어 벼랑에 놓인 나무다리를 건넜는데 부상을 입은 자들과 연로한 군사들은 대부분 아래로 떨어져 죽었다. 또

한 반 이상이 건너올 무렵 나무둥치가 가장자리의 흙과 함께 비탈 아래로 굴러내려 나머지 군사들은 건너지도 못한 채 발을 구르고 있었다. 조조가 무사히 건너온 사람들을 둘러보니 세 부대 중 한 부대 남짓했다. 이들 중 갑옷이나 투구를 쓴 사람은 아무도 없었다. 이들은 그야말로 지칠 대로 지쳐 한 발짝도 움직이기 힘든 지경이었다. 그러나 조조는 조금만 쉬었다 가자는 병사들의 말을 일축하고 갈 길을 재촉했다.

"쓸데없는 말 하지 말고 어서 걷기나 해라! 형주까지 얼마 남지 않았으니 살고 싶은 자는 꾸물거리지 말고 행군하라."

행군을 하면서 조조는 내심 불안을 떨칠 수가 없었다. 혹 주유와 제갈량이 이곳에 군사를 매복해두었다면 자신의 군은 영락없이 떼죽음을 당할 처지였다. 그러나 한참을 가도 전혀 그런 조짐이 보이지 않자 조조는 한편 마음을 놓으며 주유와 제갈량을 비웃었다.

'놈들이 잘난 줄 알았더니 역시 별수 없구나! 여기까지는 생각이 미치질 못하는 걸 보니……. 나 같으면 이곳에다 몇 백 명만이라도 매복해두었겠다.'

이런 생각을 하며 조조가 말없이 웃자 함께 가던 장수들이 이상히 여겨 물었다.

"승상께서는 무슨 생각을 하시고 또 그리 웃으십니까?"

"주유와 제갈량이 생각나서 웃었다. 이곳에다 매복할 계산을 못했으니 뭐라 해도 그들은 멍청이다."

조조의 말이 끝나기를 기다렸다는 듯 우레 같은 포소리와 함께 칼을 든 군사 500여 명이 길 양쪽에 군사를 거느리고 나타났다. 이들 무리에 섞여 달려오던 이들 중에 하나가 말을 달려 앞으로 나왔다. 조조는 그를 보고 기절할 뻔했다. 관우가 청룡도를 들고 적토마에 앉아 눈을 부라리고 있었던 것이다. 조조는 얼어붙은 듯 꼼짝하지 않았고 조조의 군사들은 싸울 엄두를 못 내고 서로 얼굴만 마주보고 있을 뿐이었다. 잠시 후 조조가 입을 열었다.

"달리 방법이 있겠는가, 죽음을 무릅쓰고 붙어볼 수밖에."

장수들이 난감한 듯 말했다.

"저희는 무서울 게 없지만 다른 군사들과 말이 모두 지쳐 있으니 어떻게 싸우겠습니까?"

조조가 명을 내리지 못하고 망설이는데, 정욱이 앞에 나와 간했다.

"관우는 의기가 높은 사람이라고 알고 있습니다. 은혜를 갚을 일과 원수를 물리쳐야 할 일이 분명한 사람입니다. 승상께서 지난번에 그를 봐주신 일이 있으니, 친히 나서서 부탁을 하신다면 관우가 우리를 해치지는 않을 것입니다."

조조는 정욱의 말을 듣고 관우에게로 가 가볍게 목례를 하며 말을 건넸다.

"그간 잘 지내셨소이까?"

관우도 맞절을 하며 말했다.

"물론입니다. 그건 그렇고, 저는 우리 군사의 명으로 이곳에서 조 승상을 기다리고 있었습니다."

조조는 마치 관우를 달래듯 말했다.

"보시다시피 나는 남쪽으로 와 모든 것을 잃고 지금 이렇게 비참한 꼴이 되었소. 장군께서 아무쪼록 옛정을 생각해주시길 바라겠소."

"한때 승상의 은혜를 입은 것은 사실이나 저는 이미 안량과 문추의 목을 베어 그 은혜에 보답했다고 생각합니다. 더 이상 저 개인의 정리로 대의를 그르칠 수는 없습니다."

"지난날 장군이 유비에게로 떠날 때 내가 마음만 먹었으면 장군을 죽일 수도 있었소. 그러나 그렇게 할 수 없었던 것은 비록 적이지만 관장군의 의기에 감명을 받았기 때문이오. 사내대장부에겐 신의가 무엇보다 중요하오. 장군께서는 춘추의 고매한 정신을 마음 깊이 새기고 실행하는 분이니 유공지사庾公之斯와 자탁유자子濯孺子의 고사를 잘 알고 계실 것이오. 위衛나라 왕이 정鄭나라를 치면서 유공지사에게 자탁유자를 추격하여 없애라는 명을 내렸을 때, 자탁유자는 병을 앓고 있어 화살을 쏠 수가 없었지요. 그래서 '자신의 스승인 윤공지타尹公之他가 자탁유자의 제자이므로 내 스승의 스승이 가르친 기술로 내 스승의 스승을 쏠 수는 없다'며 화살촉을 부러뜨리고 허공을 향해 모든 화살을 쏘고 돌아갔다지 않소. 내가 운장의 스승이라는 말이 아니라, 대장부간의 신의를 한번 생각해보라는 뜻에서 한 말이니 깊이 헤아려보시오."

관우는 유공지사에 얽힌 고사를 듣고 조조가 지난날 자신에게 베풀었던 호의를 떠올렸다. 그는 언제부터인가 세상 사람들이 자신에게 붙여준 '충과 의의 인물'이라는 평가에 자부심을 느끼면서도 한편으론 점차 그 명망의 포로가 되어가는 중이었다.

조조는 지금 그 같은 관우의 자부심에 호소하고 있었다. 관우가 이 자리에서 조조의 목을 친다면 천하의 더 없는 공을 인정받을 것은 두말할 필요가 없었다. 하지만 그와 더불어 공명功名을 얻기 위해 지난날의 은혜를 돌아보지 않은 의리 없는 자라는 오명도 함께 지녀야 할 판이었다. 더구나 조조가 거느린 군사들의 처참한 몰골을 보니 지금 이 자리에서 절대적인 우위에 선 자신이 칼을 휘둘러 그들을 몰살시켜버린다는 것도 내키지 않았다. 말 위에 앉은 관우의 머릿속에는 지난날 숱한 전쟁에서의 일들이 주마등처럼 지나갔다.

'그래, 공명은 허명虛名이다.'

관우가 말 머리를 돌리며 이끌고 온 군사들에게 소리쳤다.

"양쪽으로 벌려 서라."

조조는 관우의 뜻을 알아채고 재빨리 군사들을 몰아 그곳을 빠져나갔다. 관우가 다시 몸을 돌려 조조군을 돌아보니 남은 부하와 병사들이 그 뒤를 따라 허겁지겁 달리며 관우 앞을 지나려 했다. 관우는 더 이상 허용할 수 없다는 생각으로 이들에게 호통쳤다.

"멈춰 서라!"

기개가 넘치는 관우의 목소리에 조조의 병사들은 달리던 발걸음을 멈추고 그 자리에 엎드려 살려달라고 빌었다. 관우는 이미 조조를 보내준 마당에 그들의 목숨 몇을 더 친들 무슨 의미가 있을까 싶어 잠시 머뭇거렸다. 그 사이에 조조의 장수 장요가 부하들을 거느리고 느슨해진 경계를 지나 달아났다. 관우는 또다시 장요와의 옛정을 생각하고 긴 한숨을 내쉬며 모두를 못 본 척 보내주었다.

조조가 이처럼 몇 번이나 죽을 고비를 넘기며 가까스로 곡구谷口에 도착했을 때 살아남은 군사라고는 겨우 기병 30여 명뿐이었다.

해가 지고 어둠이 깔릴 무렵, 조조는 패잔병을 이끌고 남군 가까이에 이르렀다. 촌락이라도 나타나기를 바라며 계속 행군하고 있는데 갑자기 횃불을 든 한 무리의 군사가 나타나 앞을 가로막았다. 조조는 온몸에 힘이 빠졌다.

"살아 돌아가기는 힘들겠구나."

그는 거의 포기하는 심정으로 말 위에 우두커니 앉아 마주오는 군사들을 지켜봤다. 그런데 가까이 오는 그들을 자세히 보니 맨 앞에 조인이 말을 재우쳐 오는 게 아닌가? 조조는 안도의 한숨을 쉬었다. 조인이 조조에게 다가와 큰절을 하고 말했다.

"승상께서 쫓기고 계시다는 말을 전해듣고 여기에 머물면서 무사히 오시기만을 기다리고 있었습니다."

"너를 만난 것이 꿈만 같구나."

조인은 군사를 거느리고 조조를 호위하여 남군으로 가서 몸을 쉬었다. 얼마 안 되어 퇴각 대열의 맨 끝에 섰던 장요가 나타났다. 그는 관우의 배려로 살아올 수 있었다며 감사해했다. 조조가 보니 거의 모든 장수들이 부상을 입은 상태였다. 그는 이들을 쉬게 하고 치료를 받도록 했다. 조인은 조조를 위로하기 위해 술상을 차리고 다른 참모들도 모두 불렀다. 조조가 몇 잔의 술을 연거푸 들이켜더니 갑자기 고개를 뒤로 젖히고 통곡하기 시작했다. 함께 술을 마시던 참모들이 술잔을 놓고 그 모습을 지켜보다 물었다.

"승상께서는 죽음을 넘나드는 어려운 고비를 넘기시면서도 조금도 약한 모습을 보이지 않으셨습니다. 이제 마침내 남군에 도착하여 예전의 전력을 회복하실 수 있게 되었습니다. 이제 다시 힘을 모아 원수를 갚으셔야 할 때인데 승상께서는 왜 그리 통곡을 하십니까?"

조조는 참모들의 말에 아랑곳하지 않고 가슴을 치며 흐느꼈다.

"봉효(곽가를 가리킴)여, 어디로 갔는가 봉효여! 참으로 슬프고 애석하다."

울음을 그친 조조가 분을 삼키며 말했다.

"만일 곽가가 살아 있었다면 내가 이렇게 비참하게 당하지는 않았을 것이다."

참모들은 모두 고개를 숙이고 아무 말도 하지 못했다. 다음날 조조가 조인을 부르더니 당부의 말을 했다.

"나는 오늘로 허도로 가려 한다. 그곳에 가서 군사를 정비해 반드시 원수를 갚고야 말겠다. 그 동안 너는 이곳 남군을 잘 지키도록 해라. 내가 너에게 만일을 대비해 계책을 써서 남겨두고 갈 것이니 위급한 일이 있으면 뜯어보되 특별한 일이 없으면 그대로 두어라. 내가 시키는 대로만 하면 손권이 쉽게 남군을 넘보진 못할 것이다."

조조의 말을 듣고 조인이 물었다.

"그러면 합비와 양양은 어떻게 합니까?"

"형주는 네가 맡아서 다스리도록 하고, 양양은 이미 하후돈을 보내놓았다. 합비는 중요한 방어기지나 마찬가지라, 장요를 대장으로 하고 악진과 이전을 부장으로 삼아 그곳을 다스리도록 했다. 작은 것이라도 급한 일이 생기면 곧바로 내게 사람을 보내도록 하라."

조조는 이렇게 각자에게 임무를 맡기고 허도로 돌아갔다. 이때 형주에서 투항해온 귀족들과 그들이 부리던 군사들도 조조를 따라 허도로 갔다. 조조의 명을 받은 조인은 조홍을 보내 주유의 공략에 대비해 이릉과 남군을 지키라고 했다.

한편 조조를 놓아준 관우가 군사들을 이끌고 돌아왔다. 다른 군사들은 각 전투지에서 노획한 무기와 군마, 양곡 등을 가득 싣고 왔으나 관우는 말 한 필도 거두지 못한 채 떠날 때 모습 그대로였다. 진중에서는 전승을 축하하는 잔치가 벌어지고 있었다. 관우가 왔다는 보고가 있자 제갈량은 자리에서 일어나 그를 들게 하고 술을 권하며 말했다.

"참으로 큰일을 하셨소. 역적을 죽일 수 있는 사람은 역시 장군뿐이오. 이제 천자를 우롱한 대역적을 죽였으니 천하를 위해 실로 다행한 일이 아니겠소?"

제갈량의 치사에 관우는 아무 말도 못하고 서 있었다.

"장군께서 큰 일을 하고 왔는데도 우리 중 아무도 마중을 나가지 않아 섭섭하셨습니까?"

제갈량은 주위를 둘러보며 꾸짖었다.

"왜 미리 관장군께서 승리한 것을 내게 알리지 않았느냐?"

제갈량이 소리를 지르자 관우가 입을 뗐다.

"나를 죽여주시오."

제갈량이 짐짓 의아한 표정을 지으며 물었다.

"왜 조조가 화용도를 지나지 않았나요?"

"그곳으로 오기는 했으나 내가 무능해서 그들을 놓쳐버렸습니다."

"그러면 그들로부터 취한 것은 무엇입니까?"

"취한 것은 아무것도 없고 군사 한 명도 붙잡지 못했습니다."

마침내 제갈량이 목청을 높였다.

"장군께서는 무능하여 조조를 놓친 것이 아니라 예전에 그에게 입은 은혜를 생각하여 그를 그냥 놓아준 것 아니오? 장군께서는 출전하기 전에 각서까지 써둔 것을 잊지는 않았겠지요? 그러니 이제 군법에 따를 수밖에 없게 되었소."

제갈량은 관우의 목을 벨 것을 청했다. 그러자 유비가 간청했다.

"지난날 저와 관우, 장비 세 사람은 형제의 의를 맺고 같은 날 같은 시에 죽자고 맹세했습니다. 법에 의해 지금 관우의 목을 벤다면 저역시 지난날의 맹세를 지켜 죽을 수밖에 없습니다. 아무쪼록 그의 잘못을 용서하시고 앞으로 더 큰 공을 세워 이번 일을 속죄할 수 있도록 너그러움을 베푸시기 바라오."

유비가 간청하자 제갈량은 못 이기는 척 관우를 용서했다. 제갈량
은 돌아서며 생각했다.

'이 일로 관우는 조조에 대한 부담을 벗어버리고 주공에게 더욱
충성할 것이다. 그러나 죽일 수 있었던 조조를 제 손으로 놓아주었
으니 그의 자부심은 하늘을 찌를 것이다. 그것이 너무 지나쳐 오히
려 그에게 해가 되지는 않을지……. 내가 염려해야 할 일이 또 하나
생겼구나.'

형주의 3군을 차지한 유비

　주유는 적벽대전에서 대승한 후, 장수와 군사들의 공적을 일일이 점검하고 그들의 성과를 기록하여 손권에게 보고했다. 또한 항복해 온 조조군의 군사들과 전리품을 모두 거두어 강 건너 본진으로 보냈다. 그는 다시 승리의 여세를 몰아붙여 남군까지 공략하기 위한 준비에 들어갔다. 주유는 군사를 재정비한 후 이들을 이끌고 강변으로 갔다. 그는 군사들에게 명하여 강 어귀의 요새를 중심으로 하여 앞뒤로 5영을 설치하고 한가운데에 진을 쳤다. 그러고는 자신의 군막에 여러 참모들을 불러들여 남군을 칠 방법을 의논했다. 그때 전령이 급하게 달려와 보고했다.

　"유비가 도독님의 승전을 치하하러 사자를 보냈습니다. 사자의 이름은 손건이라고 합니다."

　주유는 사자를 모시라고 일렀다.

손건이 주유의 막사로 들어와 예를 다해 인사를 하고 말했다.

"저희 주공께서는 도독의 승전을 치하하기 위해 저를 보내시며 축하의 예물을 올리라 하셨습니다."

"지금 유비 공께서는 어디에 계십니까?"

"군사들을 유강油江 어귀로 옮기시고 그곳에 진을 치고 계십니다."

주유는 무언가에 머리를 한 대 맞은 것처럼 놀라서 되물었다.

"공명은 어디에 있습니까?"

"예, 물론 주공과 함께 유강에 계십니다."

상황을 파악한 주유는 부하를 시켜 손건이 들고 온 예물을 잘 챙기도록 하고 손건에게 차를 대접한 후 말했다.

"먼저 돌아가셔서 유비 공께 제가 고마워하더라는 말씀을 전해주십시오. 저도 곧 찾아뵙고 인사를 드리겠습니다."

손건은 주유의 배웅을 받으며 유강으로 돌아갔다. 주유는 노숙과 함께 막사로 들어와 앉았다. 노숙이 물었다.

"손건의 말을 들으니 유비가 유강 어귀에 진을 치고 있다고 했는데 그것은 저들이 남군을 염두에 두고 한 일 같지 않습니까?"

"바로 보셨군요. 유비가 유강으로 군사를 옮긴 것은 분명 남군을 치기 위해서요. 내가 많은 군마와 군량을 소비하여 적벽 싸움에서 이기고 이제 남군을 취하려는 판에 저들이 한 일도 없이 가만히 앉아서 그곳을 차지하려 하니, 내가 놀라지 않을 수 있겠소? 내가 죽는 한이 있더라도 그렇게 하도록 내버려두지 않을 것이오."

노숙이 고개를 끄덕이며 생각했다.

'조조를 일단 격파했으니 이제는 유현덕이 지나치게 세력을 확장하지 못하도록 견제하는 일이 남았구나.'

노숙이 다시 물었다.

"도독의 말씀을 듣고 보니 과연 그렇습니다. 그런데 무슨 방법으로 저들을 물리치려 합니까?"

"일단은 저들을 찾아가 설득해보겠소. 그래도 듣지 않고 저들이 굳이 남군을 차지하겠다고 들면 유비를 죽이는 수밖에 없소."

"저도 같이 가겠습니다."

다음날 주유는 노숙과 함께 날쌘 기병 1천여 명을 거느리고 지름길을 따라 유강으로 향했다. 한편 손건에게서 머지않아 주유가 친히 찾아와 사례하겠다는 말을 전해들은 유비는 제갈량을 찾아가 상의했다.

"주유가 굳이 나를 찾아와 사례하겠다는 진의가 무엇일까요?"

제갈량이 웃으며 대답했다.

"그가 주공을 찾아오는 것은 사례하기 위함이 아니라 우리가 남군을 공격할 것이라는 것을 눈치채고 미리 저지하기 위해서입니다."

"그렇다면 어떻게 대응하는 것이 좋겠습니까?"

제갈량은 유비 가까이로 다가가서 머리를 숙이고 뭔가를 은밀하게 일러주었다.

"제가 드린 말씀을 절대 잊지 마시고 그렇게만 대답하십시오."

제갈량은 군이 보유한 전선을 총출동시켜 양편으로 갈라 세우는 한편, 모든 군사를 강 언덕에 동원하여 군복을 격식있게 차려입게 하고 양편으로 질서정연하게 늘어서 있도록 지시했다. 제갈량의 명에 따라 주유를 맞을 준비를 끝내자마자 보고가 들어왔다.

"주유와 노숙이 군사를 거느리고 왔습니다."

제갈량은 조운에게 두서너 명의 군사를 거느리고 나가 주유를 맞아들이라 지시했다. 배에서 내려 유비의 진중으로 들어서던 주유는 평소 자기가 생각했던 것 이상으로 유비의 군세가 웅대하고 절도 있는 것을 보고 내심 크게 놀랐다.

조운의 안내로 주유가 영문 밖에 이르자 유비는 제갈량과 함께 영문으로 나가 주유를 맞아 자신의 군막으로 인도했다. 그들은 각기 예의를 갖추어 상견례를 마치고 술상을 가운데 두고 마주앉았다. 유비는 적벽 싸움의 승리를 축하하며 주유의 용병술을 크게 치하하고 술잔을 권했다. 술잔이 몇 차례 돌자 주유가 유강을 염두에 둔 말을 꺼냈다.

"예주에 계셔야 할 현덕 공께서 친히 이곳까지 군사들을 이끌고 와서 진을 치고 있는 것은 혹 남군을 취하려는 의도가 아닙니까?"

유비는 태연하게 웃으며 제갈량이 이른 대로 대답했다.

"들리는 소문에 적벽에서 승리한 도독께서 다음으로 남군을 취하고자 하신다기에 저희가 도우려고 미리 와 있었던 것입니다. 만일 도독께서 그럴 뜻이 없으시다면 저희가 남군을 취할까 합니다."

주유가 당치도 않다는 듯 말했다.

"우리 동오는 일찍부터 장강 일대를 차지하고자 수많은 전쟁을 치렀습니다. 이제 남군은 우리 것이 된 거나 마찬가지인데 현덕 공께서 그런 말씀을 하시다니 당혹스러울 뿐입니다."

유비가 주유에게 지지 않고 짐짓 여유를 부리며 대답했다.

"동오가 지금껏 크고 작은 전쟁을 해왔다고 하나 그것은 나도 마찬가지요. 승부의 세계를 어찌 미리 점칠 수 있겠소? 조조가 지금은 허도로 돌아가고 조인이 남아 남군을 지키고 있지만 그렇게 한 데에는 반드시 그만한 이유가 있을 것이오. 게다가 조인도 결코 만만찮은 인물이오. 혹시 도독께서 섣불리 움직이시다가 패하지나 않을까 두렵소."

주유도 지지 않았다.

"제가 만일 남군을 얻지 못하거든 그때 공께서 취하시오."

유비가 고개를 끄덕이며 말을 받았다.

"자경과 공명이 이 자리에 함께 했으니 증인이 될 것이오. 나중에 후회하는 일은 없으시겠지요?"

노숙이 대답할 바를 찾지 못하고 주저하자 주유가 단언했다.

"대장부가 한 말이오. 어찌 후회가 있겠소?"

제갈량이 주유가 하는 말을 듣고 있다가 유비에게 간했다.

"지금 도독께서 하신 말씀은 사사로운 감정에서가 아니라 어디까지나 공론입니다. 도독의 말씀대로 먼저 동오의 손권에게 양보하셨다가 동오가 일을 이루지 못하면 그때 주공께서 남군을 취하신다 해도 전혀 잘못이 없습니다."

주유는 내심 분한 마음이 솟구쳐 올랐으나 애써 태연한 척하며 몇 마디 말을 더 주고받다가 유비와 제갈량에게 작별인사를 하고 돌아갔다. 유비가 주유와 노숙을 보내고 들어와 제갈량에게 물었다.

"선생이 시킨 대로 하긴 했습니다만 걱정이 앞섭니다. 나는 지금 남군이라도 취해야 발붙일 곳을 마련할 텐데, 주유가 먼저 남군을 가져가 손권에게 바친다면 내가 있을 곳은 어디이겠습니까?"

제갈량이 자신감에 넘쳐 껄껄껄 웃으며 대답했다.

"전에는 주공께 형주를 취하시라고 누누이 말씀드렸는데도 듣지 않으시더니, 이제는 생각이 바뀌셨습니까?"

"형주는 한 집안인 유표가 다스리던 곳이었소. 지금 다시 그런 상황이라 해도 바뀔 것이 없소. 그러나 지금은 조조의 것이 되었으니 우리가 취한들 무슨 상관이겠소?"

제갈량이 빙그레 웃으며 말했다.

"너무 마음 쓰지 않으셔도 됩니다. 제가 허튼소리 하는 것을 보신 적이 있습니까? 주유로 하여금 조조군과 먼저 맞붙어 싸우게 한 후, 제가 틀림없이 주공을 남군성 한가운데에 앉으시도록 하겠습니다."

"어떻게 할 작정이신지 알 수 없는지요?"

"생각을 하면 얻게 되고 생각하지 않으면 얻지 못하게 된다는 말이 있습니다. 제게 다 생각이 있지요."

제갈량이 유비에게 다가가서 자신의 계획을 은밀히 설명했다. 유비는 그제야 마음을 놓은 듯 크게 기뻐하며 강 어귀에 진을 친 채 군사를 움직이지 않았다.

한편 주유와 함께 진으로 돌아오던 노숙이 주유에게 물었다.

"유비에게 남군을 취하라고 하신 것은 자칫하다간 그에게 기회를 주는 것이 될 수 있습니다. 도독께서는 왜 그런 말씀을 하셨습니까?"

"우리가 남군을 취하는 것은 시간문제일 뿐 기정 사실이나 마찬가지인데, 뭘 그리 염려하시오? 약자에게 인심 한번 써본 것뿐이오."

노숙은 제갈량을 떠올리며 주유가 지나치게 자신감에 젖어 있는 것은 아닌가 걱정이 앞섰다. 진지로 돌아온 주유는 더 이상 망설일 필요가 없다는 듯 당 아래에 여러 장수들을 불러놓고 그들을 둘러보며 물었다.

"우리는 이제 남군을 취하려 한다. 누가 선봉장이 되어 기쁜 소식을 전하겠는가?"

주유의 말이 떨어지기가 무섭게 한 장수가 앞으로 나와 선봉장을 자청했다. 그는 장흠이었다. 주유는 지체없이 장흠에게 명령했다.

"그대를 선봉장으로 삼을 터이니 서성과 정봉을 부장으로 하여 정예 군사 5천을 이끌고 먼저 강을 건너라. 내가 곧 뒤따르겠다."

한편 조인은 조조의 지시대로 남군을 지키면서 조홍에게는 이릉을 단단히 지키라는 영을 내려놓은 터라 남군 일대는 한 치의 빈틈도 없었다. 조인이 진중의 군막에 앉아 군무를 보고 있는데 전령이 급한 듯 달려 들어와 보고했다.

"동오군이 지금 강을 건너오고 있습니다."

조인은 미리 알고 있었다는 듯 당황한 기색도 없이 군중에 영을 내렸다.

"나가 싸울 필요가 없으니 잘 지키고만 있어라."

그러자 휘하 장수 우금이 목청을 돋우며 말했다.

"적들이 우리 성 바로 앞까지 왔는데도 나가 싸우지 않는 것은 비겁한 일입니다. 우리 군이 지난 싸움에서는 저놈들에게 당했지만 이번만큼은 저들의 코를 납작하게 하여 위신을 되찾아야 합니다. 저에게 정병 500만 주시면 목숨을 아끼지 않고 싸워 우리군의 참모습을 보여주겠습니다."

우금의 말을 듣고 조인은 그에게 군사 500을 내주며 나가 싸우라고 명령했다. 동오의 군사들은 이미 성문 앞까지 진군해 있었다. 우금이 군사를 이끌고 성문을 나가자 곧바로 동오의 정봉이 군사를 몰고 말을 달려 앞으로 나왔다. 우금과 정봉은 칼을 맞부딪치며 대여섯 차례 싸우기를 계속했으나 승부가 나지 않았다.

마침내 정봉이 패한 체하며 도망치자, 우금은 군사를 이끌고 그를 추격했는데 어느새 적진 깊숙이까지 들어왔다는 사실을 간과하고 있었다. 이때 숨어 있던 정봉의 군사들이 일시에 우금을 포위했다. 우금은 포위망을 빠져나가기 위해 안간힘을 썼으나 허사였다.

멀리 성 위에서 이 광경을 지켜보던 조인은 직접 갑옷을 갖춰입고는 수백 명의 군사를 거느리고 칼을 휘두르며 성문 밖으로 달려나갔다. 조인은 거칠 것 없이 바로 동오의 진으로 뛰어들었다. 동오 장수 서성이 조인을 맞아 싸우려 했으나 그의 상대가 되지 못했다. 서성이 견디지 못하고 달아나자 조인은 우금이 갇혀 있는 곳으로 뛰어들었다. 우금을 구해 빠져나오던 조인이 뒤를 돌아보니 자기 군사가 갇혀 있었다. 그는 다시 말 머리를 돌려 포위망을 뚫고 들어갔다. 조인이 그들을 구하기 위해 있는 힘을 다해 앞으로 치닫는 순간 동오의 장수 장흠이 그를 막아섰다.

조인과 우금이 장흠을 향해 협공을 하며 맞서 싸우고 있는데, 조인의 아우 조순曹純이 군사를 이끌고 달려왔다. 양쪽 장수와 군사는 한 덩어리가 되어 피를 튀기며 싸우다가 동오군이 패하여 달아났다. 조인은 기선을 제압했다는 흐뭇함을 만끽하며 군사를 이끌고 성으로 돌아왔다.

승자가 있으면 패자도 있는 법, 주유는 조조 군사와의 싸움에서 장흠이 크게 패한 것을 알고 노발대발하며 장흠의 목을 베려 했다. 그때 이를 지켜보던 장수들이 한결같이 살려줄 것을 간청하여 장흠은 겨우 목숨을 구할 수 있었다. 분함을 떨쳐내지 못한 주유가 직접 군사를 이끌고 나가 조인과 결전을 하려 하자 감녕이 옆에서 주유를 말리며 말했다.

"도독께서는 그리 급하게 서두르실 필요가 없습니다. 조인은 지금 조홍에게 이릉을 지키게 하여 두 사람이 짝을 이루어 우리를 견제하고 있습니다. 저에게 정병 3천을 주시면 이릉으로 바로 달려가 그곳부터 손에 넣겠습니다. 그후에 도독께서 남군을 취하시는 것이 더 쉬운 방법일 것입니다."

주유는 감녕의 말이 옳은 듯하여 그에게 3천 군사를 주어 이릉을 공격하도록 했다. 이 사실을 안 조인의 염탐꾼이 바로 그에게 자초지 종을 알렸다. 조인은 참모 진교陳矯를 불러 대책을 협의했다. 진교가 말했다.

"이릉과 남군은 입술과 이의 관계입니다. 그러니 이릉을 잃는다면 남군도 힘들어집니다. 속히 구원병을 청하십시오."

조인은 곧 아우 조순에게 지시했다.

"지금 당장 우금과 함께 군사를 이끌고 날이 새기 전에 몰래 이릉 으로 가서 조홍을 구하라."

조순은 우금과 출발을 서두르면서 먼저 조홍에게 사람을 보내어 "우리가 도우러 갈 테니 미리 성밖으로 나와 있다가 동오의 군사가 나타나면 맞서 싸우라. 그러면서 적을 우리 진지 깊숙이 유인하라"고 전했다.

드디어 감녕이 군사를 이끌고 이릉에 도착하자 조홍은 조순이 시 킨 대로 성밖으로 나와 감녕을 맞아 싸웠다. 칼에 불꽃을 튀기며 양 쪽 다 치열하게 싸웠으나 승부가 나지 않자, 조홍은 패한 체하며 도 망쳤다. 감녕은 조홍이 진짜로 달아나는 줄 알고 군사를 이끌고 이릉 깊숙이 적을 추격해 들어갔다. 이때 군사를 이끌고 온 조순과 우금이 달려와 위군 진중까지 들어와 고립을 자초한 감녕을 완전히 포위했 다. 이미 해는 서산으로 떨어졌고, 감녕과 그의 3천 군사는 그야말로 독 안에 든 쥐가 되었다. 전령이 급히 주유에게 달려가 보고했다.

"감녕이 이릉성 안에 포위되고 말았습니다."

주유는 뜻밖의 소식을 접하고 크게 놀라 좌불안석이었다. 옆에 있던 정보가 말했다.

"어서 군사를 보내어 구하십시오."

"우리가 목표로 한 곳은 바로 이곳 남군이오. 만일 군사를 나누어 이릉으로 보냈다가 조인이 이 사실을 알고 공격해온다면, 그때는 어떡하겠소?"

옆에서 여몽이 한마디했다.

"감녕은 우리 강동의 명장인데 그대로 둘 수는 없지 않습니까?"

"어쨌든 감녕을 구해야 한다. 하지만 이곳을 누구에게 맡기겠는가?"

여몽이 대답했다.

"능통에게 맡기십시오. 제가 선발군을 이끌고 쳐들어가겠습니다. 도독께서는 적의 원군을 끊어주십시오. 그렇게만 해주시면 열흘 안에 우리는 승전고를 울릴 것입니다."

주유가 능통에게 물었다.

"능통 장군께서는 이곳을 확실하게 지킬 수 있을 것 같소?"

능통이 대답했다.

"열흘 이내라면 모르겠지만 그 이상은 위험합니다."

그러자 주유는 능통에게 1만여 군사를 주어 진지를 지키도록 하고 그날 바로 대군을 이끌고 이릉으로 떠났다. 이릉으로 가는 도중에 여몽이 말했다.

"이릉의 남쪽에 작은 길이 있는데 그 길이 남군으로 가는 가장 빠른 길입니다. 도독께서는 그 길을 막도록 하십시오. 만일 조조의 군사가 패하면 틀림없이 그곳을 통해 남군으로 도망칠 것입니다. 그 길을 막으면 그들은 말을 버리고 갈 수밖에 없으니, 우리는 그때 조조군의 군마를 노획할 수 있습니다."

주유는 여몽의 말을 듣고 군사 500명을 풀어 그 길을 막도록 했다. 드디어 주유가 이끄는 대군이 이릉 가까이 이르렀다. 그가 휘하 장수들을 둘러보며 물었다.

"감녕은 성안에서 적에게 포위되어 있다. 적진을 뚫고 들어가 감녕을 구할 사람은 없느냐?"

그러자 주태가 나서서 군사들을 이끌고 성을 향해 달려갔다. 적들이 주태를 가로막았으나 그들은 주태의 강하고 날렵한 칼놀림을 당해내지 못했다. 한편 성안에 포위되어 있던 감녕이 군사를 몰고 달려오는 주태를 보고 속으로 다시 싸울 준비를 했다. 그때 주태가 큰 소리로 감녕이 들으라는 듯 소리쳤다.

"도독께서 원군을 이끌고 직접 오셨습니다."

감녕은 군사들에게 곧 전투가 있을 것이니 배불리 먹고 단단히 준비하여 아군이 나타나면 내응하여 싸우라고 영을 내렸다. 한편 조조의 진지에서는 조홍·조순·우금이 모여 대책을 협의하고 있다가 주유가 직접 군사를 이끌고 쳐들어온다는 말을 듣고 남군의 조인에게 이 사실을 알리고, 자기들도 적을 맞아 싸울 준비를 갖췄다.

마침내 동오의 군사가 성을 향해 공격해 들어왔다. 조조의 군사들이 기다리고 있었다는 듯 달려나가 이를 맞아 싸웠다. 감녕과 주태가 양면 공격을 펼치자 조조군은 대오가 흩어지면서 혼란에 빠졌다. 적이 우왕좌왕하는 사이 동오의 군사들이 맹공격을 퍼부었다.

궁지에 몰린 조홍·조순·우금 등은 동오의 계산대로 남군으로 통하는 작은 길로 도망치기 시작했다. 그러나 길이 막혀 말을 타고 갈 수 없자 모두 말을 버리고 도망쳤다. 이렇게 하여 동오의 군사는 500여 필의 말을 쉽게 얻게 되었다. 주유는 여세를 몰아 남군으로 말 머리를 돌렸다. 대군을 이끌고 밤을 가리지 않고 말을 달리던 주유는 다음날 이릉을 구하기 위해 군사를 몰고 오던 조인과 마주쳤다. 이들은 그대로 어우러져 일대 혼전을 벌였다.

시간이 흘러도 결판이 나지 않고 날이 어두워지자 양쪽 장수는 각기 군사를 물렸다. 조인은 성으로 돌아오자마자 참모들을 모아 앞으로의 대책을 협의했다.

조홍이 급한 듯 말했다.

"우리는 이미 이릉을 잃은 것이나 다름없는 위급한 상황에 놓여 있는데, 장군께서는 왜 승상께서 주신 계교를 보시지 않습니까?"

조인이 고개를 끄덕였다.

"나도 그 생각을 하고 있었소."

조인은 조조가 주고 간 쪽지를 펼쳐 읽어보더니 회심의 미소를 지으며 영을 내렸다.

"새벽 3시쯤에 군사들에게 밥을 먹게 하고 동이 트면 성 위에 깃발을 있는 대로 갖다 꽂아 군사의 수가 많은 것처럼 꾸며라. 그런 다음 성을 버리고 군사를 나누어 3문으로 빠져나가도록 하라."

한편 감녕을 구출한 주유는 군사를 이끌고 남군 성밖에 진을 쳤다. 그는 적의 동향이 궁금해 높은 곳을 찾아 올라가 적진을 살펴보았다. 그런데 조조의 군사가 3문을 통해 줄지어 밖으로 나오고 있는 게 눈에 띄었고 성을 지키기 위해 남아 있는 군사는 없어 보였다. 주유는 조인이 도망치려 한다고 판단하고 공격 태세를 갖추었다. 군사를 전군과 후군으로 나눈 다음, 양쪽으로 포진해 있다가 전군이 먼저 나가 싸워 승리를 거두면 그대로 진격하고 만일 징소리가 들리면 바로 후퇴하라고 명령을 내렸다.

주유는 정보에게 후군을 맡기고 자기는 직접 전군을 이끌고 성을 공격했다. 텅 빈 성이라 생각했는데 성안에서 갑자기 북소리가 천지를 진동시키더니 조홍이 군사를 이끌고 쏟아져나왔다. 주유는 한당을 시켜 조홍을 맞아 싸우게 했다. 조홍은 한당을 맞아 30여 차례나 칼을 휘두르며 싸웠으나 당해내지 못하고 도망쳤다. 이를 지켜보던 조인이 말을 몰아 달려나왔다. 주유 측에서는 주태가 창을 겨누며 뛰어나갔다. 조인과 주태가 어우러져 10여 차례나 맞서 싸웠으나 조인마저 주태에게 밀려 도망쳐버렸다. 두 대장이 주유군에 밀리자 조조의 군사는 기세가 꺾여 크게 혼란에 빠졌다.

힘을 얻은 주유가 다시 여세를 몰아 전·후군을 총출동시켜 성난 파도처럼 성을 향해 쳐들어갔다. 조조의 군사는 주유군의 말발굽에 힘없이 쓰러지고 흩어졌다. 주유는 계속 군사를 밀어붙여 남군성 아래까지 추격했다. 쫓기던 조조의 군사들은 모두 성안으로 들어가지 않고 서북쪽으로 도망쳐버렸다.

한당과 주태가 계속해서 군사를 이끌고 조조의 군사를 추격했다. 그 사이 주유는 남군 성문이 열려 있고, 성 위에는 사람 그림자도 보이지 않는 것을 발견하고 군사들을 성안으로 진입시켰다. 수십 명의 기병이 먼저 성안으로 들어갔고 주유도 그 뒤를 이어 성안으로 들어갔다. 이때 성루에 숨어 적의 움직임을 관찰하고 있던 조조의 장수 진교는 주유가 별 의심도 없이 성안으로 들어오는 것을 보고 쾌재를 부르며 혼잣말을 했다.

"승상의 계략이니 누가 당해낸단 말인가?"

진교는 신이 난 듯 나무토막을 두들겨 신호를 보냈다. 그러자 양쪽에 숨어 있던 군사들이 활과 쇠뇌를 쏘며 맹공을 퍼부었다. 화살이 비오듯 쏟아졌다. 성안으로 먼저 들어섰던 동오의 기병들은 난데없이 화살받이가 되다시피 하여 말에서 떨어져 죽었다. 게다가 활을 피해 달아나던 군사들도 미리 파놓은 함정 속으로 순식간에 사라졌다. 주유가 황급히 말 머리를 돌려 도망치려 하는데 쫓듯이 날아든 화살이 그의 왼쪽 가슴을 명중시켰다. 그 충격으로 주유가 말에서 떨어졌다. 이때 조조의 장수 우금이 달려나와 주유를 덮치려 하자 주유의 장수 서성과 정봉이 급하게 이를 저지하고 주유를 구해 도망쳤다.

그 순간 성안 곳곳에서 갑자기 조조의 군사가 벌떼처럼 쏟아져나왔다. 선두를 잃고 당황한 동오의 군사들은 살길을 찾아 이리 뛰고 저리 뛰었다. 그 와중에 서로 밟고 밟혀 사상자를 냈으며 함정에 빠져 죽은 군사도 부지기수였다.

정보가 살아남은 패잔병을 거두어 달아나려고 할 때 조홍과 조인이 군사를 몰고 나와 다시 한번 동오의 군사를 쳤다. 동오군이 전멸하는가 싶었는데 다행히 능통이 일련의 군사를 이끌고 와서 결사적으로 적을 막았다. 조조가 남긴 계략으로 승리를 거둔 조인은 군사를 이끌고 승전가를 부르며 성안으로 들어갔다. 승전을 눈앞에 바라보던 주유군의 정보는 얼마 되지 않는 패잔병을 거느리고 진으로 돌아왔다.

한편 서성·정봉은 주유를 급히 진으로 이송한 다음 군의관을 불렀다. 군의관이 상처의 깊이를 살펴보니 심각한 상태였다. 그는 서둘러 화살촉을 빼내고 상처를 치료한 다음 고약을 발랐다. 그러나 주유는 진통이 극심하여 아무것도 입에 댈 수조차 없었다. 주유는 참다 못해 진통이 이렇게 심한 이유가 뭐냐며 군의관에게 짜증을 냈다.

"화살촉 끝에 독약이 묻어 있어 빨리 낫기는 어렵습니다. 만일 화

를 내거나 크게 충격을 받으면
염증이 재발하니 반드시 마음의 안정을
취하셔야 합니다."

　군의관이 재차 당부하고 물러갔다. 정보는 주
유를 대신하여 3군에 명을 내려 진을 엄중히 지키도
록 하고 명령 없이 함부로 나가 싸우지 못하게 했다. 그
후 3일째 되는 날이었다. 조조의 장수 우금이 군사
를 몰고 쳐들어왔다. 그러나 정보는 군사들
에게 움직이지 말고 진지만 철통같이
지키라고 명령했다.

　어둠이 짙어지도록 주유군의 대응이
없자 우금은 군사를 거두어 돌아갔다. 다
음날 해가 뜨자 이들은 다시 군사들을
앞세워 주유의 진을 쳐들어왔다. 그러
나 정보는 주유의 안정을 위해 이런 사
실을 전혀 보고하지 않았다. 3일 동안

앞선 시대의 청동기 문양에 근거하여 '공성전'의 사례를
재구성할 수 있다. 그림 위 오른쪽의 공격군은 운제,
즉 바퀴 달린 사다리를 이용하여 성을 탈환하려 하지만,
왼쪽의 수비군은 성벽 뒤에서 화살을 쏘며 저항을
멈추지 않는다. 이러한 공성·수성의 와중에
어깨에 화살을 맞은 주유가 쓰러져 있다.

계속 군사를 몰고 왔던 우금은 마침내 진문 밖까지 와서 주유를 사로잡겠다고 욕을 퍼부으며 위협했다. 정보는 어떻게 해야 할지 판단이 서지 않아 여러 장수들을 불러 의논했다. 이들은 일단 잠시 동안 군사를 물리고 손권을 만나본 후에 앞일을 처리하는 것이 좋겠다는 결론을 내렸다.

한편 주유는 상처의 통증에 시달리면서도 머릿속은 온통 조조군 생각으로 어지러웠다. 지금쯤 틀림없이 조조의 군사가 쳐들어와 싸움을 부추길 텐데 누구 하나 와서 고하는 이가 없다고 생각하며 주유는 가슴속에서 끓어오르는 화를 애써 달래고 있었다.

하루는 조인이 대군을 거느리고 진지 앞까지 와서 북을 쳐대며 싸움을 걸어왔다. 그러나 정보는 역시 싸우려 들지 않았다. 밖의 소란을 듣고 있던 주유가 참다 못해 여러 장수들을 장막 안으로 불러들여 물었다.

"왜 저리 북을 치며 저 고함소리는 또 무엇이냐?"

장수들은 이구동성으로 대답했다.

"군사들이 훈련하는 소리입니다."

주유는 갑자기 화를 벌컥 내며 말했다.

"그대들은 왜 나를 속이는가? 내가 비록 자리에 누워 있는 몸이나 저 소리는 조조군이 우리 진 앞까지 와서 싸움을 걸어오는 소리인 줄 이미 다 알고 있다. 정보는 참모들과 협의하여 적을 쫓지 않고 왜 우두커니 당하고만 있단 말인가?"

주유는 사람을 시켜 정보를 장막 안으로 들게 했다.

정보를 보자 주유가 답답한 듯 꾸짖었다.

"장군은 대체 무슨 생각으로 저놈들을 보고만 있는 것이오?"

"장군께서는 당분간 반드시 안정을 취해야 한다기에 조조의 군사가 싸움을 걸어와도 보고를 드리지 않았습니다."

"전쟁을 위해 출전한 군사들이 싸우지 않으면 어떻게 하겠다는 것이오?"

"저희 장수들의 생각에 잠시 강동으로 물러나 있다가 후에 공의 상처가 다 나으면 다시 남군을 정벌하는 것이 좋을 듯합니다."

정보의 말을 듣던 주유는 더는 못 참겠다는 듯 아픈 몸을 벌떡 일으키며 고함을 쳤다.

"나라의 녹을 먹고 사는 대장부라면 싸움터에 나가 나라를 위해 죽는 것을 큰 영광으로 여겨야 하거늘, 어찌 나 하나로 인해 국가의 대사를 망친단 말이오."

주유는 당장 자리를 박차고 일어나 갑옷을 걸치고 나가더니 말 위에 올랐다. 이를 본 장수들은 하나 같이 입을 다물지 못했다. 주유는 조금도 지체하지 않고 곧 수백 군마를 거느리고 진 앞으로 달려나가 적을 살폈다. 조조의 군사는 진을 치고 언제라도 싸울 태세를 갖추고 있었다. 조인은 군사들을 거느리고 말 위에 앉아 채찍을 높이 치켜들며 욕을 퍼부었다.

"이 철없는 주유야! 네놈은 곧 내 손에 죽는다. 겁이 나면 나와서 항복하고 물러가라!"

주유가 가소롭다는 듯 조인의 말이 끝나기도 전에 여러 군사들을 헤치고 앞으로 나가 큰 소리로 맞받아쳤다.

"조인아, 이 못난 놈아! 여기 주유가 보이지 않느냐?"

조조의 군사들은 주유를 보자 모두 놀라 서로의 얼굴을 바라보았다. 순간 조인이 군사들을 향해 소리쳤다.

"저놈에게 쉬지 말고 욕을 퍼부어라."

조조의 군사가 일제히 야유를 퍼붓자 주유는 노여움을 참지 못하고 옆에 있는 반장에게 나가 싸우라고 명령했다. 반장이 조인을 향해 달려나가려는 순간, 갑자기 주유가 비명을 지르고는 입에서 피를 토해내며 땅바닥으로 굴러떨어졌다. 이 광경을 본 조조의 군사들이 터진 봇물처럼 몰려오자 동오의 여러 장수들은 혼전을 벌이며 필사적으로 조조의 군사를 막고 정보는 주유를 구해 장막 안으로 돌아왔다. 정보가 걱정 어린 얼굴로 주유에게 물었다.

"좀 어떠십니까?"

주유가 목소리를 깔고 정보에게 말했다.

"내 작전대로 되어가고 있으니 너무 염려치 마시오."

"아니, 작전이라니요?"

정보는 얼굴이 환해지며 물었다. 주유는 빙그레 웃으며 자신이 말한 작전에 대해 설명했다.

"사실 내 통증은 그리 심각하지 않소. 내가 그렇게 했던 것은 조조군에게 내 병세가 위중한 것처럼 보이게 하기 위함이었소. 장군은 이제 나가서 바로 심복 군사 하나를 뽑아 거짓 투항하게 하시오. 그리고 그를 시켜 내가 이미 죽었다고 말하도록 하시오. 그러면 조인은 잘됐다 싶어 곧 우리 진지로 쳐들어올 것이오. 그 동안 우리는 군사를 여러 곳에 매복시켰다가 순식간에 조인을 사로잡으면 되오."

정보가 웃으며 말했다.

"역시 대도독님이십니다."

주유의 장막을 나온 정보는 참모들을 모두 불러 장 아래에 늘어서서 곡을 하도록 명령했다. 까닭을 모르는 군사들은 곡소리에 모두 놀라 서로 묻고 다녔다. 이들의 입을 통해 주유의 상처가 도져 죽었다는 소문이 삽시간에 퍼졌다. 주유의 진영은 곧 군사들의 곡소리로 울음바다를 이루었다. 한편 성으로 돌아온 조인은 여러 참모들과 한자리에 앉아 주유 이야기를 입에 올렸다.

"우리가 퍼붓는 욕설을 듣고 주유가 참지 못한 것 아니오? 그 바람에 상처가 터져 피를 토하며 나뒹굴었으니 살아나기는 힘들 것이오."

이때 전령이 급하게 들어오며 고했다.

"동오에서 군사 수십 명이 투항해왔습니다. 그들 중에는 포로로 잡혀갔던 우리 군사도 둘이나 있습니다."

조인은 그들을 데려오게 하여 물었다.

"너희는 무슨 연유로 주인을 배반하고 이곳으로 온 것이냐? 만일 거짓 투항임이 밝혀지면 무사하지 못하리라는 것을 너희가 더 잘 알고 있으렷다."

그들 중 하나가 차근차근 설명했다.

"오늘 주유는 위중한 몸을 이끌고 진 앞에 나갔다가 상처가 덧났다고 합니다. 그 바람에 진영으로 실려왔는데 계속 피를 토하더니 얼마 되지 않아 명이 끊어졌다고 합니다. 지금 주유의 장수와 군사들은 갑자기 지휘관을 잃은 충격으로 어찌할 바를 모르고 있습니다. 그러나 우리는 모두 정보에게서 평소 억울하게 모욕을 당했던 사람들이라 그 틈을 이용해 이 사실을 알리기 위해 투항해왔습니다."

이들의 말을 그대로 믿은 조인은 크게 기뻐하며 곧 참모들에게 말했다.

"오늘 밤 안으로 당장 적군의 진영으로 쳐들어가서 주유의 시체를 빼앗자. 그리고 그놈의 목을 베어 허도로 돌아가자."

조인이 흥분해서 떠드는 소리를 듣고 옆에 있던 진교가 거들었다.

"늦기 전에 서두릅시다."

조인은 곧 우금을 선봉장에 내세우고 자기는 중군을 맡기로 했다. 조홍과 조순에게는 후군을 맡기고 진교에게는 나머지 군사를 주어 성을 지키게 했다. 이들은 저녁 7시를 넘기면서 일제히 성밖으로 빠져나와 주유의 진영으로 쳐들어갔다. 그런데 웬일인지 주유의 진지에는 사람 그림자도 보이지 않고 깃발들만 무수히 바람에 펄럭이고 있었다. 조인은 가슴이 철렁 내려앉았다.

"전군은 신속하게 후퇴하라!"

조인은 비로소 자기가 계략에 빠진 것을 알고 퇴군을 서둘렀다. 그러나 사방에서 울리는 포소리가 조인의 발목을 잡았다. 조인이 놀라 당황하고 있는 사이 동쪽에서는 한당·장흠이, 서쪽에서는 주태·반장이, 남쪽에서는 서성·정봉이, 북쪽에서는 진무와 여몽이 군사를 이끌고 조조군을 향해 치달아오고 있었다. 이처럼 주유군이 사방에서 두들겨대자 조조의 군사는 꼼짝없이 당하고 산지 사방으로 흩어졌다. 주유군의 포로로 잡힌 이들도 셀 수 없이 많았다.

주유가 쳐놓은 덫에 걸린 조인은 겨우 수십 기의 군사만을 거느린 채 죽을 힘을 다해 사지를 뚫고 나왔다. 조홍 역시 얼마 되지 않는 패잔병을 이끌고 나타났다. 이들은 남은 군사를 모아 가까스로 도망쳤다.

새벽이 밝아올 무렵 조인은 남군 근처에 이르게 되자 겨우 안도의 숨을 내쉬었다. 순간 종잡을 수 없는 북소리가 나뭇가지를 뒤흔들더니 능통이 한 무리의 군사와 함께 나타나 앞을 막아섰다. 수적으로 상대가 되지 않음을 알고 조인은 또다시 사력을 다해 그곳을 빠져나오려 했다. 그런데 이번에는 감녕이 끝장을 내려는 듯 공격을 퍼붓는 통에 조인은 싸우듯 도망치듯 하며 간신히 몸을 피해 달아났다.

조인의 절망감은 이루 말할 수 없었다. 그는 더 이상 남군으로 갈 수 없음을 깨닫고 지름길을 찾아 양양의 대로를 타고 달아났다. 동오의 군사들은 한동안 조인의 뒤를 추격했으나 크게 소득이 없을 듯하여 진지로 돌아왔다.

주유와 정보는 드디어 남군을 취했다는 승리감에 젖어 군사를 거두고, 지름길을 통해 남군의 성 앞에 우뚝 섰다. 그런데 성은 예전의 모습이 아니었을 뿐 아니라 보도 못한 글씨들이 적힌 깃발들이 앞다투어 바람에 휘날리고 있었다. 주유는 도대체 무슨 일인가 궁금하여 성문 앞으로 다가서는데 성루 위에서 누군가가 주유를 내려다보며 소리쳤다.

"어리석은 주유야, 너는 여기 왜 왔느냐? 나는 우리 제갈 군사의 명으로 이 성을 취한 지 이미 오래되었다. 나는 상산의 조자룡이다."

주유는 이를 깨물며 성을 공격하라는 영을 내렸다. 그러나 공격도 하기 전에 성루 위에서 화살이 장대비처럼 내리꽂혀 접근조차 불가능했다. 주유는 어쩔 수 없이 분노를 삼키며 군사를 거두었다. 그는 곧 참모들과 대책을 협의한 후 감녕에게는 모든 수단과 방법을 가리지 않고 형주를 취하도록 하고, 능통에게는 달리 수천의 군마를 주어 양양에 동오의 깃발을 꽂으라고 명령했다. 남군은 그후에 얻는다 해도 늦지 않을 것이라 생각했기 때문이다. 그러나 주유가 출전 명령을 내리기도 전에 전령이 나는 듯이 달려와 가쁜 숨을 몰아쉬며 보고했다.

"제갈량이 형주를 수중에 넣었습니다."

주유가 기가 막혀 소리쳤다.

"알아들을 수 없으니 구체적으로 말하라!"

"제갈량이 남군을 손에 넣고는 형주의 조조군에게 거짓 전령을 보내어, 남군이 위태로우니 원군을 보내라고 했답니다. 그런 다음 형주성이 비어 있는 그 틈을 이용해 장비에게 형주를 장악하도록 했습니다."

주유가 맥이 빠져 의자 위에 털썩 주저앉는데 또 다른 전령이 말을 달려와 보고했다.

"제갈량이 양양을 빼앗았습니다."

주유가 또다시 자초지종을 물었다.

"제갈량은 양양에 있는 조조의 장수 하후돈에게, 조인이 위험에 처해 있으니 급히 가서 구하라는 거짓 편지를 보내어 양양을 비게 한 후 관우를 시켜 양양을 취하도록 했습니다."

남군을 두고 조인과 주유가 밀고 당기는 동안 형주와 양양은 차례로 유비의 것이 됐다. 전령의 보고를 듣고 허탈감에 빠진 주유가 화를 억누르며 정보에게 물었다.

"도대체 제갈량이 어디서 병부兵符를 손에 넣어 거짓 편지를 썼을까?"

정보가 쓰디쓴 표정이 되어 설명했다.

"그들이 조인의 모사 진교를 붙잡았다고 하지 않습니까? 그러니 병부가 그들의 손에 들게 되었겠지요. 제갈량을 일찍 쳐죽이지 못한 것이 우리 실수입니다."

죽을 고생을 하며 싸웠건만 남 좋은 일만 한 꼴이 되었으니 주유는 분통이 터져 견딜 수가 없었다. 그는 의자에 앉아 미동도 하지 않고 밤을 보냈다.

형주를 놓고 유비와 손권이 일전을 치르는 동안, 조조는 심한 두통으로 군무와 정사를 일체 중지한 채, 대궐에 칩거하고 있었다. 그러자 화흠이 조조의 병세를 걱정하여 한 사람의 명의를 소개했다.

"승상께서는 승상과 동향인 패국沛國 초군譙郡 사람으로, 천하에 명의로 소문난 화타를 모르십니까?"

"강동의 주태를 치료했다던 사람을 말하는 것인가?"

"맞습니다. 그 사람은 전국시대의 명의로 소문난 편작扁鵲이나 창공倉公에 버금가는 사람입니다. 그가 이곳에서 멀지 않은 금성金城에 살고 있다니 한번 불러보는 것이 어떻겠습니까?"

이미 밤이 깊었으나 잠을 이룰 수 없을 정도로 두통이 심했던 조조는 가마꾼을 보내 한시라도 빨리 화타를 모셔오게 했다.

조조의 진맥을 짚어본 화타가 말했다.

"승상께서 밤마다 잠을 못 이룰 정도로 골이 쑤시는 것은 뇌수에 든 바람이 쉬지 않고 움직이며 뇌근腦根을 휘저어놓기 때문입니다. 승상의 병세를 듣고 제가 준비해온 탕약이 있으니 우선 이것을 복용하도록 하십시오. 하지만 이 병은 탕약 몇 첩으로는 다스릴 수 없으니, 대마에서 추출한 마비산麻沸散으로 마취를 한 다음, 날카로운 칼로 머리를 갈라 뇌주머니에 든 바람을 뽑아내야 합니다. 그런데 서둘러 오느라고 여러 가지 도구와 약재를 가져오지 않았으니 다시 돌아가 그것들을 챙겨오겠습니다."

탕재 몇 첩을 던져준 화타는 그러나 고향으로 돌아가서 아내의 병을 구실로 다시 오지 않았다. 풍문으로만 듣던 조조를 직접 보게 되자 그의 병을 구완해줄 마음이 사라졌던 것이다. 화가 난 조조는 화타를 잡아 감옥에 가두고 형리로 하여금 굵은 회초리로 화타의 머리를 매일 100대씩 때리게 했다. 자기가 겪는 두통을 화타에게도 겪게 하려는 형벌이었다.

화타가 옥중에 있는 동안 오吳씨 성을 가진 옥졸이 하루도 빠짐없이 화타에게 술과 음식을 대접하며 정성껏 수발을 했다. 화타는 조조가 자신을 죽이려는 것을 알고 어느 날 오씨를 불렀다.

"나는 여기서 살아나가지 못할 것이네. 한번 태어나면 언젠가 죽는다는 것은 하늘이 정한 이치이니, 죽는 것은 한스럽지 않으나 내가 평생 동안 공들여 쓴『청낭서靑囊書』를 세상에 전하지 못하고 죽는 것이 너무 안타깝네. 내가 자네의 은혜를 입었지만 언제 죽을지 모르는 몸이니 보답할 길이 없네그려. 내가 편지를 써줄 테니 우리 집에 가서『청낭서』를 받아오게. 내가 자네에게 내 의술을 전수해주겠네."

오씨는 크게 기뻐하며 대답했다.

"선생님이 그 귀한 책과 함께 가르침까지 주신다면, 저는 옥졸직을 그만두고 천하에 의술을 펴서 선생님의 덕과 명성을 널리 전하겠습니다."

오씨가 화타의 부인에게『청낭서』를 받아오자 화타는 오기誤記를 바로잡아가며 오씨에게 자신의 의술을 가르쳤다. 그로부터 며칠 되지 않아 화타는 죽고 말았다. 오씨는『청낭서』를 집에 숨겨놓고 다시 옥으로 돌아와 화타의 시신을 거두어 정성껏 장사를 지냈다.

옥리직을 내팽개치고 집으로 돌아온 오씨가 급히『청낭서』를 찾았지만『청낭서』는 그 자리에 있지 않았다. 오씨는 어찌된 영문인지 물어보려고 부엌에 있는 부인에게 달려갔다. 오씨가 부엌문을 열었을 때『청낭서』는 이미 화덕 안에서 불태워지고 있었다.

"아니, 무슨 생각으로 이 귀한 의서를 태우고 있는 거요?"

오씨가 놀란 목소리로 묻자 아내는 시큰둥하게 대답했다.

"이까짓 의술을 배워봤자 화타처럼 매맞아 죽기밖에 더 하겠어요?"

화타가 옥에서 죽었다는 보고를 들은 조조는 건방진 놈이 죽었다는 생각에 속이 시원했다. 하지만 훗날 조조는 좀더 그를 구슬리지 못하고 함부로 명의를 죽인 것을 후회했다.

조조는 정부인과 첩을 합한 열세 명의 부인에게서 스물다섯 명의 아들을 얻었는데, 서자 가운데에서는 환環씨에게서 난 충沖을 가장 아꼈다.

언젠가 손권이 코끼리를 조공으로 바쳤을 때 코끼리의 체중을 어떻게 잴 것인가를 두고 궁중의 숱한 재사들이 시합을 벌였다. 모두들 머리를 짜냈지만 좋은 방법이 나오지 않았다. 이때 조충이 말했다.

"코끼리를 배에 태워 배가 어디까지 가라앉는지 선을 그어 표시한 다음 코끼리를 배에서 내려놓고, 다시 그 선까지 배가 가라앉도록 물건을 실어 그 무게를 재면 됩니다."

또 한번은 이런 일도 있었다. 군수물자를 넣어두는 창고에 쥐가 들어 말안장을 갉아먹자 창고 담당자는 사색이 되어 조충을 찾아왔다. 조조의 엄한 추궁이 두려웠기 때문이다. 그러자 조충은 웃으면서 말했다.

"아무 걱정 말고 3일 뒤에 자수를 하세요. 틀림 없이 목숨을 건질 수 있을 것입니다."

창고 담당자는 안심하고 집으로 돌아갔다. 그러자 조충은 작은 칼로 자기 옷에 여러 개의 구멍을 뚫은 다음 자못 걱정스러운 표정으로 조조에게 갔다.

"네 얼굴이 어두운 걸 보니 무슨 일이 있는가 보구나?"

"옛말에 쥐가 옷을 갉아먹으면 불길한 일이 생긴다고 합니다. 그런데 쥐가 제 옷을 이처럼 갉아먹었으니 불안하기 짝이 없습니다."

"그것은 미신이니 마음 쓸 필요없다."

조조는 불안해하는 아들을 안심시켰다. 그후에 창고 담당자는 조충의 말대로 쥐가 말안장을 갉아먹은 일을 보고하며 청죄했다. 그러자 조조는 평소와 달리 창고 담당자를 추궁하거나 벌하지 않았다.

"내 곁에 있는 자식의 옷조차 갉아먹는 놈들이 창고의 말안장을 그냥 두었겠느냐."

조충은 이처럼 상냥하고 지혜가 풍부한 소년이었으나, 원인 모를 병에 걸려 안타깝게도 13세의 나이로 죽고 말았다. 그제야 조조는 하늘을 우러러보며 탄식했다.

"화타를 죽이는 바람에 내 아들이 어이없이 죽게 되었구나!"

황충과 위연

제갈량의 술수에 형주를 고스란히 빼앗긴 주유는 마음속의 화가 온몸으로 퍼져나가 화살에 맞은 상처를 건드렸다. 그 바람에 상처가 덧나 정신을 잃기까지 한 그는 며칠 만에 겨우 제정신으로 돌아왔다. 주위의 참모들이 주유를 위로했으나, 그는 좀처럼 분을 삭이지 못했다.

"내가 그 촌놈을 없애지 못하고 먼저 죽는다면 관 속에 들어가서도 눈을 감지 못할 것이오. 정보 장군, 나와 함께 다시 남군을 공격합시다. 남군은 우리 동오의 것이오. 저들의 것이 되어서는 안 되오."

정보가 딱한 듯 주유를 보고 있는데 노숙이 문병차 주유를 방문하러 방으로 들어왔다. 주유는 또다시 노숙을 향해 말했다.

"그들은 야비한 방법과 속임수로, 내가 힘들여 얻으려 한 여러 성을 차지했어요. 나는 기필코 군사를 일으켜 유비와 제갈량에게 빼앗긴 성지를 되찾을 것입니다. 노숙 공은 꼭 좀 나를 도와주세요."

노숙이 조심스럽게 대답했다.

"너무 제갈량에게만 신경 쓰지 마세요. 조조가 일단 물러가긴 했으나 언제 군사를 몰고 내려올지 모르는 상황입니다. 게다가 아직 합비도 손에 넣지 못한 상태에서 유비와 소모전을 벌이다가는 조조에게 허를 찔리게 될지도 모릅니다. 더구나 유비는 조조와 교분이 두터운 만큼 사태가 불리해지기라도 하면 지금 차지하고 있는 남군·형주·양양을 조조에게 바치고 둘이 연합하여 우리 동오를 공격할 수도 있습니다. 그때는 어떻게 하시겠습니까?"

주유가 통분하여 말했다.

"우리는 죽을 고비를 넘기며 많은 인마를 잃고 무기와 양곡까지 없애가며 싸웠지만 한 곳도 얻지 못했습니다. 그러나 저들은 편지 한 장, 말 한마디로 우리가 취하려 했던 것을 모두 가져갔으니 어떻게 잠자코 앉아 있을 수 있단 말입니까?"

노숙이 주유를 달랬다.

"손자의 말씀 중에 '잘 싸우는 사람은 성을 내지 않는다'는 말이 있습니다. 마음을 가라앉혀야 앞이 보이는 법입니다. 화가 나더라도 도독의 건강을 위해 화를 삭이십시오. 제가 유비를 찾아가 이치를 따져보겠습니다. 그래도 유비가 듣지 않는다면 그때 다시 이 일을 협의하도록 하시지요."

옆에서 노숙의 말을 듣고 있던 여러 장수들도 그 말에 동의했다. 주유는 더 이상 아무 말도 하지 않고 돌아눕더니 눈을 감아버렸다. 노숙은 곧 시자를 데리고 남군으로 갔다. 성문 앞에 다다른 노숙이 큰 소리로 외쳤다. 조운이 성루에 모습을 드러내고 무슨 일이냐고 묻자 노숙이 대답했다.

"나는 노숙이라는 사람이오. 유황숙에게 전할 말씀이 있어 왔소."

조운이 대답했다.

"우리 주공께서는 지금 제갈 군사와 함께 형주에 계십니다."

그 말을 듣고 노숙은 바로 몸을 돌려 형주로 향했다. 노숙이 형주에 도착해서 성을 둘러보니 깃발이 질서정연하게 꽂혀 바람에 나부끼고 있었으며 군사들의 얼굴은 더 없이 편하고 여유로워 보였다. 노숙은 놀라움을 감추지 못하고 속으로 생각했다.

'솥의 세 발 가운데 하나가 바로 유비였구나!'

노숙은 성문지기에게 유비를 뵈러 왔다고 전해달라고 청했다. 노숙이 왔다는 말을 들은 제갈량은 몸소 성문을 열고 달려나오면서 반갑게 그를 맞이했다. 제갈량은 노숙을 성안 관사의 귀빈실로 안내했다. 둘은 둥그런 탁자를 사이에 두고 앉아 차를 마시며 그간의 안부를 물었다. 잠시 후 노숙이 본론을 꺼냈다.

"실은 저희 주공과 도독께서 누차 유황숙을 찾아뵈라고 말씀하셔서 이렇게 왔습니다. 전에 조조가 40만 대군을 거느리고 강남을 치러 온 것은 처음부터 유황숙을 잡으러 온 것이었는데 다행히 우리 동오가 나서서 그들을 내쫓고 결과적으로 유황숙을 구했습니다. 그러니 형주의 9군은 의당 우리 동오의 휘하에 들어야 할 것입니다. 그럼에도 불구하고 유황숙께서는 여러 가지로 속임수를 써서 지금 형주와 양양 땅을 차지했습니다. 그러니 우리 강동은 얻은 것도 없이 군마와 전량만 없앤 꼴이 됐습니다. 유황숙께서 아무 노력도 하지 않고 가만히 앉아서 강남의 요지를 차지한다는 것은 이치에 어긋나는 일입니다."

노숙의 주장에 제갈량이 대답했다.

"노숙은 생각이 깊으신 분으로 알고 있는데 어찌 그런 말씀을 하는지 이해가 가지 않습니다. 아까 공께서는 이치를 말씀하셨는데 이치로 치자면 형주는 제 주인을 찾은 것입니다. 형주와 양양의 9군은 본래 동오의 땅이 아니고 유표의 땅입니다. 주공께서는 유표의 동생이며, 유표는 비록 죽었지만 그 아들이 아직 살아 뒤를 잇고 있습니다. 숙부가 조카를 도와 형주를 취한 것이 이치에 어긋나는 일입니까?"

"유표의 공자 유기가 형주에 남아 있다면 이해가 가지만 지금 공자는 강하에 있으니 문제가 되는 것이지요."

노숙이 끝까지 물고 늘어지자 제갈량이 물었다.

"정 그러시다면 공자를 만나보시겠습니까?"

순간 노숙이 대답을 못하고 머뭇거리자 제갈량이 시종에게 시켜 공자를 모셔오라고 말했다. 잠시 후 시자 두 사람이 유기를 부축하여 들어왔다. 노숙을 본 유기가 인사를 했다.

"몸이 편치 못하여 미처 예를 올리지 못했습니다. 이해해주십시오."

유기를 본 노숙은 몹시 놀라 순간 할말을 잃었다가 한참 만에 겨우 입을 열었다.

"앞으로 만일 공자께서 계시지 않는다면 어쩔 작정이십니까?"

"엄연히 계시는 공자를 두고 그런 말씀을 하시는 것은 예의가 아닌 듯합니다. 만일 계시지 않게 되면 그때 가서 상의할 일이지요."

제갈량이 확실한 대답을 회피하는 듯하자 노숙은 끝까지 확답을 받아내기 위해 다짐을 했다.

"만일 공자께서 계시지 않게 되면 형주는 우리 동오가 다스려야 합니다."

"그렇게 하시지요."

제갈량은 우선 이렇게 대답을 하고 정성스럽게 차린 술자리로 노숙을 안내했다. 제갈량에게 후한 대접을 받은 노숙은 그날 밤 그에게 반드시 약속을 지킬 것을 다짐해두었다. 그리고 밤새 말을 달려 주유에게로 가 제갈량을 만난 일을 자세히 보고했다. 노숙의 말을 들은 주유는 전혀 만족스럽지 않았다.

"유기는 아직 청년도 안 된 어린 소년일 뿐인데 언제까지 그가 죽기를 바라겠습니까? 유기가 죽기 전에 내가 죽고 말겠습니다. 그래 가지고서야 어느 세월에 우리가 형주를 차지한단 말입니까?"

주유는 한동안 말이 없더니 한숨을 내쉬며 덧붙였다.

"제갈량의 말장난일 뿐입니다."

그러자 노숙이 다시 말했다.

"너무 조급하게 생각하지 마십시오. 어떤 일이 있더라도 제가 책임지고 형주와 양양을 우리 땅으로 만들겠습니다."

그래도 주유의 걱정은 가시지 않았다.

"공은 도대체 뭘 믿고 그렇게 장담을 하는지 알 수가 없습니다."

그러자 노숙이 주유를 안심시키려는 듯 길게 설명을 늘어놓았다.

"유기는 한눈에 봐도 병색이 완연하여 보는 제가 불안하기까지 했습니다. 핏기 하나 없는 얼굴에 숨이 차서 똑바로 걸을 수조차 없는데다 피까지 토하고 있으니 금년을 넘기기 어려워 보였습니다. 그렇게 되면 제갈량의 약속대로 형주를 우리가 취하게 될 것입니다."

노숙은 병상의 주유를 안심시키기 위해 확신에 찬 듯 말했으나 제갈량이 그 사이에 어떤 계책을 쓸지 내심 부담스러운 것이 사실이었다. 안심이 되지 않는 것은 주유도 마찬가지였다. 이때 손권으로부터 사자가 왔다는 전갈이 왔다. 주유는 순간적으로 불길한 예감이 들었다. 사자가 주유의 병상으로 들어와 보고했다.

"주공께선 합비를 에워싸고 수차 공격을 하셨으나 아직도 성과가 없습니다. 도독께서 이곳에서 철수하시어 합비 공격을 도우라는 명을 내리셨습니다."

그때 주유는 시상으로 돌아가 병을 고치기로 되어 있었기 때문에 대신 정보에게 군사와 전선을 몰고 합비로 가서 손권을 도우라고 지시했다.

한편 형주·남군·양양을 얻은 유비는 앞으로의 일에 박차를 가하겠다는 듯 참모들을 모아 여러 가지 사안들을 협의하는 일이 많아졌다. 하루는 이적이라는 자가 한 가지 계책을 이야기하겠다고 나섰다. 유비는 언젠가 그의 도움을 받은 적이 있고 사람 됨됨이가 반듯해 평소 그에 대해 좋은 인상을 갖고 있었다. 유비는 이적에게 자리를 내주며 할말이 무엇인지를 물었다.

"형주를 위해 일할 수 있는 좋은 선비 한 사람이 있습니다."

유비는 적극적인 관심을 보이며 물었다.

"그가 누구이며, 지금 어디에 계십니까?"

"형주와 양양에 마씨 5형제가 있는데 하나같이 재주가 뛰어난 인물들입니다. 막내의 이름은 속謖이고, 그들 중에서도 더 돋보이는 사람은 양미간에 흰 털이 나 있는 양良이라는 사람입니다. 그의 자는 계상季常이라고 하지요. 마을 사람들 사이에 '마씨 형제 중에 두 눈썹 사이에 흰 털이 나 있는 양이 제일 똑똑하다[白眉]'라는 소문이 나 있습니다. 꼭 만나보실 만한 사람일 것입니다. 유비는 이적의 말을 듣고 바로 사람을 보내 그를 모셔오도록 했다. 마량이 오자 유비는 그를 깍듯이 맞이하면서, 형주와 양양을 위해 조언을 해달라고 부탁했다. 마량 역시 형주 일대에서 사람 좋기로 알려진 유비에게 호의를 갖고 있었다.

"형주와 양양은 지형적으로 사면으로 통하는 위치에 있으므로 이곳을 길게 보전하기란 여간 어려운 일이 아닙니다. 그러니 형주에 뿌리를 내리기 위해서는 먼저 공자 유기를 형주로 불러 병을 치료하도록 하면서 그의 옛 신하들과 면을 익히는 것이 먼저 할 일입니다. 그 다음 황제께 상주하여 그를 형주 자사에 봉하시어 민심을 하나로 모으고, 나아가 무릉·장사·계양·영릉 네 고을을 정벌하여 그곳에 양식과 재물을 모아 터전을 삼으십시오. 그렇게 하면 형주는 오래 지탱할 수 있을 것입니다."

유심히 말을 듣고 있던 유비가 몹시 기쁜 얼굴로 물었다.

"4군 중에서 어느 곳을 제일 먼저 정벌하는 것이 좋겠습니까?"

"상강 서쪽의 영릉이 가장 가까우니 그곳을 먼저 취하십시오. 다음에는 무릉을, 그 다음은 상강의 동쪽 계양을, 마지막에 장사를 휘하에 넣으십시오."

유비는 곧 마량을 종사관에, 이적을 부종사관에 임명했다. 그리고 양양에 있던 유기를 불러와 형주에서 지내도록 하고 형주를 지키던 관우를 양양으로 보내 지키게 했다. 한편, 유비는 마량이 충고해준 대로 먼저 영릉을 취하기 위해 군을 정비했다. 장비를 선봉장으로 하여 후군장에는 조운을 앉히고 자신과 제갈량은 중군을 맡았다. 이때 유비의 군사는 겨우 1만 5천여 명에 지나지 않았다. 관우는 아직 형주를 지키기 위해 남아 있었고 미축과 유봉은 강릉에 진을 치고 있었다.

유비가 영릉을 향해 군사를 출동시키고 얼마 되지 않아 영릉 태수

유도劉度에게 이 소식이 전해졌다. 유도는 아들 유현劉賢을 불러 대책을 물었다. 유현이 아버지를 안심시키려고 이렇게 말했다.

"아버님, 너무 염려 마십시오. 유비 쪽에 장비나 조운 같은 용장이 있다고 하지만 우리에게도 상장군 형도영形道榮이 있지 않습니까? 그는 1만여 군사도 능히 상대하여 싸울 수 있으니 걱정하실 필요가 없습니다."

유현의 말에도 유도는 마음이 놓이지 않았다. 유비의 군사 규모는 보잘것없더라도 그의 밑에는 세상에 알려진 유능한 맹장들과 참모 제갈량이 활약하고 있다는 것을 알고 있었으므로 그의 부담은 클 수밖에 없었다. 유도는 아들 유현에게 형도영과 함께 군사 1만여 명을 거느리고 성밖 30여 리쯤에 나가, 산을 배경으로 하고 물을 접한 곳에 진을 치도록 명을 내렸다. 이들이 출전 준비를 마칠 때쯤 전령이 급하게 달려와 보고했다.

"유비군이 모습을 드러냈습니다."

유현과 형도영은 서둘러 군마를 이끌고 싸움터로 나갔다. 유현이 진 칠 곳을 택하고 산으로 올라가 앞을 살펴보니 멀리 유비군이 줄지어 몰려오는 모습이 보였다. 양쪽 군사는 둥그렇게 진을 쳤다. 마침내 형도영이 손에 커다란 도끼를 들고 말을 몰아 앞으로 나가면서 유비군을 향해 목청껏 소리쳤다.

"이 도적놈들아, 왜 우리 땅에 쳐들어왔느냐?"

형도영과 그의 군사들은 지금까지 전장에서 본 적이 없는 이상한 모습을 보고는 할말을 잃고 멈춰섰다. 유비의 진중 어디에선가 누런 깃발이 줄을 이어 쏟아져나오더니 곧이어 뒤에서 4개의 바퀴가 달린 수레가 모습을 나타냈다. 수레 안에 웬 사람 하나가 서 있었는데, 그는 둥그런 갓을 쓰고 학의 깃털로 만든 옷을 입고 학의 깃으로 만든 흰 부채를 들고 있었다. 형도영이 잔뜩 긴장해서 상대를 관찰하고 있는데 가까이 온 사륜거에서 그 사람이 내리며 형도영을 향해 말했다.

"나는 남양의 제갈공명이오. 조조가 수십만 대군을 몰고 강남을 정벌하기 위해 내려왔지만 나의 작은 계교에 당해 갑옷마저 챙기지 못한 채 도망갔어요. 하물며 그대들이 무슨 수로 나를 상대하여 싸우려 하십니까? 우리가 온 것은 그대들과 함께 발전을 도모하고자 함이니 빨리 항복하는 것이 어떻겠습니까?"

제갈량의 말이 떨어지기가 무섭게 형도영이 껄껄거리며 웃었다.

"네가 적벽 싸움을 두고 말하는 모양인데, 조조의 대군을 몰살시킨 것은 주유가 계책을 써서 한 것이다. 어디서 네놈이 그 일을 들먹거리며 말도 안 되는 소리를 함부로 지껄이는 것이냐?"

형도영은 갑자기 도끼를 휘두르며 말을 몰아 달려나왔다. 제갈량이 쫓기는 체하며 수레를 돌려 진으로 도망쳤는데 수레가 들어가자 진문이 닫혀버렸다. 형도영은 제갈량을 쫓아 끝까지 진격했다. 그런데 진영의 군사들이 갑자기 둘로 나뉘더니 도망치기 시작했다. 형도영은 중앙에서 나부끼는 누런 깃발들 사이 어디엔가 분명 제갈량이 있을 것이라 생각하고 계속 추격하며 산모퉁이까지 따라갔다. 이때 갑자기 유비의 군사가 또 양쪽으로 갈라졌는데 제갈량의 수레는 어디로 사라졌는지 흔적도 없고 장수 하나가 창을 비껴들고 말을 몰아 형도영에게 덤벼들었다. 그는 바로 장비였다. 형도영은 커다란 도끼를 휘두르며 힘껏 싸웠으나 장비를 당해내기에는 역부족이었다. 그는 공격을 포기하고 숨을 헐떡이며 말을 몰아 도망쳤다. 장비도 놓치지 않겠다는 듯 고함을 치며 뒤를 쫓았다.

형도영이 말을 몰아 내달리고 있는데 갑자기 길 양옆에서 복병이 나타나 그를 포위해 들어갔다. 형도영이 죽을 힘을 다해 포위망을 뚫으려는 순간, 또 다른 장수 하나가 길을 막았다. 형도영이 말을 멈추고 그를 바라봤다.

"나는 상산의 조자룡이다."

형도영은 도저히 살아날 길이 없다고 생각하고 항복했다. 조운은 형도영을 묶어 진중으로 돌아와 유비와 제갈량 앞으로 끌고 갔다. 유비가 그의 목을 베라고 영을 내렸으나 제갈량이 옆에서 영을 거둘 것을 권하며 형도영에게 물었다.

"네가 만일 나를 도와 유현을 사로잡는다면 그때 너의 투항을 받아주겠다. 어떠냐?"

형도영이 제갈량을 올려다보며 그가 시키는 대로 하겠다고 하자, 제갈량이 다시 물었다.

"그렇다면 너는 무슨 방법을 써서 유현을 사로잡겠느냐?"

"저를 놓아주시면 진으로 돌아가 그가 안심하도록 속임수를 쓰겠습니다. 오늘 저녁 군사를 이끌고 쳐들어오십시오. 제가 내응하여 유현을 붙잡아 군사님께 바치겠습니다. 유현이 붙잡히면 유도도 힘을 잃게 될 것입니다."

옆에서 듣고 있던 유비는 형도영이 하는 말을 믿으려 하지 않았다. 그러나 제갈량은 무슨 생각에서인지 다짐을 받아냈다.

"형장군의 말을 믿어도 되겠습니까?"

"반드시 그렇게 하겠습니다."

제갈량은 유비에게 형도영을 돌려보낼 것을 청하고 그를 놓아주었다. 자기 진영으로 돌아간 형도영은 유현에게 유비 진영에 붙잡혀 가서 있었던 일을 낱낱이 일러바쳤다. 그러자 유현이 물었다.

"어떻게 하면 좋겠습니까?"

"계책은 계책으로 물리쳐야지요. 오늘 밤 진 밖에는 군사를 매복시켜두고 진문에는 평소처럼 많은 깃대를 꽂아 별다른 일이 없는 것처럼 보이도록 합시다. 그리고 제갈량이 군사를 몰고 진 안으로 쳐들어오면 복병을 내보내 기습적으로 제갈량을 붙잡는 겁니다."

유현은 그렇게 하자며 제갈량을 붙잡을 준비를 하라고 일렀다. 그날 밤 10시가 되자 진 밖이 소란해지면서 군사들의 말발굽 소리가 가까이에서 들려왔다. 유비군이 쳐들어온 것이다. 그들은 손에 횃불을 들고 이곳저곳을 가리지 않고 불을 놓았다. 유현과 형도영이 복병들을 이끌고 쫓아가자 불을 놓던 유비군은 날쌔게 도망치고 말았다. 유현과 형도영이 한참이나 그들을 추격해 갔으나 유비의 군사들은 온데간데없이 사라져버렸다. 이들은 비로소 속은 줄 알고 말 머리를 돌려 본진으로 돌아왔으나, 진영은 이미 유비군이 놓은 불로 화염에 싸여 있었다. 유현과 형도영이 경계를 하며 진지 가까이 다가가자 진중에서 어떤 장수 하나가 모습을 드러냈다. 바로 장비였다. 이때 유현이 형도영에게 소리쳤다.

"어차피 저들과 싸우기로 한 것이니 이대로 제갈량의 진지로 쳐들어가 제갈량을 칩시다."

그 말에 형도영이 찬성하며 말 머리를 돌렸다. 그러나 제갈량의 진을 향해 달려가던 두 사람은 중간에 조운과 맞닥뜨렸고 형도영은 그가 휘두르는 창에 찔려 그 자리에서 죽고 말았다. 유현이 당황해서 급히 말에 채찍질을 하며 도망치기 시작했는데 이번에는 다시 장비가 추격해왔다. 유현은 몇 발짝 가지 못해 장비에게 사로잡힌 몸이 되어 제갈량 앞에 끌려왔다. 유현이 애걸하며 빌었다.

"부디 용서해주십시오. 모두 형도영이 시켜서 한 일이지 제 뜻은 아니었습니다."

제갈량은 주위 사람들을 시켜 유현을 묶은 밧줄을 풀어주고 새 옷을 주어 갈아입도록 했다. 또한 시자들에게 술상을 차리라 하여 유현을 안심시켰다. 유현과 마주앉은 제갈량이 말했다.

"성으로 돌아가 부친이 투항하도록 설득하세요. 그것이 서로에게도 좋을 뿐 아니라 백성을 위하는 길입니다. 만일 끝까지 투항하지 않으면 성을 부수고 쳐들어가 항복을 받아내는 수밖에 없습니다."

유현은 명심하겠다고 말하고 영릉으로 돌아갔다. 그는 영릉에 도착하자 바로 부친 유도에게 가서 제갈량의 사람됨을 일일이 설명하고 항복하는 것이 좋겠다고 설득했다. 유도는 형도영도 전사한 마당에 별다른 방법이 없어 아들의 말을 따르기로 했다.

그는 군사들을 시켜 성 위에 항복의 표시로 흰 깃발을 꽂게 한 뒤 성문을 활짝 열어두었다. 이어 성으로 온 유비에게 관인을 바치고 항복했다. 유비는 유도에게 그대로 영릉을 지키게 하고, 아들 유현은 군 장교로 임명해 형주를 위해 일하도록 했다. 이렇게 해서 유비의 영릉 정벌은 별다른 인명 피해나 군사적 소모 없이 이루어졌다. 이일로 영릉의 백성들은 유비와 제갈량을 따르며 신뢰하게 됐다.

영릉에 입성한 유비는 먼저 백성들을 안심시키고 3군에게 각각 상을 내렸다. 이곳의 일이 안정되자 유비는 다음 목표인 계양으로 눈을 돌렸다.

"군사의 지혜로 영릉은 별 무리 없이 우리 휘하에 들어왔습니다. 이제 계양으로 가야 하니 누가 갈지 말씀해주십시오."

조운이 기다렸다는 듯 먼저 답했다.

"제가 가겠습니다."

장비도 나섰다.

"아닙니다. 제가 가겠습니다."

두 장수가 서로 맞서자, 제갈량이 중간에 나섰다.

"자룡이 먼저 의사를 보였으니 자룡이 가도록 하세요."

장비는 제갈량의 중재를 받아들이지 않고 반드시 자기가 가겠다고 우겼다. 둘이 한 치의 양보도 없이 맞서자 입장이 난처해진 제갈량은 심지 뽑기를 권했다. 그 결과 역시 조운이 가게 되었다. 그러나 장비는 또다시 고집을 부렸다.

"나는 부하 장교도 필요 없습니다. 그저 병사 3천 명만 주시면 수일 내로 계양성을 갖다 바치겠습니다."

조운도 장비에게 지지 않았다.

"저 역시 마찬가지입니다. 만일 계양성을 취하지 못하면 목을 베어도 좋다는 각서라도 쓰겠습니다."

제갈량은 장비에게 양보할 것을 재차 권하고 조운에게는 각서를 쓰게 한 다음 군사 3천을 주어 계양성을 향해 떠나라는 영을 내렸다. 조운은 군마를 거느리고 지름길을 이용해 계양으로 갔다. 조운이 쳐들어온다는 소식을 들은 계양 태수 조범趙範은 급히 사람들을 불러 대책을 협의했다. 그 중 관군교위管軍校尉인 진응陳應과 포룡鮑龍이 계양성을 지키겠다고 나섰다. 이 두 사람은 계양령桂陽嶺 산모퉁이에서 사냥으로 생계를 유지하던 이들이었다. 진응은 비차飛叉(쇠사슬 끝에 쇠뭉치를 단 무기)를 잘 썼고 포룡은 활솜씨가 빼어난 사람이었다. 두 사람은 자신감에 넘쳐 태수 조범에게 말했다.

"이번 싸움은 저희 둘에게 맡겨주십시오. 틀림없이 적의 무릎을 꿇리겠습니다."

그러나 조범의 생각은 달랐다.

"내가 듣기로 유비는 한나라 황실의 숙부뻘 되는 사람으로 그 휘하에는 귀신 같은 재주를 가진 모사 제갈 공명이 있고 관우와 장비 등의 뛰어난 장수가 있다고 합니다. 특히 이번에 군사를 몰고 오는 조운은 당양의 장판교 싸움에서 조조의 대군 속을 마음먹은 대로 휘젓고 다녔던 인물입니다. 군사 수로 맞서려 해도 우리에게는 역부족이니 일찌감치 투항하는 것이 좋겠습니다."

조범의 뜻과 달리 진응은 포기하지 말자며 말했다.

"싸워보지도 않고 미리 포기할 수는 없습니다. 나가 싸우도록 명을 내려주십시오. 만일 조운을 사로잡는 데 실패한다면 그때 투항해서도 되지 않습니까?"

조범은 할 수 없이 응낙을 하고 말았다. 진응이 군마를 이끌고 조운이 오고 있는 길로 말을 달렸다. 곧 양쪽 군사가 마주쳤다. 진응이 맨앞으로 나서더니 비차를 휘두르며 조운을 향해 말을 몰아 달려나갔다. 조운 역시 창을 비껴들고 쏜살같이 달려나오며 진응을 향해 소리쳤다.

"우리 주공 유현덕은 유경승의 동생이시다. 지금 공자 유기와 더불어 형주를 다스리고 계시며 백성들을 더 잘살게 하기 위해 계양으로 오시려 한다. 그런데 왜 네놈이 감히 맞서려 하느냐?"

진응도 지지 않았다.

"우리는 조승상만을 섬긴다. 유비는 어디서 온 촌놈이냐!"

조운은 그 자리에서 당장 진응을 찔러 죽이기 위해 말을 몰았다.

진응도 비차를 휘두르며 격렬하게 맞섰다. 말 울음이 허공으로 교차하고 창과 비차가 획획 바람을 가르며 둘은 치열하게 맞붙어 싸웠다. 진응은 네다섯 번 조운과 겨뤘으나 당해내기 어렵다고 판단하고 말을 몰아 도망쳤다. 조운도 절대 놓치지 않겠다는 태세로 뒤쫓았다.

도망치던 진응이 뒤를 돌아보니 조운이 바로 뒤에서 달려오고 있었다. 진응은 달리는 말 위에서 비차를 들어 조운에게 던졌으나 조운은 기다렸다는 듯이 상체를 비틀며 진응을 향해 들고 있던 창을 던졌다. 진응이 날아오는 창을 피하기 위해 몸을 돌리는 순간, 조운의 말이 진응의 말을 쓰러뜨렸다. 조운은 말 아래로 나뒹군 진응을 덮쳐 진응의 팔을 비틀고 꼼짝 못하게 결박했다. 조운은 군사들에게 진응을 단단히 잡아매라고 명하고 군사들을 이끌고 진으로 돌아왔다. 진응이 적에게 붙잡혀가자 그를 따라온 군사들은 이리저리 흩어져 도망쳤다. 진에 도착하자마자 조운은 참았다는 듯 진응을 몰아세웠다.

"네놈이 뭘 믿고 감히 나에게 덤비려 했더냐? 너를 죽이지는 않을 테니 조범에게 돌아가서 빨리 투항하는 것이 좋겠다고 설득해라."

진응은 머리를 조아리고 사죄하며 계양성으로 돌아가 조범에게 모든 일을 있는 대로 고했다. 조범이 진응을 크게 꾸짖었다.

"내가 투항하자고 할 때는 그렇게 고집을 부리더니 이게 무슨 꼴입니까?"

진응은 할말이 없었다. 조범은 직접 관인을 들고 조운의 진영으로 가서 항복을 청했다. 조운도 깍듯한 예로써 이들을 맞이하고 관인을 넘겨받았으며 진중에 연회장을 마련해서 투항해온 이들을 접대했다. 술잔이 몇 번 오가고 모두들 취기가 오르자 조범이 말했다.

"장군의 성씨와 내 성씨가 같고, 본도 같으니 아마 한 500년 전 쯤에는 우리가 같은 일가였을 것입니다. 다 인연이 있어 우리가 만났으니 저의 뜻을 저버리지 마시고 형제의 의를 맺는다면 더없이 기쁘겠습니다."

조운도 이에 흔쾌히 응하며 나이를 따져봤다. 나이는 동갑이었으나 조운이 조범보다 생일이 넉 달 정도 빨랐다. 조범은 조운에게 절하며 형님으로 깍듯이 모시겠다고 말했다. 두 사람은 같은 고향에다 성씨마저 같아서인지 각별히 마음이 통했다. 밤이 이슥해져서야 연회가 끝났다. 조범은 조운에게 작별인사를 하고 계양성으로 돌아갔다.

다음날 조범은 조운에게 사람을 보내 계양성 안으로 들어와 민심을 안정시켜달라고 부탁했다. 조운은 다른 군사들에게 진영에 남아 쉬라 이르고 50여 기의 군사만 이끌고 성으로 향했다. 조운이 성안으로 들어가자, 길가에 늘어선 백성들이 길에 향을 뿌리고 엎드려 그들을 환영했다. 조운이 마을 대표들을 불러 안심시키며 위로하는 말을 끝내니 조범이 관사로 조운을 청했다. 관사에는 조운을 위한 연회가 마련되어 있었다. 원래 술 마시는 것에도 절도가 있는 조운이었으나 그날 만큼은 대취하기로 마음먹고 얼큰하게 취했다. 그런데 연회가 무르익을 무렵, 조범이 무슨 까닭인지 후당 깊은 곳으로 조운을 데리고 갔는데 거기에도 술상이 차려져 있었다.

조운이 자리에 앉자 조범이 누군가를 안으로 들이라는 영을 내렸다. 조운은 무슨 일인가 궁금해하면서 조범의 행동을 보고만 있었다. 잠시 후 조운은 술기운이 확 달아날 만큼 놀랐다. 웬 부인이 고개를 숙인 채 사뿐히 후당으로 들어왔는데, 눈이 부시도록 하얀 소복을 차려입은 그녀는 한눈에 봐도 굉장한 미인이었다. 조운은 조범에게 얼굴을 가까이 대고 물었다.

"도대체 누구입니까?"

"저의 형수님이십니다."

조범의 형수라는 말에 조운은 자세를 가다듬으며 예의를 차려 앉았다. 부인은 조심스럽게 술병을 들어 조운에게 술을 따랐다. 조범이 합석할 것을 권했으나 조운은 팔을 내저으며 한사코 사양했다. 그러자 그녀는 조운에게 인사를 건네고 그곳에서 물러갔다. 술이 다 깬 조운이 나무라듯 조범에게 물었다.

"동생은 하필이면 왜 형수에게 술을 따르라고 했습니까?"

조범은 슬며시 웃으며 답했다.

"그럴 만한 이유가 있어서 그리 했으니 형님께서는 달리 생각지 마세요. 우리 형님이 혼례를 치른 지 3일 만에 세상을 떠나는 바람에 형수님께서는 지금까지 혼자 몸으로 살고 계십니다. 제가 형수님을 뵐 때마다 안된 마음이 들어 개가하실 것을 권했어요. 그때마다 형수님은, '세 가지 조건을 갖춘 사람이 아니면 개가하지 않겠다'고 하시면서 '첫째, 문무를 모두 갖추어 세상에 이름이 알려진 사람이어야 하고, 몸가짐에 위엄이 있으며, 마지막으로 저희 형님과 동성동본이어야 한다'는 조건을 말씀하셨지요. 이 셋을 다 갖춘 사람을 찾기가 어디 그리 쉬운 일이겠습니까? 그런데 이제 형님을 뵈니 정의심과 용맹스러움이 남과 다르며, 명예로운 이름이 천하에 알려져 있고, 게다가 우리와 동성동본이시니 형수님이 말씀하신 바로 그분인 듯합니다. 형수님께 모자람이 없다면 형님께서 아내로 맞으셔서 친척간이 되고 싶은데 어떻게 생각하십니까?"

조범의 말을 들은 조운이 자리를 박차고 일어나며 그를 꾸짖었다.

"너와 나는 이미 의형제를 맺은 사이다. 그러니 너에게 형수이면

나에게도 형수가 된다. 네가 정녕 세상의 인륜을 어지럽히려는 것이
냐, 아니면 나를 갖고 놀자는 것이냐?"

조범은 호의로 한 일인데 생각지도 않게 무안을 당하자 불쾌한 마
음이 들었다.

"나는 형님이 좋아서 한 말인데 왜 그렇게 무안을 주는 것입니까?"

조범의 눈에 살기까지 어리자 조운은 정신을 차리고 주먹을 날려
조범을 때려눕힌 뒤 곧바로 성을 빠져나갔다. 조범은 자기가 무안을
당한데다 조운이 화까지 내고 가버리자 마음이 복잡해졌다. 그는 진
응과 포룡을 불러들여 그 일을 상의했다. 듣고 있던 진응이 말했다.

"그가 화를 내고 갔으니 뒷일이 쉽게 풀리겠습니까? 차라리 쫓아
가 죽여버리는 것이 좋겠습니다."

조범이 딱하다는 듯 물었다.

"그와 싸워서 이길 수 있겠습니까?"

진응은 더 이상 말을 못했다. 그때 포룡이 다른 의견을 내놓았다.

"저희 두 사람이 거짓으로 항복해서 그곳에 머무르겠습니다. 얼마
후에 태수께서 군사를 몰고 와 싸움을 거세요. 그러면 우리가 내응해
서 조운을 사로잡겠습니다."

포룡의 말에 고개를 끄덕이던 진응이 조범에게 군사를 내줄 것을
간청했다.

"반드시 군마를 거느리고 가야만 합니다."

포룡도 진응을 거들었다.

"군마 500기만 주십시오."

조범은 그들의 말을 따랐다. 그날 밤 진응·포룡은 500명의 군사
를 거느리고 조운에게로 갔다. 이들은 진을 지키고 있는 군사 하나에

게 투항의 뜻을 밝히고 조운을 만나게 해달라고 요청했다. 조운은 이들이 거짓으로 투항했음을 이미 알고 데려오라고 했다. 조운에게로 온 두 장수가 투항하게 된 사연을 설명했다.

"조범은 미인계를 써서 장군을 술에 완전히 취하게 한 뒤 주살하려 했습니다. 그런 후 조승상에게 목을 바쳐 공을 세울 작정이었습니다. 그러나 그 일이 실패하고, 장군께서 몹시 화를 내며 돌아가시는 것을 보고 틀림없이 우리에게도 화가 미칠 것이라 생각하고 투항을 결심했습니다."

조운은 속으로 진응·포룡을 어리석은 놈들이라 비웃었다. 그는 부하들에게 투항을 환영하는 뜻으로 술상을 차리라 이르고, 이들이 고주망태가 되도록 술을 먹였다. 이들은 조운을 확실히 속였다고 안심하고 정신을 못 차릴 정도로 술을 퍼먹었다. 두 장수가 몹시 취해 몸을 가누지 못할 정도가 되자 조운은 이들을 장막 안에 묶어놓고 따라온 부하들을 일일이 문초하기 시작했다. 시간이 지나면서 이들은 거짓 투항한 일을 실토했다. 조운은 이들이 거느리고 온 500여 명의 군사에게도 술과 음식을 주어 마음껏 먹게 한 후 영을 내렸다.

"너희들이 무슨 죄가 있겠느냐? 나를 죽이려 한 자는 진응과 포룡이다. 너희들이 내 말을 듣고 시키는 대로만 한다면 이후에 후한 상을 내리겠다."

군사들은 절을 하며 그렇게 하겠다는 뜻을 밝혔다. 조운은 진응과 포룡의 목을 베었다. 그리고 이들이 이끌고 온 500명의 군사에게 앞서서 길을 열며 가라는 영을 내리고 자신은 군사 1천을 거느리고 그 뒤를 따라갔다. 이들은 날이 저물어서야 계양 성문 아래에 도착했다. 선두에 선 군사가 문을 열라고 큰 소리로 외치며 조운의 목을 가져왔다고 말했다.

　성문 위에 있던 군사 하나가 이 사실을 조범에게 알렸다. 그는 진응·포룡이 조운의 목을 베어 돌아왔다는 말을 듣고 직접 확인하기 위해 성문 위로 올라갔다. 그가 횃불을 들고 아래를 내려다보니 자기 군사 500여 명이 문이 열리기를 기다리며 서 있었다. 조범은 너무나 기쁜 나머지 직접 성문을 열고 밖으로 달려나갔다. 성문 밖에서 군사들 사이에 숨어 조범이 나오기를 기다리던 조운은 바로 그를 붙잡아 결박했다. 그는 곧 성안으로 들어가 백성들을 안심시키고, 이 사실을 곧바로 유비에게 알렸다.

　조운에게 소식을 들은 유비는 제갈량과 함께 계양으로 왔다. 조운은 성밖으로 나가 이들을 안내하고 조범을 관사 뜰 아래로 끌어내려 무릎을 꿇렸다. 제갈량이 조범에게 죄를 캐어묻자, 조범은 처음부터 조운을 해칠 마음은 추호도 없었다며 형수를 두고 일어난 일을 설명했다. 조범의 말이 끝나자 제갈량이 조운에게도 물었다.

　"듣고 보니 좋은 뜻으로 한 일인데 공은 왜 오해를 하셨습니까?"

　"조범과 의형제를 맺은 제가 그의 형수를 취한다면 세상의 비난을 받을 일입니다. 그리고 지금까지 수절해오던 형수께서 나 때문에 개가를 한다니, 조범이 비록 투항을 했다고 하지만 그 진의를 알 수가 없었습니다. 주공께서는 새롭게 강한을 평정하시기 위해 주야로 신경을 쓰고 계시는 판에 제가 어떻게 여자 일로 자칫 주공의 대사를 망칠 수 있겠습니까?"

　유비는 그 말을 듣고는 웃으며 말했다.

　"이제 큰일을 마쳤으니 그 여인에게 장가드는 것이 어떻겠습니까?"

　"주공, 그것이 그렇게 급한 일입니까? 장부로 태어나 명예를 세우지 못하는 것이 부끄러운 일이지, 처자가 없다고 부끄러워할 일은 아닙니다."

유비는 흐뭇하게 웃으며 말했다.

"자룡은 참 사내대장부입니다."

유비는 조범의 결박을 풀게 했다. 그리고 변함 없이 계양 태수를 맡도록 부탁하고 조운에게는 큰 상을 내렸다. 조운의 성공을 축하하는 잔치가 열리던 날, 이 모든 일들에 대해 은근히 질투가 난 장비가 주위 사람들이 들으라는 듯이 큰 소리로 떠들어댔다.

"왜 자룡에게만 기회를 주는 겁니까? 내게도 3천 군마만 주시면 당장이라도 무릉으로 쳐들어가 태수 김선金旋을 붙잡아오겠어요!"

제갈량이 크게 웃으며 말했다.

"그럼 그렇게 하시지요. 그러나 한 가지 조건이 있습니다."

이렇게 제갈량이 꼭 승전할 수 있는 계책을 생각해 던져주다 보니 여러 장수들은 공을 세울 기회를 잡기 위해 모두들 촉각을 곤두세웠다. 제갈량은 그 조건을 설명했다.

"지난번에 자룡이 계양성을 정벌하러 갈 때 각서를 쓰고 간 일을 기억하지요? 만일 장군께서 무릉을 취하시겠다면 역시 각서를 쓰고 가도록 하세요."

장비는 당장 각서를 썼다. 그리고 하루라도 빨리 공을 세우고 싶었던 장비는 곧 3천 군마를 얻어 무릉을 향해 말을 달렸다. 장비가 군사를 이끌고 쳐들어온다는 보고를 들은 무릉 태수 김선은 급하게 장수들을 불러모아 무기와 군사를 정비하고 성밖으로 나가 싸울 채비를 했다. 그러자 참모 공지鞏志가 김선을 말렸다.

"유현덕은 한나라 황실의 황숙일 뿐 아니라 어질고 온후해서 이 일대의 많은 사람들이 그를 따르고 있다고 합니다. 거기에다 지금 군사를 몰고 쳐들어오고 있다는 장비는 용맹함으로 천하에 알려진 사람입니다. 그러니 적을 맞아 싸운다는 것은 괜한 손실만 키울 뿐입니다. 항복하는 것이 현명한 판단일 듯합니다."

공지의 말을 듣고 김선은 노발대발하며 그를 꾸짖었다.

"영릉과 계양이 그놈들 손에 들어갔다는 말을 듣고 네놈은 일찍부터 적과 내통한 것이 아니냐? 왜 그놈들이 쳐들어오기도 전에 안에서 민심을 동요시키려 하는 게냐?"

김선은 당장 공지의 목을 베라는 명을 내렸다. 그러자 주위의 장수들이 김선을 말렸다.

"적이 몰려오고 있는 판국에 사실의 진위도 모르면서 참모의 목을 베는 것은 우리에게 불리할 뿐입니다."

김선은 여러 장수들이 나서서 진언을 하자 할 수 없이 죽이라는 명을 철회하고 공지를 내쫓았다. 그는 직접 군사들을 지휘하여 성밖으로 나갔다. 김선이 군사를 이끌고 20여 리쯤 달렸을 때, 장비의 군사와 마주쳤다. 장비는 자신감에 넘쳐 창을 휘두르며 앞으로 달려나갔다. 그러자 김선이 부장들을 향해 소리쳤다.

"저놈을 당장 때려눕힐 자 없느냐?"

막상 장비의 웅대한 기세에 맞닥뜨리고 보니 그의 부장들은 기가 질려 누구 하나 선뜻 나서는 자가 없었다. 할 수 없이 김선이 직접 칼을 휘두르며 장비를 향해 말을 몰고 나갔다. 그러나 장비가 벽력같이 소리치면서 가까이 오자 김선은 사지가 오그라드는 듯 사색이 되어 맞서볼 엄두를 내지 못하고 말 머리를 돌려 도망쳤다. 남은 군사들은 장비가 거느리고 온 군사들에게 몰살되다시피 했다. 김선이 정신없이 달려와 성문 앞에 도착했는데 예측 불허의 사태가 그를 기다리고 있었다. 성문은 열리지 않고 성 위에서 누군가 나타나 소리를 질렀다. 공지였다. 그는 누각에 버티고 서서 김선을 비웃었으며 고함쳤다.

"네놈은 하늘의 뜻을 거역하며 스스로 네 무덤을 팠다. 나는 백성들을 거느리고 유황숙에게 투항하겠다."

말을 마치기가 무섭게 공지는 화살을 뽑아 김선의 머리를 향해 쏘았다. 미처 피하지 못한 김선은 비명 소리와 함께 말에서 떨어졌다. 공지는 김선의 목을 베게 하여 장비에게 바치고 성문을 활짝 열고 밖으로 나와 장비를 맞이했다. 장비는 공지에게 무릉 태수의 관인을 계양에 있는 유비에게 바치도록 했다.

일이 막힘 없이 진행되자 유비는 기쁨을 감출 수가 없었다. 그는 곧 공지를 무릉 태수에 임명하고 직접 무릉으로 가서 백성들과 대면했다. 그날 밤 유비는 관우에게 장비와 조운이 각각 하나씩 군을 얻어 기쁘다는 내용의 편지를 써 보냈다. 유비의 편지를 받은 관우는 즉시 그에게 답장을 써서 보냈다.

제가 듣기로 아직 장사는 취하지 못하셨다고 하니 형님께서 저를 믿으시고 기회를 주신다면 저도 공을 한번 세워보겠습니다.

유비는 흐뭇한 마음으로 관우의 뜻을 받아들였다. 유비는 그날 밤 장비를 형주로 보내 관우 대신 그곳을 지키도록 하고 관우에게는 장사를 얻도록 하라는 명령을 내렸다. 관우는 장사로 떠나기에 앞서 무릉으로 가 유비와 제갈량을 만났다. 제갈량이 관우에게 말했다.

"자룡이 계양을 취하기 위해 3천 군마를 거느렸고 익덕 역시 무릉을 얻는 데 3천의 군사를 거느렸어요. 현재 장사 태수 한현韓玄은 그리 신경쓸 만한 인물이 못 되지만 그의 휘하에는 절대 만만찮은 장수가 한 사람 있습니다. 그는 남양에서 온 황충黃忠이라는 사람인데, 본래 유표의 수하로 조카 유반과 함께 장사를 지키고 있었습니다. 유표가 죽은 뒤 한현 밑으로 들어갔는데, 지금 나이가 육순인데도 아직 1만여 군사를 혼자 감당할 수 있는 용장이니 경계해야 할 인물입니다. 그러니 관장군은 좀더 많은 군마를 거느리고 가도록 하세요."

제갈량의 말을 듣던 관우는 무척 자존심이 상했다.

"군사께서는 그간 못 뵙는 사이에 많이 변하셨습니다. 그 높던 자신감은 다 어디로 가셨습니까? 황충이 얼마나 용맹한지는 모르겠으나 그까짓 노병 한 사람을 그렇게까지 두려워할 필요가 있습니까? 저는 3천의 군마도 필요치 않습니다. 본부의 정예 도부수 500명만 주십시오. 당장 가서 황충과 한현의 목을 베어 휘하에 바치겠습니다."

유비가 나서서 말렸으나 관우는 고집을 꺾지 않고 500명의 도부수만을 거느리고 장사를 향해 말을 달렸다. 제갈량이 걱정을 떨치지 못하고 유비에게 말했다.

"운장이 황충을 너무 가볍게 여기고 있으니 혹 실수라도 할까 염려됩니다. 주공께서 달리 군사를 거느리고 가서 도우십시오."

유비는 제갈량이 시키는 대로 군사를 거느리고 관우의 뒤를 따라 장사로 향했다. 한편 성미가 급한 장사 태수 한현은 사람 죽이는 일을 예사로 저질러 주변 사람들은 대부분 그를 피하고 싫어했다. 장사에 관우가 군사를 이끌고 쳐들어온다는 소식이 전해졌다. 한현은 급하게 사람을 시켜 노장 황충을 불러 대책을 물었다. 황충이 한현을 위로했다.

"크게 염려하지 마십시오. 이몸 비록 노장이기는 하나 아직 칼과 활을 쓸 힘을 가졌으니 그놈들이 쳐들어온다고 해도 무서울 것이 하나도 없습니다."

황충은 알려진 장사로 활 쏘는 재주가 빼어난 사람이었다. 황충이 한현을 안심시키고 있는데 뜰 아래에 한 장수가 와서 간청했다.

"노장군께서 굳이 움직이실 필요가 없습니다. 그 정도는 제 한몸으로도 충분합니다. 제가 주공을 위해 공을 세울 수 있도록 허락해주십시오."

한현이 누구인가 싶어 자세히 내려다보니 그는 관군교위 양령楊齡이었다. 한현은 자기를 위해 나서는 사람이 있자 기분이 좋아져 양령에게 1천 군마를 주어 나가 싸우게 했다. 양령은 기세등등하게 성문 밖으로 군사를 몰고 나가 50여 리를 달렸다. 이때 멀리서 뿌연 먼지를 일으키며 오는 군마의 무리가 보였다. 관우였다.

양쪽 군사의 거리가 점점 가까워졌다. 양령은 창을 휘저으며 말을 몰아 관우에게 달려갔다. 그는 큰 소리로 욕설을 퍼부으며 관우에게 싸움을 걸었다. 관우는 가소롭다는 듯 대꾸도 않고 청룡도를 높이 들고 말을 달려 양령에게 치달았다. 양령도 창으로 맞섰다. 둘이 어우러져 창과 창이 부딪치는 소리를 내며 싸웠으나 그것은 불과 세 차례에 지나지 않았다. 양령의 머리가 관우가 휘두르는 창에 맞고 날아가 자기편 군사 앞에 떨어졌다.

양령의 군사들은 그야말로 혼비백산해서 도망치기 시작했다. 관우는 그들을 뒤쫓아 장사성 아래에까지 왔다. 관우가 어느새 성문 앞까지 치고 들어왔다는 말을 전해들은 한현은 곧 황충에게 나가 싸울 것을 명했다. 그래도 마음이 놓이지 않았던지 한현은 직접 성루에 올라가 성밖을 내려다봤다.

황충은 500명의 기병을 거느리고 말발굽 소리를 울리며 적교를 건너갔다. 늙은 장수가 앞에 서서 군사를 거느리고 달려나오는 것을 지켜보고 있던 관우는 금방 그가 황충임을 알아차렸다. 관우는 거느리고 온 500의 군사를 양쪽으로 줄지어 서게 한 후 칼을 비껴들고 말을 세우며 물었다.

"앞에 계시는 분은 황충 장군이 아니십니까?"

황충이 당당하게 대답했다.

"그렇다. 내 이름을 알면서 감히 우리 땅을 침범하러 왔느냐?"

"내가 온 것은 장군의 목을 가져가기 위해서입니다. 준비되셨습니까?"

말이 끝나자마자 황충과 관우는 창을 맞대며 싸우기 시작했다. 그러나 한 시간이 지나도 승부가 나지 않았다. 성루에서 이들의 싸움을 지켜보던 한현은 혹시 황충이 힘을 소진하지나 않을까 염려되어 징을 울려 후퇴를 유도했다. 그러자 황충은 군사를 물려 성안으로 들어가버렸다. 관우도 할 수 없이 군사를 이끌고 물러나 10리 밖에 진을 치고 혼자 생각했다.

'황충은 과연 소문대로다. 100여 차례를 싸워도 창끝의 힘이 그대로이니……. 내일은 꼭 계책을 써서 말 잔등 아래로 떨어뜨리고 말리라.'

다음날 군사들이 아침을 먹고 나자 관우는 다시 군사들을 거느리고 성 아래로 가서 싸움을 걸었다. 일찍부터 성 위에 올라 관우의 움직임을 주시하던 한현은 관우가 온 것을 보자 다시 황충을 내보내 싸움에 응하도록 했다. 황충은 어제와 같은 모습으로 수백의 기병을 거느리고 봇물처럼 적교를 건너 달려나왔다. 또다시 두 장수가 어우러 져 싸움을 시작했다. 이번에도 60여 차례를 싸웠으나 누구 하나 지치 지 않고 팽팽히 맞섰다.

둘의 대결을 지켜보던 양쪽 군사들은 함성을 지르며 자기편 장수 를 응원했다. 적군의 북소리가 더 요란해지자 관우는 휘두르던 창을 거두고 갑자기 도망치기 시작했다. 황충은 달아나는 관우를 놓치지 않기 위해 필사적으로 그 뒤를 쫓아갔다. 도망치던 관우가 칼을 뽑아 돌아서며 황충을 찌르려는 순간, 외마디 소리와 함께 황충이 말에서 굴러떨어졌다. 황충의 말이 실족을 했던 것이다. 관우는 황충을 내려 다보며 소리쳤다.

"비겁하게 당신을 죽이고 싶지는 않소. 빨리 말을 갈아타고 와서 다시 한번 겨뤄봅시다."

황충은 재빨리 쓰러진 말을 일으키고 바람처럼 말에 올라 성안으 로 들어갔다. 한현이 놀라며 까닭을 묻자 황충이 대답했다.

"오랫동안 전쟁에 나오지 않았던 말을 갑자기 탔더니 실수가 있었 습니다."

한현은 불만에 차서 황충을 꾸짖었다.

"장군은 백발백중의 명궁이 아닙니까? 그런데 왜 활을 내팽개쳐놓 는 것입니까?"

"내일 다시 싸울 때, 일부러 패한 척하며 도망쳐서 관우를 적교까 지 유인해 죽이겠습니다."

황충의 다짐을 듣고, 한현은 평소 자기가 아껴 타던 청마를 그에게 내주었다. 황충은 한현에게 감사를 표시하고 자기 자리로 돌아와 혼 자 생각했다.

'관운장은 실로 사내 중의 사내로다. 그는 정정당당한 싸움을 위해, 한칼에 나를 날릴 수 있는 상황이었는데도 나를 죽이지 않았다. 그런데 내가 어떻게 비겁하게 그를 유인해 활을 쏘아 죽인단 말인가? 하지만 그를 죽이지 않는 것 역시 불충이 아닌가?'

이런 생각으로 그는 밤새도록 고민했다. 다음날 해가 뜨자 성밖에서 또다시 관우가 군사들을 거느리고 와 진을 쳤다. 황충 역시 군사를 거느리고 성밖으로 나갔다. 관우는 이틀 동안이나 황충과 승부를 다퉜으나 결판이 나지 않아 마음 한구석이 초조했다. 그러나 그는 전혀 흔들림 없이 위엄을 갖추고 황충을 맞아 싸웠다. 역시 이번에도 빠른 시간 안에 승자를 가려내지 못했다. 서로 맞붙어 싸우기를 30여 차례 하다가 황충이 패한 척하며 도망쳤다. 관우도 틈을 주지 않고 그 뒤를 쫓았다. 황충은 관우를 유인하면서도 어제 그가 굳이 자기를 죽이지 않았던 사실을 떠올리며 차마 활시위를 당기지 못하고 있었다. 뒤에서 관우가 창을 휘두르며 금방이라도 황충을 내려칠 태세로 달려왔지만, 황충은 끝내 화살을 메기지 않고 시위만 당겼다. 관우는 황충의 모습을 보고 몸을 비껴 급히 피했으나 날아오는 화살은 보이지 않았다. 관우는 이상한 생각이 들었지만, 다시 황충을 추격했다.

황충이 두 번째로 화살을 쏘는 척하자 마침내 관우도 황충이 빈 활시위만 당기고 있다는 것을 알았다. 그러나 관우가 기이하게 여기며 적교 가까이까지 황충을 쫓아가자 황충은 관우를 향해 화살을 메긴 활시위를 힘차게 당겼다. 화살은 공중을 뚫고 날아가 관우의 투구 끈에 꽂혔다. 순간 황충의 군사들이 두 손을 높이 치켜들고 함성을 질렀다. 관우는 몹시 놀라 더 이상 추격할 생각도 못하고 본진으로 돌아왔다.

관우는 후퇴하면서도 황충의 뛰어난 활솜씨에 감탄했다.

'오늘 황충이 내 투구 끈을 맞힌 것은 일부러 그렇게 한 것이다. 전날 내가 그를 살려준 은혜를 갚고자 함이 틀림없다.'

관우가 돌아가자 황충도 군사들을 이끌고 성안으로 들어갔다. 한현은 노기를 가득 담은 얼굴로 황충이 들어오는 모습을 지켜보다가 소리쳤다.

"당장 황충을 끌어내려라!"

황충은 갑자기 당한 일에 순간적으로 기분이 상했다.

"내가 무슨 죄를 지었습니까?"

황충이 항변하자 한현은 더더욱 핏대를 올리며 그를 꾸짖었다.

"네가 관우를 맞아 싸우는 3일 동안 내 너를 지켜보고 있었다. 그런데 너는 사흘 내내 계속 나를 속였다. 첫날은 최선을 다해 싸우지 않았으니 네놈들 사이에 반드시 무슨 내막이 있었을 것이다. 또한 어제는 네가 말에서 떨어져 쉽게 죽일 수 있었는데도 관우가 너를 살려 보내주었으니 그것 또한 틀림없이 네놈이 그들과 내통한 탓일 것이다. 그리고 오늘은 두 번이나 빈 활시위만 당겼고 세 번째는 활을 쏘았으되 일부러 그놈의 투구 끈만 맞혔으니 어떻게 적과 통하지 않았다고 할 수 있겠느냐? 내가 지금 네 목을 베지 않으면 훗날 내가 무슨 일을 당할지 모를 일이다."

한현은 도부수들을 불러 명령했다.

"황충을 당장 성문 밖으로 끌어내 목을 쳐라!"

한현의 명이 떨어지자, 여러 장수들이 하나같이 입을 모아 황충을 살려줄 것을 간청했다. 그러자 한현은 더욱 화가 치밀어 발악을 했다.

"지금부터 황충을 살려달라고 하는 놈은 어떤 놈이든 가리지 않고 같이 목을 치겠다."

도부수들이 감히 거역할 생각을 못하고 황충을 성문 밖 형장으로 끌어내 땅바닥에 꿇어앉혔다. 칼날을 세우고 목을 치려는 순간, 한 장수가 비수처럼 날아들어 도부수를 베고 황충을 구해 일으켜세우며 크게 소리쳤다.

"황충은 이 땅이 낳은 보배다. 황충을 죽이는 것은 장사 땅의 모든 백성을 죽이는 것과 마찬가지이다. 한현은 자기밖에 모르는 사람으로 사람 알기를 우습게 알고 아랫사람 귀한 줄 모른다. 그에게 억울하게 당한 백성들을 생각해보라! 이제 누구든지 나를 따르고 싶은 사람은 내 뒤를 따르라."

형장을 메우고 있던 사람들이 놀라 바라보니 그는 얼굴빛이 까무잡잡하고 눈이 별처럼 빛나는 의양 사람 위연魏延이었다. 위연은 본래 양양에 있다가 유비에게 가던 중 한현을 만나 이곳에 눌러앉은 인물이었다. 그러나 속 좁은 한현과 자신감이 넘치다 못해 오만한 구석이 있는 위연은 잘 맞지 않았다. 한현은 위연을 아예 주변으로 돌렸고 그래서 그는 늘 마음속에 한현에 대한 복수심으로 가득 차 있었다. 이날 황충이 형장에서 죽음을 맞게 된 것을 본 위연이 황충을 구하고 한현을 죽이자고 백성들을 선동하자 일시에 수백 명이 동조하고 나섰다.

황충이 위연을 말렸으나 위연은 절호의 기회를 놓칠 수 없다는 듯 자신의 뜻대로 밀고 나갔다. 위연은 바로 성루로 올라가 미처 피하지 못한 한현을 단칼에 내리쳤다. 한현은 비명 한마디 지르지 못하고 피투성이가 되었다. 위연은 한현의 머리를 수습한 뒤 그를 따르는 백성들을 모아 성밖으로 나가 관우에게 항복을 표시했다.

관우는 위연을 받아들이고 뿌듯함에 젖어 군사들을 이끌고 성안으로 들어갔다. 백성들은 길가에 늘어서서 말 위에 올라 위풍당당하게 입성하는 관우를 보며 절을 했다. 관우는 백성들을 위로하고 안심시킨 후 황충을 만나고 싶은 마음에 그를 청했다. 그러나 황충은 아프다며 나타나지 않았다. 관우는 황충을 불러낼 방도를 궁리한 끝에 사람을 보내 유비와 제갈량을 장사에 모셔오도록 했다.

한편 관우가 장사로 떠난 다음 행여나 일이 생기면 그를 돕기 위해 제갈량과 함께 군사를 이끌고 장사로 향하던 유비는 의아한 장면을 목격했다. 앞서 가던 푸른 깃발이 갑자기 바람에 날려가고 까치 한 마리가 북쪽에서 남쪽으로 날아가며 계속해서 세 번이나 슬프게 울었던 것이다. 유비는 왠지 불길한 생각이 들어 걱정스러운 표정으로 제갈량에게 물었다.

"저것은 좋은 징조일까요, 아니면 나쁜 징조일까요?"

제갈량은 말 위에서 손가락을 짚어 점괘를 뽑아보더니 웃는 얼굴로 유비에게 말했다.

"좋은 징조입니다. 아마 장사는 이미 우리 것이 되어 있을 겁니다. 또한 주공께서는 생각지도 않은 장수를 얻게 될 것인데 오후가 되면 확실한 소식을 들으실 것입니다."

제갈량의 말에 유비가 다소 흥분한 마음으로 계속 행군을 하는데 앞에서 군사 하나가 말에 채찍을 가하며 급히 달려왔다. 그는 유비를 보더니 그에게 절을 하고 보고했다.

"관장군께서 장사를 얻으시고 황충과 위연 두 장수도 투항했습니다. 모두들 주공께서 장사로 오시기만을 기다리고 있습니다."

유비는 제갈량을 돌아보며 기쁨을 감추지 못한 채 살짝 목례를 했

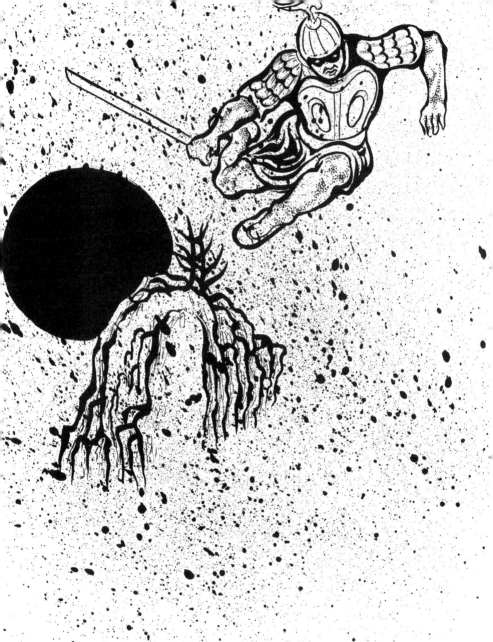

도부수가 황충의 목을 치려는 순간 한 장수가 날아들고 있다.
도(刀)를 들고 뛰어들어오는 장수가 입은 갑옷은 후한 말에
등장한 신무기 '명광개(明光鎧)' 다. 튼튼한 금속판을 가슴에 대어
화살과 창을 막도록 했다. 금속판이 햇빛을 받으면 번쩍번쩍 거울처럼
빛난다고 하여 '명광(明光)' 이라는 이름을 얻었다.

다. 유비 일행은 더욱 속력을 높여 마침내 장사에 도착했다. 관우는 소식을 듣고 성밖으로 마중을 나가 이들을 맞이했다. 그리고 유비와 제갈량을 성안으로 안내한 다음 그들을 상청에 오르게 했다. 관우는 지금까지 있었던 일을 얘기하며 그 중에서도 노장 황충에 대한 이야기를 상세하게 들려주었다.

유비는 관우의 말을 듣고 직접 황충의 집으로 찾아갔다. 유비의 방문에 비로소 마음을 연 황충은 그날로 유비를 섬길 것을 약속했다. 유비는 또한 사람들을 시켜 한현의 시신을 수습케 한 후 장사의 동쪽 볕이 잘 드는 곳을 찾아 장사지내주는 것도 잊지 않았다. 유비가 술자리를 마련해 황충을 대접하고 있을 때 시자가 와서 소식을 전했다.

"위연이라는 자가 와서 주공을 만나뵙기를 청합니다."

이 말을 듣고 관우가 나가서 위연을 데리고 왔다. 위연이 들어오는 모습을 지켜보던 제갈량이 난데없이 도부수들에게 위연의 목을 베라고 호령했다. 깜짝 놀란 유비가 제갈량에게 까닭을 물었다.

"위연이 무슨 죄를 지었다고 군사께서는 그를 죽이려 하십니까?"

"주인의 녹을 먹고 살면서 속마음을 숨기고 있다가 그 주인을 죽인 것은 천하의 불충한 짓입니다. 또한 자기가 발붙이고 사는 땅을 적에게 바쳤으니 불의를 저지른 것입니다. 내가 위연의 뒷모습을 살펴보니 주인을 배반할 상입니다. 그는 지금은 우리에게 몸을 굽혔으나 언젠가 반드시 우리를 배반할 것이니 미리 후환을 없애려는 것입니다."

쓸모있는 장수가 무척이나 아쉬웠던 유비가 다시 한번 제갈량에게 살려줄 것을 부탁하자, 제갈량은 그제야 마지못해 승낙하며 위연에게 말했다.

"너는 주공 덕분에 목숨을 구한 줄 알아라. 이 시간부터 네가 충성을 생각지 않고 딴마음을 품는다면 오늘 저녁이라도 당장 네 목을 치겠다."

위연은 진심인지 가식이 섞인 것인지 알 수는 없었으나, 살려준다는 말에 몇 번이나 허리를 굽혀 절을 하고는 자리를 떠났다.

잠시 후 술자리에서 황충은 유비에게 유표의 조카 유반을 천거했다. 유반은 그때 유현攸縣이라는 곳에서 하는 일 없이 지내고 있었다. 유비는 황충의 청탁을 받아들여 유반을 불러 장사를 다스리도록 했다.

유비는 마침내 영릉 · 계양 · 무릉 · 장사, 네 군을 휘하에 넣게 되었다. 그는 대사를 끝내고 군사를 거두어 형주로 다시 돌아갔다. 그리고 유강구油江口의 지명을 공안公安이라고 고쳤다. 유비가 형주를 다스리면서부터 재물과 양곡이 더욱 풍족하게 쌓이고 사방에서 내로라하는 인재와 무사들이 하루가 멀다하고 모여들었다.

한편 주유는 요양을 위해 시상으로 돌아갈 준비를 했다. 한 차례 제갈량에게 호되게 당하다시피 한 주유는 군 방어에 특별히 신경을 썼다. 파릉은 감녕에게 맡기고 한양은 능통에게 지키게 했다. 이 두 곳에 많은 군선을 주둔시켜 감녕과 능통의 영을 절도 있게 따르도록 하는 한편, 정보에게는 나머지 군사를 주어 합비로 가도록 명령했다. 합비는 손권이 적벽대전에서 압승을 거둔 후 군사를 주둔시킨 곳이다. 그곳에서는 조조의 군사와 크고 작은 싸움이 열 차례 이상이나 있었으나 그때까지 이렇다 할 성과를 거두지 못하고 있었다. 뿐만 아니라 조조군의 저항이 완강해서 손권은 성 아래에 진을 치지 못하고 50여 리 떨어진 곳에 진을 치고 있었다.

이런 와중에 정보가 군사를 이끌고 출발했다는 소식을 들은 손권은 반가운 마음에 한시 바삐 그들이 오기를 기다렸다. 마침내 정보가 합비에 도착하자 손권은 직접 영문 밖까지 나가 군사들을 맞이했다. 이때 노숙이 함께 오고 있다는 보고를 들은 손권은 말에서 내려 그를 기다렸다. 멀찍이서 손권을 발견한 노숙은 황급히 말에서 내려 손권에게 달려와 공손하게 인사를 올렸다. 손권도 노숙에게 예의를 갖춰 인사했다. 주위에 있던 여러 장수들은 손권이 노숙을 이처럼 극진한 예로 맞이하는 것을 보고 의아스러웠다. 손권은 노숙에게 먼저 말에 오르라 청하고 자기도 말에 올라 나란히 가면서 목소리를 낮춰 물었다.

"내가 말에서 내려 예를 갖추고 공을 맞이한 것이 공에게 영광이 될 수 있겠습니까?"

"그렇지 않습니다."

"그러면 나는 공을 어떻게 대접해야 합니까?"

"주공께서 온 천하에 덕을 떨쳐 9주를 총괄해 다스리시고 제왕의 업을 이루십시오. 그래서 신하된 저의 이름이 청사에 길이 남아 후세에 전해지도록 하는 것이 저를 영광스럽게 하시는 길입니다."

손권은 노숙의 손을 잡으며 고마움과 기쁨을 표시했다. 그는 모든 군사들을 장중으로 거느리고 가서 큰 잔치를 열고 노숙과 군사들의 여독을 풀어주었다.

잔치가 끝나고 손권은 노숙과 정보 및 다른 참모들과 함께 합비를 공략할 대책을 의논했다. 그때 장요에게서 전투를 부추기는 편지가 와 있다는 보고가 들어왔다. 손권은 편지를 뜯어보더니 그 자리에서 구겨버리고는 분노를 감추지 못하며 말했다.

"장요놈의 오만이 하늘을 찌르는구나. 이놈이 정보가 군사를 이끌고 왔다는 것을 알고 일부러 사람을 보내 싸움을 거는 모양인데, 내가 새로 온 군사들을 쓰지 않고 이곳을 지키던 군사들만을 써서 하늘이 높은 줄을 알게 해주겠다."

그날 손권은 3군에게 새벽 2시경에 진을 출발하여 합비를 향해 진격하라는 영을 하달했다. 오전 8시 무렵 합비를 향해 30여 리쯤 진격해갔을 때, 맞은편에서 조조의 군사들이 몰려왔다. 양쪽 군사는 화살이 서로를 해치지 못할 거리만큼 근접하자 진군을 멈추고 마주보며 포진했다.

잠시 후 동오의 진지에서 황금 투구와 황금 갑옷으로 무장한 손권이 채찍으로 말을 몰아 앞으로 나섰다. 손권의 왼쪽에는 송겸宋謙이, 오른쪽에는 가화賈華가 각기 방천화극을 손에 들고 손권을 비호하고 있었다. 그때 조조군 측에서 북이 세 번 울리더니 맨 앞에 깃대로 만든 문기가 양쪽으로 열리며 세 사람의 장수가 나란히 나타났다. 한가운데에는 장요가 갑옷과 투구를 갖추고 말 위에 버티고 앉아 있었고, 왼쪽에는 이전이, 오른쪽에는 악진이 장요를 경호하고 있었다. 적의 움직임을 관찰하던 장요가 손권을 향해 말을 몰아 달려나왔다. 이에 손권이 장요를 맞아 싸우기 위해 앞으로 내달리려는 순간, 군사들 사이에서 다른 한 장수가 창을 비껴들고 날쌔게 앞으로 달려나왔다. 태사자였다.

장요가 바로 태사자를 향해 칼을 휘두르며 공격했다. 장요와 태사자는 칼과 창을 부딪치며 70~80차례나 싸웠으나 승부가 나지 않았다. 이들이 싸우는 동안 조조군 측의 이전과 악진이 손권을 눈여겨보고 있었다. 그러다 이전이 악진에게 속삭였다.

"아시겠죠? 저기 황금 갑옷을 입고 있는 자가 바로 손권입니다. 우리가 저 자만 붙잡는다면 적벽 싸움에서 잃은 40만 군사의 원수를 갚는 일이 되는 것입니다."

이전이 말을 마치기도 전에 성질 급한 악진은 손권을 잡겠다는 생각으로 쏜살같이 그에게로 달려갔다. 악진이 손권을 겨냥해 칼을 높이 들었다 내리치려는 순간 손권을 호위하고 있던 송겸과 가화가 동시에 화극으로 칼을 막았다. 그러나 신기하게도 두 장수의 화극은 두 동강이 나고 악진의 칼도 땅바닥에 내팽개쳐졌다. 누군가가 나서서 자루만 남은 화극으로 악진의 말 머리를 힘껏 후려쳤다. 악진의 말은 놀라서 자기의 진으로 달아나고 그 바람에 말 위에 앉아 있던 악진도 얼떨결에 진으로 돌아가게 됐다. 송겸은 옆에 있던 군사의 창을 빼앗아 악진을 뒤쫓았다. 순식간에 일어난 광경을 지켜보던 이전이 활을 뽑아들어 송겸을 향해 쏘았다. 날아든 화살이 송겸의 가슴 한복판에 꽂혔다. 그는 달리는 말에서 그대로 떨어져 땅바닥에 엎어졌다.

장요와 치열하게 맞붙어 싸우고 있던 태사자는 등 뒤에서 자기편 장수가 화살을 맞고 말에서 떨어지는 것을 보더니 싸움을 포기하고 말 머리를 돌려 본진으로 달렸다. 장요가 태사자를 바짝 뒤쫓아 동오의 진쪽으로 뛰어들었다. 장요의 군사들도 뒤따라 부채살 모양을 그리며 동오군 쪽으로 쳐들어왔다. 기선을 제압당한 동오의 군사들은 싸워볼 용기를 잃고 이리저리 흩어져 도망쳐버렸다.

그러자 손권도 지휘력을 잃고 하는 수 없이 도망가기 시작했다. 장요가 황금 투구를 번쩍이며 달아나는 손권의 뒷모습을 보더니 시간을 두지 않고 쫓아갔다. 어느새 손권은 장요가 팔을 뻗으면 가닿을 거리에 들고 말았다. 장요가 이제 됐다 싶어 달리는 말에 박차를 가해 바로 손권 옆으로 가 그를 넘어뜨리려는 순간 한 무리의 군사들이 나타나 장요를 가로막았다. 군사들과 함께 나타난 장수는 정보였다. 정보는 혹 손권에게 일이 생기면 지원하기 위해 이곳으로 달려오던 중이었다. 손권을 코 앞에서 놓친 장요는 정보의 군사들을 헤치고 할 수 없이 합비로 돌아갔다.

정보가 손권을 구출해 본진으로 돌아오니 사방으로 흩어졌던 군사들도 하나 둘 모여들었다. 손권은 송겸이 죽은 사실을 알고 무릎을 꿇고 앉아 통곡했다. 손권이 어느 정도 진정하자 장사長史 장굉張紘이 그에게 다가와 조심스럽게 말했다.

"주공께서는 이제 한창 기운이 넘쳐날 때입니다. 주공의 화려하고 용맹스러운 위용은 누가 봐도 탄성이 날 만큼 아름답습니다. 또한 조조와의 전쟁에서 승리한 후 주공께서는 자신감에 넘쳐 당신의 기운만 믿으시고 적의 힘을 제대로 헤아리는 데 소홀하시니 여러 장수들이 걱정하고 있습니다. 싸움터에 나서서 적장의 목을 베고 적병의 기를 빼앗아 적의 힘을 제압하는 것은 아래 장수들이 할 일이지 주공께서 친히 나서서 할 일이 아닙니다. 바라옵건대 주공께서는 용맹한 기운을 자제하시며 패업을 이룰 더 큰 계획을 세우고 실행하는 데에 힘을 쏟으십시오. 오늘 송겸이 적의 활을 맞고 죽은 것은 주공께서 계셔야 할 자리에 계시지 않았기 때문입니다. 이제부터는 좀더 신중하시기 바랍니다."

"제가 경거망동했습니다. 앞으로는 이런 일을 두 번 다시 만들지 않겠습니다."

이때 태사자가 장막 안으로 들어서며 말했다.

"제 밑에 과정戈定이라는 사람이 있는데, 장요 휘하에서 말을 기르는 후조後槽와 형제 사이입니다. 후조는 어떤 일로 장요에게 심한 힐책을 받고는 원한을 품고 우리 쪽에 사람을 보내왔습니다. 신호로 불을 올리고 장요를 암살할 테니 그후에 자기를 받아달라고 전했습니다. 군사를 이끌고 가서 외응하여 죽은 송겸의 원수를 갚고자 합니다. 허락해주십시오."

손권이 관심을 보이며 물었다.

"과정이라는 자는 지금 어디 있습니까?"

"우리 편이라는 것을 감추고 이미 장요를 따라 합비성 안으로 들어갔습니다. 제게 군사 5천 명만 내주십시오."

옆에 있던 제갈근이 손권에게 신중하라고 일렀다.

"장요는 용맹과 지략이 뛰어난 인물입니다. 단순하지 않으니 함부로 움직이지 마십시오."

제갈근의 말을 듣고 손권이 망설이고 있는데 태사자가 꼭 가게 해달라고 고집을 부렸다. 손권은 비명에 죽어간 송겸의 모습이 떠올라 한시라도 빨리 그의 원수를 갚아주고 싶어 결국 태사자의 출진을 허락했다. 태사자는 기뻐하며 군사 5천을 거느리고 장요의 진으로 쳐들어갈 준비를 했다.

과정은 원래 태사자와 같은 고향 사람이었다. 손권과 장요가 한판 붙은 그날, 과정은 조조의 군사들 틈에 끼어 합비성 안으로 들어가 후조를 만났다. 둘은 외진 곳에 앉아 앞일을 의논했다.

"우리 고향 사람 태사자는 벌써 군장교가 되어 장요와 겨루는 사이가 되었어. 그런데 우리는 마구간에서 말이나 돌보고 있으니 언제까지 이렇게 살아야 하는가. 나도 공을 세워 남자로 태어난 값을 하고 싶네. 나는 벌써 사람을 보내 태사자 장군을 만나게 했으니 오늘 밤 틀림없이 군사를 이끌고 올 것이네. 자네는 어떻게 하겠나?"

후조가 고개를 끄덕이며 과정의 말을 듣고 있더니 방법을 말했다.

"이곳은 군중과 멀어 한밤중에 장요의 거처까지 가기는 어려운 일입니다. 대신 말먹이 풀을 쌓아놓은 곳에 불을 지르고 내란이 일어났다고 소동을 피우면 성안이 난리가 난 듯 혼란스러울 테니 그 틈을 이용해 장요를 찔러 죽이면 될 것입니다. 어떻습니까?"

"아주 좋은 생각이네."

그날 장요는 손권과의 싸움에서 이기고 돌아와 3군에게 포상하고 격려한 뒤 오늘 밤은 갑옷을 벗지 말고 무기들도 가까운 곳에 잘 챙겨두고 잠을 자라고 명령했다. 주위 장수들과 장교들은 의아한 생각이 들어 장요에게 물었다.

"오늘은 손권을 물리치고 동오의 군사들을 멀리 내쫓은 승전의 밤인데 장군께서는 왜 또다시 갑옷을 입은 채 자라고 하십니까?"

"너희들이 하나만 알고 둘은 몰라서 하는 소리다. 진정한 장수라면 이겼다고 기뻐 날뛰어서도 안 되고 싸움에 졌다고 마냥 슬퍼해서도 안 된다. 우리가 오늘 크지도 않은 싸움에서 이겼다고 방심해서 아무런 대비도 하지 않고 자다가 만에 하나 동오의 군사들이 공격해온다면 어떻게 나가 싸울 수 있겠느냐? 이런 날일수록 더욱 방비를 튼튼히 해야 한다."

모든 군사들은 그의 신중함에 고개를 끄덕이며 갑옷을 입은 채 잠자리에 들 준비를 했다.

그때 군 방어기지 뒤쪽에서 거대한 불길이 치솟더니 누군가 뛰어나오며 내란이 일어났다고 급하게 외쳤다. 장요의 군영은 순식간에 혼란에 빠졌다. 장요는 급하게 칼을 찾아 들고 장막 밖으로 나와 말에 올랐다. 호위장교 10여 명이 그를 경호했다. 군막에서 나온 장수들이 장요에게 말했다.

"사태가 급한 것 같습니다. 어서 직접 나가셔서 상황을 파악하는 것이 좋겠습니다."

그러자 장요가 말했다.

"성안에 있는 모든 사람들이 들고 일어난 것은 아닐 것이다. 분명 몇 놈이 작당해서 일으킨 짓일 테니 함부로 나서서 날뛰는 놈은 목을 치겠다."

얼마 되지 않아 이전이 과정과 후조 두 사람을 꽁꽁 묶어 끌고 왔다. 장요는 직접 그들을 문초해서 둘이 짜고 한 짓임을 알아냈다. 두 사람은 그 자리에서 목이 날아가버렸다. 이때 성문 밖에서 꽹과리, 북소리와 함께 군사들의 고함소리가 금방이라도 성을 무너뜨릴 듯 요란하게 들려왔다. 주위를 돌아보며 장요가 말했다.

"흥! 안과 밖에서 계략을 꾸민 모양인데 쉽게 넘어갈 내가 아니다. 저것은 분명 동오의 군사가 외응해온 것이다. 계책에는 계책으로 맞서 싸워야 한다."

장요는 곧 군사들을 시켜 성안에 불을 지르고 사람들에게 마치 반란이 일어난 것처럼 소란을 피우게 하라고 지시했다. 그와 동시에 성문을 열어젖히고 적교를 내리게 했다. 밖에서 성문이 열린 것을 본 태사자는 성안에서 과정과 후조가 성공적으로 일을 끝내고 내란을 일으킨 것으로 알고 말을 몰아 성안으로 들어갔다. 창을 비껴들고 성으로 뛰어드는 태사자의 머리 위로 포성 소리와 함께 화살이 빗발치듯 쏟아졌다.

태사자는 황급히 말 머리를 돌려 성밖으로 내달았지만, 이미 온몸에 화살이 박힌 뒤였다. 게다가 태사자 뒤를 이어 이전과 악진이 군사를 몰고 달려나와 닥치는 대로 찔러 죽이는 바람에 동오의 군사들은 떼죽음을 당했다. 조조의 군사들은 내친 김에 손권의 본진 앞까지

치고 들어왔다. 그때 마침 손권의 부장 육손과 동습이 태사자를 구하기 위해 말을 휘몰아 달려나오니 조조의 군사들은 할 수 없이 왔던 길을 되돌아갔다.

손권은 온몸이 상처투성이가 된 태사자를 보고 몹시 마음이 아팠다. 함께 태사자를 걱정하던 장소가 군사를 물려 일단 돌아가는 것이 좋겠다고 손권에게 청했다. 손권은 장소의 말대로 모든 군사를 이끌고 배를 이용해 남서의 윤주로 돌아가 그곳에 군마를 주둔시켰다.

태사자의 상태는 날이 갈수록 악화되어 상처가 염증으로 썩어들어갔다. 손권은 태사자의 용태가 궁금해 장소에게 문병을 다녀와 보고하도록 했다. 장소가 온 것을 보고 태사자는 갑자기 통곡했다.

"대장부로 태어났으면 마땅히 허리에 3척의 칼을 차고 공을 세워 이름을 떨쳐야 할 텐데, 이제 그 뜻을 펴기도 전에 죽게 생겼습니다."

장소가 위로하기 위해 태사자 앞으로 다가서는 순간, 태사자는 그만 영 눈을 감고 말았다. 그의 나이 41세였다. 손권은 태사자가 죽었다는 말을 듣고 애통함을 누를 길이 없었다. 그는 참모들에게 태사자를 남서의 북고산 아래에 후히 장사지내주도록 하고 태사자의 아들 태사형太史享을 데려다 부중에서 키웠다.

한편 형주에 머물러 있던 유비에게 손권이 합비 전투에서 패해 남서로 돌아갔다는 소식이 전해졌다. 유비는 제갈량과 함께 이 일을 두고 상의했다. 제갈량은 왠지 머뭇거리더니 손권의 얘기는 입에 올리지 않고 다른 말을 했다.

"어제 저녁 제가 별자리를 살펴보니 서북 쪽에서 별이 떨어졌습니다. 그것은 황족 한 사람이 세상을 떠났음을 알리는 것이 분명합니다."

유비가 제갈량의 말에 귀를 기울이고 있는데 시자 하나가 들어와 공자 유기가 임종했다고 전했다. 유비는 유기가 죽었다는 말을 듣고 가슴 한구석이 무거워지면서 눈물이 솟구쳤다. 제갈량이 유비를 달래며 위로했다.

"살고 죽는 것은 하늘이 정한 이치이니 주공께서는 너무 슬퍼하지 마십시오. 주공께서는 더 큰일을 이루실 분이니 귀하신 몸을 잘 보전하셔야 합니다. 그리고 양양으로 사람을 보내 경비를 더 철저히 하도록 하시고 공자의 장례도 치르셔야지요."

"양양에는 누구를 보내면 좋겠습니까?"

"반드시 관우를 보내야 합니다."

유비는 관우를 불러 양양으로 가서 성을 지키도록 영을 내렸다. 그러고 나서 걱정이 되는지 제갈량을 불러 물었다.

"오늘 유기가 세상을 떠났으니 동오에서 사람이 올 텐데 어떻게 답변을 해야 할지 걱정입니다."

"분명히 오겠지요. 그 일에 대해서라면 제가 알아서 대답할 테니 너무 염려하지 마십시오."

두 사람의 예상대로 보름쯤 지나 동오의 노숙이 조상을 핑계로 형주로 왔다.

유비의 정략결혼

노숙이 왔다는 말을 듣고 제갈량은 유비와 함께 성문 밖까지 마중을 나갔다. 서로 그간의 안부를 물으며 인사를 나눈 뒤 노숙이 먼저 입을 열었다.

"유황숙의 조카 되시는 유기 공자께서 세상을 떠났다는 말을 듣고 저희 주공께서 조의를 표하시고 저를 대신 보내시면서 각별히 예를 갖추어 조문하라고 당부하셨습니다. 주도독께서도 몇 번이나 유황숙과 제갈량 두 분께서 유기의 장례를 성대히 치러주신 점을 치하하셨습니다."

유비와 제갈량은 다시 한번 감사를 표시하고, 노숙이 가지고 온 예물을 받았다. 세 사람은 관사 뜰의 누각에 올라 술상을 마주하고 앉았다. 서로 술을 권하며 몇 잔을 마시고 나자 노숙이 입을 열었다.

"전에 유황숙께서는 '공자가 돌아가시면 형주를 동오에 돌려주겠다' 고 약속하셨습니다. 이제 공자께서 계시지 않으니 형주를 돌려주셔야 합니다. 형주 반환에 대한 약조를 받고 싶습니다."

유비가 대답했다.

"천천히 술이나 먼저 드시지요. 그렇지 않아도 상의하려던 참이었습니다."

유비가 애매한 태도를 보이자 노숙은 답답한지 연거푸 몇 잔의 술을 비우더니 다시 그 문제를 끄집어냈다. 유비가 딱히 할말을 찾지 못하고 시간을 끌고 있을 때 제갈량이 정색을 하고 대답했다.

"제가 저번에 그렇게 말했을 때 진의를 파악하셨으리라 짐작했는데 이제 와서 또 이러시니 자경은 이치를 모르는 인물이 아닙니까? 도대체 무슨 대답을 기다리시는 것입니까? 우리 한고조께서 왕업을 닦아 오늘에 이르는 동안 불행하게도 세상의 간사한 영웅들이 중구난방으로 일어나 제각기 발 닿는 대로 땅을 점거하고 있었습니다. 이제는 다시 하늘의 뜻에 따라 정통으로 돌아가 종묘사직을 바로잡아야만 합니다. 우리 주공께서는 중산정왕의 후예로 효경황제의 현손이며 지금 황제의 숙부가 되시는 분이니 천하의 한몫을 차지하는 것은 당연한 일입니다. 거기다 유경승은 우리 주공의 형님이 되시는 분이 아닙니까? 동생이 형의 유업을 이어받는 것은 너무나 자연스러운 이치입니다. 그리고 동오, 동오 하시는데 동오의 주인이신 손권은 전당의 말단 아전의 자제로, 일찍이 조정과는 거리가 먼 사람이었으나 요행히 세력을 뻗쳐 지금은 6군 81주를 점거하고 있습니다. 그만하면 족하지요. 옛 한나라 땅을 모두 차지하겠다는 것은 분수를 모르는 과욕이십니다. 지난번 적벽 싸움의 승리가 마치 동오만의 공인 것처럼 말씀하시는데 따져보십시오. 어찌 동오 손권의 힘만으로 승리를 얻었다고 말할 수 있습니까? 내가 만일 동남풍을 빌지 않았더라면 주유의 공이 빛을 보았겠습니까? 아무리 사전 전략을 짜고 계략을 세웠다 해도 바람이 불지 않았더라면 그것은 모두 무용지물에 지나지 않았을 것입니다. 만일 그때 동오가 조조에게 격파되었다면 손백부(손책의 자)와 주유의 부인인 이교二蕎 두 자매는 조조의 동작대에 끌려갔을 것이고, 공의 가족도 무사하지는 못했을 것입니다. 공이 계속 물으시는데도 우리 주공께서 대답하지 않으셨던 것은 바로 구구하게 설명하지 않아도 공께서 아시리라 생각하셨기 때문입니다. 그런데 공은 경우 없이 자꾸 물으시니 참으로 난감하기만 합니다."

제갈량의 장황한 설명에 노숙은 뭐라고 응대를 해야 할지 답을 찾지 못하고 있었다. 한참 있다가 노숙이 다시 입을 열었다.

"처음부터 공명 선생은 이치에 맞지 않는 말로 억지를 부리셨습니다. 계속 그렇게 나오시면 제가 참으로 난처한 입장에 놓이게 됩니다."

제갈량이 시치미를 떼며 물었다.

"무엇이 난처하다는 말씀입니까?"

"예전에 유황숙께서 당양에서 난을 당했을 때, 군사를 우리 주공께 안내해 만나게 했던 사람이 바로 저요, 적벽 싸움 후 주유가 형주를 치려고 할 때 그것을 막은 것도 저 노숙이었습니다. 또한 유황숙께서 공자 유기가 돌아가시면 형주를 동오에 내놓겠다고 하신 말씀을 전한 것도 역시 저였습니다. 그런데 이제 와서 이전에 언약한 바를 무효로 돌리려 하니 제가 주공과 주유를 볼 낯이 없습니다. 저야 동오로 돌아가 문책을 당해 죽는다 해도 별로 한스러울 게 없습니다. 그러나 이 결과를 두고 동오가 가만히 있지는 않을 테니 유황숙께서도 형주에서 그리 편히 지내실 수만은 없을 것입니다. 또다시 곤경에 처하시지나 않을지 걱정됩니다."

제갈량이 걱정 말라는 듯 대답했다.

"조조가 40만 대군을 거느리고 마치 자기가 천하의 주인이라도 된 양 호령하는 것도 가소로운데, 아직 아이 같은 주유를 두려워할 까닭이 없잖소? 공의 입장이 그렇게 난처하시다니 내가 우리 주공께 말씀드려 잠시 동안 형주를 빌리겠다는 편지를 쓰도록 해보지요. 그리고 우리 주공께서 이곳을 발판 삼아 다른 곳을 취하게 되면 형주를 동오에 반환하겠다는 내용까지 덧붙이면 자경께서도 난처한 입장은 피하시겠지요?"

제갈량의 말을 듣고 노숙이 물었다.

"공명께서는 또다시 어느 곳을 도모하고 계신 것이로군요. 그곳이 어디인지 제가 물어봐도 되겠습니까?"

"조조가 천자를 인질로 잡고 있는 중원은 지금 취하기 어려우니 유장이 다스리고 있는 서천을 얻으려 합니다. 만일 서천성에 우리의 기를 꽂게 되면 언제라도 형주를 돌려드리겠습니다."

노숙은 더 이상 어떻게 해볼 도리가 없어 제갈량의 말을 받아들였다. 유비는 제갈량이 말한 대로 편지를 쓰고, 제갈량은 보증인이 되어 도장을 찍었다. 제갈량은 노숙에게 문서를 건네 보이며 말했다.

"나는 유황숙의 휘하에 있는 사람인데 황숙께서 쓰시고 내가 보증한다는 것은 우스운 일이 아닙니까? 노숙 공께서도 증거인으로 보증을 서주시지요?"

노숙은 이렇게라도 하지 않으면 형주를 두고 강동과 유비가 한판 싸움을 치러야 할 것이고 그렇게 되면 자칫 조조에게 또 한 번의 기회를 주는 셈이 될 것 같아 일단 시간을 벌어 형주를 찾겠다는 계산 하에 보증을 서기로 마음먹었다. 노숙은 그저 형식적인 말로 형주 반환에 대한 약속을 강조하며 서명을 했다.

"제가 알기로 유황숙은 어질고 의로운 분이니 약속을 저버리지 않으시리라 믿습니다."

"동오의 주공을 만나시거든 말씀을 잘 드려서 잘못된 생각을 갖지 않도록 하십시오. 만일 우리 문서를 외면하고 엉뚱한 일을 꾸민다면 동오의 81주를 전부 잃게 될 것입니다. 둘 사이의 화목한 분위기를 깨뜨려 조조의 웃음거리가 되지 않도록 유념하십시오."

노숙은 의도대로 되지 못해 불편해진 심기를 애써 가라앉히며 이들과 작별을 고하고 형주를 떠났다. 그는 먼저 주유를 만나기 위해 시상군으로 갔다. 병상에 있던 주유가 노숙을 보고 몹시 기다렸다는 듯 반갑게 맞으며 물었다.

"형주 문제는 어떻게 되었습니까?"

"여기 문서를 작성해 왔습니다."

노숙이 품에서 문서를 꺼내 주유에게 건넸다. 그것을 받아본 주유가 한숨을 내쉬며 노숙을 책망했다.

"공께서는 왜 또 제갈량의 꾀에 넘어갔습니까? 이것은 땅을 빌린다는 명분으로 결국 형주를 집어삼키겠다는 말이 아니고 무엇입니까? 그들이 서천을 취하면 형주를 돌려주겠다고 했지만 언제 서천을 취한단 말입니까? 10년이 걸릴지, 20년이 걸릴지 기약할 수 없는 일을 조건으로 내세워 문서까지 쓰다니 참으로 교활한 자들이 틀림없습니다. 만일 저들이 형주를 반환할 기미가 보이지 않으면 공은 반드시 주공에게 문죄를 당할 것입니다. 그렇게 되면 어떻게 하실 작정입니까?"

노숙은 주유가 이렇게 나올 것을 예상하고 차분하게 설명을 했다.

"우리가 지금 당장 형주를 되찾겠다고 사생결단으로 나온다면 제갈량도 그냥 있지 않을 것입니다. 커질 대로 커진 조조를 견제하기 위해서는 유비를 적절히 이용하는 것이 필요합니다. 우리가 형주를 두고 유비와 싸우게 되면 조조가 가만 있을 리 없습니다. 유비를 완전히 없애는 것은 우리에게 불리하게 작용할 수도 있습니다. 유비를 제거하고 나면 조조의 천하통일 의지는 날개 돋친 듯 뻗어나갈 것입니다. 현실을 직시해야 합니다. 우리가 조조와 대결하여 이기리란 보장이 있습니까? 이기지 못하면 여포나 원소와 다를 바 없는 신세가 됩니다. 차라리 유비를 적당히 키워놓는 것이 득이 될 수 있다는 말씀입니다. 물론 우리를 위협할 정도가 되지 않도록 항상 경계는 해야겠지요."

"공은 너무 쉽게 생각하는 것 같습니다. 제갈량이 궁극적으로 바라는 것은 천하를 통일하여 한 황실을 부흥시키는 것입니다. 그 한 황실의 주체가 누구인지 공도 알 것입니다. 바로 자기가 섬기고 있는 유비 아닙니까? 솔직히 제갈량은 견제하기 부담스러울 만큼 교활한 자입니다. 그는 적당한 선에서 만족할 사람이 아닙니다. 그러기에 일찍 그와 유비를 제거해야 한다는 것입니다. 공은 세 개의 솥발처럼 3국이 정립하면 된다고 하지만 제갈량도 그것을 바라는지 알고 싶군요."

"공명의 재주가 신출귀몰하여 세력을 넓혀간다 하더라도 중원을 거의 평정하다시피 한 조조를 뒤엎는 것은 불가능하다고 생각합니다. 조조의 인재들도 만만찮기로 소문이 나 있습니다. 저번의 적벽 싸움은 지리적으로 조조가 불리한 입장이었으므로 군사 수의 열세를 안고서도 우리가 이긴 것입니다. 그러나 공명이 천하통일을 꿈꾸며 북방으로 진격해나갈 때는 상황이 달라집니다. 공명이 상당히 고단해질 거란 말이지요. 조조든 공명이든 천하를 통일한다는 것은 쉬운 일이 아닙니다. 그러니 우리는 이들이 천하 평정을 위해 힘을 소진하는 동안 내실을 다지며 터전을 굳건히 하면 되는 것입니다. 우리가 해야 할 일은 유비든 조조든 한쪽이 너무 커지지 않도록 그때그때 손을 쓰는 것입니다."

주유는 노숙의 말도 일리가 있다고 생각했으나 그보다는 제갈량을 없애는 것이 유일한 해결책이라는 확신이 들었다. 그것을 눈치채고 있던 노숙은 주유가 몹시 안타깝게 여겨졌다. 병든 탓인지 주유는 자신감을 잃고 주변 정세에 대해 이성적으로 접근하기보다 감정이 앞서 초조해하는 것 같았기 때문이다. 노숙이 잠시 혼자 생각에 잠겨 있는데 주유가 다시 말했다.

"어쨌거나 형주는 군사적으로 중요한 요충지입니다. 우리가 왜 그곳을 그들에게 내준단 말입니까? 그리고 주공께서도 공이 이 문서만 들고 돌아온 것을 보면 반드시 문책할 것입니다."

"그렇다면 어떻게 해야 합니까?"

"잠시 이곳에 머물러 계십시오. 내가 형주로 첩자를 보냈으니 그가 돌아오는 대로 방법을 모색해봅시다."

노숙은 이런저런 생각을 하며 형주로 간 첩자가 돌아오기만을 기다렸다. 며칠 후 그 첩자가 돌아왔다.

"형주성 안에는 조기가 내걸리고, 군사들은 모두 상복 차림으로 있었습니다."

주유가 놀라며 물었다.

"누가 죽었는지 알아보았겠지?"

"유비의 부인인 감부인이 세상을 떠났는데, 오늘이 장례식 날이라고 했습니다."

첩자에게 수고했다는 말을 하고 밖으로 물린 뒤 주유는 희색이 만면해서 노숙에게 말했다.

"미리 기대는 하고 있었지만, 우리에게 기회가 왔군요. 적당한 시일을 택해 형주로 사람을 보내 유비를 인질로 잡고 형주를 찾읍시다."

"그게 무슨 말씀입니까?"

주유는 요양 중에 만일 유비가 형주를 내놓지 않으면 어떻게 할 것인가를 늘 고민하다가 생각해둔 방법이 있었다. 그것을 노숙에게 설명했다.

"나는 계속 형주에 첩자를 보냈습니다. 그 결과 감부인이 얼마 살지 못할 거라는 소식을 접했어요. 그걸 듣고 만일의 경우를 대비해 생각해두었던 방법이 있습니다. 이제 유비가 상처를 했으니 머지않아 후취를 얻을 것입니다. 우리 주공께는 여동생이 한 분 계시는데 흰구름처럼 아름다운 분이지요. 그런데 겉모습과는 달리 성정이 강하고 용맹해서 시비 수백 명에게 늘 칼을 차고 다니게 하고 방에는 갖가지 무기들을 갖추고 있다고 합디다. 무예 실력도 빼어나서 어지간한 남자들은 주변에 얼씬도 못할 정도지요. 내가 편지로 주공을 설득해서 사람을 형주로 보내 어떤 방법을 써서라도 유비를 우리 주공의 동생에게 장가들도록 만들라고 하겠어요. 만일 그렇게 되어 유비가 남서에 온다면 그를 인질로 잡아 옥에 가두고 교환 조건으로 형주를 내거는 것입니다. 그러면 그들은 어쩔 수 없이 형주를 내놓지 않겠습니까? 그렇게 되면 공의 신변에도 아무런 문제가 없을 것입니다."

주유의 설명에 노숙은 아무 말도 하지 않고 서 있었다. 주유는 손권에게 올리는 상소문을 써서 노숙에게 주며 한시 바삐 배를 타고 남서로 가서 손권을 만나뵈라고 했다. 남서에 도착한 노숙은 바로 손권에게 가서 문안인사를 올리고 먼저 유비가 쓴 각서를 바쳤다. 그것을 본 손권은 노숙에게 전에 없이 화를 내며 그를 질책했다.

"공은 왜 일을 분명하게 처리하지 못하십니까? 이 각서는 누가 봐도 저쪽만 유리하게 만들어졌을 뿐, 우리에게는 아무 쓸모도 없는 것입니다."

노숙이 면구스러운 듯 고개를 조아리더니 이번에는 주유의 상소문을 올리며 말했다.

"이 상소문은 주유 도독께서 주공께 올리는 글입니다. 형주를 손에 넣을 수 있는 계책이 적혀 있는 것으로 압니다."

손권은 주유가 올린 상소문을 읽어보더니 화가 다소 누그러진 듯 얼굴색이 밝아지며 혼잣말을 했다.

"누구를 보내면 좋을까?"

손권은 일단 노숙에게 물러가라고 말하고 혼자 고민에 빠졌다.

'유비를 설득하려면 보통 입담으로는 어려울 텐데, 마땅히 떠오르는 사람이 없구나.'

그는 밤이 깊도록 면면을 생각한 끝에 문득 한 사람이 떠올랐다.

'그렇지 여범呂範이 적격이다!'

다음날 아침 그는 날이 밝기가 무섭게 여범을 불러들였다.

"최근에 들은 소식 중에 유현덕이 상처를 했다는 말이 있어요. 아시다시피 내게 여동생이 하나 있는데, 유현덕을 매제로 삼았으면 합니다. 그런 후 그와 함께 조조를 완전히 쳐부수고 한나라의 황실을 다시 일으킬 작정입니다. 공이 이 혼사의 중매를 서 형주에 다녀오면 좋겠어요."

"이같이 영광스러운 소임을 맡겨주셔서 감사합니다. 형주로 가서 반드시 이 혼사가 이루어지도록 최선을 다하겠습니다."

여범은 그날 바로 배를 마련해서 시자 몇을 데리고 형주로 떠났다. 한편 감부인을 잃은 유비는 울적한 마음을 달래며 나날을 보내고 있었다. 하루는 제갈량이 위로차 유비를 찾아가 함께 뜰을 거닐며 이런 저런 얘기를 나누고 있는데 동오에서 여범이 왔다는 보고가 들어왔다. 노숙이 각서를 가지고 떠난 지 얼마 되지 않았는데 동오의 여범이 왔다는 말에 제갈량은 웃음을 머금더니 유비에게 말했다.

"그는 주유의 계책에 의해 틀림없이 형주 문제로 왔을 것입니다. 저는 먼저 병풍 뒤에 숨어서 여범이 하는 이야기를 들어보겠습니다. 여범이 무슨 이야기를 하든 주공께서는 결정을 내리지 마시고 그저 듣고만 계십시오. 나중에 따로 만나뵙고 의논을 하도록 하겠습니다."

유비는 여범을 들어오게 하여 서로 예의를 갖춰 인사를 나눈 다음 커다란 탁자를 사이에 두고 자리에 앉았다. 천천히 차 한 잔을 마신 유비가 여범에게 물었다.

"이렇게 찾아주신 것은 저에게 하실 말씀이 있어서겠지요?"

여범이 탁자 위에 찻잔을 내려놓으며 대답했다.

"황숙께서는 얼마 전에 상배喪配를 하셨다고 들었습니다. 아직 이른 줄은 알지만 황숙의 좋은 상대가 될 만한 분이 있어 위문 겸 중매를 서고자 왔습니다."

"제가 덕이 없어 중년에 아내를 잃는 불행을 겪었습니다. 그런데 죽은 이의 체온이 가시기도 전에 혼담을 나누는 것은 도리가 아닙니다."

"남자에게 집사람이 없다는 것은 집에 대들보가 없는 것과 마찬가지입니다. 더구나 유황숙처럼 큰일을 하시는 분에게는 집안일을 맡아서 처리할 내자의 자리가 비어 있어서는 안 됩니다. 저희 주공에게 누이동생 한 분이 계십니다. 그분은 용모도 빼어나지만, 심지가 깊고 지혜로워 유황숙의 발전에 도움이 될 부덕을 지닌 규수입니다. 만일 두 집안간에 좋은 인연을 맺으신다면 아무리 중원을 호령하고 있는 조조라 해도 이곳 강남을 쉽게 넘보지 못할 것입니다. 이 일은 양가는 물론 한나라의 앞날을 위해서도 좋은 일이 아니겠습니까? 다만 한 가지 태부인께서는 하나밖에 없는 어린 따님을 애지중지하시어 먼 곳으로는 출가시키려 하지 않으시니, 혼인을 위해 황숙께서 직접 동오로 와주셔야 할 것 같습니다."

유비가 천연덕스럽게 물었다.

"손권 장군도 이 일을 알고 계십니까?"

"이런 중요한 일을 어떻게 저희 주공이 모르시는 가운데 진행시킬 수 있겠습니까?"

유비는 대충 구실을 대고 슬며시 거절의 뜻을 밝혔다.

"내 나이 이제 50이 지나 장년에 들어섰습니다. 동오 손권의 누이동생은 꽃다운 나이의 처녀로 내 배우자감으로는 맞지 않는 것 같습니다."

"우리 주공의 누이는 아직 나이도 어리고 비록 여자의 몸이기는 하지만 세상을 보는 눈은 남자 못지않습니다. 그분은 늘 '천하가 알아주는 영웅이 아니면 남편으로 받들지 않겠다'고 하셨습니다. 유황숙께서는 온 세상에 이름을 떨치고 계시는 영웅호걸이시니 어느 누구보다 그분의 뜻에 부합되는 분입니다. 굳이 나이를 따질 필요가 있겠습니까?"

유비는 잠시 말이 없이 앉아 있더니 이렇게 말했다.

"뜻밖의 일이라 좀 여유를 갖고 생각할 시간이 필요합니다. 공은 저희가 마련한 역관에서 편히 쉬도록 하십시오. 이 일에 대해서는 내일 만나 말씀드리겠습니다."

밤이 깊어 여범이 객사로 떠난 후 유비는 제갈량을 불러 상의했다. 제갈량이 먼저 말했다.

"저는 여범이 이곳에 온 이유를 이미 알고 점을 쳐보았습니다. 점괘를 보니 이번 혼사는 우리 쪽에 상당히 길하다고 나오더군요. 그러니 주공께서는 그저 완곡하게 응하십시오. 그리고 여범이 돌아갈 때 손건을 그와 함께 먼저 보내 손권을 만나도록 하십시오. 손권의 이야기가 어떤지 들어보고 괜찮으면 길일을 뽑아 혼사를 치르러 가십시오."

유비는 제갈량의 말이 선뜻 이해가 되지 않아 물었다.

"이 일은 주유가 나를 죽이기 위해 꾸민 계략이라고 하시면서 왜 나에게 그곳으로 가서 혼인까지 하라고 하십니까?"

제갈량이 웃으며 말했다.

"주유가 계책을 꾸며 저를 이긴 일을 보신 적이 있습니까? 저는 이 일이 어떻게 흘러가리란 것을 이미 알고 있으므로 주유가 제 뜻대로 일을 몰고가지는 못할 것입니다. 그러니 걱정 마시고 동오로 가십시오. 손권의 여동생이 주공의 내자가 된다면 형주 일은 안심해도 될 것입니다."

제갈량의 설명에도 불구하고, 유비는 결정을 내리지 못해 그에게 확답을 하지 못했다. 제갈량은 우선 손건을 손권에게 보내 혼사를 마무리짓고 오라고 지시했다. 손건은 여범과 함께 동오로 가는 배에 몸을 실었다. 손권은 형주에서 손건이 왔다는 말을 듣고 기쁘게 그를 맞아들였다. 손권이 손건을 후하게 대접하며 말했다.

"내 누이동생은 보통 남자로는 성에 차질 않나 봅니다. 유황숙이라면 그 아이의 배필이 되기에 충분하니 동생을 황숙에게 시집보내 그와 처남 매부지간이 되고 싶습니다. 달리 뜻이 없으니 좋은 결과가 있기를 바랍니다."

형주로 돌아온 손건은 손권을 만나보니 좋은 뜻에서 인연을 맺고자 하더라고 전했다. 그래도 유비는 동오에 가는 일이 내키지 않았다. 제갈량이 유비를 안심시키기 위해 말했다.

"제가 주공의 안전을 위해 세 가지 계책을 마련해두었습니다. 조자룡을 데리고 가시기만 하면 그가 알아서 처리할 것입니다."

제갈량은 조운을 불러 조심스럽게 일러주었다.

"내가 비단 주머니 세 개를 드릴 테니 주공을 모시고 동오에 들어갈 때 반드시 그 주머니를 가지고 가세요. 그 안에는 각각 한 가지씩 모두 세 가지의 계책이 들어 있으니 문제가 생길 때마다 차례대로 풀어보고 써 있는 대로 움직이시면 됩니다."

제갈량은 말을 마치고 비단 주머니 세 개를 조운에게 건네주었다.

서기 209년 10월.

화려하고도 정갈하게 꾸며진 배 10척에 500여 명의 수행원을 거느린 유비의 배가 형주를 떠나 남서로 향했다. 부드러운 장강의 바람을 타고 미끄러지듯 떠가는 선상에서 유비는 강물을 바라보며 불안한 마음을 달랬다. 마침내 배는 남서의 부두 가까이에 이르렀다. 부두가 보이자 조운이 유비를 안심시키듯 말했다

"이곳을 떠나올 때 공명 선생께서 저를 불러 비단 주머니를 주시며, 이 속에 세 가지 계책이 적혀 있으니 반드시 씌어 있는 대로 행하라고 당부하셨습니다. 이제 이곳에 도착했으니 하나를 풀어보겠습니다."

조운이 비단 주머니를 열어 안에 들어 있는 종이를 꺼내 읽어보니 수행한 500명 군사에게 내리는 지시가 일일이 적혀 있었다. 조운은 제갈량이 적어놓은 대로 군사들을 모두 흩어지게 하고, 유비에게 먼저 교국로를 찾아가게 했다. 그는 강남에서 절세 미인으로 소문난 대교와 소교의 친정 아버지이자 손책과 주유의 장인이기도 했다. 유비는 제갈량이 미리 준비해서 조운에게 맡겨놓은 예물을 들고 교국로를 찾아갔다. 교국로의 집은 남쪽 지방의 정취가 물씬 풍기는 가구들로 정갈하게 꾸며져 있었는데 교국로 역시 준수한 풍모를 지닌 선비로 보였다. 유비는 교국로에게 깍듯이 예를 갖추어 인사하고 예물을 건넸다.

그는 호감이 가는 눈빛으로 향기로운 차를 준비해 유비를 접대했다. 유비는 차를 들며 여범이 자기에게 왔던 일과 손권의 누이동생과 결혼하기 위해 이렇게 오게 되었다는 얘기를 상세히 들려주었다.

그 동안 조운은 거느리고 온 모든 군사들을 풀어 붉은 옷에 화려한 띠를 두르고 남군성으로 들어가 시장을 돌아다니며 혼숫감을 마련하라고 분부했다. 또한 혼수를 장만하며 유비가 동오 손권의 누이동생과 결혼하기 위해 동오에 왔다는 소문을 퍼뜨리게 했다. 소문은 삽시간에

남군성 안에 퍼져 백성들 사이에 재미난 화젯거리로 등장했다.

손권은 유비가 도착했다는 말을 듣고 여범을 불러 유비 일행을 역관으로 모셔 편히 쉬게 하라고 일렀다.

한편 유비의 방문을 받은 교국로는 인사차 태부인을 찾아갔다.

"대비마마, 절세의 영웅호걸을 사위로 맞게 되시니 참으로 경사가 아닙니까?"

사연을 모르는 태부인이 놀라며 물었다.

"아니, 경사라니요?"

교국로가 혼사에 관한 일을 자세히 이야기했다. 그러나 손권에게서 혼인에 대해 한마디도 들은 바 없는 태부인은 사색이 되어 교국로를 보며 말했다.

"나는 전혀 모르는 일입니다."

태부인은 손권에게 사람을 보내 사실 여부를 묻는 한편, 성안으로 가서 소문의 진상을 알아오라고 지시했다. 성안에 갔던 사자가 먼저 돌아왔다.

"최근 들어 백성들 사이에 가장 많이 오가는 이야기가 유현덕과 아가씨의 혼사에 관한 것이라고 합니다. 사위 되실 유황숙이라는 분은 벌써 며칠 전에 이곳으로 와 역관에서 묵고 계신 것을 확인했습니다. 그리고 그를 따라온 군사들이 성안을 바쁘게 오가며 혼수를 마련하느라 시장이 시끌벅적했습니다. 지금 역관에서는 저희쪽 중매를 섰던 여범과 유황숙쪽 중매를 선 손건이 서로 만나 혼사를 의논하고 있다고 합니다."

이 말을 들은 태부인은 기가 막혀 말문이 닫혔다. 이때 손권이 주유와 다른 몇 명의 참모들과 함께 후당으로 태부인을 만나러 왔다.

태부인은 손권이 들어오는 것을 보더니 손을 모아쥐고 울부짖었다. 손권이 깜짝 놀라며 태부인에게로 가까이 가서 물었다.

"어머님, 도대체 무슨 일로 이러십니까?"

태부인은 통곡을 하며 따졌다.

"니는 이제 함부로 무시해도 되는 아무 쓸모 없는 늙은이일 뿐이더냐? 너는 내 언니(손권의 친어머니)께서 돌아가시며 너에게 당부한 말을 잊었느냐?"

손권은 태부인의 갑작스런 태도에 깜짝 놀라며 물었다.

"어머님, 왜 이러시는지 저에게 말씀을 해보세요."

"남자나 여자나 나이가 들면 장가가고 출가하는 것은 유사 이래 변함없이 내려오는 인륜지대사다. 너의 누이동생 상향尚香(손인을 말함)이는 네 동생이기에 앞서 내 딸이다. 그 아이의 혼사 문제라면 내게 먼저 상의를 해야 하는 것이 당연한 일이다. 그런데 너는 유비를 우리 집 가문에 들이려 하면서도 어째서 내게 단 한마디도 하지 않았느냐? 나는 너의 어머니이다. 이게 아들이 어머니에게 할 짓이냐!"

손권은 더더욱 놀라 물었다.

"누구에게 그 말을 들으셨습니까?"

"너는 나를 속이려고 작정을 했구나. 세상 사람들이 다 아는 일을 나만 모르도록 하다니……."

어떻게 말해야 할지 난감해진 손권은 어쩔 수 없이 변명을 했다.

"어머니, 그건 오해입니다. 이 일은 형주를 얻기 위해 주유가 꾸민 계책일 뿐입니다. 혼인을 위해 유비를 이곳으로 오게 한 다음 그를 인질로 붙잡아 형주와의 교환 조건으로 이용하려 했던 것입니다. 만일 유비가 우리 요구에 응하지 않으면 그를 제거해 더 이상의 후환을 없애려 했습니다. 그러니 어머니 너무 섭섭해하지 마세요."

태부인은 손권의 설명을 듣더니 더욱 화난 얼굴이 되어 주유에게 소리쳤다.

"네가 실로 6군 81주를 거느린 우리 오나라의 대도독이 맞느냐? 그런 자가 저 보잘것없는 형주 하나 차지할 방법을 찾지 못해 내 딸을 팔려 했단 말이더냐! 도대체 네가 우리 집안을 어떻게 보고 그런 짓을 했느냐? 이미 세상에 소문이 다 퍼진 일이니 만일 유현덕이 죽는다면 내 딸은 화촉을 밝히기도 전에 과부가 된다. 너는 무슨 생각으로 그런 짓을 한 것이냐!"

태부인은 다시 손권을 보며 꾸짖었다.

"너는 하나뿐인 네 누이를 네 형수처럼 처량한 팔자로 만들려 작정한 것이냐!"

교국로도 한마디했다.

"어쩌다 그런 생각을 하게 되었습니까? 뜻한 대로 일이 잘 풀려 형주를 취한다 하더라도 결과적으로는 세상 웃음거리밖에 안 될 일입니다."

손권은 더 이상 할말을 찾지 못했다. 태부인은 여전히 분한지 울음을 그치지 않았다. 교국로가 태부인을 달래고 일을 수습하기 위해 말했다.

"이미 늦은 일입니다. 유황숙은 한 황실의 종친인데다 인물 됨됨이가 세상에 부끄러울 것이 없으니 사위로 삼는다 해도 손해볼 일은 아닌 듯합니다."

손권이 염려하듯 한마디했다.

"유비는 얼마 전에 상처했고 동생에 비해 나이도 너무 많아 그것이 걱정입니다."

그러자 교국로가 대꾸했다.

"유황숙은 이 시대의 영웅으로 세상이 인정하고 있는 인물입니다. 그런 분과 혼인의 연을 맺는다면 주공의 누이동생께도 누가 될 일은 아닐 것입니다."

태부인이 잠시 진정하고 말했다.

"그 유황숙이라는 사람을 나는 아직 보지도 못했다. 일이 이렇게 되었으니 우선 내일 감로사(甘露寺)에서 선부터 봐야겠다. 만일 내 뜻에 맞지 않는 자라면 그때는 내가 더 이상 간섭하지 않겠다. 그러나 내 마음에 들면 나는 그를 내 사위로 삼겠다."

효성이 지극했던 손권은 태부인이 원하는 대로 하기로 하고 후당을 나왔다. 그는 내일의 일을 위해 여범을 불렀다.

"내일 대비마마께서 유비를 선보기 위해 감로사로 갈 것이니 그곳 방장(方丈)(고승들의 처소)에다 연회 준비를 잘 갖추도록 하세요."

손권이 영을 내리자 여범은 한 가지 생각을 말했다.

"이렇게 되면 이제 기회를 잡기도 어려울 테니 가화(賈華)에게 명해 도부수 300여 명을 감로사 복도에 딸린 방에 숨겨두는 것이 어떻겠습니까? 그랬다가 만일 태부인께서 유비를 마음에 들어하지 않는 눈치이면 신호를 보내 한꺼번에 나와 그를 덮쳐 잡는 것이 좋겠습니다."

손권은 좋은 생각이라고 말하고 감로사의 일을 여범에게 맡겼다.

한편 태부인과 헤어져 집으로 돌아온 교국로는 역관에 묵고 있는 유비에게 사람을 보내, 그날 있었던 일을 모두 전하고 내일 태부인이 선을 보기로 했으니 잘 준비하라고 전했다. 유비는 교국로가 보낸 사람이 돌아간 후 손건과 조운을 불러 내일의 일을 상의했다. 먼저 조운이 말했다.

"내일의 만남은 좋은 자리만은 아닐 것 같으니 제가 군사들을 데리고 가 주공을 호위하겠습니다."

다음날 사윗감을 선보기 위해 예복을 차려입고 치장을 마친 태부인은 교국로를 청해 함께 감로사로 갔다. 이들은 바로 방장 안으로 들어가 자리를 잡고 앉았다. 이어 손권도 가까운 참모들을 거느리고 그곳에 도착했다. 조금 있으니 유비 일행이 감로사 입구에 모습을 드러냈다.

이때 유비는 만일에 대비해 안에는 갑옷으로 무장하고 겉에는 비단 도포를 차려입었다. 조운은 수행원 500명 모두에게 칼을 품고 완전 무장을 하라 이르고 유비의 뒤를 따랐다. 일행은 감로사 앞에 이르자 말에서 내려 마중 나온 손권을 먼저 만났다.

유비를 처음 본 손권은 쉽게 흉내내지 못할 그의 고매한 풍모에 압도당하는 듯했다. 두 사람은 서로 인사를 마치고 함께 방장 안으로 들어갔다. 태부인은 공손한 자세로 들어오는 유비를 눈여겨 살폈다. 그런 태부인의 얼굴에 희색이 감돌았다. 그녀는 마침내 기쁨을 감추지 못하고 옆자리에 앉은 교국로에게 말했다.

"틀림없는 내 사윗감이 아닙니까?"

교국로 역시 흐뭇한 표정이 되어 대답했다.

"보십시오. 유황숙은 한나라의 종친답게 용의 자태로 귀함을 드러내고 태양처럼 밝은 심상을 지닌 인물입니다. 게다가 그는 의로운 정신과 후덕함으로 세상 사람들의 인심을 모으고 있으니 태부인께서 저 사람을 사위로 맞으신다면 그보다 더한 경사는 없을 것입니다."

유비는 태부인에게 인사를 마친 후 방장 안에 마련된 연회석으로 갔다. 이때 허리에 칼을 찬 조운이 나타나 유비가 움직이는 대로 그를 호위하며 따랐다. 조운을 본 태부인이 유비에게 물었다.

"저 사람은 누구입니까?"

"예, 이름은 조운으로 상산의 조자룡이라 불리는 사람입니다. 제가 아끼는 장수이지요."

조운이란 말을 듣고 태부인이 놀라며 물었다.

"그렇다면 저 사람이 장판교 싸움에서 아두를 품에 안고 달렸다는 그 장수란 말입니까?"

유비가 살짝 웃으며 대답했다.

"예, 맞습니다."

"과연 듣던 대로군요."

태부인은 조운을 불러 술 한잔을 권했다. 태부인이 준 술잔을 받아 마신 조운이 유비에게 허리를 숙여 뭔가를 속삭였다.

"복도 양쪽 방에 도부수들이 매복해 있는 듯합니다. 무슨 일이 있기 전에 태부인에게 이 사실을 알리십시오."

조운의 말을 들은 유비가 갑자기 일어나 태부인의 술상 앞으로 갔다. 그는 땅바닥에 꿇어 엎드리더니 읍소하며 고했다.

"저를 죽이실 생각이라면 이 자리에서 죽이십시오."

태부인은 유비의 느닷없는 행동에 깜짝 놀라 술잔을 떨어뜨릴 뻔했다.

"아니, 유황숙 왜 이러십니까?"

"밖에 도부수들을 매복시켜둔 것은 저를 죽이고자 함이 아닙니까?"

유비의 말을 듣고 태부인은 손권에게로 눈을 돌려 큰 소리로 꾸짖었다.

"오늘 유현덕은 내 사위가 되었으니 내 자식과 다를 바가 없다. 그런데 너는 이런 자리에까지 도부수를 불러들였단 말이냐?"

손권은 모르는 일이라고 발뺌을 하며 여범을 불러들였다. 여범도 그 일을 가화에게 떠넘겼다. 태부인이 가화를 불러들여 문책을 했으나 가화는 감히 사실을 고할 수가 없어 고개를 조아리고 꿇어앉아 있었다. 답답해진 태부인은 가화를 끌어내 당장 목을 치라고 소리쳤다. 돌아가는 상황을 지켜보고 있던 유비가 태부인을 말렸다.

"저로 인해 이 나라의 아까운 장수 하나를 죽인다는 것은 저의 혼인에도 좋을 것이 없습니다. 그렇게 하고 나면 제가 여러분을 어떻게 마음 편히 뵐 수 있겠습니까? 이곳에 오래 머물러 있기가 난처해질 뿐입니다."

교국로도 유비의 편을 들었다. 연회에 참석한 다른 사람들도 태부인을 만류하자 그녀는 다시 한번 가화를 호되게 꾸짖은 뒤 내보냈다. 도부수들도 모두 감로사를 빠져나갔다.

연회가 끝나고 태부인과 교국로, 그 밖의 다른 사람들 대부분이 집으로 돌아갔다. 유비와 손권은 후일담을 나누기 위해 감로사에 좀더 머물렀다. 유비는 그간의 긴장을 풀기 위해 옷을 갈아입고 절 앞마당을 거닐었다. 그러다가 정원에서 무심코 묘하게 생긴 바위 하나를 발견했다. 유비는 순간 자기를 따르던 시자의 칼을 받아쥐고는 하늘을 올려다보며 마음속으로 기원했다.

'저 유비, 형주로 돌아가 패업을 이룰 수 있다면 한칼에 이 바위가 둘로 갈라지게 하소서. 그러나 여기에서 죽을 운명이라면 바위가 그대로 있게 하소서.'

연회가 끝난 후, 유비와 손권은 각자 다른 야망을 품고 바위를 내리친다.
멀리 보이는 연회장의 풍경은 화상석에 기초한 것이다. 누각의 위층에 곡예사와 악공이 있으며,
계단에는 음식과 집기를 들고 오르내리는 사람들의 모습이 보인다. 아래쪽 접시를 돌리고
바퀴를 던지는 모습은 한나라 연회를 묘사한 당시의 유물에 자주 나오는 광경이다.

유비는 빛에 반사되어 번쩍이는 칼을 들어 바위를 내리쳤다. 순간 바위와 칼이 부딪쳐 불꽃을 튀기더니 바윗덩어리가 두 동강이 났다. 유비를 뒤따라와 그 광경을 지켜보던 손권이 유비에게 다가서며 물었다.

"마음에 무엇을 담아두셨기에 칼로 바위를 쳐 두 동강을 내셨습니까?"

"저는 나이 20에 들면서 이 나라를 위한 웅지를 품었으나 지금 50에 이르도록 그 뜻을 펴지 못했습니다. 이 나라가 아직도 역적들에게 유린당하며 치욕의 세월을 보내고 있는데도 제 힘이 미약하여 아무것도 이룬 바가 없습니다. 그런데 다행히 하늘이 저와 동오 사이에 인연을 맺어주었습니다. 이제 저는 동오와 한편이 되어 조조를 물리치고 한 황실을 다시 일으키겠다는 결의를 하늘에 바치며 이 바위를 내리쳤더니 이처럼 두 동강이 났습니다."

손권은 유비의 말이 사실일까 의심하며 말했다.

"그럼 나도 하늘에 축원하겠습니다. 과연 하늘이 나와 유황숙에게 조조를 쳐부수게 할 뜻이 있다면 이 돌은 둘로 갈라질 것입니다."

그러나 내심으로는 하늘을 향해 이렇게 빌었다.

'앞으로 이 손권이 형주를 다시 손에 넣어 동오의 발전으로 강남 일대가 흥할 수 있게 하시려면 이 바위를 둘로 나뉘게 해주소서.'

손권이 들고 있던 칼로 바위를 내리치자 역시 바위가 두 동강이 났다. 손권과 유비는 호기롭게 손을 맞잡고 다시 술자리에 앉았다. 몇 잔의 술을 마시고 나자 유비 옆에 있던 손건이 그에게 술을 자제하라는 눈짓을 보냈다. 손건의 의도를 알아챈 유비는 더 이상 술을 사양했다.

"저는 본래 술에 약합니다. 밖으로 나가 절이나 한번 구경하고 싶습니다만."

유비가 자리에서 일어나자 손권도 술자리를 접고 그를 따라나왔다. 둘은 대웅전 앞 모퉁이에 서서 눈 아래 펼쳐진 풍광을 함께 바라보았다. 유비는 감탄사를 연발했다.

"참으로 천하의 절경입니다!"

강산을 적신 비가 개니
푸른 소라를 품은 듯
아름다운 경치 끝이 없구나.
영웅들 각기 품은 뜻
마주보던 곳
바위 언덕 변함없이 바람을 막고 섰네.

두 사람의 속에 품은 뜻은 제각기 달랐으나 바라보는 곳은 나란히 한곳이었다. 차가운 강바람이 불어와 옷자락을 흔들고 강은 흰 파도를 일으키며 도도히 흘렀다. 유비가 보니 멀리서 작은 돛단배 하나가 마치 비단을 자르는 가위처럼 유유히 물살을 가르며 모습을 감추었다. 그 광경에 취해 있던 유비가 탄성을 질렀다.

"남쪽 사람은 배를 제 몸처럼 부리고, 북쪽 사람은 말을 제 몸처럼 부린다더니 바로 저 모습을 보고 한 말이군요."

유비의 감탄 어린 말을 듣고 손권은 내심 열등감이 치솟았다.

'유비가 지금 내가 말을 잘 타지 못하는 것을 빗대어 말하고 있구나.'

손권은 당장 시자에게 명해 말을 끌고 오도록 하여 잽싸게 올라타고 채찍질을 했다. 그는 달리는 말에 춤추듯 앉아 골짜기를 타고 내려갔다가 다시 가파른 언덕으로 올라와 유비에게 보란 듯 웃으며 소리쳤다.

"어떻습니까? 남쪽 사람들은 배도 잘 부리고 말도 잘 부리는 것 같지 않습니까?"

유비는 아무런 대꾸도 없이 말 위에 나는 듯이 올라타더니 골짜기로 휘몰고 갔다가 눈 깜짝할 사이에 언덕으로 올라왔다. 두 사람은 산마루에서 말 머리를 나란히 하고 산등성이를 내려다보며 호탕하게 웃었다. 그들은 한동안 말없이 그렇게 서 있었다. 저녁이 다 되어서야 두 사람은 남서로 돌아왔다. 두 집안의 혼사를 축하하는 백성들의 행렬이 끊이지 않았다. 유비가 객사로 돌아오자 손건이 기다리고 있다가 이렇게 청했다.

"일이 이만큼 이루어졌으니 주공께서는 교국로에게 말씀드려 혼례식을 하루라도 앞당기는 것이 나중을 위해서 좋지 않겠습니까?"

유비도 고개를 끄덕였다. 다음날 유비는 말을 타고 교국로의 저택으로 갔다. 그는 반갑게 유비를 맞이하고 응접실로 안내했다. 둘이 함께 차를 마시다가 유비가 좀 어려운 듯 입을 열었다.

"아무래도 이곳은 저에게 많은 위험이 도사린 곳 같습니다. 너무 오래 머물 수가 없을 듯합니다."

교국로가 유비를 감쌌다.

"현덕 공께서는 너무 심려치 마세요. 제가 태부인을 만나 공의 안전에 만전을 기하라고 부탁 말씀 드리겠습니다."

유비는 교국로에게 감사의 뜻을 재차 표시하고 객사로 돌아왔다. 교국로는 바로 태부인을 만나 유비의 말을 전했다. 태부인은 당치도 않다는 듯 큰 목소리로 말했다.

"아니 누가 감히 내 사위를 죽이려 든단 말입니까?"

태부인은 그 자리에서 사람을 불러 유비는 혼례식을 올릴 때까지 자기가 거처하는 서원書院에 와서 지내도록 하라고 명을 내렸다. 유비는 다시 또 태부인을 찾아가 부탁했다.

"조자룡은 저를 호위하고 있는 사람인데 그와 떨어져 있으면 저는 불안을 떨칠 수가 없습니다. 그러니 제가 있는 곳에 동오의 군사들이 들어오지 못하도록 해주십시오."

태부인은 유비를 특별히 배려하는 마음으로 그를 수행해온 군사들을 유비 가까이 있도록 하여 그들 모두의 안녕을 보살펴주었다. 유비는 기쁘지 않을 수 없었다.

드디어 며칠이 지나 혼례식 날이 되었다. 유비와 손인은 성대하고 화려한 잔치를 치렀다. 한낮의 시끌벅적함이 사라지고 밤이 깊어 하객들이 저마다 돌아가자 시종들은 등불을 밝혀들고 유비를 신방으로 안내했다. 신방으로 향하는 유비는 나이 어린 신부를 어떻게 대해야 할지 좀 부담스런 기분이 들었다. 마침내 방으로 들어선 그는 순간 소스라치게 놀랐다. 화사하게 꾸며져 있어야 할 신방에는 온갖 칼과 창들이 종류별로 벽에 걸려 있고 새 신랑을 호위하듯 줄지어 서 있는 시녀들도 하나같이 허리에 칼을 차고 있었던 것이다. 영문을 모르는 유비는 등줄기에 식은땀이 흘러내렸다.

'칼을 차고 병풍처럼 둘러서 있는 시녀들은 동오의 복병을 대신하는 여군들이 아닌가?'

새 신랑은 이런 생각을 하며 잔뜩 긴장한 눈으로 신방과 바깥 기척을 살피고 있었다.

동오를 탈출하는 유비

　유비가 선뜻 자리에 앉지 않고 머뭇거리자 가장 나이 많아 보이는
시녀가 그에게 다가왔다.
　"놀라셨습니까? 저희 아가씨께서는 어릴 때부터 무예를 즐기셔서
무예에 능하실 뿐 아니라 시녀들에게도 재미 삼아 칼싸움을 시키는
까닭에 이렇게 평소에도 칼을 차고 있습니다."
　유비는 좀 못마땅한 표정을 지으며 말했다.
　"무기란 여자가 다룰 물건이 아닙니다. 이곳이 전쟁터 같으니 치우
도록 해주시오."
　그 시녀가 손부인에게 가 유비의 말을 전했다.
　"장군께서 신방을 장식하고 있는 병기들을 보시고 불안하다며 모
두 치웠으면 하십니다."
　손부인은 재미있다는 듯 웃으며 말했다.

"아니 반평생을 전장에서 보내신 분이 그까짓 장식용 병기를 무서워하시다니……."

손부인은 곧 모든 병기들을 깨끗이 치우도록 하고 시녀들에게도 차고 있던 칼을 모두 풀어 한곳에 모아두도록 했다. 유비는 신부의 성정이 그녀의 오빠들을 닮아 강하고 기가 센 것 같아 내심 염려가 되었다. 동오란 나라가 늘 버겁기만 한데 새롭게 맞이한 신부마저 고분고분하지 않을 것 같아 자연 부담이 되었던 것이다. 어쨌거나 유비는 그날 밤 갓 스물을 넘긴 재기 발랄한 어린 신부를 가슴에 품고 밤을 보냈다.

다음날 아침, 유비는 시녀들의 환심을 사기 위해 황금과 비단을 풀어 앞앞이 나누어주고 손건을 형주로 보내 혼례에 대한 소식을 전하도록 했다. 혼인 잔치는 몇 날 며칠 계속되었으며 태부인은 날이 갈수록 사위 아끼는 마음이 극진해졌다.

한편 손권은 시상군에서 요양 중이던 주유에게 사람들을 보내 그동안의 일들을 전했다.

일이 희한하게 꼬여버렸습니다. 모친이 직접 나서서 내 누이동생과 유비를 혼인시킨 지 벌써 며칠이 되었습니다. 일이 이렇게 우습게 될 줄 누가 알았겠습니까? 앞으로 이 일을 어떻게 풀어나가야 할지 대책이 서지 않습니다.

주유는 너무 놀라 할말을 잃고 발을 동동 굴렀다. 그의 머릿속에는 제갈량의 얼굴이 스쳐 지나갔지만 그는 애써 외면했다. 흥분은 주유의 건강에 가장 큰 적이었으므로 그는 될 수 있으면 마음을 가라앉히려고 애썼다. 얼마 뒤에 그는 지푸라기라도 잡는 심정으로 한 가지 계책을 떠올리고 바로 글로 적어 사자를 통해 손권에게 보냈다. 손권은 기대 반 근심 반의 심정으로 주유가 보낸 글을 읽어보았다.

더 이상 지난 일을 곱씹으면 무슨 소용이 있겠습니까만 저의 계략이 이처럼 우롱을 당할 줄 어찌 알았겠습니까? 그렇더라도 아직 늦지 않았으니 다시 계책을 세워야지요. 유비는 세상의 인정을 받은 영웅이고, 휘하에는 관우·장비·조운과 같은 무적의 장군들이 보좌하고 모사 제갈량까지 합세하고 있으니, 그는 지금 물을 만난 고기마냥 신이 나 있을 것입니다. 저의 어리석은 생각으로는 무슨 수를 써서라도 그를 동오에 붙잡아두는 것이 상책일 듯합니다. 주변 분위기를 모두 유비의 취향대로 가꾸고 향기로운 술과 아름다운 계집으로 그의 심지를 흔들어놓으십시오. 그러면 그도 결국에는 눈과 귀가 멀어 관우·장비와의 정도 시들해질 것이고 제갈량의 지껄임도 잔소리로밖에 들리지 않게 될 것입니다. 이 길로 그를 형주로 돌려보내면 그는 구름과 비를 만나 연못을 벗어나는 교룡이 될 것입니다. 더 이상 그를 보고만 있는 것은 그가 업적을 이루도록 도와주는 것이니, 주공께서는 명심하셔서 일을 이끌어가시기 바랍니다.

손권은 주유의 글을 다 읽은 후 장소에게 건네주었다. 장소가 편지를 읽어보더니 말했다.

"주유의 말이 옳습니다. 유비는 태생이 가난할 뿐 아니라 그 동안 천하를 헤집고 다니느라 부귀 영화의 단맛을 느껴보지 못한 사람입니다. 지금부터 화려한 궁실을 미녀들로 포장하고 온갖 귀한 가구와 보석들로 그의 마음을 사로잡으면 형주의 일은 귀찮아질 것입니다. 그렇게 되면 형주를 지키고 있는 이들에게 유비에 대한 원망의 마음이 생겨 서로 사분오열될 테니, 그때 형주를 치면 됩니다. 주공께서는 망설이지 마시고 주유의 말을 따르십시오."

손권은 달리 방법이 없었으므로 장소의 권유를 따르기로 했다. 그날부터 궁궐을 호사스럽게 수리하고, 남방의 갖가지 진귀한 정원수들을 심어 더없이 아름답게 꾸몄다. 잘 지어진 집에 가구와 가재도구도 최고급품으로 장만해 들인 다음, 그곳에 누이동생과 유비를 불러 살도록 했다. 그들 부부를 즐겁게 해줄 무희와 악사들도 부르게 하고 전혀 부족한 것이 없도록 신경을 써주었다.

손권의 행동을 말없이 지켜보고 있던 태부인은 손권이 처남에게 호의를 베푸는 줄로만 알고 흐뭇해했다. 유비도 처음 새 신부를 맞이했을 때의 경계심은 서서히 누그러지고 손권이 기대했던 대로 난생처음 맛보는 호사에 마음을 빼앗기고 있었다. 그는 어느새 새 환경에 정이 들고 있었던 것이다.

그러나 마음 한구석에 자리잡은 형주 생각에 마냥 즐거울 수만은 없었다. 언젠가 형주로 돌아가야 하는데 그것을 행동에 옮길 계기도 생기지 않았고 무엇보다 자신이 그 일에 적극적으로 나서지 않았다. 뜻밖의 행동에 당황스러울 때도 있었지만 소탈하고 활달한 새 신부의 모습이 때때로 유비에게 활력을 주었으며 그에게서 애틋한 정을 느끼기도 했다. 유비는 이렇듯 호화스럽고 여유로운 생활에 빠져 세월 가는 줄을 몰랐다. 그 동안 조운은 거느리고 온 500명의 군사들과 함께 동부 앞에 진을 치고 특별히 하는 일도 없이 활쏘기와 말 달리기를 하며 시간을 보냈다.

꿈 같은 날들은 쏜살같이 지나가 어느덧 연말로 접어들었다. 유비는 갈수록 형주의 일이 멀게만 느껴졌다. 손부인도 아버지처럼 푸근하고 넉넉한 유비의 품에서 때로는 응석을 부리기도 하고 때로는 씩씩한 모습을 보이기도 하며 그에 대한 정을 키웠다. 그날도 신혼부부가 함께 말 타기를 하고 돌아와 음악을 들으며 담소를 나누고 있었다. 그런데 이들의 평안하고 정겨운 모습을 지켜보던 나이든 시녀들은 한마디씩 걱정을 늘어놓았다.

"유황숙께서 지금은 세상을 잊고 아가씨에게 빠져 있는 듯 보이지만 계속 이렇게 지내시지만은 않을 것이니 앞으로 우리 아가씨가 겪어야 할 고난이 적지 않을 것 같아 걱정입니다. 마님의 하나밖에 없는 따님으로 전혀 고생을 모르고 자라신데다 아직 나이도 어리니 어려움이 닥치면 어떻게 헤쳐나가실지……."

"맞아요. 사실 유황숙께서 우리 아가씨와 결혼한 것은 어디까지나 정략적인 것 아니었습니까? 자신을 굳이 황숙이라고 강조하는 것을 보더라도 집안만을 지키고 있을 사람이 아닙니다. 교부인(죽은 손책의 부인으로 소교의 언니인 대교를 일컬음)을 보세요. 아리따운 나이에 결혼하여 남편은 늘 전쟁터에서 살다시피 하다 부인의 나이 30도 되기 전에 죽었으니 부인의 평생이 얼마나 외롭고 고달팠습니까? 우리 어린 아가씨는 제발 그렇게는 되지 말아야 할 텐데 말입니다."

유비 부부는 이 같은 주변의 걱정을 뒤로하고 해거름녘의 평화로움에 젖어 있었다.

한편 시간이 갈수록 초조함이 더해진 조운은 문득 비단 주머니를 떠올렸다. 그 동안 큰 위기라고 느껴지는 일이 없었으므로 조운은 제갈량이 준 비단 주머니를 잊고 있었다.

'공명 선생은 두 번째 주머니는 아마 연말쯤에 열어보게 될 것이라 했는데 과연 그의 말이 틀림이 없구나. 그는 보이지 않는 미래를 어떻게 이처럼 불을 보듯 아는 것일까?'

조운은 제갈량을 떠올리며 두 번째 주머니를 열어보았다. 거기에는 조운이 생각지 못한 계책이 적혀 있었다. 조운은 비단 주머니를 품속에 다시 넣고 바로 유비가 거처하고 있는 저택으로 갔다. 시녀가 유비에게 조운의 방문을 전했다.

"밖에 조자룡 장군이 급한 일로 유황숙을 뵙고자 와 계십니다."

유비를 본 조운은 실망이 가득한 표정을 지으며 말을 꺼냈다.

"실로 그림에서나 볼 수 있는 집입니다. 주공께서는 이곳에서 세상을 잊고 사시듯이 형주의 일도 까맣게 잊어버리신 겁니까?"

유비는 이제까지 조운이 그렇게 방자하게 보인 적이 없었다. 그는 곧 퉁명스럽게 되물었다.

"형주에 급한 일이라도 생겼답니까? 이제 형주나 여기나 다를 게 뭐 있습니까?"

"오늘 아침 형주의 공명 선생께서 인편으로 급보를 보내왔습니다. 적벽 싸움에서 대패한 조조가 그곳에서 죽은 군사들의 한을 풀기 위해 50만 대군을 일으켜 형주로 쳐들어오고 있다고 합니다. 한시가 급하니 주공께서 빨리 돌아오시기를 기다린다는 전갈이었습니다."

순간 유비의 얼굴이 하얗게 질리더니 침울한 빛을 띠며 말했다.

"내자와 상의해본 후 처리하겠소."

"부인께 말씀드리면 틀림없이 주공을 붙잡으실 테니 그리 하지 마시고 오늘 밤에 틈을 타서 떠나셔야 합니다. 늦어지면 일을 그르쳐 크게 후회하시게 될 것입니다."

유비는 부담스러운 듯 건성으로 대답했다.

"일단 물러가 있도록 하시오. 생각해보고 내가 알아서 처리하겠소."

조운은 몇 번이나 당부를 하고 그곳을 나왔다. 조운을 보낸 후 유비는 곧장 손부인의 방으로 들어가 마냥 측은한 눈길로 그녀를 바라보았다. 손부인이 영문을 모르겠다는 듯 물었다.

"장군께서는 무슨 일로 마음의 걱정이 그리 깊으십니까?"

"해가 바뀌려 하니 그 동안 부모와 조상께 효도 한번 제대로 못한 일들이 떠오릅니다. 세상 이곳저곳을 떠돌아다니느라 생전에 양친을 제대로 모셔본 적도 없고, 조상께 제사도 지내지 못한 불효자가 바로 저입니다. 연말이 가까워오니 죄스러운 마음이 더 커집니다."

손부인이 이미 알고 있다는 듯 말했다.

"장군은 저와 한마음, 한몸이시면서 왜 저를 속이려 하십니까? 아까 조장군이 와서 하신 말씀을 제가 숨어서 모두 엿들었습니다. 형주가 위험에 처해 급히 형주로 돌아가시려 한다는 것을 알고 있습니다."

유비는 손부인의 손을 잡으며 용서를 빌 듯 말했다.

"부인께서 이미 알고 계신 줄 몰랐어요. 내 마음은 이곳을 떠나고 싶지 않지만 혹 형주를 잃게 된다면 세상 사람들의 웃음거리가 될 것입니다. 그러나 떠나야 한다고 생각하니 부인과 헤어지기가 참으로 힘듭니다. 내 괴로움은 그것입니다."

손부인은 그를 달래며 말했다.

"저는 이미 황숙과 한몸입니다. 그러니 황숙께서 가시는 곳이라면 저도 당연히 따라야지요."

의외로 의연함을 보이는 손부인에게 유비는 더더욱 미안한 마음이 들었다. 그는 말하기 어려운 듯 난처한 표정을 지으며 대답했다.

"저도 부인의 뜻과 같고 또 부인의 뜻에 고마워하고 있어요. 우리는 그렇더라도 장모님과 처남은 둘이 함께 가는 것을 허락하지 않을 것입니다. 형편이 이 같으니 부인은 잠시 이곳에 계시는 게 좋겠습니다."

유비가 한숨을 쉬었다. 심란해하는 그를 보고 손부인이 유비에게 매달리듯하며 위로했다.

"너무 힘들어 마십시오. 제가 어머님께 사정해서 함께 갈 수 있도록 허락을 받겠습니다."

손부인은 거실로 나가 뭔가 한참 생각하는 듯하더니 유비에게 다가와 말했다.

"황숙과 제가 새해 아침에 어머님께 세배를 드린 후, 강변에 있는 조상의 묘에 제사를 지내러 가야 한다고 말하고 그 길로 가버리면 어떻겠습니까?"

유비는 나이 어린 신부의 기특함에 감동한 듯 그녀의 손을 싸안으며 말했다.

"과연 그대는 나이는 어려도 세상 보는 눈은 나를 능가합니다. 그렇게 해준다면 남편으로서 어떻게 그 은혜를 잊겠소?"

두 사람은 진실된 마음으로 밀약을 하고, 곧 비밀리에 사람을 보내 조운을 불렀다.

"새해 첫날 장군은 먼저 군사를 이끌고 성밖에서 기다리시오. 나는 장모께 새해인사를 올리고, 처와 함께 부두로 나가겠소."

조운은 명심하겠다고 말하고 물러갔다.

서기 210년, 정월 초하루.

새해를 맞아 동오의 모든 문무백관들이 궁궐로 모였다. 유비도 손부인과 함께 태부인에게 세배를 올렸다. 세 사람은 다과상을 마주하고 앉았다. 손부인은 상에 놓인 약과를 몇 개 집어먹으며 태부인의 눈치를 살피더니 말했다.

"유황숙께서는 조상의 묘소가 모두 탁군에 있다고 하시면서 요즘 들어 많이 울적해하십니다. 오늘 부둣가로 나가 조상의 묘소가 있는 북쪽을 향해 제사라도 지냈으면 하는 마음입니다."

딸의 속을 모르는 태부인은 대견하다며 손부인을 칭찬했다.

"아무렴, 시집을 갔으면 시댁 조상을 모시는 것은 당연한 도리이다. 네가 비록 시댁 어른들의 얼굴도 모르지만 남편과 함께 제사에 참석하는 것은 마땅히 해야 할 일이다."

손부인은 유비와 함께 태부인께 고맙다는 인사를 하고 집으로 돌아왔다. 손권은 이들의 행동에 대해 전혀 의심하지 않았다. 손부인은 몸에 지니기 편한 귀금속들을 대강 챙겨 말에 올랐다. 유비도 그녀와 함께 말에 올라 몇 명의 기병들을 이끌고 성밖으로 나왔다. 조운은 그들을 기다리고 있다가 500여 명의 군사들을 앞뒤에 세워 유비 부부를 철저히 호위하게 한 다음 형주로 향했다. 그날 손권은 몹시 취해 주위의 부축을 받으며 후당으로 옮겨졌다. 손권의 부하들이 유비와 손부인이 도망친 사실을 안 것은 밤이 깊은 뒤였다. 그러나 이때도 손권은 술에 취해 일어나지 못했다. 그 다음날 느지막이 손권이 일어나 정신을 차렸을 때 유비는 형주로 떠나고 없었다. 손권에게 장소가 말했다.

"머지않아 후환이 있을 것입니다. 지금이라도 추격해야만 합니다."

손권은 즉시 진무와 반장에게 정예부대원 500명을 거느리고 추격해 반드시 잡아오라고 명령했다. 두 장수는 곧바로 유비의 뒤를 쫓았다. 손권은 옥으로 만든 벼루를 땅에 내동댕이치며 분을 삭이지 못했다. 그때 정보가 옆에서 진언했다.

"잠깐 노기를 참으시고 이성을 찾으십시오. 아마 진무와 반장은 현덕을 붙잡지 못할지도 모르겠습니다."

손권이 버럭 화를 냈다.

"감히 여기가 어디라고 함부로 지껄이는 것이오?"

정보도 물러서지 않았다.

"주공의 누이동생인 손부인께서 유비와 함께 도망갔음이 분명한데, 병사들이 그들을 추격한들 어찌 감히 손부인 앞에서 유비를 붙잡을 수 있겠습니까? 특히 손부인은 무예가 뛰어나지 않으십니까."

손권은 이 말을 듣자 더욱 흥분했다. 그 자리에서 바로 장흠과 주태를 불러 허리에 찼던 칼을 뽑아주며 명령했다.

"이 칼을 들고 가서 내 누이동생과 유비의 목을 당장 베어 오너라. 만일 내 명령을 어겼다가는 참수를 면치 못할 것이다.!"

장흠과 주태는 손권에게 머리를 조아리고 곧바로 달려나갔다. 유비는 일행을 이끌고 밤새도록 달려 형주에 도착했다. 그들이 시상군 접경 지역에 이르렀을 무렵, 군사들의 등 뒤에서 뿌옇게 먼지가 일었다.

병사들이 일제히 소리쳤다.

"적들이 추격해오고 있습니다."

유비가 당황해하며 조운에게 물었다.

"놈들이 뒤쫓아오는데 어떡하면 좋겠소?"

"주공께선 먼저 가십시오. 뒷일은 제가 알아서 해결하겠습니다."

그때 산기슭에서 말탄 군사들이 나타나 앞을 가로막았다.

"유현덕은 빨리 말에서 내려 항복하라. 우리는 주유 도독의 명령을 받은 사람들이다."

장수의 목소리는 우렁찼다. 유비는 자신도 모르게 움찔했다. 주유는 유비가 도망칠 것을 미리 알고 있었다. 그래서 서성과 정봉에게 3천 군사를 거느리고 길목을 지키도록 한 것이다. 주유의 판단은 적중했다. 그날 서성과 정봉은 멀리서 유비 일행이 나타나는 것을 보고 길을 막아선 것이다. 유비는 깜짝 놀라 조운에게 물었다.

　"적군이 앞으로는 길을 막고 뒤에서는 우리를 압박하고 있으니 진퇴양난입니다. 어떡하면 좋겠소?"

　조운이 빙긋 웃으며 여유를 보였다.

　"걱정 마십시오. 공명 선생께서는 유사시에 쓸 수 있도록 묘책을 넣은 주머니를 세 개 주셨습니다. 그 중에서 두 개를 끌러보고 아직 한 개가 남아 있습니다. 그 주머니에 있는 계교대로 하면 일을 잘 수습할 수 있을 것입니다. 오늘 이처럼 위급함을 당했으니 열어보겠습니다."

　조운은 유비에게 비단 주머니를 열어 바쳤다. 유비가 초조한 표정으로 주머니 속의 글을 읽었다. 그러고는 곧장 손부인이 타고 있는 수레 앞으로 갔다.

　"이제 마음속에 담아둔 말을 다 할 테니 나를 도와주시오."

　"사실대로 말씀해주십시오."

　손부인은 담담한 표정으로 말했지만 긴장감을 감추지 못했다.

　"주유가 부인을 나에게 출가시킨 것은 사실 부인을 위한 것이 아니라 나를 옥에 가두고 형주를 빼앗으려는 의도에서 한 것입니다. 우리의 결혼은 부인을 맛있는 낚싯밥으로 이용해 나를 잡으려는 계책에 불과했습니다. 그 사실을 알고도 내가 죽음을 각오하고 동오에 갔던 것은 남자 같은 배짱을 지닌 부인께서 나를 구해줄 수 있으리라 믿었기 때문입니다. 그러던 차에 어제 손권이 나를 죽이려 한다는 소문을 듣고 형주에 난이 일어났다고 핑계를 대고 돌아가려고 했던 것입니다. 더구나 부인께서 나를 버리지 않아 여기까지 함께 오게 되었습니다. 그러나 손권이 사람을 보내 우리 뒤를 추격하고, 주유 또한 군사를 보내 앞을 가로막으니, 부인이 나서지 않으면 이 위기를 벗어나지 못할 것 같습니다. 부인이 내 청을 들어주지 않으면 나는 우리가 타고 온 수레바퀴에 깔려 죽겠습니다."

손부인은 분노를 감추지 못했다.

"오라버니가 저를 골육의 남매로 대접하지 않는데 저 또한 그를 오라버니로 대할 수 있겠습니까? 오늘의 이 위기는 제가 맡아서 반드시 해결하겠습니다."

손부인은 타고 있던 수레를 서성과 정봉 앞에 세우라고 시자들에게 명령했다. 그러고는 수레 앞에 서 있는 서성과 정봉을 꾸짖었다.

"너희 두 놈이 나를 배신하려 하느냐?"

서성과 정봉은 그제야 손권의 누이동생임을 알아보고 급히 말에서 내려 무기를 버리고 무릎을 꿇었다.

"저희가 어찌 배신을 하겠습니까? 주유 도독의 명령으로 유현덕을 기다리고 있었을 뿐입니다."

손부인은 크게 고함을 쳤다.

"주유가 진짜 나쁜 사람이구나. 유비 어른은 한나라의 황숙이다. 또 내 주인이시기도 하다. 너희들은 똑바로 알아야 한다. 나 또한 어머니의 허락하에 형주로 가는 길인데, 너희들이 산기슭에 숨어 있다가 우리 앞을 막아서다니. 우리 부부의 재물을 탐하는 것이 아니냐?"

서성과 정봉은 두 손을 가로저으며 대답했다.

"아닙니다. 노기를 푸십시오. 저희의 뜻이 아니고 오직 주유 도독의 명령에 따랐을 뿐입니다."

손부인은 더욱 화를 냈다.

"네놈들은 주유만 무섭고 나는 무섭지 않단 말이지?"

손부인은 주유의 무례함을 크게 꾸짖으며 수레를 앞으로 몰도록 명령했다. 서성과 정봉은 아무런 저항도 하지 않았다. 특히 그들은 노기를 띠고 서 있는 조운의 얼굴을 보고 겁에 질려 길을 열어주었다. 유비는 그 길을 가로질러 유유히 나아갔다. 그들 일행이 50~60여 리쯤 갔을까. 진무·반장이 달려와서 서성·정봉과 합세했다. 그들은 서성·정봉에게 지금까지의 이야기를 다 듣고는 이렇게 조언했다.

"그들을 놓아주면 안 됩니다. 주공은 이런 사태가 일어날 것을 염려해 우리를 보내신 것입니다. 빨리 유비 일당을 추격합시다."

이들은 황급히 유비의 뒤를 쫓기 시작했다. 유비는 등 뒤에서 함성이 들려오자 손부인에게 말했다.

"뒤에 적병이 추격해오고 있습니다. 어찌하면 좋겠습니까?"

"먼저 길을 재촉해 가십시오. 조운과 제가 알아서 해결하겠습니다."

유비는 아쉬운 눈길로 손부인을 바라보며, 300여 군사를 거느리고 먼저 강변을 향해 말을 몰았다. 조운은 손부인의 수레를 앞세워 나머지 군사를 거느리고 상대를 맞이했다. 뒤쫓던 네 장수가 그들 앞으로 다가왔다. 그러나 그들은 이번에도 역시 손부인을 보자 곧 말에서 내려 고개를 조아릴 뿐이었다. 손부인이 태연하게 물었다.

"진무와 반장, 그대들이 웬일이오?"

둘은 입을 모아 말했다.

"주공의 명령으로 부인과 현덕을 모셔가려고……."

두 장수들은 말끝을 다 잇지 못했다. 손부인은 우물쭈물하고 있는 두 장수를 향해 정색하고 고함을 쳤다.

"이 못난 인간들이 우리 남매를 이간질하는구나. 나는 이미 출가한 여자로 지금 시댁으로 가는 길이지, 도망하는 것이 아니지 않느냐. 나는 어머님의 뜻을 받들어 남편을 따라 형주로 가는 길이다. 내 오라버니도 당연히 예법에 따르도록 하셨다. 그런데 왜 너희 두 놈이 군사를 데리고 와 나를 죽이려 하느냐?"

네 장수는 서로 얼굴만 바라볼 뿐이었다. 그러면서 속으로 누가 먼저랄 것도 없이 되뇌었다.

'주공과 손부인은 만년의 세월이 흘러도 남매간이다. 특히 태부인의 허락을 받고 가신다니 주공께서도 거역하지는 못할 것이 아닌가? 내일이라도 주공의 마음이 풀리면 우리만 입장이 난처해질 것이다.'

그들은 정작 유비는 보이지도 않고 눈을 부릅뜨고 자신들을 쳐다보는 살기등등한 조운의 모습에 질려 움찔 뒤로 물러섰다. 이때를 놓치지 않고 손부인은 수레를 앞으로 몰라고 명령했다. 그들은 더욱 당황해 발길을 뒤로 돌리며 말했다.

"함께 주도독에게 이 사실을 보고하러 갑시다."

이처럼 그들이 우왕좌왕하고 있을 때 멀리서 한떼의 군사들이 또 달려왔다. 장흠과 주태였다.

"유현덕을 못 보았습니까?"

"이곳을 지난 지 오래되었습니다."

"왜 붙잡지 않았습니까?"

네 장수들은 지금까지의 사연을 모두 들려주었다. 장흠이 고개를 절레절레 흔들었다. 그리고 손권이 준 칼을 내밀었다.

"주공께서 먼저 누이동생의 목을 베고 유비의 목도 가져오라 하셨습니다. 또한 거역하는 자는 참수하겠다고 하셨습니다."

네 장수가 대답했다.

"벌써 멀리 갔을 텐데 어쩌면 좋겠습니까?"

"그들은 보병과 함께 움직이기 때문에 그리 멀리 못 갔을 겁니다. 서성과 정봉 두 분은 주유 도독에게 먼저 이 사실을 알리고 수로를 차단하십시오. 우리 넷은 그들을 추격하겠습니다. 다시 유비를 잡으면 어느 누구의 말도 듣지 말고 곧장 목을 베십시오."

그들은 각자 임무수행을 위해 곧바로 자리를 떴다. 유비는 추격군을 따돌리고 시상군을 벗어나 유랑포劉郎浦에 당도하자 겨우 마음이 놓였다. 그는 강변을 거닐면서 강을 건널 묘책을 생각했다. 강물은 잠자는 듯 고요했다. 하지만 주변에는 강을 건널 배 한 척 보이지 않았다. 유비는 고개를 숙이고 시름에 잠겼다. 뒤늦게 달려온 조운이 그를 위로했다.

"주공께서는 이제 호랑이 굴을 벗어나 형주 가까이에 오셨습니다. 또 공명께서 미리 여러 가지를 준비하셨을 텐데 무얼 그리 걱정하고 계십니까?"

유비는 조운의 말에 지난날 동오의 주지육림에 빠져 형주를 돌보지 않던 일을 크게 뉘우치며 회한에 잠겼다. 혼자 생각에서 벗어난 유비가 조운에게 배를 찾아보도록 일렀다. 그러나 이미 저 멀리서 한 무리의 군마가 일으키는 뿌연 먼지가 하늘로 치솟는 것이 보였다. 유비는 언덕에 올라 먼지 나는 쪽을 살폈다. 말을 탄 군사들이 물밀듯 밀려오고 있었다. 유비는 탄식했다.

'며칠을 쫓기느라 이제 사람과 말이 다 지쳤는데 또 적병들이 몰려

오니 이제는 피할 길이 없구나!'

그들의 함성은 더욱 가까이서 들렸다. 문득 고개를 돌려 강가를 바라보니 20여 척의 배가 늘어서 있는 것이 눈에 들어왔다. 조운이 크게 소리쳤다.

"하늘이 우리를 돕는구나. 모두들 빨리 강가로 내려오십시오."

유비와 손부인이 배에 오르자 조운과 군사들이 함께 배에 탔다. 바로 그 순간 도포에 윤건을 쓴 사람이 선창에 나타나 크게 웃으며 말했다.

"기뻐하십시오, 주공이시여. 제갈량이 오랫동안 여기에서 기다리고 있었습니다."

사실 그 배에 타고 있던 사람들은 변장한 형주의 수군들이었다. 유비는 제갈량을 알아보고 와락 끌어안았다. 병사들이 다 배에 타고 배가 막 선착장을 출발하자 네 장수들이 선착장을 덮쳤다. 제갈량이 손을 들어 달려온 군사들에게 소리쳤다.

"이놈들아 어서 돌아가거라. 돌아가 주유를 만나거든 다시는 미인계를 쓰지 말라고 전해라."

악이 오른 병사들이 선착장 부근에서 빗발치듯 화살을 쏘았지만 배는 점점 강 한가운데로 유영해 들어갔다. 장흠 등 네 장수들은 멀리 사라져가는 배를 물끄러미 바라만 볼 뿐 묘책을 찾지 못했다.

유비와 제갈량 일행이 배를 타고 얼마쯤 갔을까. 갑자기 강 상류쪽에서 까만 물체들이 보이기 시작했다. 눈을 크게 뜨고 보니 헤아릴 수 없이 많은 배들이 이쪽을 향해 다가오고 있었다. 잠시 후 '수帥'자가 씌어 있는 깃발을 펄럭이며 주유가 모습을 드러냈다. 왼쪽에는 황개, 오른쪽에는 한당을 거느리고 있었다.

제갈량이 배를 일제히 북쪽 연안에 대라고 명령했다. 명령을 받은 군사들은 모두 배를 버리고 뭍으로 올라 이미 대기하고 있던 수레와 말에 몸을 실었다. 그러자 주유 일행도 배를 육지에 대고 뭍으로 올라와 유비 일행을 추격했다. 그러나 주유의 군사들은 수군이었으므로 몇몇 장수에게만 말이 있었고, 대부분 말이 없는 보병이었다. 주유가 맨 앞에 서고 황개·한당·서성·정봉 등이 뒤따라 죽을 힘을 다해 추격했다.

"여기가 어디쯤 되느냐?"

주유가 물었다.

"이제 조금만 더 가면 형주에 다다릅니다."

주유의 마음이 급해지기 시작했다. 멀리 유비 일행의 모습이 가물가물해지자, 주유는 빨리 추격해 공격하라고 군사들을 재촉했다. 주유의 군사들이 정신 없이 유비를 추격하고 있을 때였다. 어디서 북소리가 울리더니 계곡에서 일제히 칼을 휘두르며 군사들이 쏟아져나왔다. 관우가 그의 부하들을 이끌고 모습을 드러냈다. 주유는 정세가 불리함을 느끼고 퇴각을 명령했다.

"모두 말 머리를 돌려라."

그러나 이미 때는 늦었다. 황충과 위연이 좌우에 나타났다. 두 장수가 이끄는 군사들이 돌진해 나가자 동오의 군사들은 거의 몰사하고 말았다. 보병들이 관우의 군사들을 물리치기에는 역부족이었다. 겨우 생명을 부지한 주유가 배에 오르자 유비군이 일제히 주유를 향해 야유를 퍼붓기 시작했다.

"돌대가리 주유야, 돌아가 손권에게 뭐라고 변명할 테냐?"

화를 감당하지 못한 주유는 말대꾸를 하려고 소리치다가 금창金瘡

이 다시 터져 배 위에 쓰러졌다. 주위의 장수들이 급히 손을 써서 생명은 건졌으나 곧 정신을 잃었다. 두 번이나 계책을 써서 공을 세우고자 했지만 번번이 궁지에 몰린 주유의 생명이 바람 앞에 흔들리는 호롱불 신세가 된 것이다.

제갈량은 주유의 군사들이 전의를 상실한 모습을 보이자 더 이상 그들을 쫓지 말라고 명령하고 형주로 발걸음을 재촉했다. 제갈량은 유비와 함께 형주로 돌아가 유비의 무사귀환과 손부인까지 얻게 된 일을 축하하며 잔치를 베풀었다. 또 지금까지 고생한 군사와 장수들을 위로하기 위해 상을 내렸다. 군사들의 사기는 하늘을 찌를 듯했다. 반면 주유의 행색은 말할 수 없이 초라했다. 대부분의 병사를 잃은 주유는 곧 시상으로 돌아갔고 장흠 등의 장수들은 말을 타고 곧장 손권에게로 달려가 이 사실을 보고했다.

손권은 분노를 삭이지 못했다. 당장이라도 달려가 유비를 죽이고 싶었다. 손권은 정보를 임시 도독에 임명하고 군사를 일으켜 형주를 칠 준비에 착수했다. 주유도 군사를 동원해 패배의 한을 풀어야만 한다고 상소문을 올렸다. 그러나 장소가 반대하고 나섰다.

"형주를 공격하는 것은 나무만 보고 숲을 보지 못하는 격입니다. 조조는 호시탐탐 적벽대전에서 패배한 한을 풀고자 기회를 엿보고 있습니다. 그러나 조조는 우리가 유비와 손잡고 있는 것이 두려워 공격하지 못하고 있습니다. 그러니 형주를 공격해서는 안 됩니다. 주공께서 화를 참으시지 못하고 형주를 공격하면, 조조는 이 틈을 타서 우리의 허를 찌를 것이고, 그렇게 되면 나라가 위태로워질 것입니다."

고옹도 장소의 의견에 찬성하고 나섰다.

"조조가 우리 속사정을 모를 리 없습니다. 우리와 유비가 적대관계에 있는 것을 알면, 조조는 틀림없이 유비와 결탁하려 할 것이고 결국 우리를 다시 칠 것입니다. 조조에게 사신을 보내 유비를 형주 목사로 앉히십시오. 그래야 조조가 우리를 침범하지 않을 뿐만 아니라 유비도 주공에 대해 적개심을 풀게 될 것입니다. 그후 때를 보아 조조와 유비가 서로 갈등하도록 유도해 우리가 어부지리를 얻으면 되지 않겠습니까?"

손권도 마침내 화를 누그러뜨리고 동의했다.

"그 방법에 동의합니다. 그런데 조조에게 누구를 보내는 것이 좋겠습니까?"

"적절한 사람이 있습니다. 조조가 평상시에 존경하는 사람으로 그 사람이 적격일 것으로 판단됩니다."

손권이 주위를 살피며 누구냐고 묻자 고옹이 대답했다.

"화흠이 가장 적절한 인물입니다. 주공께서 잘 판단하시어 화흠을 보내시는 것이 어떨는지요?"

손권은 바로 화흠을 사신으로 임명하고 유비를 형주 목사로 천거하는 글을 써서 화흠에게 맡겼다. 화흠은 손권의 명령을 받들어 곧바로 조조를 만나러 떠났다. 허도로 간 화흠은 조조가 업도에 있는 동작대에 있다는 말을 듣고 발길을 옮겼다.

조조는 적벽대전에서 패한 뒤로 항상 복수심에 불타 있었지만, 손권과 유비가 합심할까 염려하여 함부로 군사를 일으키지 못하고 있었다. 그 즈음 그는 동작대에서 자주 시간을 보냈다.

서기 210년 봄.

조조는 여러 문무백관들이 모인 자리에서 동작대 낙성을 축하하고 있었다. 동작대는 장하漳河 강가에 있는 것으로 중앙은 동작대, 왼쪽은 옥룡대, 오른쪽은 금봉대로 이루어졌으며 모두 높이가 10장이나 되는 웅장한 건축물이었다. 또 위로는 두 개의 육교를 설치해 모든 문과 방으로 통하게 하고 건물의 외관을 살리기 위해 건물마다 아름답게 단청을 칠했다. 이날 조조는 머리에 보석으로 치장한 금관을 쓰고 녹색의 비단 도포를 걸쳤으며 허리에는 옥띠를 두르고 진주로 장식된 신발을 신었다.

조조는 무관들의 활솜씨를 보기 위해 서천 지역의 명물인 비단으로 만든 도포 한 벌을 버드나무 가지에 걸어놓게 했다. 그리고 그 밑에 과녁을 세워놓고 과녁으로부터 100보 밖에서 두 패로 나누어 시합을 붙였다. 두 패의 무관들 중에서 조씨 문중 장수들은 붉은 도포를 입고, 그 외 장수들은 녹색 도포를 입었다. 두 패 모두 등에는 활을 메고 말 위에 앉아 조조의 명령이 내려지기만 기다렸다.

주변 대열이 정돈되자 조조의 종자가 조조를 대신해 큰 소리로 외쳤다.

"붉게 칠해져 있는 과녁의 한복판을 맞히는 사람에게는 비단 도포를 상으로 내리겠습니다. 그러나 과녁을 못 맞히면 벌로 냉수 한 사발을 마셔야 합니다."

종자의 호령이 떨어지자 붉은 도포 쪽에서 한 어린 장수가 말을 타고 앞으로 나왔다. 그는 조휴였다. 힘차게 말을 달려나온 조휴는 세 바퀴를 돈 후 화살 하나를 꺼내 쏘았다. 그의 화살은 정확하게 붉은 점을 명중시켰다. 징소리가 울리고, 모여 있던 사람들은 모두 박수를 치며 응원했다. 의자에서 이를 지켜보고 있던 조조도 기쁨을 감추지 못하며 칭찬을 아끼지 않았다.

"너는 과연 우리 집안의 자랑거리다!"

조조가 종자를 시켜 나무에 걸린 도포를 상으로 주려고 하자, 녹색 도포 쪽에서 다른 장수가 뛰어나오며 소리쳤다.

　"조승상의 도포는 다른 성씨에게 먼저 주어야 합니다. 같은 문중 사람에게 주는 것은 모양이 좋지 않습니다."

　그는 문빙이었다. 문무백관들도 박수를 보내며 그 말에 호응했다.

　"문빙의 활솜씨도 한번 구경해야지요."

　문빙도 단 한번 만에 과녁의 한복판을 명중시켰다. 장내는 순식간에 흥분의 도가니로 바뀌었다.

　문빙은 흥분한 듯 크게 소리를 질렀다.

　"도포는 내 것이오."

　이때 술렁거리던 붉은 도포 쪽에서 한 장수가 말을 몰고 앞으로 달려나왔다.

　"당신보다 먼저 맞힌 사람이 있는데, 왜 도포를 당신이 가지려 하는가? 나도 한번 나서서 겨뤄봐야겠구나."

　그는 조홍이었다. 조홍이 활을 힘있게 당기자 화살은 공기를 가르며 역시 붉은 중심점에 명중했다. 다시 관중들의 박수소리가 우렁차게 울려퍼졌다. 조홍이 도포를 차지하려 하자 또 반대편에서 다른 장수가 뛰쳐나왔다.

　"세 장수 모두 활쏘는 솜씨가 유치하기 짝이 없군요. 내가 진짜 활 쏘는 법을 보여드리겠습니다."

　그는 장합이었다. 날듯이 말을 달린 장합은 몸을 돌리더니 뒤로 활을 쏘는 묘기를 보여주었다. 명중이었다. 이어 장합은 연속적으로 나머지 네 발을 쏘아 과녁을 꿰뚫었다. 모두가 입을 모아 칭찬했다.

　"정말 신기에 가까운 활솜씨군."

"도포는 내 것이야!"

장합이 소리쳤다.

장합의 말이 채 끝나기도 전에 또 반대편인 조씨 문중에서 다른 장수가 말을 달려나왔다.

"몸을 돌려 뒤로 쏘는 것이 그렇게 대단하게 보이십니까? 제가 새 기술을 보여드리겠습니다."

그는 하후연이었다. 하후연은 말을 탄 채 고개와 상체를 완전히 뒤로 젖힌 자세로 활시위를 당겼다. 그것도 연이어 네 발의 화살을 거의 동시에 날렸으나 모두가 한 점에 보기좋게 꽂혔다. 울리는 징소리에 맞추어 관중들은 광분했다. 하후연은 말에서 내리며 활을 번쩍 들고 함성을 질렀다.

"이만하면 도포는 내 것이 틀림없지 않소?"

이때 또 한 명의 장수가 뛰쳐나왔다.

"잠깐 기다리시오. 도포는 이 서황의 것이 될 것입니다!"

하후연의 얼굴색이 순식간에 변했다.

"그대는 어떤 활쏘기 기술로 내 도포를 빼앗아가려 합니까?"

하후연은 애서 태연한 표정으로 말을 건넸다.

"한가운데에 맞힌 것이 그렇게 신기한 것인가요? 자 이제 도포가 내 것이라는 것을 보여드리겠습니다."

서황은 크게 심호흡을 한 후 활을 당겼다. 화살은 도포가 걸려 있는 버드나무를 향해 날아갔다. 하후연의 얼굴에 순간 안도의 미소가 흘렀다. 그러나 화살이 나뭇가지를 끊는 바람에 도포가 땅에 떨어졌다. 하후연의 얼굴이 흙빛으로 변했다. 서황은 유유히 걸어가 도포를 들어 몸에 걸치고 조조가 앉아 있는 대 앞으로 나갔다.

"승상께서 도포를 저에게 주셔서 감사합니다."

조조와 모든 문무백관이 감탄을 연발했다.

서황이 의기양양하게 말 머리를 돌리는 순간 대 옆에서 녹색 도포를 입은 한 장수가 뛰쳐나오면서 크게 호통을 쳤다.

"도포를 제자리에 두어라. 그것은 내 것이 될 것이다."

그는 허저였다. 서황도 이에 질세라 힘있게 말했다.

"나는 내 손에 들어온 것은 한번도 빼앗겨본 적이 없소이다!"

허저는 아무 대꾸도 없이 말을 몰아 서황에게 다가가 도포를 빼앗았다. 이에 서황이 분노하며 손에 쥔 활을 들어 허저를 내리쳤다. 허저가 몸을 피하며 손으로 서황의 활을 잡아 낚아채자 서황은 안장에서 떨어질 위기에 처했다. 서황이 쥐었던 활을 버리고 황급히 몸을 던지며 말에서 내리자 허저도 질세라 말에서 내렸다. 두 장수는 드디어 몸싸움을 벌이기 시작했다.

조조가 나서서 그들의 싸움을 말렸으나, 이미 도포는 서황과 허저의 손에서 두 쪽으로 찢어지고 말았다. 조조가 두 장수를 대 위로 불렀으나 둘은 그때까지도 분을 참지 못하고 서로를 잡아먹을 듯한 표정으로 눈을 부라렸다. 이를 지켜보던 조조가 빙그레 웃으며 말했다.

"오늘 시합은 우리 장수들의 호연지기를 보고자 했던 것이오. 도포가 찢어진 것은 전혀 아깝지 않소."

조조는 시합에 참여한 장수들을 모두 대 위로 불러 구하기 어려운 촉나라의 비단 한 필씩을 나누어주며 격려했다. 조조는 계급 순서대로 그들 모두를 대 위에 앉혔다. 풍악소리가 점점 더 커지고 산해진미가 가득 차려진 술상이 나오면서 분위기는 한층 고조되어갔다. 문무백관들은 서로 술잔을 주고받으며 흥을 나누었다. 조조는 문관들과 술잔을 기울이며 말했다.

"오늘 무관들은 활쏘기 시합을 하며 그 위용을 뽐냈소. 공들은 모두 글로써 입신한 분들이니 이런 좋은 대에 오른 김에 멋진 글을 지어보는 것이 어떻습니까?"

"기꺼이 승상의 명령에 따르겠습니다."

문관들은 모두 머리를 조아려 조조에게 예를 갖추었다. 이때 시를 지은 문관은 왕랑·종요·왕찬·진림 등이었다. 그들의 시구는 대부분 조조의 공덕을 칭송하고 잘 받들어 모시겠다는 내용을 담고 있었다. 조조는 시를 일일이 읽어보고 기뻐했다.

"공들은 모두 뛰어난 글솜씨로 나를 치켜세웠구려. 나는 원래 우직한 사람에 불과했는데 영광스럽게도 과거에 급제하는 행운을 얻었소. 그러나 과거 급제 후 난리로 인해 초동에서 50리 떨어진 곳에 작은 집을 짓고 소일한 적이 있었소. 봄과 여름은 독서로 보내고 가을과 겨울에는 사냥을 즐기면서, 천하가 평정되어 벼슬길에 오를 날만 손꼽아 기다렸지요. 그러다가 생각지도 아니한 점군교위 벼슬로 조정의 부름을 받은 이후에는 뜻을 바꾸었소. 국가를 위해 역도들을 토벌해 내가 죽으면 묘비석에 '한나라 고 정서장군 조후의 무덤[漢故征西將軍曹候之墓]'이라는 비명이 새겨지길 평생의 소원으로 삼게 되었소. 지난 일을 생각하면 동탁과 황건적을 물리친 이후 원술과 여포를 제거하고, 원소를 항복시키는 한편 유표를 정벌해 천하를 평정했소. 이제 재상의 자리에 올라 공들의 극진한 보살핌을 받으니 내 소원이 달리 뭐가 있겠소. 내가 재상이라는 막중한 자리에 앉았으니, 이에 만족하지 않고 다른 생각을 가지지나 않을까 의심하는 사람도 있을 것이나 그것은 잘못된 생각이오. 나는 항상 공자께서 말씀하신 문왕

의덕을 가슴에 새기며 살아가고 있소. 또 내가 군사통치권을 위임하지 않는 것은 나라를 평정하고자 하는 것 외엔 아무 뜻도 없소. 군사통치권을 내놓으면 나는 살해 위협에 시달릴 것이고, 내가 죽으면 나라가 위태로운 처지에 놓일 것이오. 난 그것을 우려할 뿐이오. 여러분이 나의 깊은 뜻을 헤아려주기 바라오."

조조의 말이 끝나자 모든 대신들은 자리에서 일어나 허리를 굽히며 말했다.

"지당한 말씀입니다. 이윤伊尹(은나라의 재상으로 탕왕을 보좌함)이나 주공이라도 승상의 넓은 생각에는 미치지 못할 것입니다."

조조는 신하들의 말을 경청하며 술잔을 연이어 비웠다. 흥이 오른 조조는 지필묵을 가져오게 해 동작대를 주제로 시를 지었다. 그때였다.

"승상께 아룁니다. 화흠이라는 자가 유비를 형주 목사에 천거하자는 손권의 글을 가지고 승상을 만나러 왔습니다. 화흠의 말에 의하면 유비는 손권의 매제가 되었고 9군의 태반을 다스리고 있다고 합니다."

듣고 있던 조조는 손발을 부들부들 떨더니 붓을 땅바닥에 내동댕이쳤다. 그러자 옆에 있던 정욱이 조조를 위로했다.

"승상께서는 수만 명의 적도들에게 둘러싸여 돌과 화살이 비오듯 쏟아지는 속에서도 끄떡없지 않으셨습니까. 그런데 유비가 그까짓 형주를 손에 넣었다고 해서 뭘 그렇게 노여워하십니까?"

"모르는 소리는 하지도 마시오. 유비는 지금까지 물을 만나지 못해 뜻을 펼치지 못했을 뿐이오. 그가 형주를 손아귀에 넣은 것은 용이 큰 바다를 만난 것과 마찬가지라 할 수 있소. 그런데 내가 어찌 불안해하지 않을 수 있겠소?"

그러자 정욱이 말했다.

"승상께서는 화흠이 왜 왔는지를 정녕 모르시겠습니까?"

조조는 다시 의자에 앉으며 말했다.

"그게 무슨 말이오?"

"손권은 오래전부터 유비를 시기해 늘 치려고 했습니다. 그러나 혹시 승상에게 허를 찔리지나 않을까 걱정이 되어 오늘 화흠을 보내 유비를 천거한 것입니다. 이는 유비를 안심시키고 적벽대전에서 패하신 승상의 복수심을 누그러뜨리자는 속셈입니다."

정욱이 논리정연하게 설명했다.

조조가 고개를 끄덕였다.

"그럴 수 있겠군."

정욱은 더욱 힘을 얻어 말을 이었다.

"저에게 묘책이 있습니다. 유비와 손권에게 각각 사신을 보내 둘 사이에 불화를 일으켜 승상께서는 중간에서 어부지리를 얻으시는 겁니다."

조조는 의자를 앞으로 당기며 그 묘책을 구체적으로 설명해보라고 정욱을 다그쳤다. 정욱도 목에 힘이 들어가기 시작했다.

"손권의 신하 중에는 주유라는 사람이 있습니다. 승상께서는 손권에게 주유를 남군의 태수로 봉하도록 천거하시고, 또 정보를 강하 태수에 천거하신 다음, 화흠을 조정에 불러 중책을 맡기시면 상극인 주유와 유비는 더욱 깊은 적대관계에 놓이게 될 것입니다. 우리는 바로 그것을 노리는 것입니다."

"공의 생각이 나와 같구려!"

조조는 곧 화흠을 불러들여 상좌에 앉히고 잔치를 베풀었다. 조조와 화흡은 많은 이야기를 나누며 좋은 분위기를 유지했다. 그날 잔치를 끝내고 다시 허도로 돌아온 조조는 곧바로 동오에 사신을 보내 주유를 남군 태수에, 정보는 강하 태수에 봉할 것을 제의했다.

이후 남군을 다스리게 된 주유는 유비에 대한 복수의 뜻을 글로 써서 노숙을 통해 손권에게 올렸다. 그러자 손권이 노숙에게 물었다.

"공께서 형주를 유비에게 빌려준 이후 유비는 이를 돌려줄 생각을 하지 않고 있어요. 언제까지 기다리면 좋을 것 같소?"

"유비는 형주를 빌리며 문서상으로 서천을 얻으면 돌려주겠다고 명백히 써놓았습니다."

손권이 노숙을 나무랐다.

"유비는 서천을 공격할 생각이 없는 것 같소. 말로만 서천을 공격한다면서 아직도 실행하지 않는데 그걸 기다리다 늙어 죽겠소."

노숙은 조심스럽게 말했다.

"제가 한번 찾아가 주공의 뜻을 전하겠습니다."

노숙은 다음날 형주로 향했다. 한편 유비는 후일을 위해 제갈량과 함께 형주에 머물면서 군량미 등 군비를 비축하고 군사를 훈련시키는 데 전심 전력했다. 그러던 어느 날 노숙이 찾아왔다. 유비는 노숙이 찾아온 이유를 이미 알고 있었기에 제갈량과 상의했다. 제갈량이 입을 열었다.

"며칠 전에 손권이 주공을 형주 목사에 천거한 것은 조조를 두려워해 짜낸 계책입니다. 또한 조조가 주유를 남군 태수에 임명한 것은 동오와 우리를 이간질시키고 그 틈을 이용해 어부지리를 얻자는 속셈이 아니겠습니까. 손권이 노숙을 보낸 것은 조조가 주유를 남군 태수에 임명한 것에 대해 우리가 어떻게 생각하는가를 살피기 위해서

일 것입니다."

그러자 유비가 물었다.

"내가 어떻게 대답하면 좋을까요?"

"노숙이 형주에 대한 이야기를 꺼내면 주공께서는 대성통곡만 하십시오. 이후 문제는 제가 노숙을 만나 말하겠습니다."

유비는 제갈량의 뜻에 따르기로 했다. 자리에서 물러난 유비는 노숙을 맞아들여 극진히 예를 갖췄다.

"이쪽으로 오셔서 상좌에 앉으십시오."

노숙은 극구 사양했다.

"이제 유황숙께서는 주공인 손권의 매제가 되셨으니 저에게는 주공과 다름이 없는 분이십니다. 제가 어떻게 그 자리에 앉을 수 있습니까?"

유비는 만면에 미소를 띠며 말했다.

"자경은 나의 옛 친구인데 너무 예를 갖추지 마십시오. 어색합니다."

노숙도 더 예를 갖추는 것이 어색하다고 생각하고 권하는 자리에 가서 앉았다. 찻잔을 들고 한참 동안 차맛을 음미하던 노숙이 먼저 말문을 열었다.

"제가 여기에 온 것은 빌려드린 형주에 대한 주공의 명을 전하기 위해서입니다. 황숙께서 오래전에 빌린 그 땅을 반환하셨으면 하는 것이 주공의 뜻입니다. 이제 양쪽 집안이 사돈을 맺었으니 그 예를 위해서라도 돌려주시는 것이 어떨는지요."

유비는 한참 동안 아무 말도 없이 바깥 풍경만 물끄러미 응시했다. 얼마의 시간이 지났을까. 유비는 손으로 얼굴을 가리고 대성통곡하기 시작했다. 앞에 앉아 있던 노숙은 어쩔 줄 몰랐다.

"왜 이렇게 우십니까?"

그러나 유비는 아무 대꾸도 없이 더 크게 울 뿐이었다. 노숙이 영문을 몰라 당황스러워하고 있을 때, 제갈량이 방으로 들어왔다.

"죄송합니다만, 제가 두 분의 이야기를 죽 들었습니다. 자경은 왜 우리 주공이 저렇게 슬프게 우시는지 알고 계십니까?"

제갈량이 자리에 앉으며 설명했다.

"처음 우리 주공께서 형주를 빌리실 때, 서천을 취하면 반환하기로 허락을 얻었습니다. 그러나 뒤에 생각해보니 익주의 유장은 우리 주인의 동생뻘로 같은 한나라의 골육인데 군사를 일으켜 익주를 취한다면 남들의 웃음거리가 될 것이 아닙니까? 그렇다고 익주를 점령하지 않으면 형주를 돌려줄 수 없으니 어찌 마음이 괴롭지 않겠습니까? 지금 주공의 심정은 말 그대로 사면초가입니다. 특히 형주를 돌려주지 않으면 처남인 손권을 뵐 면목 또한 없을 것 아니겠습니까? 일이 꼬이고 또 꼬이니 우리 주공이 이렇게 목놓아 통곡하시는 것입니다."

옆에 앉아 있던 유비는 가슴을 치면서 더욱 서럽게 울었다. 당황한 노숙이 그를 달래기 시작했다.

"유황숙 너무 걱정하지 마십시오. 공명과 의논해 일이 잘되도록 처리하겠습니다."

제갈량이 말을 거들었다.

"자경께서는 돌아가셔서 잘 말씀해주십시오. 우리 주공께서 저렇게 고민하시는 모습을 말입니다."

고개를 끄덕이던 노숙이 혼잣말을 했다.

"만일 우리 주공께서 말씀을 들어주지 않으면 어떡하지?"

그 말을 들은 제갈량이 약간 얼굴이 상기되며 말했다.

"자경의 주공과 우리 주공은 처남매부 사이인데 들어주지 않을 까닭이 있겠습니까? 잘 말씀드려 좋은 소식을 전해주십시오."

노숙은 그렇게 전하겠다고 이야기하고 자리에서 일어났다. 천성이 어진 노숙으로선 달리 할말이 없었던 것이다. 노숙은 곧바로 주유를 찾아갔다. 그리고는 유비와 제갈량을 만났던 이야기를 했다. 노숙의 말을 다 들은 주유가 혀를 차더니 노숙을 나무랐다.

"제갈량의 계략에 또 넘어갔군요. 처음부터 유비는 형주를 삼킬 생각뿐이었습니다. 그 말은 핑계에 불과합니다. 자경, 이렇게 우리가 끌려다니다가는 자칫 누명을 쓰게 됩니다. 다시 한번 형주에 다녀오십시오. 나에게 제갈량이 깜박 속아넘어갈 꾀가 있습니다."

노숙이 궁금한 듯 물었다.

"제갈량이 넘어갈 꾀라니요?"

주유가 고개를 끄덕이며 바짝 당겨앉았다.

"주공을 만나지 말고 형주로 가서 다시 유비를 만나십시오. 그를 만나 손씨 가문과 유씨 가문이 사돈을 맺고 한 집안이 된 만큼 유비가 서천을 취하기 곤란하면 우리가 군사를 일으켜 대신 서천을 칠 테니 이후에 서천과 형주를 맞바꾸자고 말씀하십시오."

주유의 말을 듣고 있던 노숙이 입을 열었다.

"서천은 지세가 험하여 공격이 쉽지 않습니다. 도독의 계책은 실현하기 어려울 듯합니다."

주유가 웃으면서 설명했다.

"공은 하나밖에 생각하지 못하는군요. 내가 서천을 치자는 것은 그것을 명분으로 내세워 바로 유비를 공격하자는 것입니다. 그들이 아무 준비도 하지 않고 있을 때 기습공격을 감행하자는 것이지요. 서천을 공격하려면 형주를 지나야만 가능합니다. 이 기회에 우리는 그들이 군량미를 얼마나 많이 비축하고 있는지를 파악하면 됩니다. 특히 유비가 성밖까지 나와서 우리를 위로할 때 기세를 몰아 형주를 손에 넣으면 됩니다. 그래야 가슴에 맺혔던 한을 풀 수 있지 않겠습니까?"

주유의 설명을 들은 노숙은 '주유와 손권이 이렇게까지 서두를 필요가 있을까' 하는 생각을 지우지 못하며 다시 형주로 가기 위해 배에 올랐다. 유비는 노숙이 오자 다시 제갈량과 상의했다.

"시간상으로 봐서 노숙은 분명 손권을 만나지 않고 바로 주유를 만나 일을 상의한 후 다시 왔을 것입니다. 그가 뭐라고 이야기하든지 고개를 끄덕이십시오."

제갈량은 한 발 앞서 모든 것을 눈치채고 있었다. 유비는 제갈량이 시키는 대로 하기로 했다. 유비가 노숙을 맞아들이자 노숙이 먼저 말문을 열었다.

"우리 주공께서는 이야기를 들으시고 유황숙의 덕을 크게 칭찬하셨습니다. 그러면서 유황숙의 부담을 덜어드리기 위해 우리가 군사를 일으켜 서천을 점령하자고 했습니다. 서천을 빼앗으면 형주와 맞바꿔 서천을 유황숙에게 선물로 드리겠답니다. 다만 황숙께서는 우리가 이곳을 지날 때 군량미만 조금 지원해주십시오."

제갈량이 옆에서 고개를 끄덕이며 말했다.

"참으로 고마우신 제안이군요."

유비도 기뻐했다.

"이 모든 것이 노숙 공의 노력 덕인 것 같습니다."

제갈량도 속마음을 숨긴 채 노숙을 달랬다.

"동오군들이 온다면 우리는 멀리까지 나가서 잔치를 베풀어야지요."

노숙은 생각보다 일이 쉽게 풀리자 내심 불안했다. 주유가 또다시 제갈량에게 당하는 것은 아닌가 하는 우려 때문에 마음이 편치 않았다. 제갈량은 이런 노숙을 안심시키기 위해 연회까지 베풀었다. 노숙은 연회가 끝나자 황급히 동오로 돌아갔다. 유비는 노숙이 돌아간 후 제갈량에게 물었다.

"노숙의 속뜻은 뭐겠습니까?"

제갈량이 크게 웃으며 말을 이었다.

"주유도 이제 예전의 그가 아닌 듯합니다. 죽을 날이 다가오고 있는 모양입니다. 어린애들이나 속아넘어갈 꾀를 내는 것을 보니 말입니다."

"주유가 죽을 날이 다가오고 있다니요?"

유비가 제갈량에게 반문했다.

"주유가 낸 꾀를 일컬어 가도멸괵假途滅虢(적에게 길을 빌려달라고 한 다음 그 적을 치는 전략)이라 합니다. 곧 노숙의 말은 서천을 점령한다는 핑계로 우리를 점령하자는 것입니다. 절대로 그 꾀에 넘어가면 안 됩니다. 다만 넘어가는 척하면서 오히려 놈들을 섬멸해야 합니다. 특히 놈들은 주공께서 동오군을 위로하기 위해 멀리 마중나갔을 때 기습공격으로 주공을 죽이고 그 땅을 빼앗자는 계책을 가지고 있습니다."

유비는 가슴을 쓸어내렸다. 그러면서 제갈량의 혜안에 크게 감탄했다.

"좋은 대책이 있습니까?"

제갈량은 짐짓 여유를 보였다. 그래야만 유비를 안심시킬 수 있을 것 같았다.

"주공께서는 아무 걱정 마십시오. 활을 준비해 표독한 호랑이를 잡고 좋은 먹이로 고기만 낚으시면 됩니다. 주유는 자기 꾀에 우리가 빠질 것으로 생각하고 왔다가 오히려 죽음을 맞을 것입니다."

제갈량은 다시 조운을 불렀다. 그리고 전후를 설명하며 전쟁에 대비하라고 일렀다.

"나머지 일은 내가 알아서 처리하겠소."

제갈량의 말을 들은 조운은 물샐틈없이 만반의 준비를 하겠다고 다짐한 후 물러났다. 한편 노숙은 이번 일이 잘못 꼬이게 되면 주유가 큰 손실을 입을 것이라 염려하여 주유를 다시 설득했으나 주유는 한 치도 물러나지 않고 자기의 계획을 실현시키겠노라고 장담했다.

"이번에는 놈들이 크게 당할 것입니다. 두고 보세요."

노숙은 확신에 차 있는 주유를 더 이상 말리지 못했다.

"빨리 주공에게 알려야겠군요."

주유는 자리를 박차고 일어났다. 온몸의 피가 끓어오르는 느낌을 누를 길이 없었다. 주유의 이야기를 전해들은 손권도 망설일 이유가 없었다. 주유는 화살에 맞은 상처가 아물자 출정을 서둘렀다.

감녕에게 선봉장을 맡기고 주유 자신은 서성·정봉과 함께 그 뒤를 따랐다. 또 능통과 여몽이 주유의 뒤를 이었다. 수륙 5만의 장대한 군사들이 형주를 향해서 물밀듯이 진군했다. 배에 오른 주유는 자기의 꾀에 제갈량이 넘어갈 것이라는 생각이 들자 얼굴에 회심의 미소가 떠날 줄 몰랐다. 배들이 장강 하구에 다다르자 주유는 제일 먼저 배에서 내려 관원들에게 물었다.

"형주에서 온 사람들을 보지 못했는가?"

"유황숙께서 보낸 미축이 이미 도착해 주유 도독을 기다리고 있습니다."

주유는 관원의 말을 듣고 곧바로 미축을 찾았다.

"우리 군을 위로할 계획이 있다고 들었는데 어찌 되었소?"

이에 미축이 대답했다.

"유황숙께서는 이미 모든 준비를 완료해놓으셨습니다."

"유현덕은 지금 어디에 계십니까?"

"성밖으로 나와 도독이 오시기만을 기다리고 계십니다."

그 말을 전해들은 주유는 기뻤다. 하지만 자신의 뜻대로 일이 진행되자 오만한 마음 또한 감출 수가 없었다. 주유가 말했다.

"우리는 형주를 위해 멀리서 군사를 거느리고 왔습니다. 그러니 우리 주공의 뜻을 받드는 마음에서라도 우리 군을 맞이하는 예가 각별해야 할 것입니다."

미축은 크게 머리를 조아리며 물러났다. 주유는 미축의 말과 행동을 조금도 의심하지 않았다. 주유는 군사들에게 강을 따라 천천히 노를 저어 공안까지 갈 것을 명령했다. 그러나 강 주변에는 아무도 나와 있지 않았다. 주유는 자신의 눈을 의심했다. 눈을 크게 떠보았으나 사람의 그림자조차 발견할 수 없었다. 그는 군사들에게 명령했다.

"노를 좀더 빨리 저어라!"

군사들이 급하게 노를 저어 형주성 가까이까지 다다랐으나 넓은 강에는 파도만 일렁일 뿐, 아무것도 보이지 않았다. 주유는 선발대에게 배에서 내려 탐색하라고 명령했다. 얼마쯤 시간이 지났을까. 주변을 둘러본 선발대가 돌아왔다.

"형주성에는 흰 깃발만 펄럭일 뿐 사람의 그림자조차 보이지 않습니다."

주유는 버럭 화가 치밀었다.

"이런 무례한 놈들이!"

주유는 부하들에게 배를 부두에 정박시키게 하고 직접 육지에 올랐다. 그러고는 감녕 · 서성 · 정봉 등의 장수들과 3천 명의 군사를 거느리고 곧장 형주로 향했다. 자신의 눈으로 직접 확인하고 싶었던 것이다. 성에 도착한 주유는 주변을 꼼꼼히 살폈으나 아무 기척도 찾을 수가 없었다. 주유는 말을 세우고 군사들에게 성문을 열라고 명령했다. 그제야 성 위에 사람이 나타났다.

"누가 성문을 함부로 여느냐!"

동오군이 큰 소리로 응답했다.

"동오의 도독께서 여기에 와 계시다."

동오군의 말이 끝나기도 전에 방梆(커다란 목탁과 비슷한 악기)이 한 번 크게 울렸다. 이와 동시에 성 위에서는 완전무장한 군사들의 함성이 들렸다.

"도독께서 여기까지 오시다니 웬일입니까?"

조운이 얼굴을 내밀고 힘차게 소리쳤다.

주유가 대답했다.

"당신들의 주공을 대신해 서천을 공격하려고 왔소. 주공께 이야기를 듣지 못했소?"

"하하, 그래요? 듣긴 들었습니다. 그런데 그 내용이 좀 다르군요. 공명께서는 도독께서 가도멸괵의 계책을 쓸 것이니, 성을 잘 지키시라고 말씀하셨습니다. 또 주공께서는 서천과의 의리를 배반하고 서천을 점령할 수 없다고 하시며 만일 동오가 촉을 점령하면 산에 들어가 머리를 깎을 것이라고 전하라 하셨습니다."

주유는 당황했다. 뭔가 계획대로 이루어지지 않고 있다는 느낌을 지울 수 없었다. 주유가 말 머리를 돌리는 순간 전령이 말을 타고 황급히 달려와 주유 앞에 멈춰섰다.

"큰일났습니다. 사방에서 일제히 적들의 군마가 달려오고 있습니다. 강릉에서는 관우가, 자귀에서는 장비가, 공안에서는 황충이, 또 이릉의 샛길을 통해서는 위연이 각각 군사를 거느리고 오고 있습니다. 우리는 완전히 포위되었습니다. 이들 적군의 수가 얼마나 되는지조차 알 수 없습니다. 놈들은 주유를 죽여야 한다고 고함을 치고 있습니다."

주유는 그제야 사태를 확실히 파악할 수 있었다. 다시 상처 부위가 아파오기 시작했다. 감당할 수 없을 만큼 큰 통증이 밀려왔다. 주유는 상처 부위를 움켜쥐고 말 위에서 떨어지고 말았다. 제갈량을 물리치려던 주유의 계책이 물거품이 되는 순간이었다.

〈6권에 계속〉